Défi pour un célibataire

★

Conquise par un séducteur

★

Le goût de l'interdit

BARBARA HANNAY

Défi pour un célibataire

Traduction française de
JEANINE LAMIRAY

HARLEQUIN

Titre original :
A PARISIAN PROPOSITION

Ce roman a déjà été publié en 2010

HARPERCOLLINS FRANCE
83-85, boulevard Vincent-Auriol, 75646 PARIS CEDEX 13
Service Lectrices — Tél. : 01 45 82 47 47 - www.harlequin.fr
ISBN 978-2-2804-7224-1

Composé et édité par HarperCollins France.
Imprimé en juillet 2022 par CPI Black Print (Barcelone)
en utilisant 100% d'électricité renouvelable.
Dépôt légal : août 2022.

FSC
www.fsc.org
MIXTE
Papier issu de sources responsables
FSC® C159065

Pour limiter l'empreinte environnementale de ses livres, HarperCollins France s'engage à n'utiliser que du papier fabriqué à partir de bois provenant de forêts gérées durablement et de manière responsable.

1

— Hé ! Jon, il y a là une femme qui te demande.

Jonathan Rivers, qui observait un joli lot de vaches de race Angus, tourna la tête en direction du chemin boueux en bordure du marché aux bestiaux. Une femme en tailleur clair et chaussures à talons hauts se tenait à l'extrémité des enclos, à la limite du terre-plein de ciment et du bourbier laissé par les animaux.

Il réprima un juron.

— Encore une qui cherche un mari ?

— J'en ai bien peur, répondit Andy Bowen, le courtier chargé de ses transactions. Mais celle-ci se détache du lot. A ta place, j'irais voir.

Jon émit un grognement de mauvaise humeur.

— Moi qui espérais en avoir fini avec ça !

— Celle-ci, au moins, elle a de la classe, commenta Andy avec un petit rire malicieux. Et elle m'a l'air aussi têtue que toi. Qui sait, vous êtes peut-être faits pour vous entendre ?

— Puisqu'elle t'a tellement tapé dans l'œil, va donc voir ce qu'elle veut.

— Oh, je le sais, je lui ai parlé.

Dans la clameur des commissaires-priseurs, Andy dut élever la voix pour se faire entendre de Jon :

— C'est *toi* qu'elle veut !

Malgré lui, Jon lança un nouveau regard en direction

de la femme. Sa mise élégante et raffinée tranchait dans cette foule de paysans entourée de bestiaux ; de même, ses yeux et ses cheveux très sombres contrastaient avec la blancheur de son teint ; et bien que de constitution menue, elle affichait un port de tête fier, signe d'une indéniable force de caractère.

— Eh bien, je ne suis pas disponible, grommela Jon.

— Mais si. Tes bêtes sont toutes vendues ou presque. Je m'occupe de ce dernier lot. Allez, va, Jon. Tu ne peux tout de même pas laisser une dame attendre dans la boue et le fumier.

D'autant que la dame en question ne l'avait pas quitté des yeux et devait se douter qu'Andy lui avait transmis son message.

Jon poussa un soupir agacé.

— Je devrais être rôdé à ce genre d'exercice maintenant…

Il avait perdu le compte des femmes venues le harceler depuis la parution de ce stupide article dans un magazine féminin quelques mois plus tôt. Blondes, brunes, rousses, jeunes et moins jeunes, belles ou ordinaires, timides ou franchement hardies… Toutes, il les avait envoyé promener.

De mauvaise grâce, il se dirigea vers la dernière de ces prétendantes. Avec les récentes pluies, le piétinement de milliers de sabots avait transformé la terre battue du marché en un véritable bourbier. Dans son petit tailleur coquet et ses escarpins de cuir, la femme qui l'attendait offrait un spectacle presque surréaliste.

Jon se surprit à ralentir le pas à son approche pour ne pas l'éclabousser ; mais ses concessions s'arrêtèrent là, il s'abstint notamment de lui sourire.

— Vous vouliez me voir ?

— Oui, répondit-elle, le gratifiant pour sa part

d'un sourire circonspect. Enchantée de vous connaître, monsieur Rivers. Je me présente, Camille Dèvereaux.

Elle avait un petit grain de beauté au-dessus de la lèvre qui attirait singulièrement l'attention. Une belle toison de boucles brunes, des yeux et des cils noirs... Le nez, très droit, et le menton volontaire auraient pu durcir son visage s'ils n'avaient possédé une espèce de grâce indéfinissable. Camille Dèvereaux... Jon songea que ce nom à consonance française lui allait à ravir.

Il serra brièvement la main qu'elle lui tendait. La jeune femme le dévisageait sans vergogne, d'un regard droit, empli de curiosité, un regard déstabilisant. Dans ce contexte, il fut presque irrité de sentir son parfum lui titiller les narines.

Sa main était agréablement douce et fraîche. Jon retira la sienne, calleuse, et l'enfonça dans la poche arrière de son jean, s'efforçant d'ignorer le fait qu'Andy avait dit vrai : cette jeune femme se détachait du lot... Elle dégageait un charme très particulier, fait d'élégance, de mystère, de sensualité.

L'erreur de Jon fut de la regarder dans les yeux un peu plus longtemps que nécessaire. Une fraction de seconde de trop, et... Comment expliquer la suite ? Jamais il n'avait éprouvé cela auparavant, cette soudaine conviction que cette inconnue et lui partageaient malgré eux le même trouble, ressentaient le même frisson.

Alors, pour couper court, Jon lui parla sans ambages :

— Ecoutez, je regrette mais je ne peux rien pour vous. Il y a eu erreur dans le magazine. Je ne cherche pas à rencontrer de femmes et encore moins à me marier. Désolé, conclut-il, tournant les talons.

— Hé, ne partez pas !

Mais Jon continua son chemin. Il en avait repoussé

bien d'autres avant elle, pourtant cela lui était toujours aussi pénible.

— Je n'ai aucune vue sur vous ! Je ne vais pas vous passer la corde au cou ! lui cria-t-elle.

Ce remue-ménage attira l'attention d'un groupe d'éleveurs à proximité.

— Encore une, Jon ? Mais à combien en es-tu ? cria l'un d'eux dans l'hilarité générale.

Il fit mine de n'avoir pas entendu.

— Jon ! lança-t-elle. Monsieur Rivers, il faut que je vous parle !

Il y avait presque une note de désespoir dans ces derniers mots, mais Jon ne se retourna pas. Il avait dit ce qu'il avait à dire, il n'y avait plus rien à ajouter. S'il s'attardait plus longtemps avec cette belle étrangère, les commentaires iraient bon train dans tout Mullinjim pendant au moins un mois !

Pour Camille, cela ne faisait aucun doute : elle s'était dégonflée parce qu'elle était en manque de café. Et privée de son nectar favori, elle n'était plus tout à fait elle-même. Voilà pourquoi elle avait perdu ses moyens face à Jonathan Rivers, pourquoi elle s'était retrouvée, la tête désespérément vide, toute désemparée.

Le fait d'avoir rencontré Jonathan Rivers en chair et en os n'y était pour rien. Bien sûr que non.

Mais quelle journaliste était-elle donc pour l'avoir laissé partir sans lui avoir expliqué quoi que ce soit ? Demandé quoi que ce soit ? Elle était restée à le regarder bêtement s'éloigner sans chercher à connaître la raison de son manque de coopération à leur « Challenge des célibataires ».

Et puis, cette façon dont il l'avait regardée et… et…

Allons, elle devait se secouer ! Manifestement, sa rencontre avec Jonathan Rivers l'avait quelque peu perturbée. Ce qui était stupide, étant donné qu'elle le connaissait d'après une photo et savait à quoi s'attendre. Cette allure fringante, athlétique, cette intensité dans le regard, ces traits vigoureux, comme taillés à la serpe…

Camille se rappela son sourire un peu canaille sur la photo. C'était ce sourire qui avait scellé le sort de Jon Rivers. A la rédaction du magazine, *Parole de Filles,* sa candidature avait fait l'unanimité. On l'avait inclus sans hésitation dans « La fine fleur des célibataires les plus séduisants d'Australie ». En plus, sa photo était si bonne qu'on n'avait pas jugé utile de dépêcher un photographe pour en réaliser d'autres.

Première erreur du magazine.

Car si quelqu'un avait rencontré Jonathan Rivers dès le début, peut-être Camille aurait-elle été dispensée aujourd'hui de cette déplaisante mission.

La seconde erreur lui était imputable. Une erreur de jugement commise lorsqu'on lui avait confié la réalisation du « Challenge des célibataires ». Une fois effectuée la sélection des prétendants dans divers milieux, elle avait gardé sous sa responsabilité les cas qu'elle craignait difficiles : le brillant avocat de Perth, l'entrepreneur en bâtiments de Sydney et le chef cuisinier de Melbourne. Elle avait confié les candidats de moindre envergure à des journalistes moins expérimentées. Notamment, le tour-opérateur de Tasmanie, le chasseur de crocodiles et l'éleveur du Queensland…

C'était tout récemment qu'elle avait découvert que Jonathan Rivers, l'éleveur, ne jouait pas le jeu. D'où ce long voyage de Sydney jusque dans le nord du Queensland. Après maintes fausses pistes, elle était enfin parvenue à dénicher son homme. Et voilà qu'après lui avoir adressé juste deux ou trois mots, il lui échappait.

Mais la partie n'était pas finie. Camille n'avait pas traversé toute l'Australie du sud au nord pour s'en retourner bredouille ! Elle avait pour mission de dire à Jon qu'il ne pouvait se retirer à ce stade du « Challenge des célibataires ». Elle ne le laisserait pas saboter le concours de son magazine et, par la même occasion, compromettre son emploi.

Elle se fichait qu'il n'ait jamais daigné répondre à ses divers courriers, mails et autres coups de téléphone. Ni qu'il ait cadenassé les grilles de sa propriété, *Edenvale*, comme elle l'avait constaté ce matin à son arrivée, après des kilomètres et des kilomètres d'une piste cahoteuse dans sa petite voiture de location.

Et tant pis si Gabe, le frère de Jon, pilote d'hélicoptère de son métier, avait catégoriquement refusé de la faire entrer dans la propriété par les airs. Il en fallait plus pour décourager Camille Dèvereaux !

Aussi, maintenant qu'elle avait enfin trouvé son homme dans ce marché, ce n'était pas de la boue et un peu de fumier qui la feraient reculer ! D'autant qu'elle avait dans le coffre de sa voiture des bottes et un ciré, se rappela-t-elle soudain.

Vite, elle retourna au parking. Là, le spectacle d'hommes à cheval et d'énormes convois de transport de bétail ranima en elle ce curieux sentiment ressenti à son arrivée à Mullinjim de se trouver comme en pays étranger.

Même si Camille s'était toujours considérée comme une authentique Australienne, c'était là son premier voyage aux confins du pays, dans l'*outback*, et elle ne se serait pas sentie plus dépaysée si elle avait été en mission dans une lointaine contrée à l'autre bout du monde.

Au moins eut-elle la satisfaction, lorsqu'elle revint sur le marché dans sa tenue de camouflage, de ne plus détonner dans le décor. En bottes et ciré, elle s'avança allègrement dans le bourbier nauséabond et scruta les allées entre les enclos, bien décidée à retrouver Jon Rivers parmi la foule des éleveurs qui se pressaient là, tous vêtus à l'identique de jeans, cirés et chapeaux à large bord.

Les beuglements du bétail se mêlaient aux cris des commissaires-priseurs dans une joyeuse cacophonie. Soudain, elle entendit un martèlement de sabots derrière elle. Horreur ! Du bétail arrivait dans l'allée où elle se trouvait, conduit par un homme à cheval. Des bêtes massives, dont une seule aurait suffi à vous écrabouiller !

Camille n'avait jamais vu de vache autrement que séparée d'elle par une barrière. Or, il y en avait là plusieurs dizaines qui fondaient dans sa direction. Certaines grognaient, d'autres beuglaient. Et toutes avaient des cornes ! Auraient-elles assez de place pour passer ?

Terrifiée, la jeune femme se plaqua contre la palissade de l'enclos le plus proche. Une des bêtes, toute noire, dardait sur elle un regard terrible en approchant. Camille rentra le ventre pour se faire encore plus mince. Son cœur cognait si fort qu'il lui semblait prêt à exploser.

Quand elle raconterait ça au bureau !

Dans son effroi, la jeune femme mit un certain temps à se rendre compte que les animaux passaient en trottinant devant elle sans lui prêter attention. L'homme à cheval qui les escortait lui adressa au passage un bref signe de tête avant de diriger sa clique dans une allée voisine.

Camille se laissa aller contre la barrière, tremblante. Ouf ! Elle était vivante. Et non seulement sa présence n'avait pas effrayé le bétail, mais le type à cheval l'avait saluée comme si elle était parfaitement en droit de se trouver là. Avec ses bottes et son ciré, elle se fondait dans la masse. Rien n'aurait pu la réjouir davantage.

Sentant quelque chose contre son bras, elle se retourna. Un gros museau humide lui reniflait la manche ! L'enclos contre lequel elle était appuyée s'était rempli d'un nouveau lot de bétail. Pas de panique ! Ces braves bêtes se trouvaient *à l'intérieur* de l'enclos ; il n'y avait pas lieu de s'inquiéter.

Pendant qu'elle recouvrait tant bien que mal ses esprits, Camille s'aperçut que l'enclos en question commençait à susciter un certain intérêt. Des hommes s'étaient approchés pour examiner les bêtes par-dessus la barrière.

La voix du commissaire-priseur s'éleva au-dessus du brouhaha environnant. Les enchères démarraient.

— Cent quarante, cent quarante ! Oui, par ici, cent quarante-cinq !

Ignorant cette agitation, Camille scrutait les passerelles au-dessus des enclos dans l'espoir de voir Jon. A un moment, il lui sembla le reconnaître. Cette fois, elle ne le laisserait pas filer.

Les hommes pressés autour de l'enclos lui cachaient la vue, et elle grimpa sur le barreau inférieur de la palissade. Plus haut, sur la passerelle, une silhouette à large carrure et à la démarche insolente apparut dans son champ de vision. Aucun doute, c'était Jon.

— Cent cinquante-cinq ! hurla le commissaire-priseur.

Camille ne savait comment accéder à cette passerelle. Si au moins elle pouvait attirer l'attention de Jon…

Se haussant sur la pointe des pieds, elle lui fit signe.

— Oui ! Cent soixante !

Jon regardait un point juste derrière elle. De nouveau, elle agita le bras vers lui.

— Cent soixante, deux fois !

La jeune femme jeta un rapide regard là où officiait

le commissaire-priseur. Il avait le doigt pointé dans sa direction. Autour, l'assemblée commençait à se disperser.

Un terrible pressentiment envahit Camille. Il ne s'imaginait tout de même pas que...

— Cent soixante, trois fois ! cria le commissaire en la regardant dans les yeux. Adjugé ! Vendu !

— Félicitations, dit une voix près de Camille.

Elle reconnut l'homme au visage buriné qui était allé trouver Jon de sa part, quelques instants plus tôt.

— Euh... c'est moi que vous félicitez ?

Le sourire de l'homme s'épanouit.

— Mais oui ! C'est un joli lot de veaux que vous venez d'acheter.

— Mais, enfin, je n'ai rien acheté du tout ! balbutia Camille. Je... C'est une plaisanterie, j'espère !

— Ils sont magnifiques, dit l'homme, tapant de la main sur la barrière de l'enclos. Vous avez fait une bonne affaire.

— Je faisais juste signe à Jon Rivers...

Paniquée, elle jeta un regard désespéré en direction du commissaire-priseur. Il avait disparu.

— Ce n'est pas possible, se lamenta Camille. Je... je ne suis pas acheteuse. Comment a-t-il pu croire que j'étais intéressée par du bétail ?

— Vous vous trouviez à côté de moi... Je suis courtier en bétail, expliqua-t-il. Brian aura supposé que vous êtes une de mes clientes.

Elle porta une main tremblante à son front.

— Oh, mon Dieu ! Allez lui dire qu'il y a erreur, d'accord ?

— Comment ? Vous ne les voulez pas, ces jeunes veaux ?

— Bien sûr que non, répondit-elle avec un petit rire

nerveux. Que pourrais-je en faire ? J'habite dans un studio à Sydney.

— Vous n'avez qu'à les mettre en fermage.

Une voix grave résonna dans le dos de Camille.

— Andy ? Que se passe-t-il ?

Faisant volte-face, Camille découvrit Jon Rivers en personne qui la toisait d'un regard suspicieux.

— Ah, Jon ! s'exclama Andy avec son inaltérable bonne humeur. Tu es l'homme qu'il nous faut ! Cette petite dame a un problème, semble-t-il. Mais je suis sûr que tu vas pouvoir l'aider. Je vous laisse, ajouta-t-il après un coup d'œil à sa montre. Si vous voulez bien m'excuser, j'ai un client à voir. Je te retrouverai plus tard, lança-t-il à Jon.

Et il s'en fut sur un rapide salut.

Camille le regarda s'éloigner, un peu désemparée par ce départ précipité. Puis elle fit face de nouveau à Jon.

— Vous avez quand même eu le cran de vous montrer, dit-elle d'un ton grinçant. Tout ça, c'est de votre faute. Alors, maintenant, il va falloir me sortir de là !

2

Solidement campé sur ses jambes, bras croisés, Jon considérait Camille sans bienveillance particulière. Enfin, il demanda :

— Avant de m'accuser de je ne sais quels crimes, peut-être pourriez-vous m'expliquer ce qui se passe ?

— Eh bien, j'étais simplement en train de vous faire signe, et... et il semblerait que j'ai acheté ces vaches.

Il regarda dans l'enclos.

— Ce sont des veaux.

— Des vaches, des veaux, peu importe ! Ça a quatre pattes, ça beugle, et je n'en veux pas !

Il la fixa un instant sans rien dire, impassible, puis laissa échapper un long soupir.

— Je me doutais que vous seriez plus enquiquinante que les autres.

— Pardon ?

— Vous espériez augmenter vos chances de me plaire en arrivant avec un lot de bétail, c'est ça ?

— Vous pensez que j'ai acheté ces vaches pour... pour vous attirer ? demanda-t-elle, incrédule. Pour me rendre plus intéressante à vos yeux ?

Il ne répondit pas mais eut un léger mouvement de tête qui semblait confirmer cette suspicion.

Pour qui donc se prenait-il ? L'orgueil de cet homme n'avait pas de limites !

— Vous croyez vraiment que vous me plaisez ?

— En tout cas, vous me courez après, non ?

— Ecoutez-moi bien, Jonathan Rivers. Si je suis là, c'est parce que vous êtes revenu sur votre accord avec le magazine *Parole de Filles*. Point à la ligne. Vous ne m'intéressez absolument pas à titre personnel. Croyez-vous vraiment que je serais là, à patauger dans la boue, si j'avais le choix ? J'ai d'autres distractions ! Quant aux petits amis, je peux en trouver autant que je veux à Sydney. De toute façon, mon genre d'homme ne ressemble ni de près ni de loin à un cow-boy !

Pour faire bonne mesure, elle ajouta :

— Et puis, je n'ai pas l'intention de me marier. D'ailleurs, je ne suis pas un cas isolé. Parmi les filles de ma génération, de moins en moins sont disposées à se sacrifier sur l'autel du mariage. Ce sont les statistiques qui le disent.

Cette tirade fit son petit effet. Son compagnon parut étonné, et elle crut même déceler une lueur amusée dans ses prunelles.

— Soit, je veux bien vous croire.

— Formidable ! Peut-être êtes-vous également prêt à admettre que je me retrouve propriétaire de ces animaux bien malgré moi, dit-elle, désignant les veaux. Et que ça ne m'arrange pas du tout !

L'ébauche d'un sourire joua sur les lèvres de Jon.

— Les avez-vous eus à bon prix ?

— Je n'en ai aucune idée. Mais là n'est pas la question.

— Si, justement. Et il est important également de savoir si vous avez de quoi les payer.

— Mais je n'en veux pas ! protesta Camille. De toute manière, ça coûterait combien ?

Il promena un rapide regard sur les animaux dans l'enclos.

— Une quinzaine de veaux sevrés… d'un joli poids… Disons, aux alentours de deux mille cinq cents dollars.

— Quoi ? Impossible ! Je mets de l'argent de côté pour m'offrir un voyage à Paris, et ça représente presque la moitié de mes économies. Je ne vais pas les dépenser pour un troupeau de vaches !

Camille se saignait aux quatre veines pour ce voyage depuis un an. Elle ne s'était acheté aucun nouveau vêtement. Enfin… presque. Et voilà que tous ses rêves s'envolaient. Paris… Revoir son père après douze longues années de séparation, admirer ses sculptures préférées au musée Rodin, flâner dans les rues de Montmartre à la recherche de petits cafés sympathiques, se promener sur les Champs-Elysées…

Tous ces beaux rêves s'effondraient, piétinés par un troupeau de bovins.

— Que puis-je faire pour me sortir de là ? demanda-t-elle à Jon, désespérée.

Il haussa les épaules.

— Je ne sais pas.

— Puis-je poursuivre quelqu'un en justice ?

— C'est le vendeur qui risque de vous faire un procès si vous n'honorez pas votre enchère.

— Mon Dieu !

Elle ferma les yeux, s'efforçant de conjurer la panique qui l'assaillait. Voyons, il fallait réfléchir calmement à la situation. Il devait bien exister une solution à ce fichu problème.

— Un café ! Avec un café, j'aurai les idées plus claires.

— Il y a une cafétéria là-bas.

— Alors, permettez-moi de vous y inviter.

Il ne répondit pas.

— Je vous offre juste un café, Jon ! Il n'y a pas de piège. En échange, vous me donnerez quelques conseils de pro, c'est tout. Si vous étiez perdu dans Sydney, j'agirais de même envers vous.

Il l'étudia bizarrement pendant quelques secondes puis, au soulagement de Camille, accepta :

— Suivez-moi, c'est par là.

Il la guida à travers le marché jusqu'à un ensemble de bâtiments qui abritaient divers services administratifs ainsi que la cafétéria. Ils s'essuyèrent les pieds sur le large paillasson de l'entrée et Jon poussa la grande porte vitrée.

La salle était bondée, mais il y faisait bon et Camille aperçut avec plaisir au comptoir de rutilantes machines à café.

Jon refusa de la laisser débourser le moindre centime ; à Mullinjim, l'égalité des sexes ne devait pas être encore entrée dans les mœurs, supposa Camille. Elle ne résista pas à la tentation de boire une première gorgée de café avant de se diriger avec Jon vers une table libre dans un angle près de la fenêtre. Il avait acheté en plus deux sandwichs. D'épaisses tranches de pain aux céréales garnies de viande froide, de salade et de cornichons.

— Donc, vous aimeriez qu'on vous aide à vous débarrasser de votre bétail, dit-il une fois qu'ils furent installés.

— C'est ça, oui… Vous ne voudriez pas me les acheter, ces vaches, par hasard ?

Jon eut ce petit sourire en coin qui avait suscité tant d'émoi à la rédaction de *Parole de Filles*.

— Non, merci. Je suis venu à ce marché pour vendre, pas pour acheter.

Camille soupira, déçue.

— Puis-je les remettre en vente dès demain ?

Il ne répondit pas, il semblait réfléchir.

— C'est envisageable… Mais avant d'étudier la

question, si vous me disiez pourquoi vous avez fait ce long voyage de Sydney jusqu'ici ?

Camille n'en crut pas ses oreilles. C'était lui, Jon, qui venait sur son terrain ! En définitive, l'achat du bétail avait au moins un côté positif.

— Je suis ici pour essayer de savoir à quel jeu vous jouez, dit-elle, allant droit au but.

— Je ne *joue* à rien du tout.

— Allons, Jon, vous vous êtes moqué de notre magazine. Vous n'avez répondu ni à nos lettres ni à nos coups de téléphone.

— Pourquoi devrais-je coopérer avec une certaine presse totalement irresponsable ?

— Irresponsable ?

Camille dut faire un effort pour ne pas s'emporter et risquer de ruiner les bonnes dispositions de Jon Rivers.

— Qu'est-ce qui vous fait dire ça ? demanda-t-elle.

— Vous attendez de moi que j'encourage les illusions de vos lectrices, de pauvres filles crédules qui s'imaginent que les célibataires que vous avez dénichés cherchent désespérément à se marier.

— Nous n'avons jamais donné l'impression que nos candidats étaient désespérés. Ce sont des hommes hors du commun, Jon... Comme vous, ajouta-t-elle après une pause.

Il eut l'air résolument embarrassé.

— Nous avons sélectionné des hommes séduisants, fortunés qui, soit parce qu'ils sont isolés géographiquement, soit parce qu'ils se consacrent exclusivement à leur métier, sont toujours célibataires, mais désireux de se marier.

Comme il ne répondait pas, elle ajouta :

— La réaction de nos lectrices a été étonnante. Nous

étions loin d'imaginer qu'il existe encore tant de femmes qui cherchent activement un mari.

— Contrairement à vous, remarqua Jon. Et c'est ce qui me surprend, pour ma part. Comment peut-on être aussi réfractaire au mariage et laisser croire que ce soit le summum du bonheur ?

La question la désarçonna. Elle avait oublié qu'un peu plus tôt, dans le feu de l'indignation, elle avait confié à cet homme son opinion personnelle sur le mariage. Cela mit Camille étrangement mal à l'aise.

Elle s'efforça de se reprendre.

— Donc, si je comprends bien, il y a eu erreur en ce qui vous concerne, Jon. Vous êtes aussi allergique que moi au mariage.

— Je n'ai jamais dit que je ne voulais pas me marier.

Elle eut un sursaut de surprise. Dans les yeux de Jon dansait une lueur amusée, un peu moqueuse, qui acheva de la déconcerter.

— Mais je croyais…

— Je n'ai rien contre le mariage, l'interrompit-il calmement. Simplement, j'entends choisir celle que j'épouserai. Rien ne me rebute davantage qu'une femme qui me court après.

— Dans ce cas, j'aimerais bien que vous m'expliquiez pourquoi vous avez accepté de participer à notre challenge.

Les traits de Jon se durcirent.

— Je n'ai pas demandé à y participer.

— Je regrette, j'ai un accord signé de votre main.

— Ecoutez, je ne tiens pas à entrer dans le détail des circonstances qui m'ont fait figurer par erreur dans votre magazine.

Camille le fixa, interdite. Dès le début, elle avait eu le pressentiment que la candidature de ce Jon Rivers cachait quelque chose de louche.

— Jon, dois-je comprendre que… vous avez été inscrit contre votre gré ?

— Oui.

— Un coup monté, c'est ça ?

Il hocha affirmativement la tête.

— Alors, qui nous a envoyé votre photo ? Votre accord signé ?

— Je vous l'ai dit, n'espérez pas de détails de ma part. Mais vous pouvez me croire, il s'agit d'un malentendu. Un fâcheux malentendu.

Bizarrement, elle ne douta pas un instant de sa parole. Le besoin d'en savoir davantage la taraudait. Comment diable Jonathan Rivers avait-il pu se retrouver dans *Parole de Filles* par *malentendu* ? Le magazine et ses lectrices avaient le droit de savoir. Mais alors même que les questions se bousculaient dans sa tête, quelque chose dans l'expression de Jon la retint de les formuler. Elle eut la conviction qu'il n'en dirait pas davantage, et qu'insister eût été inutile, voire dangereux. Il risquait tout simplement de se fermer comme une huître.

D'un autre côté, elle ne pouvait abdiquer complètement. Son emploi était en jeu.

— Je ne crois pas qu'il vous soit possible à ce stade de nous quitter, Jon. Nous ne pouvons pas vous retirer du challenge. Nos lectrices attendent la suite des événements.

— Comment ça ? Bien sûr, vous pouvez ! Et si je m'étais fait écraser par une voiture ?

— Mais vous êtes l'un de nos candidats les plus populaires.

Le plus populaire, en fait. Mais elle estima qu'il était inutile de gonfler inconsidérément son orgueil.

— Eh bien, tant pis, dit-elle.

Il but son café et Camille fit de même, l'esprit en ébullition. Un coup monté… Mais qui pouvait bien en être l'auteur ? Un simple plaisantin ? Quelqu'un qui en voulait à Jon ? Une amoureuse éconduite, peut-être ? Ou une admiratrice mal inspirée ?

— Dites-moi, quel poste occupez-vous à votre magazine ? demanda-t-il, l'interrompant dans ses pensées.

— Je suis rédactrice adjointe.

— Quel est votre pouvoir ?

— Dans le « Challenge des célibataires » ? C'est moi qui pilote la publication.

Inutile de préciser qu'elle avait néanmoins des comptes à rendre à Edith King, la rédactrice en chef.

Jon resta un long moment silencieux, l'air pensif. Puis, s'accoudant à la table, il se pencha vers Camille, la regarda dans les yeux et un sourire transforma totalement sa physionomie.

— Rédactrice adjointe, vous dites ? Si vous avez suffisamment de poids en tant que rédactrice adjointe, nous devrions pouvoir nous entendre, Camille Dèvereaux.

Oh non ! Comment espérer garder l'esprit clair avec ce sourire qui la faisait littéralement fondre ?

— Je regrette mais… je ne vous suis pas très bien.

— Je suis certain que oui, dit-il d'un ton suave.

Flirterait-il avec elle ? Allons, bien sûr que non. C'était juste son imagination qui s'emballait sous l'effet de ce sourire ravageur.

— Nous sommes tout à fait à même de nous aider mutuellement, renchérit Jon.

— Ah… En somme, dit-elle, baissant les yeux pour se soustraire à son charme redoutable, si mon magazine vous retirait du « Challenge des célibataires », vous seriez prêt à m'aider à trouver une solution pour mon troupeau, si je comprends bien ?

— Exactement.

Sa première pensée fut pour Edith. La rédactrice

en chef de *Parole de Filles* s'arracherait les cheveux si Jonathan Rivers devait se retirer de la partie. Puis elle songea à son projet de voyage à Paris, à son père. A la nécessité de garder intactes ses économies.

— Comment pourriez-vous m'aider, Jon ? s'enquit-elle, le coeur battant.

— Si j'emmenais vos bêtes chez moi dans ma propriété d'*Edenvale*, je pourrais les élever pendant quelques mois et quand la conjoncture serait favorable, je les vendrais et nous partagerions les bénéfices.

— Les bénéfices ? Vous voulez dire que... qu'il me serait possible de gagner de l'argent avec ces vaches ? Enfin... ces veaux ?

— Ça s'appelle de l'élevage. C'est ce que nous faisons ici, dans le pays, pour vivre.

— Est-ce que je gagnerais davantage que si je laissais mes économies à la banque ?

— Il y a toujours une part de risque. Mais nous avons eu de bonnes pluies cet été. L'herbe est bien grasse. Et si les cours à l'exportation continuent de grimper, nous pourrions réaliser un joli bénéfice avec votre bétail, oui.

Son bétail. Cela sonnait bizarrement. Pourtant, les perspectives que lui décrivait Jon faisaient naître en elle une irrésistible excitation, comme si elle se trouvait à l'aube de quelque extraordinaire aventure.

— Mais bien sûr, poursuivit Jon, il faudrait me promettre que mon nom n'apparaîtrait plus dans votre magazine.

C'était là que le bât blessait. Comment Edith accueillerait-elle la nouvelle de la défection de Jon ?

Il fallait reconnaître qu'il avait de bonnes raisons de vouloir se retirer du concours. Et nul doute qu'elle aurait moins de mal à trouver une excuse auprès d'Edith que quelqu'un pour se charger de ses veaux !

— Eh bien soit, marché conclu !

Heureuse de ce dénouement, elle lui tendit la main en souriant pour sceller leur accord. Jon fixa cette main sans réagir comme s'il hésitait puis, enfin, la serra.

— Marché conclu, répéta-t-elle.

Ils se regardaient dans les yeux. Ceux de Jon luisaient soudain d'un éclat si ardent, si déstabilisant qu'elle en eut le souffle coupé. Et une sorte de vertige l'envahit.

Détournant rapidement le regard, il froissa les papiers d'emballage de leurs sandwichs.

— Bien, je vais m'occuper des formalités et voir si un des chauffeurs peut me livrer ces bêtes à *Edenvale*, cet après-midi.

Jon s'était levé, et Camille prit conscience, non sans une pointe de déception, qu'ils en avaient terminé. Elle sortit une carte de visite de son sac :

— Tenez, si vous voulez me joindre — à propos du bétail ou... ou pour n'importe quoi.

Le front plissé, il considéra longuement le petit bristol où figuraient ses coordonnées.

— Vous rentrez à Sydney ?

— Oui, dit-elle en se levant. Mais je n'y serai pas avant demain, à mon avis.

— La route est bonne jusqu'à Townsville, à condition de passer par Charters Towers. Qui sait, peut-être pourrez-vous attraper un avion, ce soir.

— Peut-être... Merci pour le café.

— Je vous en prie.

Il écarta un pan de son blouson pour glisser la carte de Camille à l'intérieur de la poche de sa chemise. Immobiles, ils se regardaient, et il s'ensuivit un silence embarrassé. Camille ne pouvait oublier cette flamme surprise un instant plus tôt dans ses prunelles... Aucun doute, Jonathan Rivers était l'un des hommes les plus irrésistibles, les plus séduisants qu'elle ait connus. Et à en juger par le succès remporté par sa candidature, des milliers de femmes en Australie partageaient aussi cet avis.

Une pensée qui lui rappela la colère qu'elle allait essuyer de la part d'Edith…

— Vous aviez autre chose à me dire, peut-être ? demanda Jon, comme elle ne partait pas. Vous ne regrettez pas votre décision, j'espère ?

Elle soupira.

— Je ne peux m'empêcher de penser que vous êtes franchement gagnant dans cette affaire.

Il eut un petit rire incrédule.

— Comment pouvez-vous dire ça ?

— Eh bien, vous n'aurez rien d'autre à faire que mettre ces vaches dans un pré et attendre sans vous fatiguer qu'elles engraissent, et vous empocherez les bénéfices. Alors que moi, je vais devoir affronter les foudres d'Edith, mon chef, et lui expliquer que vous m'avez filé entre les doigts.

A la surprise de Camille, Jon devint cramoisi de colère.

Pendant un instant, il ne dit rien, comme s'il cherchait à se maîtriser. Quand il prit la parole, ce fut d'un ton glacial :

— Nous avons passé un marché. Peut-être donne-t-on sa parole à la légère à la ville. Mais ici, il n'est pas possible de revenir en arrière. A vous de vous débrouiller pour tenir vos engagements.

Sur ce, il quitta la cafétéria sans attendre sa réponse.

La situation isolée de Mullinjim excluait toute utilisation d'un téléphone portable, et Camille dut appeler Sydney d'une cabine téléphonique sur le parking du marché.

— Mon Dieu, Camille ! Que je suis contente de t'entendre ! s'exclama Edith. Je te croyais perdue dans l'*outback*. Es-tu bien arrivée à Mulla... Mulli... ?

— Oui, je suis à Mullinjim, et j'ai vu Jonathan Rivers.

— Tu es une perle ! Je savais que tu nous tirerais de là.

— Euh...

— Je me suis fait tellement de mouron à propos de notre cow-boy. C'est que l'enjeu est de taille ! Il est le chouchou de ces dames.

— Edith, il faut que tu saches, ça n'a pas été facile. En fait, j'ai dû passer une sorte de... de marché avec lui.

— Pas de problème. Nous ferons tout ce qu'il y a à faire dans la mesure où il joue le jeu.

— Justement...

— Attention, pas de chèque exorbitant. Si monsieur est trop gourmand, il faudra qu'il traite directement avec moi. Je me charge de la négociation.

Le léger déclic d'un briquet se fit entendre sur la ligne. Edith devait allumer une cigarette, faisant fi comme d'habitude de l'interdiction de fumer au bureau.

— Tu ne comprends pas, Edith. Ce n'est pas une question d'argent.

— Mon Dieu ! Il veut coucher avec toi ?

Camille s'appuya à la paroi de la cabine et porta une main à son front. L'épreuve se révélait encore plus difficile qu'elle le redoutait.

— Non ! Simplement, il n'est pas disponible.

— Il est déjà marié ? hurla Edith, s'étranglant à moitié.

— Non, écoute-moi. Il y a eu un malentendu au départ...

— Il n'est pas homosexuel ? Camille, rassure-moi ! Notre cow-boy n'est pas homosexuel ?

— Non, Edith.

Cela, au moins, Camille en était certaine. L'intérêt

que lui avait témoigné Jon à plusieurs reprises ne lui laissait aucun doute sur le sujet. Elle fut moins sûre d'elle pour ajouter :

— En fait, il n'a jamais accepté de participer au challenge.

Cette déclaration fut accueillie par un silence.

— Peux-tu répéter ? dit enfin Edith avec un calme inquiétant. J'espère n'avoir pas bien entendu.

Camille ferma un bref instant les yeux.

— En clair, Jon Rivers veut se retirer du challenge, et je ne suis pas sûre que nous puissions le retenir. Je t'expliquerai plus en détail à mon retour à Sydney, Edith. J'ai fait de mon mieux, je suis désolée. Je ne suis pas du genre à capituler aisément, tu le sais, mais je me suis heurtée à un mur. Nous n'obtiendrons rien de lui, il refuse toute coopération ; c'est pourquoi j'ai décidé de rentrer.

— Camille ! tonna Edith, recouvrant toute la puissance de sa voix. Il n'est pas question que tu rentres ! Tu restes où tu es, ma chère, et tu fais le travail qui t'a été demandé.

— Mais je t'ai expliqué que…

— Tu te débrouilles.

Edith poussa un soupir bruyant avant d'enchaîner :

— Tu sais que je n'aime pas recourir au chantage. Mais j'ai moi-même des pressions très fortes de la part des actionnaires du journal ; et il est vital — et je pèse mes mots — que nous réussissions notre coup. Et maintenant, au travail, Camille ! Tu m'appelles demain soir pour me tenir au courant des derniers événements.

Elle raccrocha.

Camille fit de même et se couvrit le visage des mains, accablée. Elle était dans une impasse. Jonathan Rivers refusait catégoriquement de transiger. Comment dès lors concilier ses exigences avec celles d'Edith ?

Camille sortit de la cabine. Des rafales de vent glacé balayaient le parking, et le froid était vif malgré le soleil. La jeune femme enfouit les mains dans ses poches et se mit à marcher.

Que pouvait-elle faire ? Essayer de percer le mystère de la candidature de Jon ? Mais cela lui apporterait-il quelque chose ? Pourquoi ne pas trouver plutôt une échappatoire ? Elle pourrait réaliser un grand travail journalistique... sur la vie dans une ferme d'élevage, par exemple : l'univers d'un éleveur vu par un regard féminin...

Déjà, les idées fusaient dans l'imagination de Camille, faisant renaître un peu de sa confiance. Elle allait se surpasser. Et elle les épaterait tous !

Jon arriva sur le parking du marché, toujours aussi en colère. Entendre cette journaliste insinuer que la vie d'un éleveur se résumait à regarder engraisser son bétail l'avait mis hors de lui. De l'argent facile, mais oui !

Il savait pourtant qu'il avait tort de laisser ces propos l'affecter. C'était une femme de la ville. Elle n'avait aucune idée du travail que représentait l'élevage d'une bête. Elle n'était même pas capable de distinguer une vache d'un veau !

Et elle se prétendait journaliste ?

Finalement, il regrettait de n'avoir pas clarifié la situation. Cela l'aurait soulagé de l'entraîner hors de la cafétéria et de lui dire ses quatre vérités...

Ou de l'embrasser à corps perdu.

Cette pensée le cloua net sur place. Et si c'était là son problème ? Aurait-il accordé tant d'importance aux insanités de Camille s'il ne l'avait trouvée aussi diablement attirante ? Etait-il furieux à cause de ses remarques ? Ou plutôt parce qu'elle était belle, qu'il la désirait et qu'elle était inaccessible ?

Zut ! De fait, il était obsédé par le souvenir de cette femme. Sans le vouloir, il était tombé sous le charme de cette belle inconnue...

Et puis ensuite ?

De toute façon, Camille allait repartir à Sydney. Elle s'en retournait à la ville, emportant ses idées reçues, et il avait manqué l'occasion de lui montrer à quel point elle se trompait sur la vie d'un éleveur.

Camille arpentait toujours le parking quand, au détour d'une jeep, elle aperçut à quelques mètres Jon marchant dans sa direction. Le col du blouson relevé, les cheveux décoiffés par le vent, il marchait sans la voir. Soudain, il avisa sa présence, et elle remarqua avec tristesse comme son visage devenait sévère.

Elle fut tentée de le saluer brièvement au passage et de s'esquiver, mais les injonctions d'Edith résonnèrent à ses oreilles, et Camille se surprit elle-même à déclarer :

— J'espérais que nous nous reverrions.

Il ne se dérida pas.

— Vous ne deviez pas rentrer à Sydney ?

— J'ai réfléchi. J'ai décidé de profiter de mon voyage pour faire un article sur la vie dans la brousse.

Jon eut une moue dédaigneuse.

— Et comment comptez-vous procéder ? En décrivant ce que vous voyez de la fenêtre de votre hôtel ?

— Pas du tout. J'ai l'intention de réaliser un article de fond sur l'*outback* tel qu'il est.

Cette fois, sa réponse lui valut un ricanement.

— Vous êtes bien la dernière personne capable d'écrire quoi que ce soit d'authentique sur cette région.

— Qu'en savez-vous ? Je ne suis pas une journaliste néophyte.

— Un peu de lucidité, mademoiselle Dèvereaux. Vous arrivez ici au marché, tout ingénue, et vous achetez par inadvertance un lot de bétail. Puis vous vous déchargez de vos erreurs sur moi et vous avez l'audace d'assimiler l'élevage des veaux à de l'argent facile.

Tiens, tiens..., se dit Camille. Elle avait blessé monsieur dans son amour-propre.

— Je regrette ces paroles. J'ai parlé sans réfléchir.

Il parut étonné qu'elle s'excuse. Son regard, toujours aussi sombre, vint se poser sur elle, plus précisément... sur sa bouche. Le cœur de Camille s'emballa. Puis il la regarda droit dans les yeux :

— D'après ce que j'ai pu voir de votre magazine, vous faites plutôt dans la guimauve et la niaiserie. Je ne me souviens pas y avoir trouvé le moindre réalisme.

— Alors, donnez-moi du réalisme, Jon !

— Comment ça ?

— Montrez-moi à quoi ressemble votre vie au quotidien.

— Non, merci, dit-il en ricanant. Je ne tiens pas à figurer sous votre plume.

— Mais il ne s'agirait pas d'un article sur vous en tant que cœur à prendre, Jon, nous sommes bien d'accord là-dessus, répliqua-t-elle. Votre nom n'apparaîtrait même pas. Il s'agirait en fait d'un papier sur la vie dans l'*outback*, le quotidien dans une ferme d'élevage... Et plus particulièrement pour la femme. Bref, la condition des femmes du bush australien vue par une citadine.

— Autant dire par un regard naïf et condescendant.

Cette remarque la laissa pantoise. Décidément, elle ne pourrait jamais s'entendre avec un tel macho.

— C'est bon, n'en parlons plus ! Je trouverai quelqu'un de plus conciliant.

Elle tourna les talons.

— Camille !

Une main la saisit par le bras, mais elle se libéra et poursuivit son chemin.

— Camille ! Attendez, bon sang !

Cette fois, la poigne, plus énergique, l'obligea à s'arrêter.

— Qu'est-ce que vous me voulez ?

Elle fut étonnée de lui voir l'air un peu contrit.

— Vous ne pouviez pas savoir que je n'étais pas d'accord pour participer à votre truc... comment l'appelez-vous ? votre challenge. Aussi, j'estime qu'en compensation, je vous dois bien de contribuer à votre article.

— Inutile. Je n'aurai aucun mal à trouver des interlocuteurs sympathiques et coopératifs. Vous devez être le seul ici à ne pas posséder ce fameux sens de l'hospitalité qu'on prête aux habitants de l'*outback*.

— Ecoutez ! Vous voulez faire un article sur une ferme d'élevage, c'est ça ? Vous n'avez qu'à venir à *Edenvale*.

— Chez vous ? balbutia-t-elle, stupéfaite.

— Oui, répondit-il d'un ton bourru.

— Vous m'invitez à pénétrer dans ce sanctuaire que j'ai trouvé jalousement défendu par des chaînes ?

L'ombre d'un sourire passa sur les lèvres de Jon, pour disparaître presque aussitôt.

— Vous en êtes bien sûr, Jon ? demanda-t-elle, surprise de cette volte-face.

— Disons que je vais m'occuper de vos bêtes, et je suis touché que vous vous souciiez de leur bien-être.

Camille n'avait pas imaginé la chose sous cet angle...

— Effectivement.

— Vous pourrez voir l'installation de vos animaux dans leur nouveau décor... Ils sont tout juste sevrés. Hier encore, ils étaient avec leurs mères. Donc, ils vont subir un stress important; il va falloir les entourer de soins attentifs à leur arrivée, les traiter avec douceur.

— Ah, oui ? Pauvres choux ! A vous voir, on ne croirait pas que vous ayez l'âme si sensible, Jon, dit-elle non sans une certaine malice.

— Alors, ma proposition vous intéresse ? répliqua-t-il d'un ton bourru.

— Bien sûr, elle m'intéresse !

Elle allait pouvoir écrire un article sur son bétail, ses veaux ! Dans son allégresse, elle ne résista pas à la tentation d'ajouter par taquinerie :

— J'ai hâte d'en savoir davantage sur vos techniques de soins attentifs !

3

Jon était rentré depuis moins d'une heure à Edenvale avec Camille quand il reçut un appel de son frère.

— Allô, Jon ? Je voulais juste te prévenir qu'une journaliste rôde dans les parages. Elle travaille à ce magazine de Sydney. J'ai eu sa visite ce matin au bureau, elle voulait te voir.

— Je suis au courant.

— Ah ! Figure-toi qu'elle m'a demandé de la déposer chez toi en hélicoptère.

— Ecoute, mon vieux, merci pour le renseignement mais c'est trop tard. Elle m'a trouvé.

Il y eut un silence à l'autre bout de la ligne.

— Tu ne l'as pas trop malmenée, j'espère ?

Jon s'éclaircit la gorge.

— Pas du tout. En fait, nous avons conclu… un arrangement à l'amiable.

— Tant mieux. Tu étais tellement furieux contre ce magazine… Je craignais que tu te sois montré détestable contre cette pauvre fille.

Jon fit la grimace. Que dirait son frère s'il savait que non seulement, il n'avait pas été détestable, mais qu'il avait emmené Camille Dèvereaux chez lui, où elle était à présent installée sur une chaise longue sous la véranda. Son chat sur les genoux et Saxo, le labrador, couché à ses pieds, elle contemplait le coucher du soleil.

C'était pure folie d'avoir amené cette femme ici ! Il l'avait invitée dans un accès de remords pour tenter d'effacer son comportement grossier ; mais à présent, il se rendait bien compte de l'erreur qu'il avait commise.

— Dommage que tu l'aies rencontrée dans ces circonstances, poursuivit Gabe. J'ai beau être marié et très amoureux de ma femme, je l'ai trouvée plutôt jolie, la journaliste.

— Ah, oui ? bougonna Jon, mal à l'aise.

Faire abstraction de son charme était devenu pour lui *la* difficulté du moment. Que n'avait-il écouté son intuition première et ignoré cette femme !

Maintenant, elle se trouvait ici, chez lui, sous son toit. Sitôt arrivée, elle s'était mise à l'aise et avait troqué son tailleur contre un jean et un pull rouge — un pull qui lui moulait insolemment la poitrine. Il avait toutes les peines du monde à s'empêcher de la dévorer des yeux.

— Au fait, j'allais oublier... Jim, ton transporteur, a été retardé à Piebald Downs ; il ne pourra te livrer tes veaux que tard dans la soirée.

— D'accord, je te remercie.

— Je ne pensais pas que tu achetais aujourd'hui. Tu n'avais pas dit que tu vendais ?

— Oui... il y a eu un petit changement de programme...

A quoi bon mentir ? se dit Jon avec résignation. Vouloir cacher la vérité à son frère était illusoire. Gabe habitait la ferme voisine de *Windaroo* avec sa femme. Aussi avoua-t-il sans ambages :

— Camille a acheté un lot de veaux.

— Camille ?

— La journaliste... Ce serait trop long à t'expliquer. Pour faire bref, elle a acheté ces bêtes ce matin et me les a données en fermage.

— Tu plaisantes ?

— Non, mon vieux. Et autant que tu le saches, elle va passer un jour ou deux chez moi.

Le silence qui accueillit cette déclaration en disait long sur la stupeur de Gabe.

— Ça fait partie de... d'un marché que nous avons conclu, elle et moi, précisa Jon.

— C'est... c'est formidable ! balbutia Gabe.

— Il n'y a rien là de formidable. Elle veut écrire un article sur la vie dans l'*outback*, le quotidien d'un éleveur. L'idée qu'elle s'en fait est complètement fausse. Elle verra que, pour élever des veaux, il ne suffit pas de les parquer dans un pré pour les regarder engraisser. Je vais lui montrer, à cette demoiselle, ce qu'est la réalité des choses !

— Je comprends, dit Gabe avec un petit sourire dans la voix. C'est tout à ton honneur.

— Tu te moques de moi ?

— Pas du tout. Simplement, depuis quelque temps, tu avais plutôt tendance à houspiller les femmes ; je me réjouis que tu redeviennes un type normal.

— Ah, mais je ne compte pas lui faire des avances. En fait, je veux qu'elle se rende compte que vivre avec un éleveur n'a rien d'un conte de fées.

Cela fit rire de nouveau Gabe.

— Alors, qu'elle ne rencontre pas Rachel. Sinon, ma chère et tendre épouse pourrait bien descendre en flammes ta belle théorie !

Quand il retourna sous la véranda, Jon trouva Camille en train de susurrer des mots doux au chat. Penchée sur le matou, elle le grattait entre les oreilles, sa magnifique chevelure s'allumant au soleil couchant de reflets auburn.

Au bruit de son pas, elle leva le regard vers lui ; et il

n'en fallut pas plus, juste croiser ses yeux noirs, pour qu'une bouffée de désir le submerge.

C'était fou ! Chaque fois qu'il la voyait, il était séduit par son charme, sa fraîcheur.

De son côté, comme pour compliquer la situation, Camille avait l'air de tout trouver follement drôle et charmant dans le ranch. Alors qu'elle était censée y découvrir le quotidien de l'*outback* dans son réalisme le plus cru... Comment diable pourrait-il la convaincre que la vie dans une exploitation était très dure et totalement dénuée de poésie, si elle était décidée à s'émerveiller de tout ?

Cela avait commencé dans le camion pour venir ici. Cent fois, elle s'était extasiée sur la beauté du paysage. Un rien la mettait en joie, la vue d'un kangourou, d'un dindon des plaines. Son enthousiasme était sincère, et Jon en était contrarié sans qu'il pût bien s'expliquer pourquoi.

Et à présent, voilà qu'elle se prenait d'affection pour Mickey, le chat.

— Il est adorable, dit-elle, en le caressant. Je n'ai jamais eu d'animal de compagnie.

— Pas même quand vous étiez enfant ?

— Non. Et maintenant, le règlement de la résidence où j'habite interdit de posséder des animaux. Je n'ai même pas un poisson rouge.

Il faillit demander pourquoi elle n'avait eu ni chien ni chat dans son enfance mais se ravisa. Il ne l'avait pas emmenée à *Edenvale* pour la faire parler d'elle.

— Puisque vous êtes bien installée, vous n'avez qu'à rester là, dit-il d'un ton bourru. Je vais préparer un enclos pour les veaux.

— Attendez-moi ! Ça m'intéresse !

Elle s'était levée d'un bond, le chat dans les bras. L'excitation faisait pétiller ses yeux.

Jon soupira.

— Bon, allons-y.

La ferme d'*Edenvale* était construite sur une colline qui offrait une vue sur toute la vallée de Mullinjim. Plus bas, un petit étang naturel servait de refuge à différentes espèces de canards et d'oies sauvages ; d'immenses pâturages où paissait du bétail descendaient en pente douce dans la vallée, émaillés çà et là de quelques bosquets. Plus loin encore, sur l'horizon, des montagnes déroulaient leur étroite silhouette violacée.

— Que c'est beau ! s'exclama de nouveau Camille.

Jon pressa le pas, obligeant presque la jeune femme à courir.

Dans la grange, il tira trois bottes de foin.

— Pouvez-vous en porter une ?

— Bien sûr, dit-elle, tendant aussitôt les bras pour recevoir la charge. Qu'allons-nous en faire ?

— Nous la répandrons dans l'enclos pour que les veaux aient à manger à leur arrivée. Jusque-là ils étaient allaités par leur mère ; la période de sevrage est toujours un peu délicate.

Le foin fut déposé tout autour de l'enclos.

Comme elle admirait leur travail, les mains sur les hanches, Jon se renfrogna.

— C'est juste un enclos à bétail, Camille, pas une oeuvre d'art.

Les choses n'allèrent pas en s'arrangeant. Le soir venu, en effet, son invitée voulut absolument préparer à dîner.

— Je suis bonne cuisinière, vous savez ! Et puis, vous devez vous lasser de vous faire toujours vos repas.

— Un bifteck, c'est prêt en deux minutes, marmonna Jon. Et ma femme de ménage m'apporte régulièrement des plats à réchauffer.

— Mais il est agréable de changer de temps en temps, non ? Et puis, je ne sais pas si c'est le fait d'être là, mais je sens se réveiller en moi ma fibre de femme d'intérieur !

Il dut paraître sérieusement inquiet car elle se hâta d'ajouter :

— N'ayez pas peur, Jon. Il n'y a aucun danger. Ce n'est pas parce que je me mets aux fourneaux que je rêve d'avoir la bague au doigt.

— Je préfère ça, admit-il avec un sourire amusé.

Si seulement il pouvait traiter les événements avec la même désinvolture que Camille. Mais non. Bizarrement, avoir laissé cette femme entrer dans sa cuisine lui semblait plus dangereux que de chevaucher un taureau dans un rodéo.

Cela amusa Camille de fouiller dans les placards de Jon et d'improviser un repas. Rosbif finement tranché, oignons, poivrons, carottes et céleri, le tout relevé d'une sauce piquante, composèrent un plat fort appétissant ; mais une fois à table, la jeune femme se sentit nettement moins à l'aise.

Que faisait-elle là, en tête à tête avec l'énigmatique et séduisant Jonathan Rivers ? Après avoir bataillé avec lui presque toute la journée, voilà qu'elle se retrouvait seule en sa compagnie dans cette grande maison loin de tout, prête à partager son repas, et avec une longue nuit devant eux en perspective. Sans compter les regards embarrassés qu'il lui adressait, et ses propres sens qui déjà s'affolaient !

Ils mangèrent dans un silence pesant, chargé d'électricité.

Elle aurait aimé interviewer Jon sur sa vie privée mais, dans un tel contexte, comment allait-il l'interpréter ? S'il venait à soupçonner qu'il lui plaisait, il la flanquerait à la porte, et son article serait fichu !

Mais même s'il ne réagissait pas si hostilement, il fallait de toute façon combattre son attirance pour Jon… Lui et elle appartenaient à des mondes trop différents.

Pourtant, jamais Camille n'avait ressenti cette étrange et puissante alchimie entre un homme et elle. La pièce semblait en être toute bruissante. Et un feu sombre luisait dans les yeux de Jon chaque fois qu'il la regardait. Un feu qui la faisait fondre…

Ce fut un soulagement pour elle quand tout à coup il se leva de table.

— J'entends la bétaillère qui apporte les veaux.

Il alla vite chercher son blouson.

— Il n'est pas nécessaire que vous m'accompagniez, cette fois, ajouta-t-il. Il fait froid et vous n'y verriez pas grand-chose dans l'obscurité.

— Ah, non, ne comptez pas que je reste ici ! rétorqua Camille. Je veux voir arriver mes petits bonshommes. Laissez-moi juste aller chercher un vêtement chaud dans ma chambre.

Dehors, le froid était vif, en effet, et la nuit d'un noir d'encre. Les phares de la bétaillère brillaient comme des météores dans les ténèbres. Camille ne put qu'admirer la dextérité avec laquelle le chauffeur manœuvrait son mastodonte, le guidant en marche arrière jusqu'à l'étroite rampe d'accès aux enclos.

— Ne vous approchez pas, ordonna Jon. Les bêtes pourraient prendre peur dans la nuit ; et si l'une d'elles venait à tomber, elle risquerait de se casser une patte.

Docile, Camille demeura un peu à l'écart. De toute façon, il n'y avait effectivement pas grand-chose à voir ;

elle entendait juste les veaux pousser de légers mugissements dans le camion, puis reconnut le bruit des lourdes portes qui s'ouvraient.

— Allez, dehors ! cria une voix.

Le claquement des sabots résonna sur le métal.

Dans le pâle faisceau des lampes de poche, la jeune femme aperçut vaguement les premières bêtes qui descendaient la rampe. Une, deux, trois, quatre... Son bétail. *Son* bétail. Camille éprouva une fierté presque maternelle à les regarder sortir en trottinant du camion, tels de sages petits écoliers. Elle se surprit même à leur donner des noms... Fred, Joe, Nestor...

Les hommes ne parlaient qu'en cas de nécessité et à voix basse. Il ne fallait pas effrayer les veaux ; Jon voulait les traiter avec douceur...

Jusque-là, la vague idée que se faisait Camille des éleveurs était celle de types à cheval, au verbe fleuri, maniant le fouet et les éperons. Elle n'imaginait pas qu'il pût s'agir d'hommes déployant mille précautions pour accueillir de nuit avec un minimum de stress les veaux d'une étrangère.

Elle ne put s'empêcher de se demander quel traitement réservait Jon Rivers aux femmes qui lui étaient chères...

Le lendemain matin, Camille fut réveillée par un rire ; des *kookaburras* lançaient leurs cris rauques caractéristiques dans le gommier sous sa fenêtre. Soulevant péniblement une paupière, elle vit à travers les persiennes que le jour se levait.

Elle referma les yeux et resta immobile à écouter le rire des oiseaux, des jacassements qui allaient *crescendo* s'arrêtaient brusquement pour reprendre ensuite dans un regain de vigueur. Malgré la contrariété d'avoir été arrachée au sommeil, elle sourit. Ce n'était pas à Sydney qu'elle avait l'occasion d'entendre ce drôle de concert !

Soudain, la jeune femme se souvint d'un matin où elle avait été réveillée également par des rires. C'était chez une amie de pensionnat qui l'avait invitée dans la ferme de ses parents en Nouvelle-Angleterre pour des vacances. Qu'il était curieux que ce souvenir oublié émerge maintenant des profondeurs de sa mémoire...

De la chambre où elle logeait, Camille avait entendu des rires joyeux dans la maison. Anne, ses parents et son frère, déjà levés, prenaient le petit déjeuner en famille dans la cuisine. C'étaient eux qui riaient de si bon cœur.

Camille se souvint en avoir eu des larmes aux yeux. Elle-même n'avait jamais entendu de telles manifestations de gaieté dans sa propre famille. Chez elle, on n'avait pas le temps de prendre les repas ensemble, et encore moins de rire ou de plaisanter.

Elle fouilla dans sa mémoire, essayant de se rappeler malgré tout des moments de joie qu'ils avaient pu partager. Camille eut beau réfléchir, c'était plutôt des fâcheries et des disputes qui lui revenaient. Elle se promit d'interroger son père à ce sujet quand elle le verrait. N'avaient-ils jamais connu ensemble de véritables joies ?

Jon terminait son petit déjeuner lorsque Camille se présenta dans la cuisine. Cela ne le réjouit pas particulièrement de la voir aussi ravissante ce matin qu'elle l'était la veille.

— Vous êtes debout depuis longtemps ? demanda-t-elle tout en se servant du thé.

— Je suis allé donner à boire aux veaux.

— Vous vous levez à l'aube tous les jours, j'imagine ?

Il acquiesça d'un simple signe. Ce matin, c'est avec

soulagement qu'il avait vu poindre le jour ; hanté toute la nuit par des rêves érotiques dont Camille était l'héroïne, il n'avait pratiquement pas fermé l'œil.

— Alors, quel est notre programme aujourd'hui ? lança la jeune femme tout en mettant un toast à griller. Que reste-t-il à faire pour installer les veaux dans leur nouveau logis ?

— Il va falloir commencer par les marquer.

— Les marquer ? répéta Camille, se retournant vivement.

— Oui. Les marquer, leur mettre un badge, les vacciner et les traiter contre les parasites. Et demain, je les transférerai dans un enclos plus grand. Pendant quelques jours, ils ne seront nourris que de foin. Ensuite, s'ils s'adaptent bien, j'essaierai de les faire marcher sur le chemin pour les habituer à rester groupés. Et plus tard, je les conduirai dans des pâturages plus éloignés.

— J'étais loin d'imaginer que mes petites bêtes vous donneraient tant de travail ! Vous avez d'autres occupations par ailleurs, je suppose.

Non, il se tournait les pouces toute la journée, faillit répondre Jon, mais il se ravisa.

— Est-il vraiment nécessaire de les marquer ? questionna Camille.

— C'est la seule façon de prouver que l'animal vous appartient.

— Sans doute mais… je croyais qu'il fallait leur éviter du stress. Ça paraît tellement agressif comme procédé. Mon pauvre petit Nestor…

— Pardon ?

— Non… rien, bredouilla Camille.

Son toast avait fini de griller. Elle le posa sur une assiette et s'installa à table.

— Je suppose que mes états d'âme à propos du

marquage ne vous étonnent pas, reprit-elle. Ce doit être le genre de réaction idiote que vous attendiez de la part d'une citadine comme moi.

— Vous n'êtes pas obligée d'assister au marquage, Camille.

En fait, il préférait de beaucoup qu'elle ne soit pas présente !

Sur une impulsion, il ajouta :

— Je ne crois pas que les choses vont bien se passer… je veux dire… le fait que vous soyez ici. Il aurait mieux valu que vous rentriez à Sydney, comme prévu. Vous pourriez partir ce matin ?

— Non ! Ne vous méprenez pas sur mes remarques à propos du marquage. Il ne s'agissait pas d'une critique. Je veux tout voir, tout connaître. Montrez-moi la réalité telle qu'elle est, Jon. Soyez mon initiateur.

— N'espérez pas de moi que je sois votre initiateur, grommela-t-il.

— Et pourquoi ?

De longues secondes durant, ils se fixèrent en silence de part et d'autre de la table, et les paroles de Jon semblèrent acquérir un tout autre sens. *N'espérez pas que je sois votre initiateur.*

Sans doute étaient-ce les fantômes de son sommeil agité qui revenaient le hanter, mais il sentit un trouble sensuel le submerger irrésistiblement ; le plus étonnant, c'est qu'il percevait un émoi de même nature dans les yeux de Camille. Comme si, au-delà de ce regard qu'ils échangeaient, il existait entre eux un contact physique.

D'un bond, Jon se leva et alla laver son bol à l'évier.

— Je ne peux laisser quelqu'un sans expérience comme vous approcher le bétail. C'est un travail rude, et il n'est pas sans danger. Je ne voudrais pas que vous vous blessiez.

— Mais ce sont mes veaux ! Pour en parler avec réalisme, il est indispensable que je les côtoie de près.

— Je ne tiens pas à avoir un procès de votre magazine, figurez-vous.

Il se dirigea vers la porte et, une fois là, ajouta sans se retourner :

— Prenez tout votre temps pour déjeuner… Si vous y tenez vraiment, vous pourrez me rejoindre, mais il faudra que vous restiez à l'écart, Camille.

Malgré la belle assurance affichée face à Jon, ce ne fut pas sans appréhension que Camille prit la direction des enclos après le petit déjeuner. A n'en pas douter, le marquage des veaux serait un spectacle difficile à soutenir.

— Mettez-vous là et n'approchez pas, ordonna Jon en la voyant arriver.

Il indiquait un endroit non loin d'un curieux appareil métallique qui n'était pas sans évoquer un chevalet de torture du Moyen Age.

— Qu'est-ce que c'est ? s'enquit-elle, saisie d'un affreux pressentiment.

— C'est le couloir de contention. Ça sert à maintenir l'animal immobile quand on travaille dessus.

Le couloir de contention… Quelque accessoire hérité sans doute de l'Inquisition espagnole…

Derrière Jon se trouvait une bouteille de gaz d'où jaillissait une puissante flamme bleue qui chauffait un gros fer à marquer ; à la chaleur, celui-ci avait viré au rouge incandescent. Camille sentit son estomac se nouer.

Jon amenait le premier des veaux le long d'un étroit passage constitué par deux hautes barrières de métal. Camille ne put s'empêcher de s'approcher de l'animal pour lui prodiguer quelques mots de réconfort.

— Ne vous mettez pas devant lui, il risque de ruer, grommela Jon. Je croyais vous avoir demandé de rester en retrait.

Il repoussa la jeune femme puis, d'une main, actionna une manette tandis que de l'autre il dirigeait habilement le veau à l'intérieur du couloir de contention. Ensuite, il ouvrit un passage à l'autre extrémité de l'appareil par où le pauvre animal tenta de s'échapper ; mais très vite Jon manœuvra un dispositif qui coinça le veau dans sa prison de métal.

Camille était sur des charbons ardents.

— Le pauvre ! Il ne peut plus bouger !

— C'était le but, figurez-vous. Et maintenant, reculez un peu que je puisse m'occuper de lui.

A l'aide d'une tige reliée à un pistolet, il vaporisa un produit sur le dos et les flancs de l'animal.

— Autrefois, il fallait plonger le veau dans un bain pour le protéger des tiques ; aujourd'hui, c'est plus simple, expliqua Jon. En quelques secondes, le tour est joué.

Avec des gestes sûrs, rapides, il allait et venait entre son établi et le couloir de contention. Il administra ainsi une piqûre au jeune veau pour le vacciner puis lui fixa un badge de plastique à l'oreille au moyen d'une agrafeuse. La vue de l'horrible instrument, le léger beuglement que poussa l'animal n'étaient pas pour rasséréner Camille.

— Ça fait mal ?

Jon lui adressa un sourire amusé.

— Sans doute autant que lorsqu'on vous a percé les oreilles pour vous mettre ces boucles que vous portez.

Il saisit enfin le fer à marquer chauffé au rouge. Avec rapidité et précision, il l'appliqua sur l'épaule de l'animal qui émit un nouveau beuglement, bref et plaintif, tandis que montait dans l'air une odeur de roussi.

Camille dut mettre une main devant sa bouche pour

ne pas crier son indignation. Enfin, Jon libéra le veau de ses entraves.

— Quel supplice pour ce pauvre animal ! Ne pourrait-on pas inventer une meilleure façon de procéder ?

— Ecoutez, Camille, si ça vous dérange, vous savez ce qu'il vous reste à faire, lui rétorqua au passage Jon, en allant chercher un autre veau.

— Je ne vois pas l'utilité d'agir comme un barbare, c'est tout !

Il se raidit, puis lui fit face.

— Un barbare ? Regardez donc votre petit... Nestor.

Il montrait le veau qu'il venait de marquer en train de mâchonner paisiblement du foin.

— Les veaux ont la peau dure, Camille. Franchement, je n'ai pas l'impression qu'il ait besoin de soins ou d'un soutien psychologique particulier.

De fait, l'animal ne semblait nullement traumatisé.

Ce fut au tour d'un autre de ses congénères de passer entre les mains de Jon. Et bientôt, Camille le regarda travailler avec davantage de fascination que de répulsion, s'approchant même un peu pour ne rien perdre du spectacle. Car la vue de Jon s'occupant des animaux, l'impression d'aisance et de virilité que dégageait son corps en mouvement, constituait bien à ses yeux un authentique spectacle.

Son esprit se mit à vagabonder. Elle imagina ce corps athlétique dans l'amour, toute cette belle énergie déployée... pour elle. Son intuition lui disait que Jon devait être un merveilleux amant...

Soudain, abasourdie par ces pensées, elle essaya de comprendre. Comment un homme, transpirant dans la poussière au milieu d'animaux d'étable, pouvait-il irradier un tel pouvoir de séduction ?

Mais qu'arrivait-il à Jon ? Immobile, il la regardait,

le vaporisateur à la main, avec un air ahuri qui devait ressembler sans doute à sa propre expression.

Camille laissa échapper un petit rire nerveux :

— Vous comptez me traiter aussi contre les parasites ? demanda-t-elle pour briser la brusque tension du moment.

Jon se troubla.

— Excusez-moi, je... je pensais à autre chose.

Camille elle-même fit un effort pour se ressaisir.

— Maintenant que j'ai vu comment vous procédiez, je pourrais vous aider ?

— Certainement pas.

— Allons, confiez-moi au moins une petite tâche.

Il secoua la tête.

— En général, vous n'êtes pas seul pour ce genre de travail ?

— Il n'y a qu'une quinzaine de bêtes.

— Mais c'est tout de même mieux d'être aidé, non ? Même par une citadine comme moi ? Tenez, dit-elle, sortant un papier de sa poche. Je vous ai signé une décharge. Si je venais à me blesser, vous ne seriez pas inquiété par la justice.

Elle s'approcha et lui mit le papier dans la main.

— J'ai risqué mon emploi pour vous rendre votre liberté, Jon. Vous me devez bien ça.

Il ne dit rien mais un pli vint barrer son front pendant qu'il parcourait la note de Camille.

Cela n'entama pas la détermination de la jeune femme :

— Je parie qu'habituellement, c'est quelqu'un d'autre qui emmène les veaux dans le couloir !

Levant les yeux de sa lecture, il la dévisagea quelques secondes en silence et un sourire se dessina lentement sur ses lèvres, sourire qui fit naître en elle une irrésistible chaleur.

— Soit... vous n'avez qu'à essayer. De toute façon, ces

veaux sont tout jeunes ; même s'ils vous bousculaient, je doute qu'ils vous fassent beaucoup de mal.

Jon lui montra comment aborder l'animal de côté afin de déclencher chez lui un réflexe de fuite. Il l'équipa aussi d'une longue baguette de plastique pour parer à toute difficulté.

— Veillez à être toujours derrière le veau, jamais devant, déclara-t-il en guise d'ultime recommandation.

Puis il retourna au couloir de contention et lui fit signe.

— C'est bon. Envoyez un veau, lança-t-il avec un sourire d'encouragement.

Tout à coup, Camille se sentit beaucoup moins hardie. Elle avança timidement vers le veau le plus proche. Il avait une bonne tête, blanche tachetée de brun.

— Vas-y, lui souffla-t-elle.

Aucune réaction.

Elle répéta son ordre, un peu plus fort. Et cette fois, il tourna vers elle ses gros yeux placides.

— Jon ne te fera pas très mal, ajouta-t-elle pour mieux le convaincre.

— Approchez-vous un peu plus de lui, cria ce dernier à Camille.

Brrr… Elle obéit, stoïque, et fit un geste pour faire fuir l'animal. Il partit aussitôt en trottinant en direction de la barrière, exactement à l'endroit désiré. Elle le suivit à distance en l'encourageant, et il s'engagea rapidement dans l'étroit goulet entre les barrières métalliques.

— Bravo ! cria Jon.

Un œil sur le reste du troupeau, Camille le regarda effectuer à une vitesse étonnante les différentes interventions : vaccination, pose du badge, marquage. Elle était toujours aussi admirative.

Les animaux se succédant, Camille prit de l'assurance.

Elle maîtrisait à présent la technique pour approcher le veau et l'écarter du troupeau.

— Vous vous débrouillez comme un as ! lança Jon. On croirait que vous avez fait ça toute votre vie.

Le compliment lui gonfla inconsidérément le cœur. Elle éprouva la même fierté qu'une écolière gratifiée d'un bon point pour avoir écrit correctement son nom.

Cette tâche était bien éloignée de son métier, pourtant elle y puisait une étrange satisfaction. Et peut-être était-ce ridicule mais l'idée que désormais ses « petits bonshommes » appartenaient officiellement à *Edenvale* lui plaisait. Ils en portaient la marque, la lettre E, et cela lui donnait l'impression, sans doute injustifiée, de posséder une sorte de lien avec eux.

— Les derniers ont un peu tendance à s'agiter parfois ! l'avertit Jon. Vous n'avez qu'à les envoyer en même temps si vous voulez.

— D'accord !

Camille dirigea les deux derniers veaux vers le couloir. De fait, il y eut une petite bousculade mais, une fois engagés entre les barrières, ils se calmèrent.

Mission accomplie !

Camille était satisfaite. Elle regarda ses chaussures et constata que sa jolie paire de bottines était en piteux état, mais tant pis.

— Fermez le portail ! cria Jon.

Levant les yeux, elle vit dans une fraction de seconde que le dernier veau, plus petit que les autres, avait réussi à se retourner et chargeait droit sur elle.

Vite, elle s'élança pour fermer.

Et vlan ! Un coup violent la propulsa en arrière ; elle chuta si rudement qu'elle en eut le souffle coupé.

— *Camille !*

Lâchant le fer qu'il avait en main, Jon se précipita vers

la jeune femme, le cœur en transe. Affalée sur le sol, Camille ne bougeait plus. Etait-elle gravement blessée ?

En fait, ce n'était pas le veau qui l'avait renversée mais le portail que l'animal avait projeté sur elle.

Jon tomba à genoux à côté d'elle.

— Camille !

Pas de réaction ! Une horrible appréhension étreignit Jon. Il toucha son épaule. Elle bougea une main comme pour tenter de communiquer. Ouf ! Au moins, elle était consciente.

— Vous avez mal, Camille ? Où êtes-vous blessée ?

Soulagé, il la vit ouvrir les paupières.

— Ça va… ça pourrait être pire, balbutia-t-elle avec une grimace.

Ses vêtements étaient maculés de boue, et son menton saignait là où le portail l'avait heurtée.

— Vous êtes sûre ? Vous n'avez pas mal aux côtes ?

— J'ai surtout l'impression d'être sonnée…, articula Camille, reprenant péniblement sa respiration.

— Je vais vous aider à vous asseoir.

— Merci…

Toujours agenouillé près d'elle, il la souleva avec précaution, et la fit s'appuyer contre lui. Hormis son entaille au menton, elle ne semblait pas souffrir d'autres blessures, Dieu merci. Jon s'efforça d'ignorer la sensation troublante de son corps contre le sien.

Camille eut une exclamation de dégoût quand, en se touchant le menton, elle découvrit du sang sur sa main. Elle détestait la vue du sang, surtout quand il s'agissait du sien !

Jon se releva bientôt et se pencha pour regarder la plaie.

— A mon avis, c'est superficiel… Avez-vous été blessée ailleurs ?

— Non, je ne crois pas… J'ai été surprise, j'aurais dû refermer avant le portail. Je suis désolée.

Elle regardait Jon dans les yeux. Il paraissait inquiet. Jonathan Rivers se tracassait pour elle ! Dire qu'elle était là, tout près de lui, avec cette bouche tentatrice à quelques centimètres, et qu'elle était blessée et couverte de boue !

— Je vais vous porter jusqu'à la maison.

— Je dois pouvoir marcher… J'ai été étourdie sur le moment mais ça va à présent.

Pourquoi refuser qu'il la prenne dans ses bras alors qu'elle en mourait d'envie ? Elle aurait pu feindre d'être plus faible qu'elle n'était…

— Non, ne bougez pas ! Je vous porte.

Oh, oui ! Avant qu'elle ait pu formuler la moindre protestation, il la souleva comme une plume.

— Vous n'allez pas me porter jusqu'à la maison, Jon. C'est loin.

« Tais-toi donc, Camille. Laisse-le faire. »

D'ailleurs, il ne daigna pas relever. Poussant un soupir d'aise, elle passa les bras autour de son cou. Qu'aurait-elle pu faire d'autre ? En digne féministe qu'elle était, elle avait pour principe de s'assumer en tout ; mais si, dans des circonstances exceptionnelles, un homme exceptionnel tenait absolument à prendre la situation en main… elle n'allait pas bouder son plaisir.

« Si les filles au bureau pouvaient me voir, elles seraient vertes ! » songea-t-elle pendant qu'il l'emmenait vers la maison.

Jon déposa Camille sur une chaise de la cuisine avec ordre de ne pas bouger. Il alla ensuite chercher de quoi nettoyer la plaie.

Elle l'observa, tandis qu'il plongeait un gant dans une bassine d'eau chaude avant de l'essorer. Il avait de superbes mains, bronzées, avec une fine toison virile décolorée par le soleil.

— Je vais vous enlever la boue que vous avez sur le visage, nous y verrons un peu mieux.

— Les bains de boue sont excellents pour la peau, paraît-il.

Cette plaisanterie était destinée à détendre l'atmosphère. Jon lui semblait tellement sérieux !

Il eut un léger sourire.

— Je peux la laisser si vous préférez ?

— Euh… non, je n'y tiens pas particulièrement, tout compte fait.

Jon entreprit de lui nettoyer consciencieusement le visage en partant du front. Tout entier appliqué à sa tâche, il était probablement loin de se douter à quel point il était agréable à Camille d'être ainsi l'objet de toutes ses attentions. Parvenu au menton, il prit de l'eau et un gant propres pour laver la plaie. Malgré l'extrême douceur de ses gestes, Camille eut un tressaillement lorsqu'il appliqua un antiseptique sur la blessure.

— Quand ce sera bien désinfecté, dit-il, il faudra y mettre un glaçon.

— C'est une simple écorchure, non ?

— Je ne pense pas que vous gardiez de cicatrice.

Il avait le ton désinvolte, *trop* désinvolte, de ceux qui cherchent à dissimuler leur anxiété.

— Jon, vous n'avez pas à vous inquiéter. Je ne vous ferai pas de procès, vous savez, je vous l'ai promis. Apparemment, je ne suis pas défigurée ; et de toute façon, c'est moi qui ai insisté pour participer.

Il ne répondit pas.

— Quand je songe à toutes ces femmes qui rêvaient de se marier avec vous ! Si elles avaient pu soupçonner qu'il leur suffisait de tomber pour que vous vous empressiez autour d'elles…

Cette nouvelle plaisanterie ne suscita pas davantage de réaction. Penché sur elle, Jon lui tamponnait délicatement le menton, et bientôt, Camille elle-même n'eut plus envie de badiner. Ses yeux ne pouvaient se détacher du visage de Jon. Un visage empreint d'une étrange intensité. Sa pomme d'Adam bougeait comme s'il était nerveux… ou mal à l'aise… Et lorsqu'il lui essuya le visage avec une serviette, ses gestes devinrent plus lents… encore plus doux.

Il semblait fixer sa bouche.

Alors, son esprit s'enflamma, elle se mit à imaginer qu'il la lavait tout entière. Qu'il faisait couler de l'eau sur sa peau nue, que ses mains…

Elle eut le souffle coupé par la tension qui l'avait saisie. Un désir fiévreux se nouait au tréfonds d'elle-même. Une intense chaleur s'était répandue dans ses veines, la laissant tout étourdie, comme liquéfiée.

Jon la regarda dans les yeux, et elle sut sans l'ombre d'un doute qu'il ressentait la même chose, le même puissant désarroi. Le même désir absurde, insensé.

Il ne dit rien, mais son regard semblait la transpercer par son intensité. Subjuguée, elle se mit à contempler ses lèvres, et son imagination, une fois de plus, fit le reste. Ce fut comme si elle les sentait déjà errant sur sa peau, l'embrassant…

— Camille, murmura-t-il.

Avec une bouffée d'exaltation, elle vit qu'il avait laissé tomber la serviette et posait les mains sur le dossier de la chaise.

Il se penchait vers elle.

4

Seules leurs bouches se touchèrent.

Les mains posées sur la chaise de chaque côté de Camille, Jon effleurait ses lèvres en un va-et-vient érotique qui faisait naître en elle les plus exquises sensations.

Jamais elle n'avait vécu expérience aussi troublante.

— Je vais vous faire mal, chuchota-t-il d'une voix sourde.

— Oh, non… C'est impossible, murmura en retour Camille.

Avec le brasier qu'il avait allumé dans ses veines, elle serait insensible à la douleur. Comment ce simple baiser, d'une légèreté aérienne, pouvait-il la plonger dans de tels émois ?

Progressivement, Jon accrut la pression de ses lèvres, goûtant par petites touches celles de Camille, les léchant du bout de la langue, les mordillant en un jeu sensuel qui la mettait à la torture.

Sans ses vêtements souillés, elle se serait déjà jetée à son cou, l'aurait serré contre elle ; déjà, ses mains impatientes agrippaient fébrilement la chemise de Jon… Elle ouvrit ses lèvres, l'invitant à plus d'intimité encore. Le baiser de Jon se fit plus profond, plus impérieux. Camille entendit le désir gronder comme un roulement de tonnerre dans sa gorge.

Tout à coup, des bruits de pas se firent entendre.

— Oh, pardon ! J'aurais dû frapper.

A cet instant, Jon détourna vivement la tête. Camille aperçut derrière lui, à l'entrée de la cuisine, une jeune femme blonde tenant un bébé dans les bras, et accompagnée d'une fillette qui ouvrait de grands yeux ahuris.

— Rachel ! s'exclama Jon.

Camille se sentit aussi coupable que si elle avait été prise en flagrant délit de vol à l'étalage.

— Excusez-moi, je... Il ne m'est pas venu à l'idée de frapper, bredouilla la dénommée Rachel.

— Nous avons eu un petit accident, expliqua Jon en ramassant bassine et serviettes. Camille s'est fait bousculer par un veau.

— Mon Dieu ! Il vous a fait mal ? demanda-t-elle à Camille.

— Non, j'ai juste une écorchure au menton... Mais je me suis copieusement salie en tombant.

Elle s'était levée, espérant se sentir moins gauche debout, et Jon déclara :

— J'oubliais de vous présenter. Camille... ma belle-soeur, Rachel Rivers... Camille Dèvereaux... Et ces deux petits diables sont mes neveu et nièce, Michael et Bella, ajouta-t-il tandis que les deux femmes échangeaient un sourire circonspect.

— Bonjour, les enfants, leur dit Camille avec un petit signe.

Elle n'avait pas une grande expérience des petits.

— Je crois que vous connaissez déjà Gabe, le mari de Rachel, reprit Jon.

— Ah, oui, le pilote d'hélicoptère. Nous nous sommes vus hier, à Mullinjim... Enchantée, Rachel.

Camille tendit instinctivement la main à la jeune femme et la retira aussitôt :

— Excusez-moi, j'allais vous serrer la main alors que je suis toute sale. J'étais sur le point d'aller me doucher.

— En tout cas, je suis très heureuse de faire votre connaissance, répondit Rachel avec un grand sourire.

Camille la trouva d'emblée fort sympathique.

C'était une blonde gracieuse à la silhouette élancée qui avait la bonne mine de ceux qui vivent au grand air. Elle paraissait bien jeune pour être la mère de cette adorable fillette et de ce beau bébé joufflu. D'après Camille, Rachel devait avoir environ son âge, vingt-sept ans.

La petite Bella tira Jon par la manche.

— Dis, est-ce que cette dame sera ici quand tu nous garderas, oncle Jon ?

— Euh… quand je vous garderai ? Comment ça ?

— Tu as oublié ? Tu as proposé de faire le baby-sitter, intervint Rachel. Gabe et moi allons au dîner de gala de l'Association des éleveurs.

— Non, je n'ai pas oublié. Simplement… j'avais d'autres préoccupations en tête. Camille a acheté quelques veaux, hier.

En parlant, il avait pris Bella dans ses bras comme pour masquer son embarras et lui faisait des chatouilles.

— C'est toujours d'accord pour que je te confie les enfants ? s'enquit Rachel, adressant davantage la question à Camille qu'à Jon.

— Naturellement ! assura cette dernière. Ne changez surtout pas vos projets à cause de moi. Je suis ici simplement en observatrice. Je rédige un article sur la vie dans l'*outback*, et Jon… comment dire ? Jon m'aide à en découvrir les différents aspects. Si ça suppose de garder pendant un temps des enfants, pourquoi pas ? Ça ne peut qu'apporter une dimension humaine à la chose.

Elle croisa brièvement le regard de Jon et, après s'être excusée, fila à la salle de bains, se demandant ce qu'il pensait de la dimension très humaine qu'ils venaient de donner à leurs rapports...

Quand Camille reparut dans la cuisine, le petit Michael, assis par terre, s'amusait avec deux couvercles métalliques, et sa mère était assise à table, seule.

— Jon a emmené Bella voir les canards de la mare.

Il y avait du thé et deux tasses sur la table. Visiblement, Rachel espérait discuter quelques instants avec elle. Le baiser qu'elle l'avait vue échanger avec son beau-frère devait l'intriguer...

— Comment va votre menton ? Pas trop douloureux ?

— Ça va. Ce n'est rien de bien sérieux.

— Voulez-vous boire un peu de thé ?

Bien qu'elle eût préféré du café, Camille accepta.

— C'est une chance que vous n'ayez pas été blessée plus gravement, remarqua Rachel en commençant le service.

Puis elle ajouta avec un sourire :

— J'avoue que j'étais un peu inquiète quand Gabe m'a annoncé qu'il y avait ici une journaliste de *Parole de Filles*. Connaissant Jon, je craignais un carnage.

Le mot fit sourire Camille.

— La situation a été pour le moins tendue entre nous par moments, je le reconnais. Mais... nous avons fini par trouver un compromis, je crois.

Rachel leva sa tasse en guise de félicitations.

— C'est tellement mieux de pouvoir s'entendre, dit-elle, faisant sans doute allusion au baiser passionné qu'elle avait surpris. Puisque nous sommes seules, Camille, je voulais vous dire... En fait, c'est Gabe qui m'a suggéré de vous en parler, de vous expliquer pourquoi Jon a été... si peu coopératif avec votre magazine.

Camille fut étonnée d'une telle initiative.

— J'aimerais bien le savoir, en effet. Jon n'a pas été très loquace sur ce point. Il a juste consenti à me dire qu'il n'a jamais donné son accord pour participer à notre challenge.

— Oh, on est têtu dans la famille Rivers, croyez-moi. Je les connais, je les côtoie depuis toute petite ; j'ai grandi pas loin d'ici. Ils peuvent paraître fiers, durs mais au fond, ce sont des êtres très sensibles. Jon a mal vécu cette histoire de challenge.

— Je... j'en suis vraiment désolée.

— Votre magazine n'était sûrement pas mal intentionné, mais l'affaire a pris de telles proportions ! Jon a été inondé de lettres. Encore, s'il n'y avait eu que ça... Le pire, c'est toutes ces femmes qui débarquaient chez lui à l'improviste ; les unes pour lui soutirer de l'argent, d'autres pour le materner ou coucher avec lui. Pauvre Jon ! Il aura été littéralement harcelé.

— Mais comment a-t-il pu se retrouver impliqué dans notre challenge contre son gré ? Est-ce quelqu'un qui l'a inscrit sans qu'il le sache ?

— Exactement. Jon a été victime d'un coup monté.

A cet instant, le bébé par terre commença à geindre et s'agiter. Rachel le prit sur ses genoux et l'embrassa tendrement.

— Ce jeune homme a faim, dit-elle. Je ne vais pas m'attarder. Je dois encore lui donner le sein et me préparer... Et Gabe va bientôt arriver.

— Mais dites-moi au moins qui a fait ça à Jon ! Ça restera entre nous, je vous le promets.

Après un rapide regard vers la porte pour s'assurer de leur intimité, Rachel lui souffla :

— C'est son ancienne petite amie, Suzanne Heath.

C'est elle qui l'a inscrit à votre concours. Elle a envoyé une photo de lui et imité sa signature.

— Mais pour quelle raison ? Pour se venger ? Il l'avait laissée tomber peut-être ?

— A vrai dire, c'est elle qui a quitté Jon, et non l'inverse. Ils avaient des relations très houleuses. Ils se quittaient, se réconciliaient... Et puis, Suzanne a fini par se montrer sous son vrai jour, ajouta Rachel avec une étrange amertume. Elle est tombée enceinte et Jon a voulu l'épouser. C'est fou comme il était heureux à l'idée d'avoir un enfant.

— Vraiment ? murmura Camille, étreinte par une inexplicable émotion.

— Oui. Aussi, imaginez sa déception quand il a appris que le bébé n'était pas de lui ! En fait, Suzanne avait une liaison avec un autre homme en même temps, un certain Charles Kilgour.

— Pauvre Jon ! s'exclama Camille dans un élan de compassion. Mais je ne m'explique toujours pas pourquoi cette Suzanne nous a envoyé sa candidature !

Rachel leva les yeux au ciel.

— Il semblerait que ce soit pour se racheter. Comme elle a quitté Jon, elle a voulu lui trouver une remplaçante. Ce qui vous montre l'étendue de sa bêtise ! Comme si Jon Rivers avait besoin d'aide pour se trouver une femme.

Camille ne put qu'acquiescer :

— En effet... Au journal, sa photo a fait sensation ; toutes les filles auraient bien aimé l'avoir pour elles, confessa-t-elle. Cela les étonnerait d'apprendre que c'est sa petite amie qui l'a laissé tomber.

Rachel eut un léger sourire.

— De toute façon, Jon et elle n'étaient pas bien assortis. Suzanne adore sortir, faire la fête. Elle ne comprenait pas la passion de Jon pour son métier. Au fond, elle est bien mieux avec un homme comme Charles Kilgour.

Camille réfléchit un instant sur ces paroles, puis demanda :

— Jon est-il toujours amoureux d'elle ?

— Après ce qu'elle lui a fait ? Oh, non ! Mais dites-moi, ajouta Rachel, le ton plus incertain, ce compromis dont vous parliez…

La sentant hésitante, Camille déclara :

— J'ai accepté de retirer Jon du challenge, si c'est ce qui vous préoccupe.

— Ouf ! Quelle bonne nouvelle.

— En fait, pour tirer profit de ma venue ici, j'ai décidé de réaliser un reportage à la place. La vie dans l'*outback* vue à travers le regard d'une femme de la ville.

Le visage de Rachel s'éclaira à ces paroles.

— Eh bien, venez donc me voir à *Windaroo* quand nous serons rentrés, demain ! Je me ferai un plaisir de vous montrer à quoi ressemble la vie chez nous.

Le petit Michael se manifestant de plus en plus bruyamment, sa mère se leva.

— Excusez-moi, Camille, mais je dois vous laisser. Mon fils s'impatiente, il a faim. Avec un peu de chance, il devrait dormir une bonne partie de l'après-midi et vous n'aurez à vous occuper que de Bella. Enfin, si l'on peut dire… La demoiselle n'est pas de tout repos. Heureusement, elle adore Jon !

Jon se trouvait toujours près de la mare en train de capturer des têtards avec sa nièce quand il vit arriver Camille.

En jean et chemisier rouge, cheveux au vent, la démarche légère et gracieuse, Saxo gambadant à ses côtés, elle offrait un spectacle ravissant. Et quand, arrivée à sa hauteur, elle lui sourit, il n'eut qu'une envie, toujours la même : l'embrasser. C'était absurde !

— J'ai attrapé sept têtards, annonça fièrement Bella, en montrant à Camille le pot de verre où frétillaient les bestioles.

— Sept ? Bravo ! Que comptes-tu en faire ?

— Je vais les emmener chez moi et les mettre dans notre mare.

— Bonne idée. Des croisements ne pourront que renforcer l'espèce, j'imagine.

— Quoi ? Qu'est-ce que ça veut dire ? demanda la fillette, fronçant son petit nez.

Camille adressa un regard dépité à Jon.

— Ça veut dire que je ne sais pas parler aux enfants…

— Ne vous inquiétez pas, répliqua-t-il en riant. Bella, elle, sait comment meubler la conversation en toute occasion.

Bella abandonna bientôt ses têtards pour jouer avec Saxo.

— Parlez-moi un peu de Rachel, dit alors Camille à Jon. Je suis sûre que votre belle-sœur ferait un sujet très intéressant pour mon reportage.

Il l'étudia quelques secondes d'un air pensif.

— Qu'aimeriez-vous savoir au juste ?

— A quoi ressemble sa vie de façon générale ? Comment occupe-t-elle ses journées ? Est-ce qu'elle participe à l'exploitation du domaine ?

— Rachel fait plus que participer ! On peut dire qu'elle en est la cheville ouvrière. Gabe l'aide un peu, bien sûr, mais il a son métier, sa société de transport par hélicoptère qui l'occupe presque à temps complet. Rachel veille pratiquement sur tout à *Windaroo*, elle travaille avec les hommes, et aussi durement qu'eux, assure la comptabilité, la gestion du bétail...

— Et elle parvient à concilier tout ça avec son rôle d'épouse et de mère ?

— Oui. Et même plutôt bien... Tenez, regardez-la, dit-il en désignant la maison.

Rachel leur faisait signe depuis la véranda. Elle avait troqué son jean contre une robe du soir aux reflets chatoyants. Ses longs cheveux blonds répandus sur les épaules, elle était particulièrement séduisante.

— Elle n'a plus rien d'une femme de la campagne, en effet, reconnut Camille. Encore une de nos Cendrillon des temps modernes...

— Et voici son prince charmant.

Un grondement sourd de moteur vibrait dans le ciel et quelques instants plus tard, un hélicoptère se posait dans un pré voisin. Fascinée, Camille regarda Gabe Rivers en descendre, très élégant aussi en tenue de soirée, et Rachel s'élancer à sa rencontre et se jeter dans ses bras.

— Quel dommage que je n'aie pas mon appareil photo ! soupira Camille, bouleversée par tout l'amour que se portaient manifestement Gabe et sa femme. Moi qui suis censée écrire que l'*outback* est un univers rude, dénué de tout romantisme. Quand je vois ce couple, j'ai plutôt l'impression du contraire !

Jon avait pris Bella dans ses bras et faisait au revoir aux parents de la fillette à bord de l'hélicoptère qui de nouveau décollait. Décochant un regard oblique à Camille, il rétorqua :

— Oh, mais ces deux-là sont une exception. Ils partagent quelque chose de très fort.

— Je le crois volontiers...

Côte à côte, ils regardèrent l'appareil s'éloigner jusqu'à devenir un point minuscule dans le ciel. L'atmosphère entre eux paraissait s'être chargée d'une tension latente, comme si chacun se demandait à quoi pensait l'autre.

— Si vous tenez vraiment à connaître la vie dans l'*outback*, y compris dans ce qu'elle a de moins romantique, il y a les auges à nettoyer cet après-midi, lui dit alors Jon. L'endroit devrait vous paraître moins idyllique ensuite.

Camille lui adressa un regard hautain.

— Ce sera avec plaisir, répliqua-t-elle, glaciale.

Et elle tourna les talons, avec la satisfaction de le laisser tout étonné de sa réponse.

Que diable lui arrivait-il ? Jon ne s'expliquait pas son propre comportement. Pour commencer, il avait invité Camille chez lui, et comme si ce n'était pas assez insensé, il l'avait embrassée ! Mais quel baiser… quel merveilleux baiser ! Depuis qu'il avait goûté à la douceur de ses lèvres, il ne pensait à rien d'autre. C'était à en devenir fou !

Il avait passé l'après-midi cantonné dans son bureau, à mettre à jour sa comptabilité pendant que Bella s'amusait à faire des coloriages. Mais il avait le regard plus souvent tourné vers la fenêtre dans l'espoir d'apercevoir Camille occupée à l'extérieur que sur les colonnes de chiffres de son ordinateur.

Et ce soir, il se sentait coupable de la laisser à nouveau préparer le dîner. De n'avoir opposé qu'une protestation de pure forme quand elle l'avait suggéré.

Il ne devait pas la laisser se comporter comme si elle était ici chez elle ! Pas plus qu'il ne devait feindre de lire tranquillement son courrier, alors qu'en réalité il la dévorait des yeux tandis qu'elle préparait le repas, le dos tourné !

— Quelqu'un a dormi dans mon lit, protesta une voix d'enfant.

Et Bella fit irruption dans la cuisine, l'œil étincelant.

Zut ! pensa Jon. Il n'avait pas réfléchi à la question du couchage.

— Tu as raison, Boucle d'Or, répondit-il, ébouriffant la chevelure de sa nièce. Camille a dormi dans ton lit la nuit dernière. Et elle y dormira aussi, ce soir, ajouta-t-il.

— Mais c'est *mon* lit, objecta Bella en tapant du pied. Je dors toujours là d'habitude, oncle Jon.

— Je sais, ma chérie, mais nous ne manquons pas de lits dans la maison. Je t'en préparerai un pour ce soir. Camille a déjà toutes ses affaires dans cette chambre.

L'intéressée se retourna.

— Je peux les déménager.

— Non.

Jon assortit ce refus d'un regard de mise en garde. Bella avait tendance à vouloir imposer sa volonté, et il estimait que ce n'était pas lui rendre service que de lui céder.

Il s'adressa ensuite à la fillette :

— Que dirais-tu de dormir dans un grand lit bien douillet, ce soir ?

— Non ! Je veux mon petit lit blanc. Camille est grande. Elle n'a qu'à dormir dans le grand lit.

Avec une moue têtue, elle fixait son oncle quand subitement son visage s'éclaira :

— Camille n'a qu'à dormir dans ton lit.

— Euh… non, Bella. Ce n'est pas une bonne idée.

Dans *son* lit ! Il en avait le sang et l'esprit tout échauffés à cette seule pensée.

Camille n'avait pas bronché.

Bella fit de nouveau entendre sa voix :

— Pourquoi elle peut pas dormir avec toi ? Vous êtes des grands. Ce sera comme papa et maman.

— Ton papa et ta maman sont mariés, Bella. Il faut

être mariés pour partager le même lit, répliqua Jon, observant Camille en disant cela. N'est-ce pas, Camille ?

Il surprit un infime raidissement de ses épaules ; puis elle se retourna, une expression légèrement étonnée sur le visage.

— En général, c'est ainsi, oui.

Elle le regardait sans ciller, mais il n'aurait pu dire à sa mine si elle était gênée, irritée ou plutôt amusée par la conversation. Aussitôt après, du reste, elle reprit ses occupations devant l'évier.

— Mais je t'ai vu en train d'embrasser Camille, insista Bella. C'est comme quand on est mariés, non ? Papa, il embrasse toujours maman.

Jon se redressa d'un bond.

— Assez parlé d'embrassades !

Il souleva la fillette dans ses bras et la fit tournoyer. La diversion fut de courte durée.

— Mais je t'ai vu, oncle Jon, tu l'embrassais !

— Eh bien, oui, je l'embrassais. Camille s'était blessée au menton et je lui ai donné un petit baiser pour la consoler. Et maintenant, allons préparer ta chambre.

— Laissez donc le petit lit à Bella, intervint Camille juste avant qu'ils ne sortent. Ça me ferait très plaisir de dormir dans un grand lit ce soir.

Jon fit volte-face et croisa le regard de la jeune femme. Un regard qui brillait d'un éclat sombre… ambigu.

Il se sentit soudain la bouche sèche. Mais non, elle ne parlait pas de son lit ! De son lit à lui !

— Soit. Tu as gagné, Bella, dit-il à sa nièce. Tu auras droit au petit lit, et Camille à un grand.

Un peu plus tard, pelotonnée dans un angle du canapé, Camille regardait un match de tennis à la télévision sans le son. Jon entra dans le salon :

— Bella s'est enfin endormie… Et avec Michael, tout s'est bien passé ?

La jeune femme brandit un biberon vide.

— Très bien ! Il a tout bu jusqu'à la dernière goutte. Je lui ai fait faire son rot, je l'ai changé, couché, bercé, et lui aussi dort à poings fermés !

Jon sourit.

— Bravo ! Vous vous débrouillez plutôt bien. Moi qui vous croyais novice.

— J'en suis une. Mais ce bébé est vraiment une crème… Et ce que j'apprécie chez lui, c'est qu'il ne sait pas parler. Je crois que Bella me donnerait davantage de fil à retordre avec toutes ses questions.

— Elle est épuisante, admit Jon.

— Mais vous l'adorez, avouez-le.

Le sourire de Jon s'épanouit.

— C'est vrai.

Le coussin du canapé s'enfonça légèrement : Jon venait de s'asseoir à côté de Camille. Mine de rien, elle coula un regard furtif dans sa direction et sentit un trouble désormais familier l'envahir. A la lumière tamisée de la lampe, avec ses cheveux noirs, son pull noir, il irradiait une sensualité très virile qui était loin de la laisser indifférente…

Elle s'obligea à se concentrer de nouveau sur la télévision, mais le sort du joueur australien à Wimbledon avait perdu beaucoup de son attrait à ses yeux. Camille se sermonna mentalement. C'était de la folie de fantasmer sur Jon simplement parce qu'il lui plaisait et l'avait embrassée ! Il fallait que cela cesse, qu'elle se contrôle !

Pourtant, alors même qu'elle prenait ces résolutions,

une petite voix en elle lui dit que si un baiser, un simple baiser, l'avait mise dans de tels états, qu'adviendrait-il si... si...

« Assez, Camille ! Inutile de te complaire dans ces rêveries ! De toute façon, tu vas repartir à Sydney. »

Dépliant ses jambes, elle adopta une position plus conventionnelle et, pour mieux distraire ses pensées, engagea la conversation :

— Gardez-vous souvent Bella et Michael ?

Il la regarda et un léger sourire incurva ses lèvres.

— Non, pas vraiment. Il m'arrive d'avoir Bella de temps en temps, mais Rachel garde le bébé avec elle en règle générale ; ou alors, elle les confie à mes parents ; ils sont retraités, ils habitent en ville. Mais aujourd'hui, c'était plus pratique pour Gabe de poser son hélicoptère ici ; donc, c'est moi qu'on a sollicité.

Il pivota vers Camille, une jambe repliée sur le canapé, un bras négligemment posé sur le dossier, puis remarqua avec un sourire :

— En fait, il n'y a pas de réelle nécessité que vous sachiez vous occuper d'enfants si vous ne voulez pas vous marier.

— Oui... Oui, c'est vrai.

Se penchant vers elle, il demanda :

— Comment va votre menton ?

— Beaucoup mieux... Je n'ai presque plus mal.

Il approcha une main de son visage pour lui effleurer doucement la joue du bout des doigts ; mais il n'y avait aucune espèce de douceur dans l'éclat des yeux qui la contemplaient. Un frisson troublant parcourut Camille. « Ose ! lui soufflait la même petite voix que tout à l'heure. Embrasse-le. Pense à toutes celles qui en ont rêvé et n'ont pas eu cette chance. »

Un reste de raison tentait cependant de lui rappeler

que ce n'était pas souhaitable. Qu'elle repartirait très bientôt à Sydney et qu'ils ne se reverraient plus... L'ennui, c'est que ces arguments ne faisaient pas le poids face à la force irrésistible qui la poussait vers Jon.

Et comment lutter alors qu'il prenait son visage au creux de sa main, qu'il lui caressait délicatement la joue de son pouce jusqu'à venir errer sur ses lèvres... Elle se retenait presque de respirer pour mieux savourer ces délices.

Soudain, le charme fut rompu par la sonnerie du téléphone.

Edith ! La pensée de son chef surgit dans l'esprit de Camille comme un diable de sa boîte. Elle avait promis de l'appeler, ce soir !

Jon se leva avec un grognement de mauvaise humeur.

— Je vais répondre, dit Camille, bondissant à son tour du canapé.

Mais il la fit se rasseoir.

— Il vaut mieux que ce soit moi. Il doit s'agir de Rachel qui vient prendre des nouvelles des enfants ; ou d'un appel en rapport avec mon travail.

Le téléphone le plus proche se trouvait dans le bureau. Ce ne fut pas sans appréhension que Camille regarda Jon quitter rapidement le salon pour disparaître dans le couloir. Quelle serait sa réaction s'il avait affaire à son chef de service ?

Quand il revint peu après, les traits contractés de colère, elle comprit que son intuition ne l'avait pas trompée.

— C'est pour vous ! Un appel de Sydney. Votre *boss*.

Camille se leva, ses genoux tremblaient.

Quand elle voulut sortir, Jon lui barra le passage.

— Elle est ravie que je sois toujours en compétition dans votre « Challenge des Célibataires », ajouta-t-il d'un ton dur, chargé de mépris. Elle se doutait que vous sauriez me convaincre.

— Mais je lui ai dit que vous étiez hors course, que vous ne vouliez plus être candidat.

— Ah, oui ? Eh bien, elle a mal saisi le message.

Camille leva les yeux au ciel.

— Ça ne m'étonne pas d'Edith ! Je vous en prie, Jon, ne vous fâchez pas. Laissez-moi vous expliquer, je…

— Inutile. Allez lui parler et dites-lui bien, *une fois de plus,* que je ne veux plus entendre parler de votre magazine.

— D'accord, mais je vous en supplie, Jon, ne croyez pas que…

— Dépêchez-vous, elle attend, interrompit-il. Et elle ne m'a pas paru très patiente.

Jon sortit du salon et se dirigea machinalement vers la cuisine où il entra sans allumer la lumière. Ses pas l'entraînèrent jusqu'à la fenêtre au-dessus de l'évier. Là, immobile dans l'obscurité, il regarda sans les voir vraiment les silhouettes fantomatiques des arbres et les myriades d'étoiles de la voie lactée.

Il pensait à Camille. Il l'avait mal jugée. Il la croyait différente, or elle l'avait trompé. Au fond, elle ne valait pas mieux que les autres. Pas mieux que Suzanne Heath !

L'amertume de Jon était à la mesure de ses espoirs déçus. Car juste avant ce coup de téléphone, fou d'elle, il était prêt à construire quelque chose avec Camille. Il n'avait qu'un désir : la serrer dans ses bras, lui faire l'amour, trouver un moyen de la garder dans sa vie ! Et tant pis si elle habitait à l'autre bout du pays, si plusieurs milliers de kilomètres les séparaient. La distance ne représentait pas un problème pour lui.

Mais l'hypocrisie constituait à ses yeux un défaut rédhibitoire.

D'après lui, une femme qui vous charmait avec de fausses promesses, avec des mensonges, était pire que tout. Son expérience malheureuse avec Suzanne ne lui avait donc pas servi de leçon ? S'il avait suivi son intuition première et éconduit Camille comme les autres, il n'en serait pas là aujourd'hui ! Parce qu'il la trouvait belle, désirable, il l'avait cru différente. Comment pouvait-on se laisser à ce point aveugler par ses sens ? C'en était pathétique !

Le contact d'une main sur son bras l'interrompit dans ses sombres réflexions. C'était Camille.

— Alors, vous avez fini vos petites magouilles avec votre chef ? s'enquit-il, dédaigneux.

— Il n'est pas question de magouilles, Jon. Et vous n'avez pas à tenir compte d'Edith.

— Pourquoi ? Elle est votre chef, que je sache ?

— Oui, mais c'est moi qui assure la réalisation du projet. Et je vous ai donné ma parole. J'ai promis que nous vous rendions votre liberté.

— Le lui avez-vous dit, à elle ?

Camille soupira.

— J'ai essayé.

— Vous avez essayé, répéta-t-il dans un ricanement moqueur. Bravo, Camille. Bientôt, vous m'annoncerez que vous avez fait de votre mieux mais que, malheureusement, ça n'a pas marché.

— Pas du tout ! Je tiendrai mes engagements. Je réaliserai en contrepartie cet article sur l'*outback*, et quand je le soumettrai à Edith, mon travail lui plaira et elle en oubliera sa déception à votre sujet.

— Mais quelle garantie m'offrez-vous ? Aucune. Elle espère toujours me garder dans la compétition. En somme, toute votre stratégie repose sur un pari. Et ce n'est pas ce qui a été conclu entre nous, acheva-t-il, impitoyable.

Camille leva les yeux au ciel et laissa échapper un long soupir.

— Ecoutez, Jon, c'est *mon* problème. Et vous n'aurez à pâtir de rien. Cela dit, vous avez raison, je mise tout sur un pari. Voyez-vous, j'ai un principe : quand on n'a pas d'autre choix, il faut savoir prendre des risques.

— En l'occurrence, il y avait d'autres options.

— Ah, oui ? Lesquelles ? Et surtout, à quel prix ? Si les ventes du magazine s'effondrent et que je perds mon emploi ? Vous imaginez un peu la catastrophe ?

Jon ne répondit pas. Camille venait de le conforter dans ses pires craintes : seul son intérêt personnel la guidait.

Il n'y eut pas de rires de *kookaburras* le lendemain matin. Juste de petits doigts potelés qui couraient sur le bras de Camille.

— Tu es réveillée ? demanda Bella.

— Euh… maintenant, oui.

Encore tout ensommeillée, Camille aperçut près d'elle une frange blonde et deux yeux verts qui la dévisageaient.

— Je peux venir dans ton lit ?

— Ma foi… oui.

Tel un jeune chiot, la fillette grimpa sur le lit et passa sans ménagement par-dessus Camille.

— Tu as de la chance. Mickey a dormi sur ton lit.

— Oui, il m'a servi de bouillotte sur les pieds toute la nuit. C'était bien agréable.

Jamais aucun animal n'avait couché sur son lit auparavant. Aucun enfant ne l'y avait jamais non plus rejointe. Décidément, ce séjour dans l'*outback* se révélait riche en expériences inédites !

Bella s'était déjà pelotonnée contre elle sous les couvertures.

— J'aime bien ton pyjama, dit-elle à Camille. J'adore le rouge et les tissus qui brillent.

— Mais le tien est plus rigolo, avec ces petites vaches noires et blanches.

— A la maison, j'en ai un autre avec des grenouilles vertes. Et j'ai six chiens aussi à la maison.

— Tu en as de la chance.

— Tu as combien de chiens, toi ?

— Aucun… Excepté un caniche en porcelaine que mon père m'a offert quand j'étais petite.

— C'est quoi comme chien, un caniche ? Il sait garder les troupeaux ?

— Oh, non, répondit Camille en s'esclaffant. J'imagine mal un caniche face à une vache. Le pauvre, il serait terrorisé, je pense. Mais je pourrai te faire bientôt une photo d'un caniche. Je vais aller en France voir mon père. Là-bas, c'est beaucoup plus courant qu'en Australie.

— Moi, mon papa, il pilote des hélicoptères. Il monte dans le ciel et puis… zoom ! il redescend. Il va vite !

— Je sais, je l'ai vu, il est très doué, répondit Camille, étonnée de prendre un réel plaisir à cette conversation sans queue ni tête.

— Il a quatre hélicoptères.

Bella compta jusqu'à quatre sur ses doigts et soudain les fit voler en l'air pour les faire atterrir droit sur le visage de Camille.

— Hé, je ne suis pas un terrain d'atterrissage, protesta-t-elle.

Mais c'était dit en riant, et la fillette y vit un encouragement pour continuer allègrement le jeu.

— Bella ! appela alors une voix masculine.

Leurs rires s'arrêtèrent net.

— On est là, oncle Jon ! cria la fillette.

Bientôt, une ombre parut sur le seuil de la chambre. Jon jeta un coup d'œil à l'intérieur et son visage se rembrunit.

— On est amies, Camille et moi, lui annonça fièrement sa nièce.

Ce qui ne sembla pas le réjouir particulièrement.

— Ton petit déjeuner va refroidir, dit-il à l'enfant.

Et il disparut sans même adresser un bonjour à Camille. Comme si elle n'existait pas.

Quand il fut parti, la jeune femme prit conscience qu'elle avait beaucoup ri ce matin. Elle aurait aimé expliquer à Jon ce que cela représentait pour elle ; elle savait désormais que c'était inutile.

5

Camille n'aurait jamais cru qu'elle reviendrait si chamboulée de son séjour dans l'*outback*. Et à plus d'un titre...

Il lui suffisait de regarder par la fenêtre de son appartement en sous-sol pour être prise de nostalgie. Autrefois, cela ne la dérangeait pas de n'avoir ni ciel ni arbres dans son champ de vision. Les immeubles, les gens, les voitures, un chien en laisse passant de temps en temps sur le trottoir, tout cela lui semblait un spectacle naturel. Elle était contente de s'installer là le matin, devant son bol de café, dans sa minuscule cuisine et de regarder vivre le monde.

Le monde ! Comme si le monde, c'était ce va-et-vient bruyant de voitures, ces passants pressés sur le trottoir...

Pourquoi, plus de quatre mois après être rentrée à Sydney, rêvait-elle toujours des paysages âpres de l'*outback*, de sa lumière, de ses parfums, du rire des *kookaburras* ?

Du sourire ravageur d'un éleveur qu'elle ne pouvait oublier ?

C'était stupide — stupide et vain — de se complaire ainsi dans les souvenirs. Car la page était tournée sur ce qu'elle avait vécu dans le bush.

Il n'y avait pas eu d'effusions, pas d'adieux touchants lorsqu'elle était partie. Jon lui avait témoigné la même froideur que lors de leur rencontre. Aussi avait-elle accepté l'invitation de Rachel de venir à *Windaroo* et terminé là son travail de recherche.

Et depuis, Camille n'avait plus eu de nouvelles de Jon. Elle lui avait envoyé une lettre polie peu après son retour à Sydney pour le remercier de son hospitalité, puis une carte postale, deux mois plus tard, sous le prétexte de prendre des nouvelles de ses veaux.

Pour toute réponse, elle avait reçu un courrier succinct de son courtier, Andrew Bowen, l'informant que, sous réserve de la bonne tenue des cours du marché, Jonathan Rivers lui avait donné ordre de mettre en vente son bétail sous six semaines environ.

Six semaines. D'ici là, le numéro de *Parole de Filles* contenant son reportage sur Mullinjim aurait été publié... Camille avait dû batailler ferme avec Edith pour lui faire accepter son projet, la convaincre qu'un bon reportage, étayé par des photos de séduisants éleveurs, tant célibataires que mariés, ferait oublier aux lectrices leur déception d'avoir perdu Jon.

Dieu merci, Edith avait fini par céder, mais non sans la mettre en garde : sans le résultat espéré, Camille pouvait s'attendre au pire de la part des actionnaires du magazine.

En définitive, ce fut Jenny, la meilleure amie de Camille, journaliste comme elle à *Parole de Filles*, qui lui avait le plus posé problème. Jenny l'avait littéralement harcelée pour savoir ce qui s'était vraiment passé avec Jon.

Quel genre d'homme était-il ? Que cherchait-elle à cacher à son sujet ? Lui avait-il fait des avances ?

Heureusement, Jenny avait fini par se décourager.

Et maintenant, Camille avait six semaines à attendre. Le temps que l'article soit publié... et que son bétail soit vendu, faisant disparaître ses derniers liens avec Jon.

Alors, elle pourrait retrouver une vie normale.

Jon aurait dû se douter que sa belle-sœur lui parlerait de Camille.

— Alors, que penses-tu de l'article de Camille dans *Parole de Filles* ? lui demanda-t-elle cinq minutes après son arrivée à *Windaroo.*

— C'est pour ça que tu m'as invité à dîner, Rachel ? Pour me mettre sur le gril ?

— Mais non ! Je t'ai invité parce que nous ne t'avons pas vu depuis une éternité. Tu ne sais même pas, je parie, que Michael marche ou presque.

— Michael marche ? répéta Jon, tout étonné. Pardonne-moi, j'ai été tellement occupé, ces derniers temps.

Rachel posa sur lui un regard peu amène.

— C'est la piètre excuse que j'ai donnée à Camille pour lui expliquer ton silence.

— Quoi ? Tu as parlé à Camille ?

Rachel reporta son attention sur le potage qui mijotait sur le feu.

— Je l'ai appelée pour la remercier de nous avoir envoyé un exemplaire de *Parole de Filles*, et la féliciter pour son article.

— Ah… je vois.

— Elle était ravie d'avoir de mes nouvelles et, naturellement, elle m'a demandé ce que tu pensais de son travail.

Jon s'éclaircit la gorge.

— Qu'as-tu mis dans ce potage, Rachel ? Il sent rudement bon.

— Inutile de faire diversion !

Il eut un soupir résigné.

— Camille voulait savoir ce que je pensais de l'article, c'est ça ? Et que lui as-tu dit ?

— Je me suis un peu empêtrée dans mes explications, figure-toi. Camille m'a prise au dépourvu. Je lui ai répondu en substance que tu étais très occupé et que nous te voyions peu. Bien sûr, elle a parfaitement compris que je cherchais à te couvrir.

— Mais pas du tout. Tu lui as dit la stricte vérité.

Il eut droit à un nouveau regard noir de sa belle-sœur.

— Libre à toi de le penser, Jon. J'estime, quant à moi, avoir droit à une réponse. Quelle est ton opinion sur le reportage de Camille ? demanda Rachel avec fermeté.

Jon se hérissa.

— Je n'ai pas l'habitude de lire cette presse pour midinettes.

— Je t'en prie ! Il s'agit en l'occurrence de l'article que préparait Camille quand elle était là, qu'elle logeait sous ton toit !

Il s'attendit presque à entendre : « Et que tu lui faisais du bouche à bouche pour un petit bobo au menton ! »

Heureusement, elle se contenta de s'enquérir :

— Elle t'en a bien adressé un exemplaire ?

— Il est toujours sous sa Cellophane. Ça ne m'intéresse pas. J'en ai assez de cette histoire, tu comprends ?

Elle le fixa un long moment dans un silence tendu.

— C'est bien dommage, murmura-t-elle ensuite avant de reprendre ses occupations aux fourneaux. Camille m'était vraiment sympathique.

A ces mots, elle lui jeta un coup d'œil comme pour provoquer une réaction de sa part, mais il garda le silence. De toute façon, Jon n'avait pas d'explication logique à donner sur son comportement, si ce n'est, peut-être, sa crainte que lire l'article de Camille puisse réveiller ses vieux tourments. Et il ne voulait pas de cela.

Mais c'était sans compter avec l'obstination de Rachel. Elle se tourna de nouveau vers lui, une expression de tendre sollicitude sur le visage.

— Jon, Camille n'a rien de commun avec Suzanne. J'en suis intimement persuadée.

Il ne releva pas ; il avait son opinion personnelle sur le sujet. Même si Rachel avait raison, il ne voulait prendre aucun risque en la matière. Dès sa rencontre avec Camille, il avait pressenti qu'elle était potentiellement dangereuse, que, telle une drogue, elle provoquerait en lui un phénomène d'accoutumance. Et en effet, après un premier baiser, il n'avait eu de cesse d'en avoir un second. N'aurait-il pas été plus sage, dès lors, de tout arrêter ?

Comme il demeurait là, silencieux, Rachel poussa un long soupir, prit une pile d'assiettes, des couverts et les lui mit dans les mains.

— Tiens, rends-toi utile. Apporte ça sur la table… Et tant que tu y es, choisis-nous une bonne bouteille pour accompagner le repas, ajouta-t-elle pendant qu'il se dirigeait vers la salle à manger.

Peu après, alors que Jon débouchait un bon vin rouge du sud de l'Australie, Gabe parut, une corbeille de pain à la main, suivi de Rachel qui apportait le potage.

— Qu'est-ce qui vous chiffonne, tous les deux ? demanda Gabe, considérant tour à tour avec amusement la mine déterminée de sa femme et celle, têtue, de son frère.

— Je disais à Jon que c'est absurde qu'il n'ait pas lu l'article de Camille, déclara Rachel.

— Comment ? Tu ne l'as pas lu ? Tu devrais ! Elle a accompli un travail formidable.

— Il paraît, marmonna Jon d'un ton bourru.

— Franchement, j'ai été impressionné, renchérit Gabe pendant qu'on prenait place à table.

Et Rachel d'enchaîner :

— Moi, ce qui m'a plu, c'est que tout en présentant la vie dans l'*outback* sous un aspect très réaliste, Camille soit parvenue à en saisir en même temps la poésie. C'est très fort.

— En plus, elle a su annoncer avec beaucoup de tact ton retrait de leur challenge.

— Quoi ? fit Jon, manquant de s'étrangler. Elle a tenu parole, alors ?

— Evidemment, dit Gabe. C'était tout l'objet du fameux reportage, non ? Camille se devait de proposer à ses pauvres lectrices de quoi compenser leur cruelle déception de t'avoir perdu, mon cher.

Jon eut peine à dissimuler sa confusion.

— Maintenant, au moins, elles seront fixées, grommela-t-il. Je n'entendrai plus parler de cette pitoyable affaire !

— Camille ? C'est Cynthia à la réception. Il y a là un monsieur qui te demande.

Zut ! pesta intérieurement Camille. Elle ne pourrait jamais terminer son article dans les délais si on la dérangeait sans arrêt !

— Sais-tu ce qu'il veut ? questionna-t-elle, le combiné calé entre l'épaule et l'oreille pour garder les mains libres.

— Non, répondit la réceptionniste.

Non ! C'était clair. Camille sourit. En l'occurrence, le manque d'initiative de cette bonne vieille Cynthia l'arrangeait plutôt.

— Tu m'excuseras, Cynthia, mais je suis débordée de travail. Je ne peux recevoir personne. Ce monsieur n'a qu'à laisser un message. Sinon, adresse-le à une de mes collègues.

— C'est noté ! fit Cynthia d'un ton guilleret.

Camille raccrocha et se remit à taper frénétiquement sur son clavier. Elle venait d'avoir une idée géniale pour conclure son article. La chute idéale !

A peine avait-elle écrit deux ou trois phrases que des pas sonores dans le couloir vinrent troubler sa tranquillité, et Jenny fit irruption dans le bureau.

— Camille ! Je n'en reviens pas ! Tu as mis à la porte ton beau cow-boy ?

— Pardon ? répliqua distraitement Camille, toujours absorbée par son papier.

— Ton chéri de l'*outback* te demandait à l'instant à la réception, et tu as donné ordre à Cynthia de le congédier ?

— Jon ? Mon Dieu ! Oh, mon Dieu ! balbutia Camille, éperdue. Tu veux dire que… que ce visiteur qui vient de se présenter était Jonathan Rivers ? Tu en es sûre ? Mais pourquoi Cynthia ne l'a-t-elle pas précisé ?

— C'est une cruche, tu la connais ! J'arrivais justement d'un rendez-vous à l'extérieur quand j'ai croisé ce beau mâle qui sortait de chez nous. Le temps de me rendre compte de qui il s'agissait, il était trop tard. J'ai foncé dans la rue pour essayer de le rattraper, mais il avait déjà disparu.

— Oh, là, là…, murmura Camille, recouvrant peu à peu sa respiration… et ses esprits. C'est une chance que tu ne l'aies pas rattrapé. Qu'est-ce que tu aurais bien pu lui raconter ?

Jenny eut un petit sourire narquois.

— Ça, ma chère, c'est *mon* problème.

Camille refit face à son écran. « Ressaisis-toi, ma vieille ! se dit-elle. Il n'y a pas de quoi s'échauffer. » Jon se trouvait probablement à Sydney pour affaires, et il était juste passé l'informer que ses veaux étaient vendus.

— De toute façon, je n'aurais pas pu le recevoir, dit-elle à Jenny avec un sourire crispé. J'ai un retard monstre dans mon travail. Je ne devrais même pas m'attarder à parler avec toi.

— Ma petite Camille, il n'y a pas de retard qui tienne. Ce Jon Rivers, c'est la providence qui te l'envoie. Tu n'as pas le droit de l'ignorer.

— Oh, zut ! pesta Camille, fixant désespérément son écran.

Zut et zut ! Elle n'avait toujours pas tapé son paragraphe de conclusion, et impossible maintenant de s'en rappeler un traître mot !

Camille venait juste d'envoyer par mail son article à une secrétaire de rédaction et quittait le bureau.

En arrivant dans le hall, elle aperçut la réceptionniste qui allait sortir et courut dans sa direction.

— Hé ! Cynthia ! Un petit instant !… Je voulais juste te demander… euh… Cet homme qui souhaitait me voir tout à l'heure…

Un sourire gourmand apparut sur le visage de Cynthia.

— Pas mal du tout, dis-moi !

— Je crois qu'il s'agissait de Jonathan Rivers, déclara Camille, s'efforçant de ne pas trahir son émoi. Euh… a-t-il laissé un message à mon intention… quelque chose ?

— Oui, oui… Une enveloppe ! Je l'ai mise dans ton casier, répondit la jeune femme, désignant l'autre extrémité du hall.

— Formidable. Merci mille fois, Cynthia.

Déjà, Camille fonçait vers le tableau de casiers. Une vive émotion la saisit lorsqu'elle vit l'enveloppe avec son nom écrit d'un trait volontaire à l'encre noire. Une fois dans sa main, cependant, elle ne pesait pas bien lourd…

De fait, il s'en échappa un simple bout de papier lorsque Camille l'ouvrit de ses doigts fébriles.

Un billet d'entrée pour l'Opéra.

Camille était stupéfaite. Un billet pour un concert de l'Orchestre Symphonique de Sydney ! Mais quel rapport avec Jon ?

Peut-être Cynthia s'était-elle trompée ? Peut-être quelqu'un d'autre lui adressait-il cette invitation ; le message de Jon avait peut-être atterri ailleurs… Camille inspecta rapidement tous les casiers.

Aucun pli ne lui était destiné.

Par sûreté, elle regarda à l'intérieur de l'enveloppe au cas où un petit mot y aurait été oublié. Rien.

Que faire ? Le concert avait lieu ce soir dans la grande salle de l'Opéra de Sydney. Si seulement elle avait vu Jon. Car elle n'était même pas certaine que c'était lui qui avait laissé ce billet !

Jenny, cependant, était formelle.

Camille se laissa tomber sur l'une des chaises du hall, désemparée. Le concert débutait à 20 heures. Cela ne lui laissait guère de temps pour rentrer chez elle, se changer et revenir en ville.

D'ailleurs, avait-elle envie d'assister à ce concert ? Non que la musique symphonique lui déplaisait, mais elle n'était même pas sûre que Jon serait là ! Cela dit, il ne lui aurait tout de même pas offert un billet pour qu'elle s'y rende seule.

Camille rassembla ses affaires, l'esprit en ébullition, et sortit. Elle se mettait dans tous ses états, et peut-être pour rien ! Peut-être n'était-ce pas Jon qui avait laissé cette invitation.

Mais si c'était lui, qu'il se trouvait bien à Sydney, il ne manquait pas de toupet ! Se manifester ainsi sans crier gare ! Dieu sait le mal qu'elle s'était donné pour réaliser ce reportage et le tirer d'affaire, et il n'avait pas eu un mot de remerciement !

Dans le bus qui la ramenait chez elle, Camille se calma et décida de ne pas se rendre à l'Opéra. Il lui en avait trop coûté, de temps, de volonté, de souffrance, pour parvenir à oublier Jon. Le revoir, c'était s'exposer à ce que se rouvrent toutes ces plaies si difficilement refermées.

Non, il ne valait mieux pas.

Elle venait d'entrer dans son immeuble et descendait l'escalier menant à son appartement, quand elle entendit le téléphone sonner à l'intérieur. Dévalant les dernières marches, elle fouilla fébrilement dans son sac à la recherche des clés, si fébrilement qu'elle mit deux fois plus de temps que d'habitude à ouvrir. Et, bien sûr, la sonnerie cessa à la seconde où elle allait décrocher.

Camille eut un soupir dépité ; mais soudain, elle entendit une belle voix chaude laisser un message sur son répondeur :

« Camille, Jon Rivers à l'appareil. J'espère que vous avez eu le billet pour le concert. Excusez-moi, je vous préviens un peu tard. En plus, je serai retenu à une réunion jusque vers 20 heures ; donc, je ne peux vous laisser un numéro où me joindre, ni passer vous chercher. Je propose que nous nous retrouvions dans le hall de l'Opéra… J'espère que vous viendrez. »

Camille écouta une seconde fois le message.

Rien que d'entendre sa voix, elle était toute remuée. Jon était bien là, à Sydney.

Que faire ?

Dans ce genre de dilemme, c'était elle qui d'habitude conseillait les autres. Un an auparavant, elle avait écrit pour *Parole de Filles* un article intitulé : « Le Petit Dictionnaire d'une Rencontre Réussie… »

A la lettre N, le mot « non », mot à utiliser le plus fréquemment dans ce genre de circonstance.

A la lettre J, « jamais ». Ne jamais accepter une invitation de dernière minute. Cela donnerait l'impression que vous n'aviez pas mieux à faire. Vous n'êtes *jamais* en situation si désespérée.

Non, elle ne devait pas y aller.

Et elle n'irait pas. Elle se louerait un bon mélo et passerait la soirée chez elle, devant la télévision. Non, pas un film trop sentimental, ça ne ferait que la perturber davantage. Plutôt un thriller ou un film d'action.

Quelque peu rassérénée, Camille alla péniblement jusqu'à sa chambre. Elle se sentait harassée, comme si elle avait bataillé des heures durant dans une tempête.

En même temps, elle avait l'impression qu'une sorte de dédoublement s'opérait en elle, qu'il existait deux Camille… Et que la Camille qui avait choisi de rester chez elle regardait en spectatrice son double ouvrir la penderie, examiner les vêtements qui s'y trouvaient, puis sortir deux robes, une en soie noire et l'autre en velours grenat…

Impuissante, Camille vit cette autre elle-même remettre la robe noire dans la penderie et étaler la rouge sur le lit…

6

Dans le hall de l'Opéra. Mais quel hall ? En arrivant sur place, Camille découvrit que l'immense Opéra de Sydney comportait non pas un mais plusieurs halls distincts. Et qu'à lui seul, le hall nord se composait de plusieurs unités situées à des niveaux différents.

Jon ne devait pas savoir que l'Opéra formait un ensemble aussi gigantesque, sinon il lui aurait donné rendez-vous ailleurs.

Camille se plaça en hauteur, au sommet du majestueux escalier tendu de velours pourpre, afin de pouvoir mieux le repérer dans la foule. Mais pas de Jon. Soudain, une pensée la frappa. Elle le cherchait parmi les hommes en tenue de soirée alors qu'il n'avait peut-être pas de quoi s'habiller pour ce genre de circonstance. Et peut-être devait-elle plutôt guetter un homme portant un jean et des bottes de cheval… Oserait-il se présenter ainsi à l'Opéra ?

Camille regarda sa montre. Le concert commençait dans dix minutes. Avec près de deux mille personnes devant prendre place dans la salle, mieux valait ne pas trop s'attarder.

Qu'avait-il pu arriver à Jon ? S'était-il perdu dans Sydney ? Il ne devait pas connaître la ville, ou très peu. Elle-même s'y égarait encore, parfois.

Ou alors… tout cela n'était qu'une sombre farce, et

Jon lui avait posé un lapin. En serait-il capable ? Lui en voulait-il encore à ce point ?

Brusquement, elle pensa que, lassé de l'attendre, il était peut-être entré s'installer. Le temps de regarder le numéro des places sur son billet, et elle se précipita dans la salle. Hélas, leurs sièges étaient inoccupés.

Lorsque Camille ressortit, l'ouvreuse l'apostropha :

— Il va falloir regagner votre place, madame. Sinon vous ne pourrez plus rentrer, et vous devrez regarder le concert sur les télévisions en circuit fermé en attendant l'entracte.

— Ah, bon… C'est que… je ne sais trop que faire. J'attends quelqu'un.

Camille sentait les larmes lui monter aux yeux. En arriver là, après toute la tension nerveuse accumulée depuis la visite inopinée de Jon à son bureau ! Elle n'était pas loin de craquer.

Elle se dirigea d'un pas pesant vers l'une des sorties donnant sur l'immense esplanade extérieure. De là, on pouvait voir les gens se presser dans la nuit en provenance de Circular Quay ; sur la droite, le port de Sydney, tout illuminé, et au-delà du quartier des Rocks, le Harbour Bridge, arche de métal familière enjambant le port.

Cela aurait pu être si agréable de contempler ce paysage avec Jon.

Zut ! Elle n'aurait jamais dû venir.

Poussant un gros soupir, elle regagna l'intérieur du bâtiment et, soudain, elle le vit. Un beau brun en smoking qui se ruait dans la salle de concert au moment où les portes se refermaient ! Le cœur de Camille bondit dans sa poitrine.

— Jon ! s'écria-t-elle, s'élançant dans sa direction.

Il n'entendit pas.

— Jon !

Tout en courant, elle agita le bras pour attirer son attention. Mais il ne regardait pas dans sa direction. Camille eut juste le temps d'apercevoir le sourire charmeur qu'il adressait à l'ouvreuse, et le sourire ravi que lui rendit cette dernière avant de l'accompagner dans la salle, déjà plongée dans l'obscurité.

Camille se trouvait à moins de deux mètres quand la porte devant elle se referma net.

— S'il vous plaît ! Je veux entrer ! cria-t-elle, secouant la poignée, des larmes de dépit dans les yeux.

Mais personne ne vint ouvrir.

Jon se fraya un chemin dans le noir entre les deux rangées de sièges, s'excusant à mi-voix auprès des spectateurs qu'il dérangeait. Très vite, il aperçut les deux fauteuils, vides.

Camille n'était pas venue.

Il se retourna. Les portes de la salle étaient déjà closes. Une voix le somma poliment de bien vouloir s'asseoir.

Jon hésita. Pouvait-il décemment retraverser la salle et sortir alors que le chef d'orchestre venait d'entrer sur scène ?

Quelle guigne ! Avec ce fichu colloque qui n'en finissait pas, il n'avait même pas eu deux ou trois minutes pour chercher Camille dans le hall. Mais il est vrai qu'il pensait la trouver déjà installée à sa place.

En fait, c'était présomptueux de sa part d'avoir cru qu'elle viendrait. Camille devait avoir mieux à faire qu'accepter un rendez-vous de dernière minute avec un type débarqué de sa campagne qu'elle n'avait pas vu depuis des mois !

Il n'aurait jamais dû écouter Rachel et Gabe, lire

l'article de Camille sur la vie à deux dans l'*outback*. Ni le lire et le relire jusqu'à se persuader que c'était à lui qu'elle s'adressait à travers ces pages.

Dans les délires de son imagination, il lui avait même semblé entendre le son délicieux de sa voix à cette lecture, voir son sourire, sentir ses lèvres sur les siennes…

Les premières mesures de la musique emplirent tout à coup la salle. Une longue plainte modulée de violon aux sonorités pathétiques. Ce n'était pas précisément ce à quoi aspirait Jon en l'occurrence… Un soupir lui échappa, ce qui lui valut un regard réprobateur de son voisin de gauche.

Patience. Dans trois quarts d'heure, ce serait l'entracte.

Quand Jon arriva au bar et s'approcha du comptoir, il n'en crut pas ses yeux. Cette femme assise sur un tabouret, cette femme magnifique avec une robe rouge profondément échancrée dans le dos, c'était elle…

— Camille !

Elle se retourna si brusquement qu'un peu du contenu du verre qu'elle avait en main se renversa sur le comptoir. Qu'elle était belle ! Ses cheveux avaient poussé, ils ondoyaient jusque sur ses épaules. Un maquillage subtil soulignait la profondeur de son regard… Il s'arrêta, comme pétrifié par tant de beauté.

— Jon, dit-elle, tandis qu'une brève rougeur colorait ses joues. Vous ici !

— Vous êtes venue.

Il n'en revenait pas d'être si heureux, si follement heureux de la revoir !

— C'est déjà l'entracte ? demanda-t-elle, jetant un regard nerveux à la foule qui investissait le bar.

Jon s'approcha d'elle.

— Oui. Il y a longtemps que vous êtes là ?

— Oh, un certain temps…, dit-elle, levant son verre et l'enveloppant d'un sourire mélancolique.

Il pensa qu'elle ne devait pas en être à son premier verre.

— Je suis vraiment désolé de vous avoir manquée avant le concert. J'ai été retenu à mon colloque… Et je n'étais pas sûr que vous viendriez, ajouta-t-il, posant une main sur son bras.

— Moi non plus.

Elle considéra cette main, puis leva les yeux vers lui et sourit.

— Je ne sais toujours pas *pourquoi* je suis venue, murmura-t-elle.

Ensuite elle redressa la tête pour le regarder droit dans les yeux, et il lut sur son visage toutes les questions qu'elle brûlait de poser. Que venait-il faire à Sydney ? Pourquoi l'avoir invitée à ce concert ? Des questions qu'il espérait ne pas entendre formuler. Ses réponses auraient risqué d'effrayer Camille, de la faire fuir.

— Nous pourrions retourner dans la salle, suggéra Jon, lui enlevant son verre de la main pour le poser sur le bar.

— Vous voulez entendre la seconde partie du concert, je suppose.

— Oui, c'est la meilleure.

Camille descendit de son tabouret.

— J'ignorais que vous aimiez la musique classique, Jon.

— C'est un ami à moi qui joue, ce soir. Il m'a offert les places.

— Ah, dit-elle, étonnée. C'est donc pour cette raison que vous êtes à Sydney ?

— Entre autres. Je suis venu aussi pour affaires…

Elle parut prendre un peu ombrage de sa réponse et allongea le pas pour le distancer.

— Camille… Camille, je ne vous ai pas encore dit comme je vous trouve belle ce soir. Vous êtes… superbe !

Elle s'était retournée et il eut le plaisir de voir de nouveau ses joues rosir de façon charmante.

— Merci… Vous aussi, Jon, ajouta-t-elle avec un sourire intimidé.

Et quel euphémisme c'était, songea Camille. Dans l'*outback*, en jean et chemise à carreaux, il l'avait déjà complètement bouleversée ; mais ce soir, en smoking, Jon était carrément irrésistible… Et ce sourire ! Il la faisait fondre. Comment pouvait-elle prétendre ignorer pourquoi elle était venue ? Elle se sentait tout électrisée du simple fait de marcher à ses côtés, de s'asseoir près de lui dans la salle.

Mais pourquoi Jon l'avait-il invitée ? Pour le seul plaisir de sa compagnie ? Ou bien parce qu'il avait besoin d'une escorte pour se rendre à l'Opéra ?

— Lequel est votre ami ? demanda-t-elle tout bas à Jon tandis qu'arrivaient sur scène les membres de l'orchestre.

Il se pencha pour lui répondre, et elle perçut avec délices les effluves de son eau de toilette.

— Il n'est pas encore là. C'est le soliste.

— Ah, bon !

Camille n'avait pas consulté le programme et ignorait donc de qui il s'agissait. Un violoniste, peut-être ? Ou un ténor ? Elle s'apprêtait à lui demander de quel instrument jouait son ami lorsqu'un murmure parcourut le public ; les lumières s'éteignirent. Des applaudissements crépitèrent pour saluer l'arrivée sur scène du chef d'orchestre. Applaudissements encore plus nourris lorsque parut dans la foulée un autre homme : un jeune aborigène d'allure fière qui portait un *didgeridoo*.

Camille jeta un regard étonné à Jon ; en réponse, il lui adressa un clin d'œil et sourit.

En se rendant ce soir à l'Opéra, la jeune femme ne s'attendait pas à assister à un concert de ce type. Dès l'instant, cependant, où le jeune aborigène se mit à jouer, elle fut complètement transportée par sa musique.

Le *didgeridoo* était un instrument pour le moins atypique. Un simple tube de bois évidé par des fourmis blanches et décoré extérieurement de motifs tribaux dans des tons de rouge, d'ocre, de noir et de blanc. Son utilisation remontait à la nuit des temps, et c'était peu dire que son apparence rudimentaire contrastait ce soir avec le poli impeccable des violons et autres violoncelles.

Pourtant, son association avec ces instruments créait un effet littéralement envoûtant. En soufflant dans le *didgeridoo*, le jeune aborigène produisait des sons graves, tout en longues vibrations ; et cette étrange mélopée répondant à la douceur des violons semblait tisser un lien entre passé et présent, telle une voix mystérieuse qui aurait traversé les âges pour s'adresser au monde actuel, perpétuant ainsi une culture vieille de plus de quatre mille ans.

Camille sentait cette musique la pénétrer, la remuer profondément. C'était comme si l'*outback*, le sauvage et lointain *outback* se retrouvait là, dans cette salle d'une grande métropole moderne.

Elle percevait avec une singulière acuité la présence de Jon près d'elle. Comme cette musique, lui aussi venait d'un monde différent. Elle se rappela avec une bouffée d'émotion l'impression qu'elle avait éprouvée en arrivant à *Edenvale*. Elle s'y était sentie bien, comme si elle avait été chez elle…

Lorsqu'ils quittèrent la salle, elle était dans un trouble émotionnel très vif.

— C'était magique, souffla-t-elle.

— N'est-ce pas ? Je suis content que vous soyez venue.

— Il y a longtemps que vous connaissez ce joueur de *didgeridoo* ?

— Depuis que nous sommes gamins. Sa famille travaille à *Edenvale* depuis trois générations — ils gardent le bétail. Quand nous nous sommes rendu compte du talent de William, avec ma famille, nous avons fait jouer nos relations pour le faire connaître. Très vite, il s'est senti sur scène comme un poisson dans l'eau !

Camille fut impressionnée.

— Voulez-vous aller en coulisses féliciter votre ami ?

Jon promena sur elle un regard qui la troubla.

— Je l'ai vu ce matin après sa répétition. Ce soir, il aura toute une cour autour de lui. Je préfère lui téléphoner demain.

— Ne manquez pas de le féliciter de ma part. J'ai adoré sa prestation.

— Je le lui dirai.

Jon la prit par la main pour l'entraîner vers la sortie. Là, sous la nuit étoilée, il lui glissa à l'oreille :

— Sauvons-nous quelque part, d'accord ?... Juste tous les deux, ajouta-t-il en serrant plus fort ses doigts.

Camille sentit un vertige l'envahir. Elle essaya de se remémorer toutes les raisons pour lesquelles elle devait se méfier de Jon — les circonstances de leur séparation à *Edenvale*, les longs mois de silence... Cet homme était dangereux. Il exerçait sur elle une emprise redoutable, alors qu'elle le connaissait à peine. Un baiser, un seul baiser de Jon avait suffi pour qu'il l'ensorcelle.

Et ce soir, son charme magique avait de nouveau opéré. Car Camille répondit :

— Nous n'avons qu'à aller chez moi.

Il l'enveloppa d'un regard scrutateur qui la fit tour à tour pâlir et rougir. L'un et l'autre savaient qu'il n'était pas question cette fois d'un simple baiser.

— D'accord, répondit Jon sans sourire.

Ils ne parlèrent pratiquement pas dans le taxi qui les emmenait chez Camille; ils étaient trop tendus, trop fébriles. De temps en temps, la jeune femme jetait de brefs regards à son compagnon, et chaque fois la même émotion la submergeait.

Jon Rivers... C'était là l'homme que des milliers de lectrices avaient plébiscité. Et il était *avec elle*; il l'accompagnait *chez elle*.

Bientôt, le taxi s'arrêta devant son immeuble. Pendant que Jon réglait la course, Camille chercha ses clés, le cœur battant de plus belle.

Quand ils entrèrent dans l'appartement, elle ne prit même pas la peine de lui proposer du café. Elle eut juste le temps de poser son sac sur un meuble de la cuisine, de se retourner : les bras de Jon étaient là, prêts à l'accueillir. L'instant d'après, ils s'enlaçaient, se serrant éperdument l'un contre l'autre.

— Oh, Camille... Vous n'imaginez pas combien de fois j'ai pensé à cet instant, murmura-t-il.

— Et moi...

Toutes les nuits, réveillée ou en songe, elle avait rêvé de retrouver ses baisers. A présent, Jon était là, qui l'étreignait, viril et fort, le corps palpitant du même désir. Dans un élan simultané, leurs bouches se joignirent passionnément, et ils s'embrassèrent à perdre haleine.

Comment aurait-elle pu s'inquiéter de savoir si c'était raisonnable ou non ? Seul comptait le bonheur que lui donnait Jon, et ce bonheur était tel qu'il annihilait toute autre considération.

— J'ai envie de toi, chuchota-t-il d'un ton vibrant qui l'électrisa comme la plus sensuelle des caresses.

« Moi aussi, Jon, j'ai envie de toi. »

N'osant formuler ces mots, elle le prit par la main

et l'entraîna en direction de sa chambre, s'arrêtant de temps en temps dans le couloir pour échanger avec lui caresses et baisers furtifs.

A la lumière de la petite lampe de verre rouge, ils se déshabillèrent mutuellement avec des gestes fiévreux, impatients. Quand leurs regards se croisaient, un sourire exalté passait sur leurs visages et leurs lèvres se rejoignaient.

La robe de velours grenat tomba dans un doux soupir aux pieds de Camille. Jon suivit d'un doigt léger l'arrondi de ses épaules nues. Ses lèvres frémissantes assurèrent ensuite le relais, traçant un chemin brûlant dans le creux de son cou, puis… ô bonheur, sur ses seins…

Tremblants, cramponnés l'un à l'autre, ils tombèrent ensemble sur le lit. Jamais Camille n'avait ressenti cela, ce désir puissant qui emportait tout sur son passage. Perdre ainsi tout contrôle avait quelque chose d'effrayant, pourtant elle s'en moquait. Car ce qu'ils partageaient était si fort ! Si bon…

Quelque chose d'aussi bon ne pouvait être tout à fait déraisonnable.

Jon fut le premier à s'éveiller. Il avait dormi, un bras enroulé autour de Camille, et demeura ainsi à regarder la chambre à présent éclairée par la lumière du jour. La vue de leurs vêtements éparpillés ça et là sur la moquette lui rappela la magie de la nuit qu'ils venaient de passer.

Que d'émotions, que de plaisir il avait éprouvés à faire l'amour avec Camille ! Il avait déjà connu la passion auparavant, bien sûr, mais jamais assortie de tant de tendresse, de tant de sollicitude.

Près de lui, Camille se mit à bouger et ses yeux s'ouvrirent doucement.

— Bonjour, murmura-t-elle.

Et un sourire apparut sur ses lèvres.

— Bonjour, répondit Jon après l'avoir embrassée sur le bout du nez.

Camille s'étira avec volupté.

— Comme j'aimerais n'avoir pas à aller au bureau aujourd'hui, soupira-t-elle. On devrait être dispensé de travail après une nuit pareille.

— N'y va pas, souffla Jon en promenant une main sur ses hanches.

— Ce n'est pas possible. Je suis déjà en retard dans mon planning.

— Sais-tu que tu es terriblement attirante le matin, au réveil ?

— Ah bon ?

Avec un rire amusé, elle secoua légèrement la tête, faisant voler ses cheveux en boucles indisciplinées sur son visage.

— Oh, Camille…, murmura-t-il, écartant quelques mèches pour s'emparer de sa bouche. Je crois que je pourrais prendre goût très facilement à me réveiller près de toi…

Elle se redressa sur son séant, l'air soucieux soudain.

— Je vais préparer le petit déjeuner. Café et pain grillé, ça te convient ?

— Très bien.

Devant l'expression tendue qu'avait désormais Camille, Jon refoula le désir de la reprendre dans ses bras et de lui faire l'amour. Il la regarda simplement se lever, enfiler un grand T-shirt et admira ses jambes magnifiques tandis qu'elle quittait la chambre. Mais une fois seul, il fut envahi par des doutes et une pénible sensation de malaise.

Ils se retrouvèrent pour déjeuner dans un restaurant du port, une des meilleures tables du quartier, qui jouissait de surcroît d'une vue imprenable sur les célèbres toits en coquille de l'Opéra, à la Pointe Bennelong.

Une fois qu'ils furent installés, Camille confia à Jon :

— Ma collègue, Jenny, a deviné qu'il se passait quelque chose entre nous, et elle est persuadée que je t'ai écarté du « Challenge des célibataires » pour te garder pour moi toute seule.

L'anecdote le fit sourire.

— C'est la vérité, non ?

Camille se troubla.

— Tu sais bien que ce n'était pas mon intention à l'époque.

Dieu merci, il ne demanda pas quelles étaient actuellement ses intentions ! Camille n'aurait su que répondre. Elle n'avait aucun projet vraiment défini. Sa seule certitude, maintenant que Jon avait resurgi dans sa vie, c'est qu'elle était amoureuse de lui. Follement amoureuse.

Une situation qui n'était pas sans la préoccuper. Car ne risquait-elle pas de décevoir Jon ? Manifestement, il envisageait une relation durable entre eux. Etait-ce bien réaliste ? Cette nuit, ce qu'ils avaient vécu était très beau, très poétique — comme s'ils avaient gommé leurs différences dans la passion.

Mais ce matin, avec le retour à la réalité, le doute s'était instillé dans l'esprit de Camille. Elle avait vu d'où était issu Jon. Elle connaissait son attachement à sa terre, aux valeurs familiales. Sous ses airs d'aventurier, au fond, c'était un esprit conformiste. Il aspirait à se marier, fonder une famille. Rachel ne lui avait-elle pas confié qu'il aurait aimé être le père de l'enfant qu'attendait son ex-petite amie ?

Alors que Camille, elle, était loin de partager de telles aspirations…

L'arrivée du serveur venant prendre la commande apporta une diversion momentanée. Quand il fut parti, la conversation reprit :

— Je me demandais, dit Jon, si ta famille habitait aussi Sydney ?

Elle hésita, surprise qu'ils aient eu des pensées si proches en même temps.

— Excuse-moi si c'est indiscret…, reprit Jon.

— Oh, ça n'a rien d'indiscret. Ta question est tout à fait normale, légitime. Simplement… je n'ai pas une famille très conventionnelle, acheva-t-elle dans un soupir.

— Ah, bon ?

— En fait, mes parents et moi — puisque nous ne sommes que trois — vivons aussi éloignés les uns des autres qu'on puisse imaginer. Je suis la seule à habiter Sydney. Ma mère vit à Tokyo et mon père à Paris, je crois.

— Comment ça, « tu crois » ? répliqua-t-il, interloqué.

— Eh bien, disons qu'il est basé à Paris. Mais aux dernières nouvelles, il logeait dans un château quelque part dans la vallée de la Loire.

— Un château !

— Oh, papa n'est pas châtelain ! précisa Camille en riant. En fait, il gardait la résidence d'un ami pendant son absence. Un chorégraphe, à moins que ce ne soit un compositeur. J'ai oublié. Mais c'était il y a plus de six mois. Depuis, il a dû retourner à Paris, je suppose.

Le serveur apporta le champagne qu'ils avaient commandé et déboucha la bouteille avec tout le cérémonial de circonstance.

Quand ils furent servis et à nouveau seuls, Jon leva sa coupe et ils trinquèrent, les yeux dans les yeux. Des images de leur nuit d'amour affluèrent à l'esprit de

Camille, et à ce seul souvenir, un trouble irrésistible l'envahit, comme si les bulles du champagne pétillaient déjà dans ses veines.

— A quoi buvons-nous ? demanda-t-elle sur une impulsion.

Elle la regretta aussitôt. Jon semblait vouloir la transpercer du regard, comme si elle détenait en elle la réponse à sa propre question. Mais l'instant d'après, il leva de nouveau son verre et sourit :

— Buvons à la hausse des cours du bœuf, pour que tu tires un bon bénéfice de tes veaux.

— Que *nous* en tirions un bon bénéfice, rectifia Camille. Il était convenu de partager, souviens-toi.

— C'est vrai.

Chacun but une gorgée de champagne, puis Jon enchaîna :

— Les cours de la viande font plutôt grise mine en ce moment. C'est pour cette raison que je n'ai pas encore procédé à la vente. Je crains que tu ne sois déçue de ce qu'on peut retirer d'une quinzaine de veaux.

— Dans la mesure où j'ai de quoi payer mon voyage à Paris...

— Tu vas voir ton père ?

— Oui. Mes vacances ont été programmées de longue date. C'est pour le mois prochain.

— Dans ce cas, il vaudrait mieux que nous vendions les bêtes, répondit-il avec gravité.

Camille but une nouvelle gorgée de champagne. Pourquoi le fait d'évoquer ce voyage, même s'il n'impliquait qu'une absence momentanée, la mettait-il mal à l'aise ?

— Et tu dis que ta mère vit au Japon ?

— Oui. Elle est directrice artistique d'une compagnie de danse contemporaine à Tokyo.

— Ah, cela explique tout.

— Cela explique *quoi* ?

— Que tu sois… touchée par une sorte de grâce. Tes parents sont tous les deux artistes.

Ce compliment l'embarrassa.

— Je n'ai rien de plus que les autres…

Il sourit.

— C'est ce que tu crois. Parle-moi donc de tes parents.

— Initialement, ils étaient danseurs de ballet. Ils ont eu leur heure de gloire à une époque. Ils s'appellent Elaine Sullivan et Fabrice Dèvereaux. Peut-être en as-tu entendu parler ?

— Leur nom ne me dit rien, non.

— Maman est australienne et papa, français. Ils se sont produits sur toutes les scènes du monde comme partenaires. Pour danser un pas de deux, ils n'avaient pas leurs pareils, murmura rêveusement Camille en jouant avec le pied de son verre. Mais comme couple… ils étaient incapables de s'entendre. Ils avaient des disputes terribles.

— Donc, ils vivent séparément depuis un certain temps ?

— Oui, ils se sont quittés quand j'avais quinze ans, mais ils n'ont jamais divorcé officiellement.

— Ça n'a pas dû être très drôle pour toi.

— Non, admit Camille en poussant un long soupir. Tu vois, ma famille est bien différente de la tienne.

— Eh bien, vive la différence ! répondit Jon en levant sa coupe de champagne. Tu sais, mon sort peut paraître plus enviable en apparence, mais l'est-il vraiment ? Dans notre famille, le destin est plus ou moins tracé d'avance. On naît et on grandit dans la brousse, on n'en part que quelques années pour faire des études, puis on revient y travailler. C'est terriblement ennuyeux, en fait.

Camille eut un haussement d'épaules dubitatif.

— L'ennui peut avoir du bon. Il a quelque chose de sécurisant. Je me suis souvent demandé si le problème de mes parents ne résidait pas dans le fait qu'ils étaient constamment en tournée. Il n'y avait aucune régularité, aucune stabilité dans leur quotidien.

On apporta leurs plats. Et tout en dégustant la tourte de poisson fumé que l'un et l'autre avaient commandée, ils reparlèrent du concert de la veille, de l'amitié de Jon avec le joueur de *didgeridoo*. Il lui apprit que le jeune prodige devait bientôt se produire sur une grande scène new-yorkaise. Dans la foulée, il demanda à Camille :

— Est-ce que tu suivais tes parents quand ils étaient en tournée ?

— Quand j'étais petite, avant d'entrer au collège, oui. J'ai parcouru le monde entier avec eux; mais le seul souvenir que j'en ai gardé, ce sont les hôtels, tous les soirs différents.

Jon reposa ses couverts et l'étudia pensivement.

— J'essaie de t'imaginer enfant... La jolie petite Camille, avec ses grands yeux noirs, partageant sa vie entre les hôtels et les avions...

La description lui arracha un sourire un peu crispé.

— Oh, j'étais très précoce pour mon âge. Avant cinq ans, je savais déjà appeler le service d'étage pour commander un repas.

— Mais tu ne te sentais pas un peu seule ?

Oh, si ! pensa Camille, mais elle répondit :

— Je sympathisais avec le personnel dans les hôtels; et certains membres de l'équipe technique étaient très gentils avec moi. Mon préféré, c'était l'éclairagiste. Il me laissait assister aux répétitions, et j'avais même le droit d'actionner un interrupteur.

Elle s'adossa à sa chaise et regarda Jon, surprise de lui

en avoir tant dit. Cela ne lui arrivait guère de s'épancher ainsi sur elle-même.

— Aurais-tu aspiré parfois à une vie différente ?

— Et comment ! J'étais très jalouse des autres enfants… Sais-tu ce dont je rêvais à une époque ? demanda-t-elle, avec un sourire empreint de mélancolie.

— Dis-moi.

— J'aurais adoré avoir une maison avec un jardin… Un jour où j'étais dans un taxi avec mes parents près de la Nouvelle-Orléans, j'ai vu des enfants jouer ; ils étaient en maillot de bain et s'amusaient comme des fous à s'asperger avec le tuyau d'arrosage. J'ai trouvé ça très drôle, j'aurais aimé pouvoir faire comme eux.

Jon se pencha et lui prit la main.

— C'est un rêve que je pourrais peut-être t'aider à réaliser, murmura-t-il, en l'enveloppant d'un de ses sourires charmeurs.

— Et comment ? fit Camille, étonnée.

— Tu verras…

A son retour au bureau, Camille trouva une Jenny dévorée par la curiosité.

— Alors, où étais-tu ? s'enquit aussitôt cette dernière.

— Quoi ? Je n'ai que dix minutes de retard.

— Et les yeux brûlants d'une femme qui vient de…

— Qui vient de déjeuner, interrompit fermement Camille.

— Certes, mais avec qui ? Ton bel éleveur de l'*outback* ?

— Oui, admit Camille devant tant d'insistance. Mais il n'y a pas lieu d'en faire tout un plat, Jenny.

— Pourtant, ce n'est pas si souvent qu'on revient d'un simple repas au restaurant avec cette expression sur le visage.

Camille se contenta de hausser les épaules.

Têtue, Jenny vint se planter en face d'elle, devant son bureau.

— Jon Rivers n'est pas loin d'être parfait, j'ai l'impression.

— Ce n'est pas faux, reconnut Camille, amusée malgré elle.

— Et vous avez des atomes crochus… si tu vois ce que je veux dire ?

— Oh, oui ! répondit-elle sans hésiter.

Il lui suffisait de se rappeler leur nuit d'amour pour en avoir des frissons partout ! Jon l'avait comblée au-delà de toute imagination.

— Quel est le problème alors ? s'enquit Jenny.

— Il n'y a pas vraiment de problème.

— Ah. Seulement… ?

Camille soupira.

— Seulement, j'ai peur de lui faire du mal, voilà.

— Pourquoi lui ferais-tu mal ?

— Il me plaît, il me plaît terriblement, Jenny, mais je crains de n'être pas une femme pour lui. Jon est un homme de la campagne, il tient beaucoup à ses racines, aux valeurs qui y sont attachées. Au fond, c'est quelqu'un de très comme il faut.

— Et toi, tu serais sans foi ni loi, c'est ça ?

Camille fit la grimace. C'était plus ou moins l'impression qu'elle se faisait en ce moment.

— Sais-tu quel est ton problème ? reprit Jenny.

— Non, mais tu vas me le dire, je suppose ?

— Rappelle-toi les types avec qui tu es sortie depuis que je te connais. On croirait que tu t'appliques à choisir des hommes insipides, des hommes dont tu ne risques pas de tomber amoureuse. Mais cette fois, ma chère, tu as trouvé quelqu'un de différent.

Camille la regarda, bouche bée.

— Où as-tu appris à être si perspicace ?

Jenny sourit.

— En lisant ton « Petit Dictionnaire d'une Rencontre Réussie »... Plus sérieusement, Camille, qu'est-ce qui te tracasse ? Crois-tu qu'après avoir lu ton article sur la vie à deux dans l'*outback*, Jon espère que tu ailles t'enterrer dans la brousse pour lui faire des enfants ?

Camille se couvrit le visage des mains. C'était exactement ce qui l'inquiétait.

— En as-tu parlé avec lui ? s'enquit Jenny.

Camille regarda son amie en face.

— Non, mais il faut que je le fasse, répondit-elle avec une soudaine détermination. Jon repart demain ; donc, il ne me reste que ce soir.

7

« Allons, calme-toi ! » s'exhorta Jon, en voyant arriver Camille depuis le perron de son hôtel.

Dans le contre-jour du soleil couchant, ses cheveux s'auréolaient de feu tandis qu'elle traversait la rue. Elle était si ravissante en jupe courte et petit pull moulant qu'il ne voyait qu'elle parmi le flot des passants.

Arrivée à sa hauteur, elle se haussa sur la pointe des pieds pour l'embrasser sur la joue, et il sentit la douce pression de ses seins contre lui. Un désir presque forcené le submergea.

« Calme-toi, Jon ! »

— Alors, quel est le programme, ce soir ? demanda-t-elle.

Jon humecta ses lèvres asséchées.

— J'ai pensé que nous pourrions dîner dans ma chambre d'hôtel ; je te fais confiance pour commander le repas, tu es une experte, ajouta-t-il par plaisanterie, mais son cœur battait la chamade.

Camille eut une légère hésitation, puis acquiesça.

Ils étaient seuls dans l'ascenseur, et Jon ne put résister à la tentation de la prendre dans ses bras et de l'embrasser. Pas avec fougue. Avec tendresse. C'était un bonjour, une invitation… Après un infime raidissement de surprise, la jeune femme laissa échapper un gémissement de contentement et lui rendit son baiser.

Ah, Camille…

Toute la journée, Jon s'était rongé d'inquiétude, il craignait qu'elle ne le désire pas aussi fort que la veille, mais la ferveur de son baiser avait tout pour le rassurer. Et quand il referma sur eux la porte de la chambre, il n'eut qu'à poser la main sur son bras pour qu'elle se blottisse contre lui en lui offrant ses lèvres...

Elle n'aurait pas dû embrasser ainsi Jon !

Elle était supposée lui résister. En quittant le bureau tout à l'heure, elle avait prévu de faire d'emblée une mise au point sur l'avenir de leur relation.

Mais Jon avait bouleversé ses projets. Déjà, quand elle l'avait aperçu qui l'attendait devant son hôtel, une irrépressible émotion l'avait envahie, mettant à mal ses belles résolutions. Son sourire avait fait le reste...

Aussi, quand il avait proposé de passer la soirée dans sa chambre, n'était-elle déjà plus en état de refuser. Et ce n'était pas maintenant, alors qu'il l'enlaçait si tendrement, qu'elle était mieux armée pour résister. Ses baisers distillaient en elle une faiblesse traîtresse, un plaisir délicieux contre lesquels Camille se sentait impuissante.

— Je veux réaliser ton rêve, murmura-t-il. A ma façon...

— Mon rêve ? Quel rêve ? demanda Camille, un peu désorientée.

— S'amuser avec l'eau. Je n'ai pas de tuyau d'arrosage, désolé...

— Jon !

— Mais je peux t'offrir une douche, conclut-il avec espièglerie en la soulevant dans ses bras.

Quoi ? Comment pourrait-elle engager la moindre discussion sérieuse avec Jon, nue sous la douche avec lui ?

— Non, Jon ! Pas de douche !

Mais la protestation manquait de conviction.

— Ah, non ! Pas de douche ! se moqua Jon.

Et Camille, malgré elle, se prit au jeu :

— Monsieur Rivers, lâchez-moi, voulez-vous !

— Puisque vous insistez…

A l'entrée de la salle de bains, il la libéra si subitement qu'elle se raccrocha à lui pour ne pas tomber. Jon n'eut plus qu'à refermer les bras sur elle, et déjà ses mains se glissaient sous le pull de sa captive.

— Jon !… Oh, Jon…

Au moment même où sa raison commandait à Camille de le repousser, ses bras se nouaient autour de son cou. C'était impossible, elle ne pouvait rien contre la chaleur de ses caresses sur ses seins… Contre la folle volupté du baiser qu'il vint voler sur ses lèvres…

Et la passion qu'elle sentait brûler en lui était comme un aiguillon qui affolait encore plus ses sens.

Mais il faudrait que cette fois soit la dernière…

Enveloppés dans les sorties de bain blanches de l'hôtel, ils s'installèrent à même la moquette de la chambre pour prendre le repas commandé par Camille.

Ils parlèrent de Paris, et Jon évoqua un piano-bar qu'il avait découvert à Montmartre, dont le charme l'avait séduit.

— L'atmosphère y est typiquement parisienne. Des plafonds bas à poutres apparentes, des affiches anciennes un peu partout, des tables à plateau de marbre, et le tout noyé dans la fumée des cigarettes. Et bien sûr, de la musique. Il y a un pianiste dans un coin qui joue des morceaux un peu mélancoliques. Mais le plus curieux, ce sont les messages qui sont accrochés aux murs.

— Comment ça, des messages ?

— Des cartes postales, des dessins, des déclarations d'amour, des plaisanteries… La plupart sont laissés par des touristes, donc beaucoup sont en anglais…

— Quand es-tu allé à Paris ?

— La première fois, j'avais vingt et un ans. J'avais fait un long périple de plusieurs mois à travers l'Europe, le sac sur le dos. Mais j'y suis retourné l'année dernière ; c'est à cette occasion que j'ai découvert ce bar.

— Tu es allé *deux fois* à Paris ?

Il essaya de ne pas trop s'irriter de la surprise de Camille. Manifestement, elle le considérait toujours comme un rustre.

La conversation s'essouffla un peu ensuite, et Jon se demanda si Camille éprouvait ce même malaise sourd qui l'habitait, lui interdisant désormais gaieté et insouciance. Un malaise provoqué par l'incertitude quant à l'avenir de leur relation, par le poids de tous les non-dits, ces questions qu'ils ne s'étaient pas posées…

Le repas terminé, Camille apporta leurs assiettes sur la desserte près de la fenêtre, et demeura un moment là, à regarder dehors dans la nuit. Quand elle se retourna, Jon crut voir des larmes briller dans ses yeux. Ses mains jouaient nerveusement avec le lien du peignoir.

— Jon, demain, tu rentres à Mullinjim ; il faudrait que nous parlions, dit-elle.

— C'est vrai.

Il se leva et lui indiqua les deux fauteuils du salon.

Mais Camille ne bougea pas. Elle resta debout, le dos à la fenêtre, manipulant toujours la ceinture du peignoir ; aussi demeura-t-il là où il se trouvait, planté au milieu de la pièce.

— Je crains que tu aies une fausse idée de moi, Jon.

— C'est-à-dire ? demanda-t-il, alarmé.

Une expression de souffrance contracta un instant le visage de Camille.

— Je ne sais comment formuler la chose sans… sans paraître odieuse, mais je ne crois pas souhaitable que nous restions en relation à l'avenir.

— Et pourquoi ça, dis-moi ?

— Je ne suis pas la femme qu'il te faut.

A ces mots, Jon eut l'impression que son sang se glaçait.

— Et si je ne partage pas cet avis ?

— Je ne peux *pas* te convenir, Jon, comprends-le !

— Tu dis des sottises. Viens…

Elle leva une main comme pour le repousser.

— Non ! Je perdrai tous mes moyens si tu me touches. Je ne saurai plus ce que j'ai à te dire.

— N'y vois-tu pas justement la preuve que nous sommes faits l'un pour l'autre ?

— Je ne sais pas… Je ne crois pas. Mes sentiments me semblent si complexes… Tu dois savoir que tu me plais, que tu me plais beaucoup ; et de ton côté, tu ne me considères pas comme une simple aventure de passage, je présume.

Il ne répondit pas et attendit qu'elle poursuive.

— Mais nous vivons à des milliers de kilomètres l'un de l'autre.

— En avion, ce n'est pas grand-chose.

— Le problème, en fait, c'est que ces déplacements ne se justifieraient que si nous avions quelque chose à construire ensemble.

— Et d'après toi, ce n'est pas le cas ?

— Je t'ai dit dès le début que je ne croyais pas au mariage.

— Qui a parlé de mariage ? Si tu n'en veux pas, je peux fort bien m'en passer.

Elle parut déconcertée.

— Tu en es sûr, Jon ?

Il poussa un long soupir et se passa anxieusement la main dans le cou.

— Et toi, es-tu sûre de ne pas vouloir du mariage ? Dans l'article que tu as écrit, tu avais plutôt l'air de faire l'apologie de la vie de couple dans l'*outback*.

La mine de Camille se décomposa.

— J'ai écrit cet article à l'intention d'autres femmes, pas pour moi, répliqua-t-elle d'une voix tendue.

— Qu'est-ce que ça veut dire ? s'emporta Jon.

— Un journaliste adapte son propos à son public. J'ai écrit ce que nos lectrices ont envie de lire.

— Donc, tout ce lyrisme qui a tant impressionné Rachel, c'était du vent ? Simplement des mots destinés à assurer un gros tirage à ton magazine ?

— Non, répondit Camille, l'air désespéré. Je pensais sincèrement ce que j'ai écrit, Jon. Le mariage tel que je l'ai présenté me paraît être une expérience extraordinaire pour la plupart des femmes… L'accomplissement suprême. Simplement, tout ça ne s'applique pas à *moi*.

Elle s'avança vers lui pour s'arrêter aussitôt dans son élan.

— Comment t'expliquer ? murmura-t-elle, une expression tourmentée sur le visage. En fait, alors que la majorité des femmes n'aspirent qu'à trouver l'homme de leur vie, moi, depuis dix ans, j'ai la hantise de le rencontrer.

Jon sentit son cœur chavirer.

— Mais pourquoi ? Qu'est-ce qui te fait si peur ? Est-ce l'exemple de tes parents ? Leur échec t'a-t-il traumatisée à ce point ?

Elle pâlit et fixa ses pieds nus.

— Peut-être…

Jon jura entre ses dents, et Camille leva les yeux vers lui.

— C'est l'une des principales raisons pour lesquelles je veux aller à Paris. Il faut que je voie mon père, que je lui parle. Ma mère a toujours refusé de discuter de leur couple avec moi ; mais nous nous entendions bien, papa et moi, j'attends beaucoup de nos retrouvailles.

— Dans ce cas, il est temps que je rentre vendre tes veaux pour que tu puisses t'offrir ce voyage.

Les lèvres de Camille parurent vouloir esquisser un sourire, en vain. Elles restaient serrées, et un voile embuait de nouveau ses yeux. Au bout d'un moment, elle dit :

— Quand je serai à Paris, j'irai faire un tour à ce piano-bar.

Il se contenta d'approuver d'un signe de tête.

Dans le taxi qui la ramenait chez elle, Camille luttait pour contenir ses larmes. Jon la laissait partir. Et pas seulement à Paris, il la laissait disparaître de sa vie.

Il n'avait pas cherché à faire de nouveau l'amour avec elle. Ni à plaisanter ou à la taquiner. Il n'avait même pas proposé qu'ils s'écrivent ou se téléphonent pour garder le contact. Mais comment le lui reprocher ? Il ne faisait qu'exaucer ses vœux…

Oh, elle pouvait être fière d'elle ! Son but était atteint : elle avait réussi à convaincre Jon qu'elle était un cas désespéré et qu'il se porterait mieux sans elle !

Et c'était, hélas, la vérité. Il avait besoin d'une femme sensée, équilibrée, une femme à qui le mariage et la maternité ne donnaient pas envie de fuir.

Camille réprima un nouveau sanglot. Le plus terrible, c'est qu'elle allait devoir oublier Jon… et elle n'était pas du tout certaine d'y parvenir.

8

Dès qu'elle entra dans le café de la rue Gabrielle, Camille sut que c'était là. Cette salle aux murs couverts de centaines de messages, ces poutres massives... Elle était dans le piano-bar de Jon.

Tout l'après-midi, bravant le froid vif de ce début novembre, elle avait arpenté les rues de la Butte Montmartre à la recherche du fameux bar. Qu'en espérait-elle ? Maintenant qu'elle l'avait trouvé, la joie escomptée n'était pas vraiment au rendez-vous, dut convenir Camille, une fois installée à une table. Au lieu de partir à la découverte de la capitale comme elle se l'était promis, elle était là, dans ce bar, parce que Jon y était venu...

Et elle se sentait bien maussade.

Evidemment, les retrouvailles avec son père n'avaient rien arrangé. Quel choc de découvrir le petit logement miteux où il vivait ! Il ne restait plus rien de l'homme dynamique et bon vivant de son souvenir.

Cela ne l'étonnait plus à présent que ses lettres soient devenues si rares. Il avait voulu lui cacher cette vérité.

A la différence de sa mère, qui s'était reconvertie avec succès dans la chorégraphie, Fabrice Dèvereaux n'avait connu que de petits emplois précaires de professeur de danse, ce qui n'avait fait que le marginaliser et lui enlever peu à peu sa joie de vivre.

Mais ce qui bouleversait Camille plus que tout, c'était le regard que portait à présent son père sur sa vie de couple...

— Si tu savais comme ta mère me manque, lui avait-il confié. Comme je m'en veux de l'avoir laissée partir...

— Mais vous étiez tellement malheureux ensemble, non... ?

— Ta mère et moi avions chacun un fort tempérament, ça ne facilite pas la vie à deux, j'en conviens. Mais au-delà de nos discordes, il existait une profonde affection entre nous... Je me demande comment j'ai pu ne pas en tenir compte, avait-il ajouté, les yeux humides.

Ces mots avaient fait à Camille l'effet d'un coup de poignard. Comment son père avait-il pu en arriver là ? Vivre depuis si longtemps avec les regrets et ne pas réagir ? Et maintenant, Camille en venait à se demander si sa mère ne souffrait pas aussi de solitude.

Elaine Sullivan était un bourreau de travail, et Camille avait toujours admiré sa réussite professionnelle. Mais en travaillant aussi dur, ne cherchait-elle pas à compenser ce qui manquait par ailleurs dans sa vie ?

Ses parents avaient-ils eu tort de se séparer ?

L'ennui, c'est que penser à leurs problèmes de couple réveillait en elle le souvenir de Jon et, par là même, la tristesse qui l'habitait depuis leur rupture.

Fidèle à sa parole, il n'avait pas repris contact avec elle, sauf pour lui envoyer l'argent de la vente de ses veaux.

Avait-elle commis une terrible erreur ? S'était-elle condamnée, comme son père, à passer le reste de son existence dans la solitude et le malheur ?

Un serveur se présenta à sa table, et elle commanda un verre de beaujolais, l'un des rares noms de vins français qu'elle fût capable de prononcer en ayant quelque chance d'être comprise... Puis le regard de Camille balaya la salle autour d'elle.

Dans un angle, un jeune homme jouait un blues mélancolique au piano. Déjà bien assez triste, la jeune femme préféra s'intéresser à l'impressionnante quantité de messages épinglés aux murs.

Au milieu de ce fouillis, son attention fut attirée par une photo d'identité jaunie signée d'un certain Julian, d'Angleterre. A côté, une dénommée Elvira avait écrit à l'encre violette sur papier rose : « Vive la vie, vive Paris ! » Tobias, de Suède, avait croqué une pin-up plantureuse, largement dévêtue, sur un dessous de verre cartonné.

Camille s'apprêtait à étudier de plus près une carte postale signée « Paul et Pascale » quand son téléphone portable sonna. Il se trouvait dans la poche de sa veste, suspendue au dossier de sa chaise, aussi Camille mit-elle un certain temps à l'attraper.

— Allô ? Camille ?

C'était une voix d'homme. Une voix d'homme à l'accent australien, une voix merveilleusement familière...

— Jon ? balbutia-t-elle, le souffle coupé par l'émotion. Jon... comment vas-tu ?

— Bien. Et toi ? Comment trouves-tu Paris ?

— Oh, Paris... Paris est formidable ! Plein de curiosités. Tout ici est tellement... tellement...

L'allégresse la faisait bégayer, se troubler. Elle ne trouvait plus ses mots.

— Tellement *français* ? lui suggéra Jon.

— Oui, c'est ça ! approuva-t-elle en riant. Mon Dieu, tu n'imagines pas comme j'ai plaisir à t'entendre !

A peine avait-elle prononcé ces mots qu'elle se sentit rougir. Un tel aveu était-il bien opportun dès lors qu'elle avait rompu leur relation ? Seulement, Jon la prenait au dépourvu. Et de surcroît, à un moment où elle se sentait si morose, si vulnérable... Un moment où elle aurait tant aimé qu'il soit là.

Mais il était loin, heureusement. Dans son état, elle lui aurait sauté au cou et se serait joliment ridiculisée !

— Tu ne devineras jamais où je me trouve, dit-elle à Jon.

— Où donc ?

— Dans ce piano-bar dont tu m'as parlé, à Montmartre.

— Ah, oui ? Alors, ton impression ?

— Je suis arrivée il y a peu, mais l'ambiance a l'air super.

— N'est-ce pas ? Et as-tu vu ton père ?

— Oui.

Jon garda le silence, comme s'il attendait des précisions, puis il s'enquit :

— Comment va-t-il ?

Camille soupira.

— Je l'ai trouvé bien triste. Et horriblement vieilli. Papa souffre beaucoup de sa solitude.

— Vraiment ? Je suis désolé.

Jon était sincère, elle n'en doutait pas et en eut les larmes aux yeux. Elle se sentit soudain aussi malheureuse et esseulée que son père. Quel dommage que Jon fût si loin. Sa présence eût été un tel réconfort ! Quelle idiote elle était de l'avoir chassé !

Elle dut prendre une ample inspiration pour pouvoir poursuivre :

— En fait, ma mère lui manque beaucoup. Ça me désole de voir mon père dans cet état.

Il y eut un silence, puis Jon remarqua :

— Ce doit être très dur, en effet.

— J'espère parvenir à le convaincre de revenir avec moi en Australie.

— C'est une bonne idée. Si je peux t'aider en quoi que ce soit, dis-le-moi.

Etonnée, elle balbutia des remerciements.

— Et toi ? s'enquit ensuite Jon. As-tu pris un peu de bon temps ?

— Oui, euh… Je me suis établi tout un programme de visites.

— Je ne te sens pas très enthousiaste.

— C'est-à-dire que… je n'ai pas encore vraiment commencé, je…

Son regard revint vers un endroit du mur où il lui avait semblé identifier un mot familier. Une fraction de seconde, elle avait cru lire son prénom sur un papier, *Camille…* tracé d'un trait appuyé à l'encre noire. Ses yeux scrutèrent de nouveau l'océan des messages.

— Camille ? disait Jon dans le combiné à son oreille.

C'était bien ça. « *Camille* ».

Et alors ? Il existait plein de Camille à Paris.

Oui, mais cette écriture n'était pas n'importe laquelle…

Mon Dieu ! *Oh, mon Dieu !*

— Camille, tu es là ?

Elle lut le billet sur le mur :

« Camille, Je te veux. J'ai besoin de toi. Reviens-moi, tes conditions seront les miennes, l'essentiel est que nous soyons ensemble. Jon. »

Elle crut que son cœur allait exploser dans sa poitrine.

— Jon…

Pas de réponse.

Camille tremblait comme une feuille. La tête lui tournait. Des larmes roulèrent à son insu sur ses joues.

Comment ce message avait-il pu arriver là ? Jon était chez lui, en Australie, à l'autre bout de la planète !

L'avait-il envoyé par la poste, confié à quelqu'un qui se rendait à Paris ?

— Jon, tu es toujours là ? demanda-t-elle dans le combiné.

— Oui, oui.

— Je dois devenir folle. Je viens de voir un message sur le mur dans ce café adressé à une Camille et signé, Jon !

— Qu'est-ce que cela a de si incroyable ?

Elle crut déceler une note d'amusement dans sa voix.

Jon poursuivit à son oreille :

— Camille, tu vois la fenêtre à petits carreaux qui donne sur la rue ?

— Oui.

— As-tu eu la curiosité de regarder par là ? Le spectacle est assez peu commun.

Peu commun ? Que pouvait-il y avoir de si extraordinaire dans une petite rue paisible de Montmartre ? Résignée à paraître un peu ridicule, Camille se leva et se dirigea vers la fenêtre en question.

Et elle manqua de défaillir sous le choc.

Jon se trouvait sur le trottoir opposé, nonchalamment appuyé à un lampadaire, un téléphone à l'oreille. Elle le fixa, pétrifiée de stupeur, puis considéra le combiné dans sa propre main, et de nouveau Jon à l'extérieur. Jon en jean et pull marine, un blouson de cuir négligemment jeté sur l'épaule.

Il lui fit signe. Elle agita timidement la main en retour puis, les jambes en coton, se dirigea vers la sortie du café. *Jon était là, à Paris !* La porte franchie, Camille s'immobilisa sur le seuil, incapable d'aller plus loin. Dans sa confusion, elle ne savait plus si elle riait ou pleurait.

Des souvenirs de leurs étreintes passionnées à Sydney affluèrent à sa mémoire, amplifiant son trouble. Elle regarda Jon traverser la rue à grandes enjambées pour la rejoindre, le cœur étreint par une émotion telle que c'en était presque une souffrance.

A son approche, il lui sourit, puis s'arrêta à un ou deux mètres d'elle. Sans qu'elle pût expliquer pourquoi, il lui paraissait encore plus grand, plus athlétique. Plus extraordinaire que dans son souvenir ! De son côté, elle devait avoir une piètre figure avec ses yeux rougis !

Jon esquissa un léger sourire :

— Eh bien… bonjour, Camille.

— Bonjour, murmura-t-elle en écho.

Elle gênait le passage d'un couple qui voulait entrer dans le café, aussi demanda-t-elle à Jon de la suivre à l'intérieur. Entre-temps, le serveur lui avait apporté son beaujolais. Camille se réjouit de pouvoir se rasseoir et récupérer ainsi quelques forces.

— Je n'en reviens pas… Que fais-tu donc à Paris ? Et qui s'occupe de ton bétail ?

— Gabe et Rachel. Ils me devaient bien ce petit service.

Les yeux noisette étudièrent un instant Camille. Puis, lui montrant son verre, Jon déclara :

— Bois-en un peu, ça te fera du bien.

Sans discuter, elle avala une gorgée de vin puis reposa son verre d'une main tremblante.

— Et toi, veux-tu prendre quelque chose ?

— Pas tout de suite.

— Je n'arrive pas à croire que tu sois là, Jon !

— Eh bien, oui, c'est un nouveau jeu chez moi. Surgir à l'improviste. Hier, Sydney, aujourd'hui, Paris.

Un tel désordre régnait dans le cœur et l'esprit de Camille qu'elle ne savait trop que dire. Que penser. Elle était follement heureuse de voir Jon, mais en même temps, sa place n'était pas ici : elle lui avait demandé de l'oublier.

Du pouce, il essuya doucement le sillon d'une larme sur sa joue.

— Ça t'étonnera peut-être, dit-il, mais si je suis ici, c'est sur ton conseil.

— Mon conseil ? Comment ça ?

Jon trahit une certaine nervosité.

— Rappelle-toi : un jour, tu m'as dit que, quand tu n'as pas d'autre choix, tu acceptes de prendre un risque... Eh bien, voilà, j'ai joué mon va-tout en venant ici à Paris pour te voir.

— Mais... mais... de quel choix parles-tu ? balbutia-t-elle, osant à peine poser la question.

En réponse, il détacha le message qu'il avait épinglé au mur et le posa à plat sur la table.

Elle relut le billet, une main sur le cœur.

« Camille, Je te veux. J'ai besoin de toi. Reviens-moi, tes conditions seront les miennes, l'essentiel est que nous soyons ensemble. Jon. »

— J'ai placé des messages comme celui-ci à côté de toutes les tables pour que tu ne puisses pas le manquer.

— Mon Dieu...

— C'est pour cette raison que je suis ici, Camille. J'ai fait tout ce voyage pour tenter de te convaincre. Nous vivons quelque chose de très fort tous les deux. Je refuse que tout ça soit gâché.

— Mais...

— Avant de t'alarmer, écoute-moi, l'interrompit-il. Je ne propose pas de nous marier ou d'avoir des enfants. Il n'est question que de nous. De toi et moi.

— Mais ce n'est pas juste, tu voulais te m...

— Mon message est clair, Camille, coupa à nouveau Jon. C'est *toi* que je veux. Si tu ne tiens pas à te marier, peu importe. Si tu préfères rester à Sydney, peu importe également. En revanche, il n'est pas question que j'accepte que nous cessions de nous voir.

Les mains de Camille étaient serrées devant elle sur la table; Jon les couvrit tendrement de la sienne.

— Tu n'imagines pas ce que tu représentes pour moi, murmura-t-il. Je quitterais *Edenvale* si ça devait te rendre heureuse.

— Ah, non ! Ne fais pas ça ! protesta-t-elle, tant Jon et le domaine étaient indissociables dans son esprit. Je n'en vaux pas la peine.

Un long moment, il se contenta de la contempler avec une espèce de mélancolie douloureuse dans le regard.

— Un jour, Camille, tu comprendras que tu vaux bien plus que ça.

Elle considéra leurs mains jointes sur la table, incapable d'affronter le regard de son compagnon tant l'émotion en elle était forte. Comment était-ce possible ? Comment cet homme exceptionnel pouvait-il l'avoir choisie, *elle* ?

— Ne cherche plus Dieu sait quelles objections, murmura-t-il.

Comme il retirait sa main, elle la saisit avec ferveur entre les siennes.

— J'ai du mal à me rendre compte, Jon. Tout ce voyage uniquement pour me voir... Si tu savais comme j'étais malheureuse sans toi.

Un sourire ému la récompensa de son aveu.

— A Paris, personne ne devrait être malheureux. Allez, viens, dit-il en se levant et en entraînant en même temps Camille. Allons à la rencontre de la ville lumière !

Dehors, ils s'en furent le long des rues de la Butte Montmartre en se tenant par la taille. Leur chemin rencontrait parfois de longs escaliers conduisant à de petites places qui évoquaient davantage un village qu'une capitale. Sur l'une d'elles, ils furent surpris par une appétissante odeur de marrons chauds. Jon ne résista pas. Ils en partagèrent un cornet tout en gagnant la station de métro voisine.

Une demi-heure plus tard, ils flânaient sur les Champs-Elysées, se laissant distraire par l'attrait des magasins de luxe. Voitures de sport, parfums, bijoux, lingerie, il y en avait pour tous les goûts. Ils s'offrirent une pause dans l'un des cafés huppés de la célèbre avenue pour déguster un chocolat chaud accompagné d'une crêpe.

Plus tard, ils reprenaient leur promenade en direction de la place de la Concorde.

— Edith m'a chargé d'une mission très spéciale à Paris, confessa Camille.

— Ah, bon ? Laquelle ?

— Observer la mode que portent les Parisiennes.

— Je préfère ça plutôt qu'une enquête sur les Français ! Ils ont tellement de charme, paraît-il…

— C'est une légende, répliqua-t-elle en riant. Aucun Français ne t'arrive à la cheville !

Pour tout commentaire, Jon arrêta Camille en plein trottoir, et là, au milieu des passants pressés, la gratifia d'un baiser fougueux. Dans l'indifférence générale ! Après tout, ils étaient à Paris, la ville des amoureux !

Personne ne se formalisa davantage quand, dans un accès d'espièglerie, Jon souleva Camille pour la porter à califourchon sur son dos et courir ainsi avec elle.

— Lâche-moi ! s'écria-t-elle, secouée par des éclats de rire.

Bien sûr, il n'en fit rien.

Et l'écho de leurs rires s'envolait dans leur sillage tandis que Jon continuait sa course au milieu des feuilles mortes que le vent faisait tourbillonner.

Enfin, quand ils furent épuisés d'avoir trop ri et que

Jon la reposa au sol, leurs regards malicieux se mêlèrent... et un nouveau baiser vint clore le jeu.

Camille frissonna de plaisir. Paris avec Jon, c'était le paradis...

Les jours passèrent. Camille n'aurait jamais pu imaginer être aussi heureuse.

Comme tous les amoureux, ils étaient seuls au monde. L'emploi du temps de leurs journées n'obéissait qu'à leur bon plaisir et à leurs envies du moment. Une baguette de pain, du camembert, et ils improvisèrent un pique-nique dans le jardin du Luxembourg. Ils se découvrirent un goût commun pour la peinture moderne et visitèrent plusieurs galeries d'art. Paris regorgeait de richesses. Le soir, ils se laissaient souvent tenter par un dîner aux chandelles au Quartier latin ; ensuite, main dans la main, ils regagnaient tranquillement leur hôtel à pied, en longeant les berges de la Seine endormie...

Le temps d'une journée, Jon loua une voiture de sport et ils s'offrirent une petite escapade en Normandie. Prés et bocages, petits villages pittoresques aux toits d'ardoise, tout était matière à découverte pour Camille. Ils s'arrêtèrent pour déjeuner au bord d'une rivière dont les eaux paisibles serpentaient à travers prés avant de glisser sous la voûte massive d'un vieux pont. Derrière, la rivière poursuivait sa route, caressant au passage les murs des jardinets de maisons sans doute centenaires.

— Quel contraste avec notre Australie ! dit Camille.

Jon, étendu sur la couverture du pique-nique, se redressa sur un coude pour contempler leur environnement, puis sourit à Camille.

— Nous sommes bien en France, en effet !

Elle rit et il la fit rouler vers lui pour la serrer dans ses bras.

De retour à Paris, ils se hâtèrent de rentrer à l'hôtel, pressés de se retrouver seuls, à l'abri des regards, pour s'aimer. Encore et toujours.

— Jon, je n'ai jamais été aussi heureuse.

Nichée dans ses bras rassurants, Camille regardait par la fenêtre de leur chambre les toits de Paris dans la lumière du matin. Il déposa un tendre baiser sur l'arrondi de son épaule.

— Tu n'es pas la seule, lui répondit-il dans un souffle.

Elle se retourna, lui sourit et promena amoureusement un doigt sur son profil, du front jusqu'à son menton rugueux de barbe.

— Merci, Jon, chuchota-t-elle. Merci de m'être si attaché.

Il lui prit la main et en embrassa chaque doigt.

— Merci aussi à toi pour la même chose, murmura-t-il avant de presser ses lèvres au creux de sa paume, sur son poignet, le long de son bras…

Ils ne parlaient pas d'amour mais s'en accommodaient très bien. Parler d'amour aurait conduit à évoquer le mariage, un engagement durable, et l'un et l'autre savaient que ce n'était pas au programme. Comme tant de couples modernes, se sentir bien ensemble leur suffisait.

Camille sourit et s'étira paresseusement, savourant toute la plénitude de son bonheur. Dans son mouvement, sa hanche effleura le corps de Jon, et chacun sut que c'était là une invite à de nouvelles étreintes.

Mais le charme, hélas, fut rompu : le téléphone portable de Jon sonnait.

Il regarda l'heure au réveil.

— Ce doit être Rachel qui me donne des nouvelles.

Après un rapide baiser à Camille, il se tourna pour attraper le téléphone sur le chevet, et la jeune femme put admirer la puissante musculature de son dos.

Toute à sa contemplation, elle prêtait peu attention à sa conversation mais remarqua bientôt des silences pesants. Elle entendit Jon jurer entre ses dents ; puis il se redressa d'un mouvement brusque pour s'asseoir au bord du lit.

Soudain, elle entendit ces mots :

— Non. Mon Dieu, non ! Ce n'est pas possible !

Camille fut parcourue d'un frisson glacé, auquel succéda un sentiment de gêne. Avait-elle le droit d'écouter cette conversation ? Valait-il mieux qu'elle sorte pour le laisser plus libre de s'exprimer ?

Se glissant hors du lit, elle se dirigea vers la salle de bains, marquant une pause devant Jon, hésitant encore. Voulait-il qu'elle reste près de lui ? Mais il ne lui adressa pas un regard. Les yeux fixés au sol, le téléphone collé à l'oreille, il écoutait son correspondant sans paraître remarquer sa présence.

Alors, Camille s'engouffra dans la salle de bains et referma la porte.

9

Camille se glissa sous la douche, espérant l'arrivée de Jon quand il en aurait terminé avec son coup de téléphone. Comme il ne se manifestait pas, elle se sécha rapidement, enfila un peignoir et regagna la chambre.

Jon était parti.

Que s'était-il passé ? se demanda-t-elle, angoissée. Sans doute était-il sorti régler une affaire urgente. Mais pourquoi ne lui avoir pas signalé qu'il s'absentait, et précisé où il allait ?

Les plus folles pensées s'entrechoquaient dans sa tête. Un événement grave avait dû se produire. Elle regrettait à présent de n'être pas restée auprès de Jon pendant ce coup de fil. Mais il est vrai qu'elle craignait d'être indiscrète, et Jon n'avait pas manifesté le souhait de lui faire partager ses problèmes, ni sur le moment, ni après, sinon il serait venu lui parler dans la salle de bains…

Tremblante, Camille se laissa choir sur une chaise face au lit en désordre. Ce lit où le traversin portait encore la marque de leurs têtes, l'une près de l'autre… Pourquoi était-il parti ainsi sans rien dire ?

Etait-ce là le sort des amants qui ne parlaient pas d'amour ? Qui ne vivaient qu'une passion charnelle sans inscrire leur relation dans la durée ?

Jon et elle s'entendaient à merveille, mais voilà qu'au

premier problème sérieux, tel cet appel téléphonique, leur couple n'existait plus.

Non. Elle refusait pareille situation ! Il existait quelque chose de très fort entre eux. Camille se voulait optimiste.

Pour l'heure, cependant, elle n'avait d'autre choix que d'attendre ici, dans cette chambre, le retour de Jon. Oppressée, elle enfila un jean et le pull rouge qu'il aimait bien, puis prépara du café instantané avec les sachets fournis par l'hôtel. Mais le café avait depuis longtemps refroidi dans les tasses lorsqu'elle entendit, enfin, une clé tourner dans la serrure. Camille bondit alors de sa chaise.

Pâle, les traits tirés, Jon poussa la porte et ses yeux firent le tour de la pièce, comme s'il n'osait regarder Camille en face. La gorge serrée, les nerfs à fleur de peau, elle attendit une explication. En vain. Alors, n'y tenant plus, elle s'avança vers lui.

— Jon, je t'en prie, ne me laisse pas dans l'ignorance. Est-il arrivé quelque chose à Gabe ou Rachel, ou à leurs enfants ?

— Non, dit-il d'un ton morne. Non, ils vont bien.

— Veux-tu que… que je fasse monter du café et quelque chose à manger ?

— Je veux bien un peu de café.

Pendant qu'elle passait la commande, il resta planté au milieu de la chambre, le visage tendu, absorbé dans ses pensées. Quand elle raccrocha, il prit la parole :

— Comme tu l'auras deviné, j'ai de mauvaises nouvelles. Il s'est produit un accident chez nous, en Australie. Très grave. Il y a des morts.

— Mon Dieu… c'est affreux !

— Mais ce n'est pas tout…

Il s'éclaircit la gorge avant de poursuivre :

— Je suis le père d'un petit garçon. Je viens juste de l'apprendre.

Camille eut un léger mouvement de recul comme si on l'avait frappée. Elle était complètement hébétée, incapable de respirer, encore plus de prononcer un mot. Jon ne la regardait pas. Accablé, il fixait le sol. D'une voix basse, monocorde, il enchaîna :

— J'ai fréquenté une femme autrefois, Suzanne Heath… C'était une erreur, nous n'avions rien pour nous entendre. Enfin… Elle est tombée enceinte mais m'a soutenu que l'enfant n'était pas de moi. Le père était un certain Charles Kilgour, un type qu'elle a épousé par la suite.

Camille se souvint. Il s'agissait là de la femme dont lui avait parlé Rachel. Cette Suzanne Heath qui avait tant blessé Jon en lui apprenant que l'enfant qu'elle portait était d'un autre homme.

— Une fois mariés, elle et son mari se sont installés dans la propriété familiale des Kilgour à une centaine de kilomètres de Mullinjim. Mais…

Jon s'interrompit. La tension de ses traits s'accrut encore.

— … mais maintenant, ils sont morts. Tous les deux.

— Quelle horreur ! balbutia Camille, sidérée.

— Conduite en état d'ivresse. Ils rentraient d'un repas arrosé, apparemment. Leur… le petit garçon n'était pas avec eux. Les parents de Kilgour le gardaient pour la soirée.

Jon s'exprimait toujours sans la regarder. A ce stade, marquant une nouvelle pause, il lui jeta un bref coup d'œil.

— Seulement, depuis l'accident, les Kilgour refusent de s'occuper de l'enfant, ils prétendent que Charles n'est pas son père, que c'est *mon* fils.

Assommée, Camille restait muette.

— Quel choc ce doit être pour toi…, murmura-t-elle enfin.

Il hocha la tête. Tout son visage semblait contracté dans l'effort qu'il faisait pour conjurer son émotion.

Là-dessus, on frappa à la porte.

— Ce doit être notre petit déjeuner, dit Camille.

Elle alla ouvrir, prit le plateau et le posa sur la table basse, puis servit le café et en donna une tasse à Jon.

— Tiens, assieds-toi et bois ça.

Marmonnant un remerciement, il se laissa tomber sur une chaise devant la table. Camille s'installa en face de lui, et ils burent leur café en silence. Au bout d'un moment, elle demanda :

— A ton avis, cet enfant est réellement ton fils ?

Il posa sur elle un regard empli d'une tristesse si poignante qu'elle en fut bouleversée.

— C'est tout à fait plausible. A l'époque, quand j'ai appris que Suzanne était enceinte, je pensais être le père. Bien sûr, j'ignorais qu'elle me trompait avec Kilgour.

— As-tu déjà vu ce petit garçon ?

— Non, jamais.

Quelques instants s'écoulèrent dans un silence pesant. Tant de questions se bousculaient dans l'esprit de Camille ! Et une plus que toute autre : Jon était-il très affecté par la mort de cette femme ?

— Quel âge a cet enfant ?

— Deux ans, deux ans et demi, peut-être.

— Pardonne-moi de te demander tout ça, mais j'essaie de comprendre. Je ne m'explique pas pourquoi les Kilgour prétendent *maintenant* que c'est ton enfant. Après tout ce temps.

— Aux dires de ma mère, ils avaient fermé les yeux sur le fait que le petit garçon ne ressemble pas du tout à

Charles ; mais maintenant que… mais depuis l'accident, ils ne veulent plus de lui.

— Comment peut-on réagir ainsi ? répliqua Camille, atterrée.

— Oh, tu ne connais pas les Kilgour.

— Sais-tu si… si le petit te ressemble ?

— Apparemment, oui. Il a les cheveux bruns, alors que Suzanne et Charles sont très blonds l'un et l'autre.

Repoussant sa tasse, Jon se pencha en avant, coudes sur la table, le menton dans les mains.

— Je me demande ce qu'a pu penser Suzanne quand il est né, murmura-t-il comme pour lui-même.

— Etait-elle déjà mariée ?

— Oui. De toute façon, pour elle, Charles *devait* être le père. Les Kilgour ont une certaine fortune ; elle espérait bien, avec ce mariage, grimper l'échelle sociale… Mais à mon avis, ajouta Jon après une pause, Charles n'était pas dupe. Il se sera tu par amour-propre.

— Je trouve ahurissant qu'on ait pu te cacher la vérité pendant tout ce temps… Comment s'appelle ce petit garçon, au fait ?

— Peter.

— Peter… C'est joli comme prénom.

— Oui…

— Comptes-tu demander un test d'A.D.N. ?

— Je n'en vois pas vraiment la nécessité, dit-il avec une soudaine véhémence. De toute façon, que je sois ou non le père, j'aurais pu l'être, et je me sens une responsabilité envers cet enfant. Il n'est pas question qu'il soit confié à l'aide sociale.

— Bien sûr, approuva Camille dans un murmure. Je te comprends.

Jon brusquement se leva.

— C'est vrai, Camille ? Tu me comprends ?

Elle tenta de conjurer l'angoisse qui l'assaillait en serrant les bras contre sa poitrine. Elle avait peur soudain, un immense fossé semblait s'être creusé entre elle et Jon.

— J'essaie, murmura-t-elle, s'efforçant de refouler ses larmes. J'essaie de me mettre à ta place.

— Je ne peux m'empêcher de penser à tout ce qu'on m'a volé, dit Jon, en arpentant la chambre. La naissance de Peter… tous les grands et petits événements de sa vie… Je regardais grandir les enfants de Gabe, et pendant ce temps, il y avait ce petit bonhomme qui…

Il secoua la tête, l'air désespéré, et elle se mordit la lèvre pour ne pas pleurer.

— En plus, il y a ce que je ressens pour toi, Camille, dit-il en gémissant. Tout ce que cet événement entraîne pour nous !

— Pour nous ? Que veux-tu dire ? demanda-t-elle, saisie de panique.

— J'ai agi par impulsion. Je viens te rejoindre ici à Paris sans prévenir, je m'impose à toi…

— M'as-tu entendue me plaindre ? répliqua-t-elle avec un pâle sourire.

Il s'approcha, prit son visage à deux mains et la contempla, une ombre douloureuse dans le regard, puis lui sourit.

— C'était merveilleux, n'est-ce pas, ma chérie ?

— Oui…

Il en parlait comme s'il s'agissait du passé. D'un passé révolu. Cela la terrifia. Tout devait-il être fini entre eux parce qu'il y avait désormais ce petit garçon dans la vie de Jon ?

Il s'écarta de nouveau et poursuivit :

— Je me croyais libre, sans contraintes, mais la relation que je te proposais est inconcevable à présent. Les données ont changé. J'ai des responsabilités.

Ces paroles confirmaient ses plus sombres pressentiments. Jon croyait que, maintenant qu'il avait la charge d'un enfant, elle ne voudrait plus de lui. Comment le lui reprocher ? Elle lui avait déclaré de façon très explicite ne pas souhaiter se marier… ou avoir des enfants.

Et c'est vrai qu'elle ne s'imaginait pas vraiment dans un rôle de mère. Mais si cela devait la priver de Jon…

— J'ai réservé mon billet de retour, dit-il entre ses dents.

— Déjà ? s'écria Camille. Es-tu obligé de rentrer si tôt ?

— Oui. C'est bien assez terrible pour cet enfant d'avoir perdu ses parents. Si en plus personne ne veut de lui… Il faut que je rentre le plus tôt possible.

Elle le fixa, anéantie. Jon s'en retournait en Australie. Sans elle. D'ailleurs, il n'était déjà plus là. Elle sentait une distance entre eux, comme s'il était déjà parti.

Il n'y a pas si longtemps, elle nageait dans le bonheur ; et voilà que l'homme à qui elle devait ce bonheur allait la quitter !

— Je pourrais venir avec toi, hasarda-t-elle.

— Non, il vaut mieux pas, répondit-il sans la regarder.

Il avait sorti sa valise et commençait à y fourrer des vêtements.

Les heures qui suivirent furent un vrai cauchemar.

Une seule fois dans sa vie, Camille avait éprouvé un désarroi comparable. Sa mère avait été hospitalisée d'urgence, et elle-même arpentait sans relâche les couloirs du service, minée par l'angoisse de ne plus revoir Elaine vivante. Elle avait mesuré à cette occasion à quel point elle aimait sa mère, et comme elle regrettait de ne pas le lui avoir davantage montré.

Aujourd'hui, elle aurait aimé dire à Jon qu'elle l'aimait. Car elle l'aimait. Camille le savait à présent. Elle le savait depuis longtemps à vrai dire.

Mais depuis ce terrible coup de téléphone, Jon n'était plus le même. Elle le sentait lointain et ne pouvait se résoudre à formuler ce qu'elle avait sur le cœur. Si elle lui révélait maintenant ses sentiments, elle craignait de ne s'attirer qu'un mépris amer de sa part.

Le temps passait, et le moment de la séparation se rapprochait inexorablement. Comment aurait-elle pu se douter qu'elle passerait ses derniers instants avec Jon à le regarder faire sa valise ou téléphoner à sa mère et à son avocat en Australie... ? Pas de baisers, pas de tendresse, et quasiment pas de paroles...

Dans le taxi qui les conduisit à l'aéroport, ce fut la même chape de plomb.

Au portillon de la douane — là où leurs chemins se séparaient... — il attira cependant Camille contre lui et l'étreignit si fort qu'il en tremblait. Les larmes trop longtemps retenues coulèrent cette fois sur les joues de la jeune femme.

— Je ne t'oublierai jamais, Camille, murmura-t-il.

Ces paroles tant redoutées, Jon venait de les prononcer, ces mots qui balayaient définitivement tout espoir. Tout était fini entre eux. Elle en aurait hurlé. Elle aurait voulu s'écrouler au sol et pleurer toutes les larmes de son corps.

Le baiser qui scella leur séparation ne dura qu'une fraction de seconde. L'instant d'après, Jon faisait volte-face.

Luttant bravement contre les sanglots, elle se rappela tout à coup qu'elle avait un objet à lui confier. Elle sortit de sa poche le petit chien de porcelaine rose.

— Jon ! Je comptais rapporter ça à Bella. Pourrais-tu le lui donner de ma part ?

— Bien sûr.

— Malheureusement, je n'ai rien qui convienne à un petit garçon de deux ans. Mais tu pourrais peut-être aller voir à la boutique hors taxe s'il n'y a pas un jouet ou un petit cadeau pour Peter.

— Oui. C'est une bonne idée, je te remercie.

Il considéra tour à tour le bibelot dans sa main puis Camille de nouveau, et elle vit l'ombre d'un affreux doute luire dans ses yeux, comme s'il était la proie de terribles regrets. Puis, redressant les épaules, il tourna les talons et disparut dans la foule des voyageurs.

Comme pour se punir et se rendre encore plus malheureuse, Camille retourna à Montmartre, au piano-bar de Jon. Son message était toujours là, épinglé au mur. Les larmes aux yeux, elle l'en retira et le glissa dans sa poche, indifférente aux regards curieux des clients.

Elle le relut dehors, assise sur un banc dans un jardin public, entourée d'un tapis de feuilles mortes.

« Camille, Je te veux. J'ai besoin de toi. Reviens-moi, tes conditions seront les miennes, l'essentiel est que nous soyons ensemble. Jon. »

Jon était prêt à tant de concessions ! *Tes conditions seront les miennes*… Il aurait bouleversé sa vie pour elle !

Rétrospectivement, elle se sentait bien égoïste.

Si elle n'avait pas affiché tant d'hostilité au mariage, si elle avait accepté un véritable engagement avec Jon, si elle avait été son *épouse*, elle aurait pu l'aider aujourd'hui. C'est auprès d'elle qu'il aurait naturellement cherché du soutien. Et à cette heure, elle se trouverait dans l'avion à ses côtés, prête à résoudre avec lui tous les problèmes qui se présenteraient.

Mais il était parti de son côté.

Et elle se retrouvait seule. Cruellement seule, et bien inutile…

10

Son fils.

Quelle émotion quand Jon arriva chez sa mère et découvrit le bambin assis devant la télévision ! Avec ses cheveux bruns, ses grands yeux noisette, ce petit garçon était son portrait craché.

Indubitablement, cet enfant était bien de sa chair.

— Ce pauvre chou n'a pas eu beaucoup de chance, lui dit sa mère. Apparemment, Suzanne et Charles se souciaient plus de sortir et de s'amuser que de s'occuper de lui. Et les parents de Charles rechignaient à le garder. Il va te falloir beaucoup de patience et d'amour, Jon, pour te faire aimer de ton fils.

Cela lui brisait le cœur de penser que son enfant aurait pu continuer de grandir sans amour, plus ou moins livré à lui-même. Et il était furieux que ses droits de père aient été ainsi bafoués. Mais à quoi bon ruminer son amertume ? Cela ne lui apporterait rien.

Tout comme il était vain de penser à Camille. Au vide cruel qu'elle laissait dans sa vie. La relation sans attaches qu'il espérait nouer avec elle était désormais impossible, il devait s'y résigner.

— Je vais emmener Peter tout de suite à *Edenvale*, dit Jon à sa mère, tant son besoin était fort de combler tout ce dont son fils avait pu manquer durant ces deux années.

Mais durant le trajet, le garçonnet demeura bien morose et taciturne. Assis avec raideur sur son siège, le regard fixe, il serrait contre lui le kangourou en peluche que lui avait rapporté Jon de la boutique de l'aéroport de Sydney.

Chez lui, il emmena l'enfant dans la cuisine. Recroquevillé sur une chaise, le pauvre petit garçon considérait son nouveau père avec effroi comme s'il était un ogre. Au désespoir de Jon. Lui qui croyait avoir le contact facile avec les enfants. Tout se passait si bien quand il gardait Bella ou Michael !

Mais il est vrai que ce petit garçon n'avait rien de commun avec sa pétulante nièce.

— Veux-tu boire un peu d'eau ? lui demanda Jon.

Peter secoua la tête.

— Du lait ? Du jus d'orange ?

Même réponse.

En désespoir de cause, il proposa de la limonade et eut droit cette fois à un imperceptible hochement de tête. Le petit garçon but quelques gorgées dans la timbale. C'était une première victoire. Mais un enfant de deux ans pouvait-il se nourrir que de limonade ?

— Je vais te préparer le plat favori de Bella ! Des croquettes de poisson avec des frites.

Hélas, ce repas fut boudé par Peter.

— Veux-tu regarder la télévision ? proposa alors Jon.

L'enfant secoua la tête. Heureusement, car il n'y avait aucune émission pour enfants à cette heure, se rappela Jon après coup.

Mickey entra bientôt dans la cuisine et Peter l'observa avec des yeux ronds. Jon crut avoir trouvé enfin de quoi l'intéresser. Il prit le chat et le lui apporta.

— Tu peux le caresser. Il est très gentil, et il ronronne quand on le caresse.

Mais Peter ne voulait pas toucher à l'animal, et il serra plus que jamais son kangourou contre lui.

Jon ne savait plus à quel saint se vouer. Quand Rachel avait proposé de l'aider, il aurait dû accepter !

— S'il voit trop de nouveaux visages, ça le perturbera, avait-il objecté à sa belle-sœur.

— Mais tu n'as même pas eu le temps de récupérer de ton voyage, Jon. Et pense à toutes tes obligations à la propriété, avait rétorqué Rachel. Il te faudra quelqu'un pour s'occuper de Peter. Et ce n'est pas ta femme de ménage qui pourra jouer aussi les nounous.

— Je sais, j'en suis conscient. Mais dans les premiers temps, je ne veux rien brusquer. La nourrice, ce sera pour plus tard.

— Peter est un petit garçon, Jon, pas un veau, lui avait fait remarquer Rachel avec douceur. Les humains ont des besoins différents.

De fait, Jon commençait à douter de ses réelles facultés à jouer son rôle de père.

« Je vais essayer le coup du petit cochon, se dit-il. Avec Bella, ça marche à chaque fois. Si avec mon propre fils, ça échoue, c'est que je ne suis vraiment pas bon à grand-chose. »

Se mettant à quatre pattes, il s'approcha de Peter avec un large sourire destiné à le mettre en confiance. Puis il se mit à grogner pour imiter l'animal. Grr… grr… Si ce jeu déclenchait immanquablement l'hilarité de Bella, il en fut tout autrement chez Peter. La prestation de Jon fut accueillie par des larmes et un hurlement de terreur.

Bouleversé, Jon lui tapota la tête.

— Pauvre petit bonhomme, excuse-moi. Ne pleure pas, je ne voulais pas t'effrayer.

La situation devenait préoccupante. Que faire ? Le plus sage était peut-être d'emmener Peter à *Windaroo* et de s'en remettre à l'expérience de Gabe et Rachel. Tant pis si son ego devait en souffrir ; il ne supporterait pas que son fils continue d'être malheureux.

Alors qu'il regardait machinalement par la fenêtre son camion garé sur le terre-plein, il vit les phares d'une voiture approcher sur le chemin. Ouf ! La camionnette de Rachel.

Irremplaçable Rachel ! Bien qu'il l'ait houspillée, elle venait lui prêter main-forte. Et elle saurait sûrement comment égayer le pauvre petit garçon !

Vite, Jon mit de l'eau à chauffer dans la bouilloire pour lui offrir du thé. Une portière claqua dans la cour.

— Tout va s'arranger, annonça-t-il gaiement à Peter. Tante Rachel vient à notre secours. Tu verras, elle est très gentille.

Bientôt, il entendit un pas léger grimper l'escalier de la véranda. Tout en versant l'eau bouillante dans la théière, il cria :

— Entre, Rachel ! Tu arrives à point nommé !

La porte de service s'ouvrit avec son couinement habituel puis des pas résonnèrent sur le carrelage du couloir.

— Ma parole, c'est le ciel qui t'envoie ! dit Jon.

— Vraiment ?

Jon fit volte-face. Ce n'était pas la voix de Rachel.

— Camille !

11

Camille s'avança d'un pas dans la pièce.

— Bonjour, Jon.

Il la fixa, bouche bée.

— Ce n'est pas toi que j'attendais.

A ces mots, elle crut que les murs autour d'elle chaviraient.

Comment pouvait-il dire cela ? Comment pouvait-il la regarder si durement ? Lui témoigner tant d'hostilité alors qu'elle venait de si loin pour l'aider, être auprès de lui ?

Elle qui espérait être accueillie à bras ouverts... Cent fois, elle avait imaginé la scène : Jon la prenant dans ses bras, l'étreignant, lui disant sa joie, son soulagement qu'elle soit quand même venue...

Elle devait faire un effort pour respirer, l'effroi lui coupait le souffle.

Elle avisa alors le petit garçon tassé sur la chaise devant une assiette à laquelle il n'avait pas touché. Peter... Le fils de Jon. Qu'il était mignon ! Un Jon en miniature. Mais il avait l'air bien malheureux, avec ses grands yeux brillants de larmes qui la dévisageaient, et cette peluche qu'il serrait farouchement contre lui.

— Que viens-tu faire ici ? grommela Jon.

Il alla se placer derrière l'enfant, les mains sur le dossier de la chaise, et considéra Camille, les sourcils froncés.

C'était là le Jon qu'elle avait connu au début, l'éleveur têtu qui refusait de coopérer avec *Parole de Filles*.

Accablée, à bout de forces, elle ne put que répondre la stricte vérité :

— Je voulais t'aider, Jon.

De quel air sévère il la toisa ! Elle aurait voulu disparaître sous terre.

— Peut-être aurais-je dû te prévenir de… de ma visite, poursuivit-elle avec difficulté, mais j'ai sauté dans un avion quelques heures à peine après ton départ… J'ai dû faire escale à Tokyo, j'y suis restée huit heures, puis j'ai atterri à Cairns. De là, j'ai pris un bus et quand je suis arrivée à Mullinjim, Rachel m'a prêté sa camionnette.

— Bravo ! Brillante idée !

Et maintenant, le sarcasme ! Pour ne pas craquer, elle essaya de trouver des excuses à Jon. Lui aussi devait être harassé et, en plus, il avait une situation particulièrement délicate à gérer avec son enfant. Son arrivée inopinée dans un tel contexte était perçue par lui comme une difficulté supplémentaire.

D'ailleurs, Rachel l'avait prévenue : « Jon veut se débrouiller seul. Mais je suis convaincue, Camille, que tu pourrais le faire changer d'avis.»

Camille l'avait crue, mais elle était sceptique, à présent…

— Ma situation en ce moment n'est pas facile, déclara Jon. Je crois qu'il vaudrait mieux que tu retournes à *Windaroo*. Gabe et Rachel pourront t'héberger.

Elle tombait des nues.

Etait-ce là l'homme avec qui, moins de quarante-huit heures auparavant, elle partageait tant de félicité ?

Depuis lors, Jon s'était découvert un fils. Curieusement, la nouvelle l'avait profondément bouleversée, elle aussi. Jusque-là, Camille n'avait jamais vraiment songé à devenir mère, et certainement pas à élever l'enfant d'une autre femme. Mais depuis, elle était incapable de penser à rien d'autre.

Jon parti, elle n'avait eu qu'un désir, aller le retrouver, l'aider. Elle était à mille lieues d'imaginer qu'elle se ferait rabrouer aussi vertement.

Moins épuisée, peut-être lui aurait-elle tenu tête, mais elle ne s'en sentait pas la force et tourna les talons.

— Eh bien, au revoir, Jon, et bonne chance, déclara-t-elle d'une voix éteinte. Je serai à *Windaroo*, au cas où tu changerais d'avis.

Il ne répondit pas, et elle ne put s'empêcher de lui jeter un dernier regard par-dessus l'épaule. La vue du petit Peter qui était descendu de la chaise attira son attention. Il l'observait, d'un regard très direct qui, pour une raison inconnue, l'émut très profondément.

— Bonjour, Peter, murmura-t-elle de sa plus douce voix.

Il se tenait près de la chaise, le kangourou serré contre son cœur, et la dévisageait avec curiosité. Timidement, il s'avança vers elle.

Du coin de d'œil, Camille nota que Jon avait pâli.

— Elle est où, ma maman ? demanda l'enfant.

Pauvre petit Peter ! Tant d'espoir se lisait dans ses yeux d'enfant. La gorge serrée, Camille tomba à genoux près du garçonnet.

Où était sa maman ? Que répondre à pareille question ? Comment expliquer un tel drame à un bambin de deux ans ?

Elle jeta un nouveau regard à Jon ; il avait l'air aussi perdu, aussi désespéré que son fils. Tant pis, se dit alors Camille sur une impulsion, tant pis si Jon l'avait rejetée, elle n'écouterait que son cœur !

— Il est joli, ton kangourou, dit-elle à Peter en s'approchant.

Et, doucement, prudemment, elle avança la main pour caresser la peluche sur la tête.

Jon ne s'interposa pas.

Peter la regardait faire, et elle eut l'impression qu'il se détendait un peu. Alors, délaissant le jouet, Camille effleura du revers d'un doigt la joue du garçonnet. L'émotion l'étreignit quand tout à coup il pencha la tête de côté comme pour mieux s'offrir à sa caresse.

La jeune femme n'agissait plus qu'à l'instinct maintenant. Un instinct qui puisait dans son propre vécu, dans des situations où elle aussi avait connu le chagrin et la solitude. Camille savait à quoi elle avait aspiré alors.

— Veux-tu qu'on fasse un câlin ? murmura-t-elle.

Peter ne répondit pas. Très sérieux, il étudiait Camille. Puis, si bas qu'elle l'entendit à peine, il dit :

— Oui.

Retenant presque son souffle, elle enveloppa de ses bras le garçonnet, qui se blottit docilement contre elle. Par-dessus la tête de l'enfant, les yeux de Camille, embués de larmes, croisèrent ceux de Jon. Face à l'émotion qu'il ne pouvait dissimuler, elle faillit laisser échapper un sanglot. C'était son assentiment qu'elle attendait ; il le comprit et hocha légèrement la tête. Alors, soulevant l'enfant dans ses bras, elle alla s'asseoir avec lui dans un rocking-chair dans un angle de la cuisine.

Sa petite tête reposait maintenant en confiance contre l'épaule de Camille.

— Ton kangourou a l'air très fatigué, remarqua-t-elle. Il aurait peut-être envie d'un petit massage, tu ne crois pas ?

Peter ne répondit pas, mais il la regarda caresser et simuler un massage à sa peluche.

— Il va mieux, j'ai l'impression, dit Camille. Regarde

comme il est content… Veux-tu que je te fasse la même chose ?

Peter eut un imperceptible hochement de tête. Avec des gestes très doux, Camille se mit à lui masser les bras et les épaules. Au bout d'un moment, les petits muscles se dénouèrent sensiblement sous ses doigts. Elle lui massa ensuite le dos puis serra l'enfant contre son cœur ; et bientôt, elle le sentit s'alanguir, s'alourdir, et le kangourou glissa à terre.

— Il s'est endormi, souffla Jon. J'ai préparé du thé. Tu en veux ?

Camille fit un signe affirmatif. Les longues heures d'avion, l'anxiété, le manque de sommeil commençaient à peser, et la fatigue soudain la rattrapait.

Elle n'avait qu'une vague conscience de Jon, occupé à servir le thé. Mais elle avait des choses à lui expliquer et tenta de remettre un peu d'ordre dans son esprit. Par où commencer ? Dieu, qu'il était difficile de mettre deux pensées bout à bout dans l'état d'épuisement où elle se trouvait…

Jon s'arrêta, sa tasse à la main, et contempla la jeune femme endormie avec son fils dans les bras. L'émotion lui nouait la gorge.

Camille n'aurait pas dû venir.

Il aurait pu faire appel à Rachel ou à sa mère ! Il pouvait compter sur l'une et l'autre dans le long terme ; alors que Camille, elle, n'offrirait à son fils que cet éphémère témoignage de tendresse. Or, un enfant avait besoin de stabilité. Et Peter, plus que tout autre.

Camille avait la tête penchée, quelques boucles brunes effleuraient sa joue. Ces cheveux… Il en connaissait toute la douceur, tout le soyeux. Il se rappelait comme il aimait les respirer, promener les lèvres sur le velouté de sa peau…

Conscient du désir qu'elle éveillait en lui, Jon se détourna. Quitter Camille, se séparer d'elle à l'aéroport à Paris avait été l'une des épreuves les plus cruelles de sa vie. Mais il ne devait pas perdre de vue la raison de cette décision. Une relation libre et sans contraintes n'était plus envisageable, et il ne se sentait pas moralement le droit d'exiger davantage de Camille.

Il lui avait donc rendu sa liberté et était parti, seul, affronter ses nouvelles responsabilités.

Et voilà qu'elle resurgissait dans sa vie ! Comme si la situation n'était pas assez compliquée… Bon sang, pourquoi n'était-elle pas restée là où elle se trouvait ?

Il faisait grand jour lorsque Camille s'éveilla.

Eblouie par le soleil qui inondait la chambre, elle cligna des yeux, prenant peu à peu conscience de l'endroit où elle se trouvait : en Australie. Elle était revenue en Australie.

Le rire soudain d'un *kookaburra* se chargea de le lui confirmer. Alors, tout lui revint, son départ de France, l'arrivée à *Edenvale*, le petit Peter, Jon…

En revanche, elle ne se rappelait pas s'être couchée. S'était-elle mise au lit, trop épuisée pour se rendre compte de ce qu'elle faisait, ou Jon l'y avait-elle portée ? Qui lui avait enlevé sa robe, ses chaussures, et lui avait mis ce T-shirt pour la nuit ?

Camille reconnut la chambre où elle avait dormi lors de son premier séjour à *Edenvale*.

Elle n'avait donc pas passé la nuit avec Jon. Brusquement, elle se souvint, et une vague d'angoisse la submergea au souvenir de leurs retrouvailles de la veille, de la froideur de Jon. Rabattant le drap, vite, elle se leva. Il fallait qu'elle le voie, qu'elle lui parle !

Mais dans la cuisine, les seuls signes d'une présence humaine se limitaient à la vaisselle du petit déjeuner posée sur l'évier. Un tour rapide de la maison ne donna pas de meilleur résultat : il n'y avait personne. Camille regarda par la fenêtre. Aucun signe de vie à l'extérieur non plus.

Elle essaya de ne pas paniquer. D'autant que le camion de Jon était garé dans la cour sous le vieux *tamarinier*. C'est donc qu'il devait se trouver quelque part sur le domaine. Mais où était le petit Peter ? Où Jon l'avait-il emmené ?

Cherchaient-ils à se cacher d'elle ?

« Allons, Camille, tu deviens paranoïaque. Ressaisis-toi, que diable ! »

Un peu honteuse de ses égarements, elle alla sagement se doucher. Peu après, habillée de propre, elle rejoignait la cuisine, où elle se prépara du café avant de laver la vaisselle.

Plusieurs fois, elle sortit sur le pas de la porte scruter les pâturages alentour, mais il n'y avait toujours pas trace de Jon. Ni même de son chat ou du chien, Saxo.

De retour dans la maison, Camille procéda à une rapide inspection du réfrigérateur ; elle y trouva des œufs, du lait, du fromage et des lardons, et décida de confectionner une quiche. Il fallait absolument qu'elle s'occupe.

Le fait de s'affairer de nouveau dans cette cuisine lui procurait un étrange réconfort. Pourtant, elle n'avait fait qu'un court séjour à *Edenvale*, mais tout ici lui semblait si familier : le vieux buffet, la vaisselle de porcelaine peinte…

Hélas, sous l'effet de la tension nerveuse, elle travaillait rapidement, et la quiche se retrouva dans le four sans que la situation ait par ailleurs un tant soit peu évolué.

A bout de nerfs, Camille décida d'appeler Rachel.

La belle-sœur de Jon pourrait peut-être la renseigner ou du moins la rassurer.

Alors qu'elle se rendait dans le bureau pour téléphoner, elle entendit derrière elle le bruit d'un animal qui arrivait.

— Saxo ?

Le labrador de Jon se trouvait à l'entrée de la cuisine, haletant et remuant la queue.

— Bonjour, mon vieux !

Elle s'élança vers lui pour le caresser et eut droit en retour à un joyeux aboiement suivi d'un coup de langue sur la joue. Camille n'en revenait pas d'être aussi contente de voir un chien.

— Où est Jon ?

Il y eut alors un bruit dans la cour ; elle regarda dehors et vit Jon qui descendait d'un grand cheval noir. Une intense bouffée d'émotion lui gonfla la poitrine. Il était si beau !

Ajustant sur ses lèvres un sourire qu'elle espérait ni trop contraint ni trop triste, Camille descendit les quelques marches du perron.

— Bonjour.

Jon lui adressa un salut de la tête puis fit descendre du cheval le petit Peter. A la vue de ses bras musclés qui soulevaient l'enfant, elle se rappela la chaleur qu'elle avait toujours trouvée dans l'étreinte de Jon. Cet homme, elle le connaissait intimement, elle avait caressé chaque parcelle de son corps. Avec lui, elle avait communié au plus absolu de la passion.

Qu'il était distant maintenant ! Cela lui brisait le cœur de voir à quel point il avait changé en si peu de temps.

Peter, en revanche, avait le sourire et les yeux brillants, et cela faisait plaisir à voir.

— Vous vous êtes bien amusés, j'ai l'impression, leur lança Camille avant de se diriger vers eux.

Jon, qui attachait le cheval à un poteau, répondit :

— Oui. J'ai fait visiter à Peter son nouveau cadre de vie.

— Quelle bonne idée !

— Et maintenant, nous avons faim, enchaîna Jon, alors que Camille arrivait à leur hauteur. N'est-ce pas, mon petit bonhomme ?

— Ça tombe bien, répondit Camille. J'ai mis une quiche à cuire au four.

Jon la regarda d'un air bizarre.

— Tu n'aurais pas dû te donner tant de peine.

Cette remarque la blessa. Jon était toujours tendu, emprunté avec elle. Il ne semblait pas comprendre la raison de sa venue.

Comment ne devinait-il pas ?

Le petit Peter, du haut des bras de son père, observait la jeune femme.

— Camille, dit-il.

— Je m'appelle Camille, en effet, répondit-elle, tout étonnée.

Elle jeta un regard interrogateur à Jon. Il semblait embarrassé.

— Peter voulait savoir comment tu t'appelais. Ou plus précisément, comment s'appelait « la jolie madame ».

Il posa l'enfant au sol et, à la surprise de Camille, celui-ci voulut leur donner à chacun la main pour regagner la maison.

Comme une vraie petite famille, pensa-t-elle.

— Il s'est un peu déridé apparemment ? glissa-t-elle à Jon.

— Je crois qu'il a apprécié la balade à cheval, mais c'est surtout toi qu'il demandait.

Ce fut dit à contrecœur, et Camille fut attristée que cela pût déplaire à Jon.

— En tout cas, c'était une excellente idée de l'emmener se promener à cheval, déclara-t-elle. Et ça ne m'étonne pas que cela ait tant plu à ton fils. Chez les Rivers, on est pour ainsi dire cavalier dès la naissance, non ?

Ces paroles lui valurent un bref regard de gratitude de Jon. Puis, comme regrettant cette faiblesse, il reprit son air renfrogné.

Quand ils furent dans la maison, Camille sortit la quiche du four et en servit une part à Jon avec de la salade. Elle-même se sentait l'estomac trop noué pour avaler quoi que ce soit. Elle emmena Peter se débarbouiller avant de l'installer à table avec son père.

Sa longue sortie à cheval avait épuisé le garçonnet ; aussi ne rechigna-t-il pas quand, sitôt le repas terminé, Jon l'emmena faire une sieste.

Et maintenant, qu'allait-il advenir ? se demanda Camille. Jon allait-il la prier de débarrasser le plancher ? Son cœur se mit à battre la chamade quand elle entendit son pas résonner dans la maison et approcher de la cuisine.

— Camille.

Elle tourna vivement la tête. Il se tenait sur le seuil, les mains glissées dans les poches de son jean, l'air sévère.

— Il faut que nous parlions.

— Oui, je crois que tu as raison.

— Je ne doute pas des bonnes intentions qui t'animaient en venant ici, Camille, mais je ne pense pas que cette initiative soit bien sage.

Paralysée par l'angoisse, elle laissa échapper un soupir tremblant. Quelle ironie ! Elle était convaincue au contraire que venir à *Edenvale* était une décision sage et courageuse — la plus courageuse, même, qu'elle ait jamais prise. Or voilà que Jon lui affirmait le contraire.

— Je ne comprends pas bien, Jon. Tu trouves normal de débouler chez moi sans crier gare quand l'envie t'en prend, mais tu ne me reconnais pas le même droit, c'est ça ?

Il lui jeta un regard étincelant.

— La situation a changé.

— Effectivement… Et moi aussi, j'ai changé.

— Que veux-tu dire ? s'enquit-il, l'air étonné.

— Je ne suis plus la même. J'ai l'impression de… d'avoir mûri, déclara-t-elle, esquissant un sourire hésitant.

— Mûri ? Comment ça ?

— Eh bien, disons que ma vision de la vie n'est plus la même. Plus concrètement, j'ai envie de t'aider à t'occuper de ton fils.

Ces mots semblèrent l'ébranler comme une décharge d'électricité. Il se cramponna au dossier de la chaise près de laquelle il se tenait, fronçant les sourcils.

— Ça ne peut pas marcher, rétorqua-t-il, secouant la tête.

— Et pourquoi donc ? Puisque tel est mon souhait, et que, apparemment, Peter m'aime bien.

— Peter a déjà subi assez de traumatismes dans sa courte existence. Le pire serait qu'il se prenne d'affection pour toi, puis que tu t'en ailles.

Elle se détourna promptement pour qu'il ne puisse voir à quel point ces paroles la blessaient.

— Voilà qui est assez gênant, dit-elle sans le regarder. Quand tu es venu me retrouver à Sydney ou à Paris, tu n'as pas eu à faire de grands discours pour que je tombe dans tes bras. Je pensais qu'en venant ici, il me suffirait de te regarder dans les yeux et… et qu'alors tu *saurais*.

Du coin de l'œil, elle le vit s'avancer d'un pas, hésiter.

— Sans doute suis-je long à comprendre, dit-il d'une voix étrange, mal assurée. Sois plus claire, Camille. Que serais-je censé savoir ?

Elle risqua un regard dans sa direction. Qu'il paraissait anxieux ! Au moins autant qu'elle.

— Ce que je tente de t'expliquer, c'est que... tous mes beaux principes — rester à Sydney, ne pas me marier, ne pas avoir d'enfants — tout ça, c'est fini.

Jon ne dit rien. Il se contenta de l'observer fixement, l'œil perçant, tel un félin face à sa proie. Et le découragement s'abattit sur la jeune femme. S'il ne comprenait toujours pas, tout espoir était perdu.

Puisant dans ses dernières forces, elle lui fit face.

— Je suis tombée amoureuse de toi, Jon. Je veux pouvoir t'aider à élever Peter et je veux passer le reste de ma vie avec toi et lui... Et je...

Subitement, des pleurs la secouèrent, et la suite de sa phrase se perdit dans une succession de hoquets. Suffoquée, elle ne pouvait plus parler ni voir Jon à travers ses larmes.

Mais cela importait peu car il l'avait prise dans ses bras. Eperdument, il l'étreignait contre lui, murmurant son nom, embrassant son front, ses joues baignées de larmes, ses paupières.

— Camille... Oh, Camille, ne pleure plus, mon ange.

— Mais tu ne veux plus de moi, sanglota-t-elle.

— Si. Si. Bien sûr que je te veux, affirma-t-il d'un ton vibrant, pressant le visage de Camille contre son épaule. Je n'ai jamais cessé de te vouloir.

Quel bonheur d'être de nouveau dans ses bras. De savourer le miel de ces paroles !

— Le problème, c'est que j'en étais resté à ce que tu

m'avais dit de toi quand nous nous sommes rencontrés, ajouta-t-il. Tu semblais tant tenir à ton indépendance !

— Je m'abusais moi-même.

— Tu avais peur, chuchota Jon, lui caressant tendrement les cheveux.

— Oui… J'étais lâche, en fait.

— Non, ma chérie, ce n'était pas de la lâcheté. Tu avais de bonnes raisons d'être prudente après l'expérience malheureuse qu'avaient vécue tes parents.

Elle leva son visage vers lui pour le regarder dans les yeux.

— Tu sais, finalement, leur exemple m'a beaucoup appris. Au début, je me suis inquiétée que tant de choses nous séparent, toi et moi. Puis j'ai pris conscience que mes parents qui avaient tant en commun — notamment leur passion de la danse — ne s'en sont pas bien sortis pour autant.

Dans un irrépressible sanglot, elle ajouta :

— Mes parents sont toujours malheureux à ce jour parce qu'ils n'ont pas eu le courage de reconnaître leurs erreurs. C'est pourquoi j'admets devant toi aujourd'hui que j'étais dans l'erreur. J'aspire à un véritable engagement entre nous et… et je pense sincèrement que je devrais pouvoir très bien m'en sortir avec les enfants.

Jon lui souriait, d'un sourire plein d'une infinie tendresse.

— Tu as déjà largement fait tes preuves avec Peter.

— Je crois que je suis déjà très attachée à lui. Il est si facile de l'aimer. Il te ressemble tant !

— Il est adorable, n'est-ce pas ?

— Absolument… Et j'ai une autre envie, poursuivit Camille après une pause.

— Ah, oui ?

— J'aimerais acheter d'autres veaux. Et cette fois, je veux rester ici pour les voir grandir.

La mine stupéfaite de Jon la fit éclater de rire.

— Et que fais-tu de ton emploi à *Parole de Filles* ?

— J'ai déjà démissionné.

— Camille !

— Enfin, je n'ai pas coupé tous les ponts. Je travaillerai pour le magazine comme pigiste. En restant basée ici, bien sûr.

— Et tu as tout organisé dans mon dos si je comprends bien ? dit-il d'un ton sévère que démentait son sourire réjoui.

— Oui. J'ai téléphoné à Edith de Paris.

— Et elle est d'accord ?

Camille haussa les épaules.

— Je ne lui ai pas vraiment laissé le choix.

Sans quitter Jon des yeux, elle lui prit les mains et les tint serrées entre les siennes puis déclara avec solennité :

— Mais toi, Jon, je te laisse le choix. Cette fois, c'est moi qui te le dis : reviens-moi, tes conditions seront les miennes.

— Quelles qu'elles soient ?

— Oui… Dans la mesure où je reste ici près de toi et Peter, et pour toujours.

L'ampleur de l'émotion qu'il ne pouvait dissimuler la bouleversa. Jon, ce grand gaillard de Jon, semblait sur le point de pleurer.

— Et… et si je te demandais de m'épouser, Camille ?

La jeune femme elle-même se mit à frissonner.

— J'aurais peut-être tendance à dire oui.

— *Tu aurais peut-être tendance…* ?

— Tu n'as qu'à me poser la question, tu verras !

Il eut un sourire un peu gauche, un sourire d'adolescent intimidé.

— Camille, ça peut te paraître idiot, mais puis-je te laisser un tout petit instant ?

— Ma foi… ce doit être possible.

Sans un mot de plus, il quitta rapidement la cuisine, laissant la jeune femme quelque peu désemparée. L'homme dont elle était follement amoureuse s'apprêtait à lui proposer le mariage et, au moment crucial, s'éclipsait !

Dieu merci, Jon reparut avant que la panique ne la gagne réellement. Il apportait une petite boîte rouge entourée d'un ruban de satin doré.

— Je l'avais emportée en France avec moi, dit-il. Pour être franc, à Paris, je voulais te demander de m'épouser.

Avec une grimace, il considéra la cuisine alentour avant de poursuivre :

— Ce décor n'a pas le même charme que la Tour Eiffel ou les bords de la Seine, j'en suis conscient…

— Ça me convient. Ça me convient parfaitement !

Il déposa la boîte dans sa main tremblante.

— Tu n'imagines pas ce que tu représentes pour moi, murmura-t-il. Je t'aime plus que tout au monde. C'est pour cette raison que je ne voulais pas te demander de renoncer à Sydney, ou à ton emploi ou à ton indépendance.

— Ne t'inquiète plus pour ça. Le fait de tomber amoureuse m'a ouvert les yeux sur tant de choses ! Je n'aurais pas cru en sortir si changée. Il n'y a rien que je ne sois prête à te sacrifier, Jon. C'est toi que je veux.

Pour toute réponse, il prit son visage au creux de ses paumes et cueillit sur sa bouche un baiser amoureux.

Ensuite, il demanda :

— Alors, tu n'ouvres pas ton cadeau ?

Les yeux brillants, elle fit glisser de la boîte le ruban de satin et souleva le couvercle. Une bague en or sertie d'un rubis entouré de petites perles s'offrit à ses yeux éblouis.

— Oh, Jon… Elle est magnifique.

— Dès que j'ai vu cette bague, j'ai eu le coup de foudre. Elle me semblait faite pour toi, dit-il, prenant le bijou pour le glisser à l'annulaire de sa main gauche.

Soudain, tenant toujours sa main ornée de la bague, Jon regarda intensément Camille dans les yeux.

— Je t'aime de tout mon cœur, de toute mon âme, Camille. Veux-tu bien te marier avec moi ?

Des larmes de bonheur embuèrent les yeux de la jeune femme.

— Oh, oui, répondit-elle, lui souriant à travers ses larmes. Oui, Jon, oui, oui…

Épilogue

De la rédaction de *Parole de Filles*.

Chères lectrices,

L'année écoulée a été riche en mariages, plusieurs des séduisants célibataires de Parole de Filles *ayant trouvé l'âme sœur. Le mois dernier, un de nos héros a encore succombé.*

Vous vous souvenez de Jon Rivers... Il était notre irrésistible candidat du Queensland du Nord. Nous avions eu le regret de vous apprendre, il y a quelques mois, que Jon se retirait de la compétition.

L'heure est venue de vous révéler toute l'histoire...

La véritable raison de ce retrait, c'est que l'une des journalistes de notre magazine avait raflé le cœur du beau Jon. Eh, oui...

La bienheureuse s'appelle Camille Dèvereaux. Et croyez-moi, personne ici au magazine n'a jamais vu une mariée si confiante, si radieuse au bras de son futur époux. Pourtant, nous en avons vu des jeunes femmes convoler tout au long de cette année !

Jon et Camille ont scellé leur amour en unissant leurs destins dans la charmante église en bois de la petite localité de Mullinjim. Vous connaissez ? Je vous conseille d'aller y faire un tour. C'est une de ces églises au charme rustique et désuet, si chères à nos cœurs, que l'on ne trouve plus désormais que dans nos campagnes.

Nos deux mariés étaient éblouissants. Camille avait choisi pour l'occasion une robe de soie et taffetas ivoire, une pure merveille. Et Jenny Summers, une de nos collaboratrices, faisait une ravissante demoiselle d'honneur en robe de soie bleu nuit.

Je suis encore tout émue en songeant à la petite cérémonie simple et touchante célébrée dans cette église de l'outback.

Pour Camille, l'événement a pris une dimension encore plus poignante car, après des années de séparation, son père et sa mère firent le voyage, l'un de Paris, l'autre de Tokyo, pour assister à son mariage. Et tous deux repartirent ensemble, bras dessus, bras dessous !

Maintenant, à toutes celles qui se désolent de n'avoir pu conquérir l'un de nos séduisants candidats, j'annonce une bonne nouvelle pour l'avenir. Jon a un petit garçon, Peter, qui en fera craquer plus d'une...

Mais pour celles qui ne sont pas prêtes à attendre vingt ans ou plus que Peter devienne un homme, sachez que nous avons repéré parmi les amis de Jon invités au mariage quelques beaux mâles... célibataires ! Mais oui, vous avez bien lu. Il existe encore d'autres nouveaux candidats en puissance dans l'outback qui feront un jour, je n'en doute pas, le bonheur de certaines d'entre vous...

Alors, bonne chance, et rendez-vous le mois prochain !

Edith King,
Rédactrice en chef.

LUCY ELLIS

Conquise par un séducteur

Traduction française de
B. DUFY

HARLEQUIN

Titre original :
A DANGEROUS SOLACE

Ce roman a déjà été publié en 2014

1

Le téléphone portable à l'oreille, Gianluca Benedetti considéra d'un œil critique le tailleur-pantalon informe, puis la femme qui le portait. Celle-ci avait des atouts naturels à faire valoir, mais il aurait fallu enlever ce vilain chapeau gris à larges bords, dénouer ses cheveux et repartir ensuite de zéro. D'après ce que Gianluca voyait d'elle, en effet, plusieurs éléments jouaient en sa faveur : une silhouette altière, de longues jambes et une vivacité qui se manifestait par une envie de taper du pied qu'elle avait du mal à réprimer.

Ce qui attira l'attention de Gianluca sur ses souliers. Ces élégants escarpins de cuir rouge ornés au bout d'un entrelacs de fleurs de soie rouge étaient sophistiqués et féminins — alors que leur propriétaire n'était ni l'un ni l'autre.

— Remboursez-moi !

Bien qu'elle soit manifestement en colère, sa voix était claire et ferme. Son accent apprit à Gianluca qu'elle était australienne. Cela expliquait son franc-parler. Debout devant le kiosque, elle obligeait les gens qui se pressaient sous les arcades de la galerie à faire un détour pour la contourner. On aurait dit qu'elle était sur le point d'exploser.

Le pied, dont le mouvement s'arrêtait jusqu'ici juste avant de heurter le sol, le frappa soudain sans douceur.

— Je ne m'en irai pas avant d'avoir obtenu satisfaction ! J'ai prévenu votre société quarante-huit heures à l'avance, et il est clairement dit sur son site internet qu'un préavis de *vingt-quatre* heures suffit pour être remboursé !

Abandonnant les cotations des marchés européens, Gianluca mit son smartphone dans sa poche et s'éloigna d'un pas tranquille du Nero, le bar où il avait ses habitudes depuis des années.

Les règles de la galanterie que lui avait inculquées une grand-mère sicilienne le poussèrent à s'approcher de l'Australienne.

— Je peux vous aider, *signora* ?

— Je ne suis pas une *signora,* mais une *signorina* ! répondit-elle sans se retourner. Et je n'ai pas besoin de votre « aide ». Allez proposer vos services à une touriste plus naïve que moi !

Gianluca se pencha vers elle et respira un parfum léger, à note florale, bien trop subtil pour cette virago…

— Mes services ? répéta-t-il.

— Oui ! Ceux de gigolo, d'escort boy, appelez ça comme vous voulez, mais laissez-moi tranquille !

Elle le prenait pour un prostitué ? Sans même s'être donné la peine de le regarder ? Sa raison conseilla à Gianluca d'ignorer cet affront et de s'éloigner, mais ce fut plus fort que lui…

— Vous êtes peut-être en manque, *signorina* ? dit-il en insistant sur ce dernier mot. Il y a peut-être trop longtemps que vous ne vous êtes pas sentie femme ?

— Pardon ?

Cette fois, l'interpellée se retourna, et tout ce que Gianluca avait imaginé à son sujet fut balayé en l'espace d'une seconde.

A cause de ses vêtements peu seyants et de son ton

autoritaire, il l'avait crue plus âgée, plus dure… et infiniment moins jolie qu'elle ne l'était en réalité.

Un teint de porcelaine, des sourcils bien dessinés, des pommettes hautes et, plus fascinant encore, une bouche pulpeuse, aussi rouge et appétissante qu'une fraise mûre… De vilaines lunettes de soleil à monture blanche lui mangeaient malheureusement la moitié du visage, et Gianluca dut se retenir pour ne pas les lui enlever.

Il n'en eut pas moins la nette impression qu'elle écarquillait les yeux.

— Vous ! s'écria-t-elle.

Sa réaction ne le surprit pas outre mesure : il était habitué à ce que des gens venus d'un peu partout dans le monde le reconnaissent. Sa carrière de footballeur professionnel n'avait duré que deux ans, mais le fait qu'il appartienne à l'une des familles romaines les plus anciennes et les plus illustres avait excité les médias, si bien que sa notoriété avait très vite dépassé les frontières nationales.

Ce fut donc juste par politesse qu'il demanda :

— Nous nous sommes déjà rencontrés ?

— Non !

La jeune femme recula d'un pas et scruta les alentours comme une biche aux abois. Bizarrement, Gianluca se sentit prêt à la poursuivre si jamais elle s'enfuyait.

Madre de Dio, que lui arrivait-il ?

Une petite veine palpitait au creux du cou de son interlocutrice. Il la fixa, captivé sans trop savoir pourquoi, mais la jeune femme laissa échapper un soupir… Il leva la tête et sentit passer entre eux un puissant courant de sensualité.

Comme attiré par un invisible aimant, il fit alors un pas en avant… Elle resta immobile, comme si elle attendait quelque chose.

Quelque chose de lui.

Mais quoi ?

Allez, *basta* ! Les choses devenaient franchement ridicules !

Aborder une inconnue dans la rue, perdre le contrôle de sa libido, s'attarder dans cette galerie alors qu'il avait une réunion prévue à l'autre bout de la ville... Rien de tout cela ne lui ressemblait, et Gianluca fit donc ce qu'il aurait dû faire cinq minutes plus tôt : il adressa à la jeune femme un bref salut de la tête et s'éloigna.

Au bout de quelques pas, cependant, il ne put s'empêcher de se retourner.

L'Australienne n'avait pas bougé. Une nouvelle fois, il nota que son tailleur-pantalon ne l'avantageait pas, mais il remarqua aussi autre chose : à en juger par son nez un peu rouge et ses traits légèrement brouillés, elle avait pleuré.

Cela réveilla un souvenir en lui.

Les larmes d'une femme le laissaient le plus souvent de marbre. L'exemple de sa mère et de ses sœurs lui avait appris qu'il s'agissait souvent d'un stratagème visant à obtenir quelque chose plus vite ou plus sûrement.

Au lieu de continuer son chemin, pourtant, Gianluca pivota sur ses talons et regagna le kiosque. D'après l'enseigne, c'était l'un des points de vente des Fenice Tours, filiale d'une agence de voyages avec laquelle le consortium Benedetti International travaillait. Il sortit son portable de sa poche et, tout en composant un numéro, dit à l'employé qu'il lui donnait soixante secondes pour rembourser la jeune femme, faute de quoi il ferait fermer son commerce.

Quand Gianluca eut son correspondant, il lui expliqua rapidement la situation avant de tendre l'appareil au vendeur, qui le prit d'un air sceptique... mais se figea lorsque la voix courroucée de son patron retentit dans l'écouteur.

Une minute plus tard, il rendait le téléphone à Gianluca en bredouillant :

— *Mi scusi, signore*... Je... C'était un malentendu.

— Ce n'est pas à moi, mais à votre cliente, que vous devez présenter des excuses !

— *Si, si... Scusi, signora !*

L'intéressée fourra dans son sac les billets que l'homme lui tendait sans vérifier que le compte y était.

— *Grazie,* marmonna-t-elle ensuite — visiblement à contrecœur.

Le problème étant réglé, Gianluca n'avait plus de raison de s'attarder. Sa Lamborghini était garée un peu plus loin, et il ouvrait la portière quand le sentiment d'une présence, dans son dos, lui fit tourner la tête.

La touriste australienne l'avait suivi et l'observait, avec sur le visage une expression où la curiosité le disputait à la défiance... et à quelque chose d'autre.

Ce fut ce « quelque chose d'autre » qui empêcha Gianluca de s'engouffrer dans sa voiture. Il attendit, et la jeune femme finit par s'approcher de lui, mais elle lui donna l'impression de s'être armée de courage.

— Je vous prie de m'excuser..., commença-t-elle.

Son ton était aussi guindé que sa posture, mais cela n'enlevait rien à la sensualité de sa bouche, ni à l'arrondi parfait de ses pommettes.

— J'ai une question à vous poser, continua-t-elle.

Ses lunettes noires cachaient ses yeux, mais elle le dévisageait, Gianluca le sentait. Pourquoi ? Mystère, mais il trouvait plutôt amusant qu'elle l'ait suivi pour l'interroger, et non pour le remercier. Son attitude méfiante ne l'en intriguait pas moins.

— Je vous écoute...

— Vous auriez vraiment pu obtenir la fermeture de ce commerce ?

Ces mots s'accompagnèrent d'un mouvement provocateur du menton, et Gianluca fronça les sourcils. Ce geste et la fossette qu'il faisait ressortir lui disaient quelque chose, mais sans qu'il arrive à déterminer où et quand il les avait déjà vus.

Gagné à son tour par un sentiment de méfiance, il esquissa le sourire de circonstance qu'il adressait aux femmes pour repousser leurs avances poliment mais fermement.

— Nous sommes à Rome, *signorina,* et je suis un Benedetti... Tout est possible.

L'étrangeté de la réaction que produisirent ces paroles ne le frappa qu'au moment où il commençait à se frayer un chemin dans la circulation chaotique de la capitale italienne.

Son interlocutrice n'avait semblé ni surprise ni impressionnée : elle avait eu l'air furieuse.

Alors, tout en ayant conscience de commettre une bêtise, Gianluca fit demi-tour.

2

Ava regarda, comme tétanisée, la belle voiture de sport se fondre dans la circulation.

Gianluca Benedetti...

Ce n'était pas du tout comme ça que les choses étaient censées se passer.

Il y avait eu quelques fausses alertes, au cours des années précédentes : des moments où une voix grave, un accent italien, la vue de larges épaules l'avait fait se retourner, tous ses sens brusquement en émoi. Mais la réalité avait chaque fois détruit l'illusion.

Une réalité qui, aujourd'hui, l'avait prise totalement au dépourvu.

Un flot de souvenirs l'assaillit alors. La flexion d'un poignet bronzé sur l'accélérateur d'une moto Ducati rugissante... Ses bras encerclant la taille du conducteur tandis qu'ils fuyaient une réception de mariage où ils s'ennuyaient tous les deux...

C'était une nuit d'été qui l'avait ensuite vue, allongée dans l'herbe du mont Palatin, sa robe de demoiselle d'honneur toute froissée, se donner à un apollon romain au corps d'athlète.

Bien que sept longues années se soient écoulées depuis, une expérience comme celle-ci n'était pas le genre de chose qu'une femme oubliait facilement.

Ce jeune dieu lui avait de nouveau fait l'amour, encore

et encore, dans l'ancien lit d'un roi, au cœur d'un palais construit pour une princesse sur une magnifique *piazza* du centre de la capitale. Ava l'avait quitté à l'aube, laissant derrière elle ses chaussures, telle Cendrillon, dans sa hâte d'échapper à ce qui promettait d'être un douloureux retour à la réalité.

Pieds nus et tenant des deux mains le bas de sa robe de façon à pouvoir courir, elle avait ressenti un mélange d'exaltation et de mélancolie, tandis que son corps éprouvait l'agréable tiraillement de muscles dont elle ignorait jusque-là l'existence.

Elle avait hélé un taxi et, si elle s'était ensuite retournée, c'était juste pour graver dans sa mémoire l'image de ce palais, car ce qu'elle y avait vécu ne se reproduirait jamais, elle le savait.

Cela resterait dans son existence un moment unique, une parenthèse hors du temps.

De retour à Sydney dès le surlendemain, elle avait repris son ascension dans la hiérarchie de son entreprise avec la certitude de ne jamais revoir son bel amant italien.

Les faits venaient de lui donner tort.

Ava fit un effort pour se ressaisir et se remit en marche. Il n'était pas question de laisser le souvenir d'une nuit dans les bras d'un footballeur à la libido bouillonnante perturber ses plans. Elle avait si bien géré la situation, jusqu'à maintenant !

Peut-être trop bien, lui souffla une petite voix intérieure. N'était-elle pas censée avoir le cœur brisé ?

Ce serait le cas de la plupart des femmes : il n'y avait rien de drôle à se faire larguer par son fiancé une heure avant de partir avec lui pour Rome.

Rome, le cadre idéal pour une demande en mariage…

Heureusement, Ava n'était pas du genre à se lamenter

sur son sort. Elle avait même décidé d'effectuer seule ce voyage en Italie...

Raison pour laquelle ses pas la conduisaient maintenant vers le fameux escalier de la Trinité-des-Monts, point de départ d'une visite guidée des grands sites littéraires de Rome.

Ava enfonça son chapeau sur sa tête. Elle n'allait certainement pas se laisser déstabiliser par cette rencontre inopinée avec son fougueux amant d'un soir !

Oui, elle avait gardé sa robe bleue de demoiselle d'honneur... Oui, elle était aujourd'hui à Rome...

Et alors ?

Cela n'avait aucun rapport avec cette nuit lointaine où ses actes avaient contredit tout ce qu'elle croyait savoir sur elle-même.

Mais ça ne se reproduirait pas : elle exerçait désormais un contrôle absolu sur tous les aspects de sa vie — du moins quand elle ne fonçait pas tête baissée dans les rues de Rome, en route pour... Comme s'appelait cet endroit, déjà ? Elle consulta son plan. Oui, la *piazza di Spagna*.

Ignorant les battements précipités de son cœur, Ava repoussa résolument l'idée de chercher dans un annuaire téléphonique l'adresse du *palazzo* Benedetti. Elle refusait même d'y penser, mais elle avait hâte d'être au lendemain, de monter dans la voiture de location qui lui permettrait de partir vers le nord, laissant derrière elle Rome et les souvenirs du passé.

En attendant, ses pas l'avaient amenée sur une place qui n'était visiblement pas la bonne...

Où diable était-elle ?

« C'est *pazzo*... », marmonna Gianluca en se garant à l'entrée de la petite *piazza*. Pourquoi avait-il fait demi-tour et suivi la femme au vilain chapeau gris et aux chaussures rouge vif ?

Inferno, quelle mouche le piquait ? Il était Gianluca Benedetti, un homme qui ne draguait pas en voiture... et surtout pas une femme aussi peu soucieuse de son apparence !

Et pourtant, il l'avait rejointe...

Gianluca la voyait arpenter la place, avec à la main quelque chose qui ressemblait à un plan.

Son portable vibra. Il décrocha. C'était Gemma, sa secrétaire.

— Où êtes-vous ? lui demanda-t-elle d'une voix légèrement irritée.

Je pourchasse une touriste.

— Je suis coincé dans les embouteillages.

Un coup d'œil à sa montre lui confirma s'il en était besoin qu'il était très en retard.

— Qu'est-ce que je dis aux clients ? déclara Gemma.

— De patienter. J'arrive.

Gianluca remit le téléphone dans sa poche, mais, au lieu de redémarrer comme sa raison le lui disait, il descendit de voiture et traversa la *piazza.*

Pourquoi se compliquait-il ainsi l'existence ? Il n'en avait pas la moindre idée.

La jeune Australienne était maintenant en train de marcher à reculons. Elle essayait de déchiffrer une plaque fixée en hauteur sur le mur qui lui faisait face. Gianluca aurait pu lui épargner cette peine : il ne s'agissait pas du nom de la place, mais de celui du bâtiment.

A force de reculer, elle se heurta à lui.

— Oh ! pardon ! déclara-t-elle poliment avant de se retourner.

En découvrant ses yeux, que ne cachaient plus ses grosses lunettes de soleil, Gianluca eut l'impression que son cœur s'arrêtait de battre. Ils étaient d'un bleu tirant sur le vert, une couleur extraordinaire qui devait changer selon la lumière et son humeur, une couleur unique, dont la vue le ramena des années en arrière.

— Vous ! s'écria de nouveau la jeune femme.

L'air horrifié, elle recula d'un pas, mais enroula en même temps son bras autour de celui de Gianluca, comme pour s'accrocher à lui… Ce qu'il trouva ironique, car après la nuit qu'ils avaient passée ensemble elle avait été si pressée de le quitter qu'elle était partie sans ses chaussures.

Une rancœur qu'il ignorait jusque-là nourrir l'envahit subitement.

Pourquoi cette femme était-elle de retour à Rome ? De retour dans sa vie ?

— Vous me suivez ? lui lança-t-elle.

A quoi bon nier l'évidence ?

— *Si*. Vous semblez vous être perdue, et comme nous nous connaissons déjà…

L'expression d'effroi s'accentua sur le visage de son interlocutrice, et Gianluca en éprouva une profonde satisfaction. Il allait s'amuser encore un peu à la tarabuster, pour apaiser sa rancune et, ensuite, il regagnerait sa voiture.

— Permettez-moi de vous offrir de nouveau mon aide, *signorina*…

— C'est une habitude, chez vous, de suivre les femmes et de chercher à leur imposer une aide dont elles n'ont pas forcément besoin ?

— Non, vous êtes l'exception à la règle que je me suis fixée de les laisser résoudre seules leurs problèmes.

— J'ai l'air d'avoir un problème ?

— Oui, comme je vous l'ai dit il y a une minute, vous semblez vous être perdue.

La jeune Australienne pinça les lèvres. Elle hésitait à accepter, c'était évident, mais il lut aussi de l'angoisse sur ses traits avant qu'elle se plonge ostensiblement dans la lecture de son plan.

Cela aurait dû lui suffire : toute autre forme de vengeance aurait été indigne d'un gentleman. Il savait à présent qui était cette femme, et si, sept ans plus tôt, elle lui avait inspiré toutes sortes de fantasmes — des plus romantiques aux plus érotiques —, elle était aujourd'hui si mal fagotée qu'il s'étonnait de lui avoir accordé ne serait-ce qu'un regard.

— Il est trop tard, de toute façon : la visite guidée a dû commencer, dit-elle d'un ton accusateur, comme si c'était sa faute.

Gianluca s'obligea à réagir. Il avait déjà perdu assez de temps comme ça !

— Où était le rendez-vous ?

— Au pied de l'escalier de la Trinité-des-Monts.

— Pour y aller, prenez la rue qui se trouve juste en face de nous. Là, tournez dans la première à gauche, puis dans la deuxième à droite, et vous y serez.

La jeune femme dut lever les yeux de son plan et regarder Gianluca pour comprendre ses indications. Elle remit en même temps ses lunettes de soleil et, comme le ciel était maintenant couvert, il s'agissait juste d'une tentative pour se cacher.

Une tentative si maladroite et si tardive que Gianluca faillit lui confisquer ses lunettes.

La protection qu'elles lui offraient sembla cependant lui redonner de l'assurance.

— Je devrais vous remercier, j'imagine ! déclara-t-elle, une pointe de défi dans la voix.

— Ne vous y sentez surtout pas obligée, *signorina*...

Conscient de s'exposer ainsi à des complications

inutiles, Gianluca prit dans la poche intérieure de sa veste une carte de visite qu'il mit de force dans la main de son interlocutrice. Elle se dégagea vivement, comme pour se soustraire à un geste déplacé.

Une réaction à l'opposé de celle qu'elle avait eue la dernière fois qu'il avait posé la main sur sa peau…

— Si vous changez d'avis et décidez finalement de me remercier, *signorina,* je serai au Rico's Bar ce soir aux environs de 23 heures. C'est une soirée privée, mais je vais faire ajouter votre nom à la liste des invités… Au revoir !

— Vous ne savez même pas comment je m'appelle !

Gianluca ignorait en effet son nom de famille. Sept ans plus tôt, elle ne lui avait donné que son prénom : Evie.

— J'inventerai quelque chose, répliqua-t-il. Que diriez-vous de « Fraise » ?

Elle baissa ses lunettes sur son nez, et son magnifique regard bleu-vert le transperça.

Un élan d'admiration le souleva alors. Cette femme avait du caractère. Croiser le fer avec elle pouvait se révéler amusant…

En homme galant qu'il se targuait malgré tout d'être, Gianluca inclina le buste avant de se détourner et de se diriger vers sa voiture.

Une fois au volant, cependant, il sentit le côté machiste de son ascendance sicilienne se réveiller et il eut de nouveau envie de faire payer à la jeune Australienne le coup qu'elle avait porté à son ego : n'était-elle pas la seule femme qui l'ait jamais plaqué ?

Il avait bien fait de l'inviter à cette soirée, en définitive : non seulement elle l'intriguait, mais il avait un compte à régler avec elle.

3

Ava prit la direction indiquée par Gianluca Benedetti en s'efforçant de ne garder de leur rencontre que cette partie de la conversation.

Quelques minutes plus tard, elle arrivait sur la *piazza di Spagna* et, malgré la foule qui s'y pressait, parvenait à rejoindre le circuit touristique qui l'intéressait : le groupe était encore au pied de l'escalier de la Trinité-des-Monts, en train d'écouter l'exposé introductif du guide.

Elle se sentait néanmoins encore tendue. Troublée. Et son cœur battait trop vite.

Benedetti l'avait suivie…

Oui, mais ça n'a rien de personnel, se raisonna-t-elle. *C'est un coureur… Toutes les filles un tant soit peu jeunes et jolies, il les lui faut…*

Le guide parlait du poète romantique anglais Keats, mort de la tuberculose à Rome au début du XIXe siècle. Ce sujet intéressait Ava, mais impossible de se concentrer : toute son énergie était accaparée par la lutte qu'elle devait mener contre son envie d'aller ce soir au Rico's Bar.

Elle n'était pourtant pas le genre de femme à priser les aventures sans lendemain, or il n'y avait rien d'autre à attendre d'un homme comme celui-là. Elle ne représenterait jamais pour lui qu'une distraction vite goûtée, vite oubliée. Il l'avait certes suivie aujourd'hui, et cela signifiait qu'elle lui plaisait au moins un peu, mais ce n'était pas une raison pour s'exposer à une nouvelle blessure.

Et pourquoi souffrirais-tu ? lui dit une petite voix. *Qu'as-tu à perdre ? Tu es libre de toute attache, alors pourquoi ne pas t'offrir quelques heures de plaisir dans le lit de l'homme le plus séduisant qu'il te sera sans doute jamais donné de rencontrer ?*

La beauté et la magie de la Ville éternelle lui firent soudain oublier la foule omniprésente et le vacarme de la circulation, ébranlant encore un peu plus sa volonté de résister à la tentation.

Dans les films hollywoodiens, des choses merveilleuses arrivaient aux jeunes filles si elles jetaient une pièce de monnaie dans telle ou telle fontaine italienne. Ces choses se produisaient parfois dans la réalité, et Ava avait cru un moment en faire l'expérience, mais elle s'était trompée.

Comme toujours.

Mais elle ne commettrait pas deux fois la même erreur.

Un flot d'émotions l'envahit soudain. Elle qui ne pleurait *jamais,* elle avait pleuré ce matin, et voilà que des larmes lui nouaient de nouveau la gorge. Elle n'en avait pourtant pas versé une seule, trois jours plus tôt, à l'aéroport de Sydney, quand Bernard l'avait appelée pour lui dire qu'il ne l'accompagnerait pas à Rome.

Et avant qu'elle ait pu s'étonner du sentiment de soulagement qui l'avait alors submergée, Bernard avait ajouté qu'il avait rencontré une autre femme et découvert avec *elle* ce qu'était la passion.

Cette méchanceté gratuite avait indigné Ava. Pendant les deux années qu'avait duré leur liaison, ils n'avaient jamais trouvé de réel plaisir à faire l'amour ensemble. Ava estimait qu'ils partageaient la responsabilité de cet état de chose, mais Bernard, lui, l'en tenait pour seule responsable !

« La passion ? avait-elle crié dans le microphone de son portable. C'est ce qui nous attendait ! A Rome ! »

Depuis deux jours qu'elle avait atterri à l'aéroport de Fiumicino, cependant, Ava se demandait s'il n'y avait pas dans le choix de cette destination des raisons qui n'avaient rien à voir avec Bernard.

Et tout avec l'aspiration, enfouie au plus profond d'elle-même, à vivre une vie différente.

Une vie romantique.

Mais c'était une chimère : les grandes histoires d'amour ne se rencontraient qu'au cinéma — et en tout cas pas dans son existence à elle, Ava l'avait appris très jeune, avec le divorce de ses parents.

Souffrant d'un handicap mental, sa mère avait ensuite dû se contenter d'une pension d'invalidité pour subvenir aux besoins de ses deux enfants, et cet exemple avait convaincu Ava de l'importance pour une femme d'être indépendante financièrement.

Après le lycée, elle avait donc travaillé dur pour assurer sa future réussite professionnelle, mais la nécessité de gagner assez d'argent pour financer ses études l'avait obligée à occuper des emplois prenants. Faute de temps, elle avait ainsi raté les fêtes, sorties entre amis, rendez-vous galants et autres rites de passage réservés aux jeunes femmes de son âge.

Sept ans plus tôt, elle avait fait quelque chose de très bête et de nouveau agi de manière inconsidérée en se persuadant d'épouser un homme qu'elle n'aimait pas.

Bernard n'était assurément pas l'homme qu'il lui fallait, pas plus d'ailleurs que ce footballeur qui considérait les femmes comme des objets sexuels.

Ava finit pourtant par se décider à regarder la carte de visite que Benedetti lui avait remise. S'y lisaient, gravés en élégants caractères d'imprimerie, son nom et plusieurs numéros de téléphone. Cela lui rappela qu'elle en avait composé plusieurs, autrefois, pour tenter de le joindre après leur nuit d'amour. Elle avait même laissé un message sur un répondeur… Sans résultat.

Une brusque bouffée de colère l'envahit. Contre elle-même, qui n'arrêtait pas de prendre de mauvaises décisions en matière d'hommes.

Pourquoi était-elle restée avec Bernard pendant deux longues années, par exemple ? Pourquoi était-elle allée jusqu'à organiser et même payer entièrement de sa poche ce voyage onéreux en Italie — vol en première classe, hôtel de luxe, visite en voiture de la Toscane ?

Et elle se retrouvait maintenant seule dans l'une des villes les plus romantiques du monde. Une ville où elle ne connaissait personne.

Ses yeux se posèrent de nouveau sur la carte de visite…

Si, elle connaissait quelqu'un à Rome. Il n'était même pas impossible que le souvenir de leur rencontre ait motivé — inconsciemment bien sûr — le choix de sa destination.

Le hasard les avait fait aujourd'hui se croiser… Ne fallait-il pas voir là un signe du destin ?

Que faisait-elle à Rome ?

Cette question obsédait Gianluca, et les hypothèses qu'il envisageait pour y répondre étaient aussi absurdes les unes que les autres.

Derrière lui, la fête battait son plein. Cette soirée était donnée en l'honneur de son cousin Marco et de Valentina, son épouse, de retour à Rome après plusieurs mois d'absence.

Gianluca aurait dû s'occuper d'eux… Au lieu de cela, à peine arrivé, il était allé sur la terrasse, et scrutait depuis la *piazza* en contrebas dans l'espoir d'y voir apparaître une certaine jeune femme brune.

Elle avait monopolisé ses pensées pendant toute la journée. L'image dont il n'avait pu se débarrasser n'était cependant pas celle de la demoiselle d'honneur au visage d'une fraîcheur juvénile qui s'était autrefois allongée avec lui dans l'herbe du mont Palatin : c'était celui de la femme de ce matin, tendue, agressive, et qui semblait avoir renoncé à toute féminité.

Pourquoi ? Impossible à dire, mais à en juger par le courant de sensualité qui était passé entre eux le matin il ne devrait pas être difficile de réveiller son appétit sexuel, songea Gianluca avec un petit sourire.

La colère pouvait être un puissant aphrodisiaque.

Cette dernière pensée fit disparaître le sourire de son visage. Ses parents avaient entretenu ce genre de relation. Une mère sicilienne dotée d'un tempérament volcanique et un père qui lui offrait matière à l'exprimer en lui refusant la jouissance de l'argent, des bijoux et des palais de la famille Benedetti, avaient donné à Gianluca un exemple qu'il n'avait pas la moindre intention de suivre…

L'ironie voulant qu'il soit là ce soir pour fêter de jeunes mariés et futurs parents : Valentina était enceinte.

Le mariage et l'arrivée prochaine d'un enfant constituaient des gages de bonheur dans la vie de la plupart des gens, mais pas dans celle d'un Benedetti.

Ce constat n'avait rien de réjouissant, et Gianluca en chassa l'idée. Son existence telle qu'elle était en ce moment lui convenait à merveille. Il était jeune, en excellente santé, et insolemment riche. Il avait toutes les femmes à ses pieds, inspirait aux hommes un mélange d'envie, de crainte et d'admiration…

Tout lui souriait, alors au diable le dragon australien !

Au diable le passé ! Vive le présent et tous les plaisirs simples qu'il pouvait lui apporter !

Gianluca se détourna de la place, traversa la terrasse et regagna la salle.

— Vous comptez rester là toute la nuit, *signorina*, ou bien je vous conduis ailleurs ?

Ava observait les femmes élégamment vêtues qui franchissaient le seuil du Rico's Bar — l'un des night-clubs les plus chic de Rome, lui avait appris internet. La voix du chauffeur de taxi la ramena à la réalité. Elle régla la course, inspira à fond et mit pied à terre. L'air frais de la nuit s'enroula autour de ses jambes, lui rappelant qu'elles n'étaient pas ce soir protégées par l'un de ses éternels pantalons, et elle faillit remonter dans la voiture.

Sa tenue n'avait pourtant rien d'indécent : sa robe de cocktail bordeaux lui arrivait aux genoux et couvrait ses épaules. La brise légère qui soufflait plaquait certes le tissu sur ses cuisses et, faute d'avoir l'habitude de porter des talons hauts et des bas, sa démarche manquait un peu d'aisance, mais personne n'allait la montrer du doigt !

Lorsqu'elle s'approcha de l'entrée de l'établissement, d'ailleurs, le clignotement de ses néons bleus et or lui donna l'impression de pénétrer dans un univers irréel où tout ce qui tranchait avec l'ordinaire dans son apparence — sa coiffure, sa robe, ses chaussures — lui permettait justement de se sentir à sa place.

La peur de se faire remarquer qu'elle éprouvait encore à trente et un ans venait de son enfance et de son adolescence : la maladie de sa mère ne lui avait fourni que trop d'occasions d'être confrontée à la méchanceté des gens. Une fois adulte, elle avait organisé sa vie de façon à éviter les mondanités, mais là, elle n'avait guère le choix...

Le portier lui adressa quelques mots aimables en italien, et elle se retrouva à l'intérieur, derrière une file de clients qui attendaient de pouvoir déposer un vêtement ou un objet au vestiaire.

Pour la énième fois de la journée, elle toucha ses cheveux. Elle était allée dans l'après-midi chez un coiffeur qui, après force gestes et explications en italien mâtiné d'anglais, avait remplacé sa longue natte par une coupe au carré. Ses cheveux flottaient maintenant sur ses épaules, plus brillants et plus souples qu'ils ne l'avaient jamais été.

Cette transformation lui avait donné envie, à elle qui ne portait plus de robe depuis des années, de s'en acheter une qui s'accorderait avec son nouveau look, mais c'était pour sa propre satisfaction...

Pour sa propre satisfaction, aussi, qu'elle s'était maquillée... Cela n'avait aucun rapport avec l'homme qui, ce matin, avait eu l'impudence de lui dire qu'il y avait peut-être trop longtemps qu'elle ne s'était pas sentie femme.

Elle eut beau scruter les visages, une fois à l'intérieur du bar, d'ailleurs, elle ne le vit pas. Que fallait-il faire ? Attendre ? Demander à être conduite à sa table ?

Pour ne rien arranger, la salle était remplie de belles et minces jeunes femmes vêtues de robes qui semblaient avoir été cousues sur elles... L'assurance d'Ava commençait à chanceler ; elle avait apparemment surestimé les pouvoirs d'une nouvelle coiffure.

Une ravissante blonde passa devant elle et se dirigea vers l'escalier en colimaçon situé au fond du bar. Ava la suivit des yeux. Il devait y avoir une salle à l'étage, et c'était sans doute là que se trouvait Benedetti, puisqu'il avait parlé de soirée privée...

Alors, rassemblant son courage, elle se fraya un chemin à travers la foule bruyante des clients et s'engagea à son tour dans l'escalier.

Gianluca prit la coupe de champagne que lui tendait son cousin Marco et sourit en l'entendant s'écrier : « A l'avenir ! »

C'était la première fois qu'il revoyait son cousin depuis le fastueux mariage de ce dernier, célébré dans la ville sicilienne de Raguse. Ils avaient autrefois joué dans la même équipe de football. Une blessure avait mis fin à la carrière sportive de Marco, et Gianluca avait rompu son contrat alors qu'il était au sommet de sa gloire pour aller effectuer la période de service militaire traditionnellement exigée d'un Benedetti.

— *Ton* avenir, rectifia-t-il avant de chercher Valentina des yeux.

Elle n'était pas loin et, comme si elle sentait le regard de Gianluca, elle quitta les amies qui l'entouraient pour venir rejoindre les deux cousins.

— On s'apprête à boire à la santé de l'héritier des Benedetti, lui dit Gianluca en l'embrassant sur les deux joues.

— C'est ton fils qui portera ce titre, pas le mien ! s'écria Marco.

— Je n'en aurai pas.

— Ma femme pense que si.

Tina se blottit dans le creux du bras de son mari — elle lui arrivait à peine à l'épaule — et décréta :

— Tu tomberas un jour amoureux, Gianluca, et l'envie d'avoir des enfants te viendra alors tout naturellement.

Tu as intérêt à en avoir, d'ailleurs, car je n'ai pas la moindre intention de sacrifier les miens aux coutumes surannées de l'aristocratie romaine !

— Valentina..., commença Marco sur un ton de reproche.

Mais Gianluca l'interrompit.

— Tu as tout compris ! déclara-t-il à sa cousine par alliance avec un sourire désabusé.

— N'est-ce pas ? Ceci dit, jamais tu ne te marieras si tu continues à ne sortir qu'avec des bimbos !

— J'ai l'impression d'entendre ma mère... Tu lui as parlé ?

— Non, elle me fait trop peur ! Mais elle voudrait te voir épouser une jeune vierge sicilienne de vingt ans, prête à lui donner une ribambelle de petits-enfants.

— Comment le sais-tu ?

— J'ai surpris une conversation entre tes sœurs et elle.

— C'est à se demander si ta mère te connaît, Gianluca ! observa Marco.

Etait-ce le cas ? Non. Les Benedetti envoyaient leurs garçons en pension dès leur plus jeune âge et les y laissaient jusqu'à la fin de leurs études secondaires. Comment, dans ces conditions, nouer une véritable relation mère-fils ?

— Le jour où tu te marieras, reprit Marco, des centaines de femmes pleureront toutes les larmes de leur corps.

— Mais contrairement à ce que semble croire ta mère, indiqua Tina, il ne doit plus rester, ni en Sicile ni ailleurs, de vierges de plus de vingt ans.

L'image de deux magnifiques yeux bleu-vert s'imposa soudain à l'esprit de Gianluca. Le genre de femme dont parlait sa cousine existait encore sept ans plus tôt...

— Je te présenterais bien quelques-unes de mes amies,

enchaîna-t-elle, mais je ne suis pas sûre que ce soit un service à leur rendre : tu es trop volage.

— Elles rêvent pourtant de te connaître, souligna Marco. Je suis content de ne pas être aussi riche que toi !

— Oui, parce que je t'aurais alors épousé pour ta fortune, et non pour ton charme, déclara Tina sur un ton léger. Ceci dit, je ne pense pas que les femmes courent après ton cousin juste pour son argent, *caro*...

Le jeune couple continua ensuite à échanger des propos badins. C'était cette tendre complicité qui serait absente de sa vie, songea Gianluca. Sauf imprévu, Marco et Tina vieilliraient ensemble et, dans quarante ans, ils feraient sauter leurs petits-enfants sur leurs genoux en évoquant les souvenirs d'une existence bien remplie, alors que lui serait seul. Cousu d'or, mais seul...

D'un autre côté, il éviterait ainsi à une femme d'être aussi malheureuse que sa mère.

Jeune Sicilienne aussi belle que passionnée, Maria Trigoni avait accédé en se mariant au rang de *principessa* romaine. Entre deux amants et deux événements mondains, elle avait ensuite joué à être épouse et mère.

Sa place dans la haute société italienne lui tenait à cœur, mais c'était sa propre famille, les Trigoni, qui avait toujours le plus compté pour elle. Il lui arrivait d'aller passer des mois entiers à Raguse, et Gianluca se rappelait le chagrin que chacune de ces séparations lui causait. La première fois, il avait trois ans, et il avait pleuré pendant une semaine. La deuxième fois, il en avait six, et ses larmes lui avaient valu une correction. A dix ans, il avait tenté de téléphoner à sa mère en Sicile, mais elle avait refusé de lui parler.

En son for intérieur, il pensait qu'une femme perdait une partie de son âme le jour où elle ceignait le diadème nuptial des Benedetti. Et, même si cela le condamnait à vieillir seul dans un palais vide, il n'avait pas l'intention de perpétuer cette triste tradition. Il estimait en avoir assez fait pour les Benedetti en restaurant l'honneur de leur nom.

L'épicurisme qui régissait sa façon de vivre irritait sa mère et décevait sa grand-mère, il le savait, mais sa réputation de célibataire endurci lui permettait de multiplier les aventures sans se sentir coupable : ses conquêtes étant prévenues, elles n'avaient pas le droit de se plaindre quand il les remplaçait par une autre au bout de quelques semaines — et même parfois moins... Sans compter que c'était le plus souvent elles qui avaient fait le premier pas.

Comme en écho à cette dernière pensée, une mince jeune femme aux cheveux platine entra dans la salle et se dirigea vers lui, l'air aguicheur.

— Excusez-moi..., déclara-t-il à ses cousins avant d'aller à la rencontre de la jolie blonde.

— Venez danser avec moi, Gianluca..., susurra-t-elle.

— J'ai une meilleure idée : que diriez-vous d'une coupe de champagne... euh... ?

— Donatella, indiqua-t-elle froidement.

A en juger par son changement de ton, ce n'était pas la première fois de la soirée qu'elle devait lui rappeler son prénom.

— Donatella, *si*...

Il l'entraîna vers le bar et lui mit une coupe de champagne dans la main, mais il n'avait pas l'intention de passer avec elle plus de dix minutes. Elle lui avait juste servi de prétexte pour s'éloigner du couple heureux que formaient Marco et Tina. Son cousin s'était trouvé sans effort une femme délicieuse, alors que lui, Gianluca, se voyait dédaigné par une Australienne asexuée...

Agacé, il se resservit du champagne et emmena sa

compagne s'asseoir… Comment s'appelait-elle, déjà ? Il l'avait de nouveau oublié !

Ava donna son nom à l'hôtesse qui filtrait les entrées dans la salle de l'étage. En vain, naturellement. Pourquoi avait-elle espéré que cette femme la laisserait passer juste sur sa bonne mine ?

— Fraise, dut-elle se résigner à dire.

— *Scusi, signorina ?*

— Je pense avoir été inscrite sous le nom de Fraise. Je suis l'invitée du *signore* Benedetti.

Malgré le verre de vin blanc qu'elle avait bu à son hôtel pour se donner du courage, Ava avait la gorge sèche. Elle faillit redescendre l'escalier en courant, mais le couple qui attendait derrière elle devait déjà trouver la situation hilarante… Elle n'allait pas s'exposer en plus à une humiliation publique en s'enfuyant !

L'hôtesse ne sembla trouver, elle, rien de surprenant à ce qu'une femme figure sur la liste des invités de Gianluca Benedetti sous un nom de fruit. Mais loin de rasséréner Ava, cela renforça son appréhension.

— Ah, *si* ! Vous pouvez entrer, *signorina !*

La salle était remplie d'hommes en costume Armani et de femmes en robe de soirée et talons aiguilles. Ava se faufila au milieu d'eux… et s'immobilisa soudain.

Benedetti se prélassait sur un canapé de cuir noir, les bras étendus le long du dossier, une chemise bleu marine épousant les contours de ses épaules et de son torse musclés. Ses pommettes hautes, sa bouche bien dessinée et son menton volontaire lui conféraient la mâle beauté d'une sculpture de Michel-Ange.

Il n'était pas seul, constata Ava, mais quoi d'étonnant

à cela ? Que s'était-elle imaginé ? Qu'il fallait interpréter son invitation comme un rendez-vous galant ?

La tête penchée vers la blonde assise à son côté, il avait l'air de lui murmurer des mots doux à l'oreille.

C'était la ravissante jeune femme qu'Ava avait vue monter l'escalier, tout à l'heure…

Un sombre désespoir l'envahit. Elle aurait beau faire, jamais elle ne serait de taille à rivaliser avec ce genre de créature.

L'espace d'un instant, Ava fut transportée sept ans en arrière, au mariage de son frère. Mal à l'aise, intimidée par une assemblée en majorité composée de membres de la jet-set, elle avait observé de loin la star du football italien, l'un des hommes les plus courtisés de la planète — Gianluca Benedetti en personne. Assis sur une banquette entre deux femmes pratiquement collées à lui, il parlait football avec un autre homme sans prêter la moindre attention à ses deux admiratrices.

A l'époque, Ava les avait surnommées « glu » et « superglu », mais que n'aurait-elle donné pour leur ressembler, pour être, juste le temps d'une soirée, une jeune fille insouciante et sexy pendue au bras du garçon le plus canon de la fête…

Et puis, brusquement, ce sentiment d'envie avait cédé la place à une pulsion qui avait réduit au silence la voix de sa raison. Celle qui lui demandait toujours avant d'agir si c'était la bonne conduite à tenir, la bonne décision à prendre. Celle qui l'obligeait à peser les conséquences de chacun de ses actes. Celle d'une personne qui avait dû endosser très jeune de lourdes responsabilités.

Mais, ce soir-là, peu lui importaient les conséquences : elle n'avait pensé qu'à satisfaire son désir pour le beau Gianluca Benedetti.

Revenant au présent, Ava se rendit compte que sa

présence dans ce night-club était tout aussi irréfléchie. N'avait-elle donc tiré aucune leçon de l'amère expérience de son premier séjour à Rome ?

Benedetti ne lui laissa pas le temps de réfléchir à un éventuel changement de plan : il se leva et se dirigea vers elle. Ce fut si soudain et inattendu que l'envie la prit de tourner les talons et de s'enfuir.

Un sursaut d'orgueil l'en empêcha. Elle rentra le ventre, rajusta sa robe et prépara mentalement un petit discours : « Je regrette d'être venue. Vous êtes un coureur doublé d'un mufle, et je n'aurais même pas dû vous adresser la parole, ce matin. »

Mais alors que Benedetti était à moins d'un mètre d'elle, Ava s'aperçut qu'il ne l'avait pas reconnue : son regard glissait sur elle, lointain, indifférent. Leur rencontre l'avait si peu marqué qu'il avait déjà oublié l'avoir invitée à cette soirée !

Mortifiée, elle décida de l'ignorer. Il prit sa veste, abandonnée sur le dossier d'une chaise, quitta la salle par une porte qui donnait sur un escalier extérieur et disparut dans la nuit.

Alors, comme mue par une volonté indépendante de la sienne, Ava se mit à courir derrière lui. Dans sa hâte, elle perdit une chaussure et, le temps de la retrouver, la rue était vide quand elle y arriva.

Soudain, une haute silhouette émergea de l'ombre des maisons et commença de traverser la place.

Et Ava, qui croyait pourtant avoir banni de sa vie toute forme de déraison, se lança à sa poursuite.

4

Gianluca entendit un bruit de pas précipités, derrière lui. Il se retourna et, l'espace d'un instant, sa poursuivante et lui demeurèrent tous deux parfaitement immobiles, comme hypnotisés l'un par l'autre.

Et puis elle se remit en marche et, pendant qu'elle s'approchait de lui, il se demanda ce qu'était devenue sa volonté de ne plus jamais laisser rien ni personne le prendre au dépourvu.

Il ne l'avait pas reconnue, tout à l'heure, et pour cause : la touriste grincheuse et mal fagotée du matin s'était métamorphosée en vamp. Il l'examina de la tête aux pieds — depuis la racine de ses cheveux dénoués jusqu'au bout de ses chaussures à talons. Et son tailleur-pantalon foncé avait dissimulé ce que sa robe révélait maintenant : des formes généreuses, qu'une taille fine faisait en outre joliment ressortir.

C'était le corps pulpeux que Gianluca avait découvert sept ans plus tôt dans l'herbe du mont Palatin. Un corps à la Gina Lollobrigida, comme il les aimait.

La jouvencelle dont il avait entretenu le souvenir n'avait toutefois jamais vraiment existé que dans ses fantasmes. Et il n'en restait aujourd'hui plus rien.

La distance entre eux diminuant, Gianluca lut dans les yeux de la jeune Australienne une inquiétude mêlée d'espoir, mais ce devait être un effet de la lumière, car elle planta soudain son regard dans le sien — un regard empli de défi.

Le fait qu'elle lui ait couru après n'en procura pas moins à Gianluca une sorte de sombre satisfaction, et il attendit avec curiosité de voir ce qu'elle allait faire.

Le groupe de paparazzi posté de l'autre côté de la place qu'il aperçut soudain du coin de l'œil le força cependant à prendre les choses en main. Si ces journalistes le reconnaissaient, ils fondraient sur lui, et il ne se sentait pas d'humeur à le supporter.

Alors il franchit les quelques mètres qui le séparaient encore de la jeune femme et lui passa un bras autour de la taille.

C'était bien sûr par obligation, et non parce qu'il la trouvait infiniment désirable…

— *Scusi, signorina,* murmura-t-il comme s'il s'excusait de lui avoir barré le chemin.

Et, l'instant d'après, il s'emparait de ses lèvres.

Elle se débattit… et le contact de ce corps voluptueux contre le sien l'excita au plus haut point. Sans vraiment s'abandonner à son baiser, elle cessa ensuite de lutter et, quand il se résigna finalement à rompre leur étreinte, l'envie de la serrer de nouveau dans ses bras le saisit aussitôt. Comment avait-il pu la qualifier d'asexuée ? Elle était la féminité même !

Mais cela ne l'empêchait pas d'être très en colère : elle le fusillait littéralement du regard.

Ce baiser, il le lui avait volé, fut-il contraint d'admettre, mais pourquoi feignait-elle de ne pas le connaître, aussi ? Pourquoi s'était-elle transformée en femme fatale pour venir au Rico's Bar ? Pourquoi était-elle de retour dans son existence ?

Et surtout, qu'allait-il faire maintenant ? Partir en la

laissant en plan, comme elle autrefois, ou bien l'emmener avec lui ?

Ava ne parvenait pas à comprendre ce qui s'était passé. Elle aurait dû s'écarter de Benedetti et s'éloigner... C'était le moment de ressortir de sa vie : il ne lui poserait pas de questions, puisqu'il avait oublié leur première rencontre.

Et, pourtant, elle ne bougea pas. Cet homme produisait visiblement sur ses sens un effet aussi puissant aujourd'hui qu'autrefois. L'accent italien qui chantait dans sa voix grave et la rendait si sexy devait y être pour quelque chose. Et si elle fermait les yeux, comme maintenant, le souvenir de ses lèvres traçant des sillons de baisers sur sa peau lui revenait de façon assez nette pour la faire frissonner. Personne, ni avant ni depuis, ne lui avait donné autant de plaisir.

— *Signora ?*

Ava rouvrit les yeux. Benedetti la fixait avec une intensité qui acheva de la déstabiliser.

— *Signorina,* rectifia-t-elle d'une voix mal assurée. Je ne suis pas mariée.

— D'accord... Vous pensez pouvoir courir, avec ces chaussures ?

— P... pardon ?

— Les hommes postés de l'autre côté de la place sont des paparazzi. S'ils me reconnaissent, votre photo se retrouvera dans des journaux dont vous n'avez sûrement pas envie de faire la une ! Alors vous pensez pouvoir courir avec ces chaussures ?

Sans attendre la réponse, Benedetti la fit pivoter sur elle-même, posa une main dans le creux de son dos et l'entraîna vers la rue du Rico's Bar. Il aurait fallu protester, ou au moins demander de plus amples explications, mais elle en fut empêchée par les émotions contradictoires qui l'agitaient, l'excitation et la colère l'emportant tour à tour l'une sur l'autre.

La pensée de la fontaine de Trevi toute proche lui traversa l'esprit. C'était là qu'elle aurait dû être en ce moment avec Bernard… Là qu'il aurait dû passer à son doigt la bague qu'elle avait choisie… Comment avait-elle pu envisager d'épouser cet homme ?

— Vous êtes venue…, dit soudain Benedetti.

Parlait-il seulement de ce soir ? Bizarrement, Ava eut l'impression que non, mais même si elle avait eu le courage de poser la question, il ne lui en aurait pas laissé le loisir, car il la prit ensuite par la main et se mit à courir.

Ils se retrouvèrent très vite dans une rue où, voyant une limousine noire s'avancer vers eux, Benedetti indiqua :

— Voilà mon chauffeur.

La voiture s'arrêta à leur hauteur, et il lâcha la main d'Ava pour lui ouvrir la portière.

Ses activités professionnelles amenaient parfois la jeune femme à monter dans des limousines, mais celle-ci les dépassait toutes en luxe et en confort.

Benedetti s'assit à côté d'elle sur le cuir souple de la banquette arrière et, dans cet espace clos, sa proximité la rendit nerveuse. Elle regretta de ne plus avoir son manteau — abandonné au vestiaire du Rico's Bar — et tira sur le bas de sa robe, qui avait tendance à remonter sur ses cuisses, avec pour seul résultat d'attirer le regard de Benedetti sur ses jambes. Une lueur de désir s'alluma dans les yeux mordorés de l'Italien, et elle sentit la pointe de ses seins se tendre comme sous l'effet d'une caresse.

— Donnez-moi le nom de votre hôtel, déclara-t-il, et je vous y déposerai… Mais je peux vous emmener d'abord boire un verre, et vous me direz alors ce qui vous amène à Rome.

« D'abord », répéta intérieurement Ava. Et ensuite ? Envisageait-il de l'accompagner dans sa chambre d'hôtel, de passer la nuit avec elle ?

Cette perspective fit courir une onde brûlante dans ses veines. Elle qui se considérait comme une femme pondérée, voilà qu'un simple mot enflammait son imagination...

Comme s'il lisait dans ses pensées, Benedetti jugea alors utile de préciser :

— Nous irons boire un verre dans un lieu public, bien entendu.

A sa grande surprise, Ava se rendit compte que cela ne suffisait pas à tempérer la fièvre de ses sens. Jamais encore sa libido ne s'était manifestée de façon aussi exigeante et brutale !

Afin de calmer ses ardeurs, elle s'obligea à se rappeler que Benedetti avait l'habitude de voir les femmes se jeter à son cou, et qu'elle n'était pas du genre à se prêter à une aventure sans lendemain.

— Je ne coucherai pas avec vous ce soir, annonça-t-elle pour plus de sûreté.

— Je ne me souviens pas de vous l'avoir demandé, répliqua-t-il en lui lançant un regard amusé.

— Je voulais que les choses soient claires, marmonna-t-elle, affreusement gênée.

— Maintenant qu'elles le sont, je peux dire au chauffeur de nous conduire dans un petit café où je sais que nous serons tranquilles ?

— Euh... oui.

Pourquoi avait-elle accepté ? songea-t-elle aussitôt. Que pourrait bien lui apporter un tête-à-tête avec un homme qui évoluait dans un monde aussi différent du sien ? Sous l'apparence sophistiquée que lui donnaient sa belle robe, son maquillage et sa nouvelle coiffure, elle restait une personne de condition modeste, conventionnelle et frileuse dans ses rapports avec le sexe opposé.

Gianluca Benedetti, lui, était né avec une cuillère d'argent dans la bouche. Les femmes devaient se succéder dans sa vie à un rythme effréné, et ce n'était évidemment pas elles qui mettaient fin à leur relation…

— Je vous dois des excuses, observa-t-il après avoir parlé au chauffeur. Je ne vous ai pas vue, au Rico's Bar. J'avais la tête ailleurs.

— Oui, je m'en suis aperçue, et je sais même ce qui vous occupait l'esprit !

Ava n'avait pu s'empêcher d'ironiser, et Benedetti fronça les sourcils.

— Vous étiez assis à côté d'une blonde très légèrement vêtue…, lui rappela-t-elle.

— Ah, Donatella !

Constatant qu'il ne prenait même pas la peine de nier avoir été captivé par sa belle compatriote, Ava eut envie de le gifler. Il n'avait pourtant pas de comptes à lui rendre, et elle n'avait aucun droit sur lui !

Qu'avait-elle donc espéré, en allant au Rico's Bar ? Qu'entre ce matin et ce soir, il se serait souvenu d'elle ? Qu'il aurait ensuite guetté son arrivée, pour lui annoncer qu'il ne l'avait jamais oubliée, qu'il n'avait pas eu son message téléphonique, sept ans plus tôt ?

— J'ai quelque chose à vous dire, déclara-t-elle.

— *Si ?*

— Nous nous connaissions déjà avant aujourd'hui.

— Vraiment ?

— Oui. Mon visage ne vous rappelle rien ?

Benedetti haussa les épaules.

— Je vois beaucoup de gens. Je ne peux pas me souvenir de tous.

— Vous êtes sûr de m'avoir rencontrée ce matin pour la toute première fois ?

— Puisque vous êtes certaine du contraire, rafraîchissez-moi la mémoire !

Pourquoi insistait-elle ? se demanda Ava. Il était absurde de s'attendre à ce qu'un épisode si bref et si lointain l'ait marqué, lui, autant qu'elle.

— Alors ? reprit-il froidement.

— Laissez tomber. C'est sans importance.

— Ah oui ? Vous m'avez suivi ce matin, couru après ce soir, et maintenant, vous me dites que nous nous connaissions déjà… A quoi jouez-vous ?

Ava ouvrit de grands yeux. Pourquoi lui parlait-il sur ce ton hostile ? Qu'était devenu le jeune homme sensible qu'elle avait découvert autrefois sous le masque suffisant du footballeur le plus célèbre du moment ? Elle n'avait certes passé qu'une nuit avec lui, mais pendant cette nuit ils avaient échangé des confidences… Comment avait-il pu se transformer en cet homme dur et soupçonneux, prêt à mettre en doute la pureté de ses intentions ?

— Je ne joue à rien, répondit-elle aussi posément que son désarroi le lui permettait.

— Le soin que vous avez apporté à votre apparence pour vous rendre à une invitation faite en l'air me dit le contraire.

Ces mots lui donnèrent envie de rentrer sous terre. Elle avait eu tort de prendre au sérieux la proposition de Benedetti, ce matin… Elle s'était aussi manifestement trompée, à l'instant, en pensant que son baiser signifiait quelque chose…

Quelle idiote elle faisait !

— Si vous ne vouliez pas que je vienne au Rico's

Bar ce soir, protesta-t-elle néanmoins, il ne fallait pas m'inviter !

Il posa sur elle un regard impénétrable, puis sortit son portable de sa poche et se mit à pianoter sur le clavier.

— C'est vous qui avez convoqué les paparazzi ? lui demanda-t-il au bout d'un moment.

— Quoi ? s'écria-t-elle, indignée. Vous savez ce que vous êtes, *signore* Benedetti ? Un goujat, sous vos dehors d'homme du monde !

— Vraiment ?

— Oui ! Rangez ce téléphone, maintenant, et écoutez-moi !

Benedetti leva les yeux et, devant leur expression sévère, Ava sentit un petit frisson la parcourir. Mais elle avait fait beaucoup de chemin dans la vie, et il était devenu difficile de l'intimider.

— Je n'ai rien à voir avec les têtes de linotte que votre titre et votre fortune font se pâmer devant vous, *principe* Benedetti ! Un magazine économique m'a classée le mois dernier parmi les cinquante femmes d'affaires les plus importantes d'Australie… Ça veut dire que je ne drague pas dans les bars et que ni l'argent des autres ni la notoriété par procuration ne m'intéressent. Quant à ces paparazzi, j'aurais voulu les convoquer que je n'aurais pas su comment m'y prendre !

Soudain au bord des larmes, Ava se tourna vers la vitre, mais une crampe lui tordit alors l'estomac — sous l'effet conjugué de la tension nerveuse et des trois verres de vin qu'elle avait bus à jeun, sans doute…

— Il est plus tard que je ne le croyais, marmonna Benedetti après avoir jeté un coup d'œil à sa montre. Donnez-moi l'adresse de votre hôtel. Je vais vous y ramener.

Il voulait se débarrasser d'elle, mais il n'aurait pas

ce plaisir, se dit Ava. Elle allait prendre les devants, par orgueil…

La limousine venait justement de s'arrêter à un feu rouge. Ava attrapa son sac, ouvrit sa portière, mais trébucha en mettant pied à terre et se retrouva à quatre pattes dans le caniveau.

Ce n'était décidément pas sa soirée ! Jurant entre ses dents, elle se releva et ôta ses chaussures afin de pouvoir marcher plus vite.

A peine avait-elle fait trois pas que la voix de Benedetti retentit dans son dos :

— Evie !

Qui était-ce ? se demanda-t-elle, mais sans se retourner.

Pourquoi le moindre de ses échanges avec un homme se terminait-il par un fiasco ? Les autres femmes avaient une vie sentimentale normale; elles étaient désirées, courtisées, cajolées… Celles qui allaient à Rome n'y connaissaient pas forcément de merveilleuses aventures, mais aucune ne se retrouvait à errer dans les rues en pleine nuit et pieds nus…

Tout en marchant, Ava fouilla son sac à main à la recherche de la carte de son hôtel afin de pouvoir demander son chemin à la première personne qu'elle croiserait. Avec un peu de chance, un taxi libre allait même se présenter…

Un banc de pierre qu'elle n'avait pas vu lui barra soudain le passage, et elle l'aurait heurté si des doigts robustes ne s'étaient refermés sur son bras pour la tirer en arrière.

L'instant d'après, elle avait le nez collé à la chemise de Benedetti. Elle tenta de le repousser… jusqu'au moment où elle se rendit compte qu'il la maintenait serrée contre lui pour l'empêcher de perdre l'équilibre… Mais pourquoi aurait-elle perdu l'équilibre ?

— Vous êtes ivre ! déclara-t-il.

Ce n'était pas un reproche — juste un constat.

« Il faut que je le sois, pour avoir accepté de monter dans votre voiture », voulut-elle répliquer, mais prononcer une phrase aussi longue aurait sûrement aggravé sa nausée.

— Venez, je vous reconduis à votre hôtel, enchaîna Benedetti.

Consciente de ne pas être en état de rentrer seule, Ava renonça à protester et se laissa entraîner vers la limousine.

— Où allons-nous, *principe* ? s'enquit Bruno, le chauffeur de Gianluca par la vitre ouverte de sa portière.

Bonne question !

Evie s'était adossée au capot. Il se tourna vers elle pour lui demander le nom de son hôtel et eut la surprise de la découvrir endormie. Il la secoua légèrement… Aucune réaction.

Notant qu'elle serrait un papier dans sa main, il s'en empara. Il s'agissait de la carte de l'hôtel Excelsior. Un très bon établissement, situé non loin de là.

Gianluca prit la jeune Australienne par le bras pour la ramener dans la voiture. Un souffle léger sortait de sa bouche entrouverte et, pour la première fois de la journée, elle avait le visage détendu. Cela lui donnait un air innocent — l'air d'une femme qui ne fréquentait pas les bars.

Deux autres choses frappèrent soudain Gianluca : sa chute dans le caniveau avait troué ses bas aux genoux, et elle n'avait qu'une robe légère sur le dos. Les nuits romaines étaient fraîches, au printemps… Sans plus réfléchir, il enleva sa veste et la lui posa sur les épaules.

Un homme raisonnable l'aurait ensuite ramenée à

son hôtel et aurait confié à un employé la mission de la conduire dans sa chambre…

Mais comme toute raison semblait l'avoir quitté depuis qu'il avait fait faire un demi-tour spectaculaire à sa Lamborghini, ce matin, il mit la carte de l'hôtel dans sa poche et déclara :

— A la maison, Bruno !

5

— Allez, il faut se lever !

Ces mots prononcés par une voix grave et bien timbrée firent irruption dans le rêve d'Ava.

« Personne n'aura plus le droit de dire que je ne suis pas une femme passionnée ! » pensa-t-elle tandis que, sous ses paupières closes, s'attardait le visage d'un homme au teint mat, aux yeux mordorés et à la bouche sensuelle. Il venait de l'embrasser, et c'était comme si toutes les fibres féminines de son être s'étaient brusquement réveillées après une longue hibernation.

— Allez !

Cette fois, Ava ouvrit les yeux. La version réelle du personnage de son rêve était penchée sur elle.

— Vous !

— Oui, moi, *cara* ! Qui avez-vous donc cru embrasser ? Un autre de vos nombreux soupirants ?

De quoi diable parlait-il ?

Ava posa les deux mains à plat sur son torse et le repoussa sans douceur, mais il ne bougea pas, et son expression était beaucoup moins douce que ses lèvres ne l'étaient l'instant d'avant.

— Ecartez-vous, espèce de…

Faute de savoir comment l'appeler, elle laissa sa phrase en suspens, mais l'effet que lui faisait l'extraordinaire beauté de cet homme rendait ses protestations peu convaincantes à ses propres oreilles.

A celles de l'intéressé aussi, apparemment, car non content d'ignorer son ordre, il fixa tour à tour ses cheveux — en bataille —, ses yeux — bouffis de sommeil —, ses épaules…

Ses épaules *nues*.

Prise de panique, Ava remua les hanches…

Ouf, elle n'était pas *complètement* nue. Le vague souvenir lui revint de s'être déshabillée, à un moment dans la nuit, mais d'une part personne ne l'y avait aidée, et d'autre part, elle avait gardé son slip.

— Ecartez-vous ! répéta-t-elle.

— Je vous préfère quand vous dormez, observa Gianluca.

Puis, avant qu'elle ait eu le temps de réfléchir aux implications de cette remarque, il se redressa, s'éloigna du lit d'une démarche souple et se dirigea vers la porte.

— Où allez-vous ? demanda-t-elle en s'asseyant et en maintenant d'une main le drap relevé sur sa poitrine.

— La matinée est déjà bien avancée… Habillez-vous, Ava !

Une fois seule, elle palpa distraitement du bout des doigts un drap si fin, si doux, que son contact était comme une caresse sur sa peau. Malgré un mal de tête qui ne cessait d'empirer depuis son réveil, elle repensa au baiser de Gianluca et faillit le rappeler. Elle avait remarqué, avant qu'il se détourne du lit, qu'une érection tendait le tissu de son jean de marque. Ils éprouvaient une attirance mutuelle, alors pourquoi ne pas la satisfaire ?

Sa raison reprit heureusement le dessus. C'était en cédant à ses pulsions, la veille, qu'elle s'était attiré tous ces ennuis… Il n'était pas question de les laisser de nouveau la dominer !

« Habillez-vous, Ava ! »

Qu'il aille au diable !

« Habillez-vous... »

«... *Ava !* »

Elle manqua tomber du lit.

Il savait qui elle était !

A peine sorti de la chambre, Gianluca alla prendre une douche froide dans sa salle de bains, et il resta longtemps sous le jet d'eau, à masser les muscles contractés de sa nuque.

Ava...

Et non « Evie », comme il le croyait depuis sept ans. Il avait dû mal comprendre, quand elle lui avait dit son prénom, mais pourquoi ne l'avait-elle pas corrigé ? Et pourquoi ne lui avait-elle pas donné son nom de famille ?

Ces questions le taraudaient maintenant, et une autre venait s'y ajouter, plus troublante encore : pourquoi le souvenir de s'être réveillé seul dans son lit, le lendemain, lui causait-il un douloureux pincement au cœur ?

Bien qu'il n'ait alors que vingt-deux ans, la vie lui avait déjà donné tout ce qui était pour lui synonyme de réussite : une brillante carrière sportive, la faveur des médias et toutes les filles qu'il voulait. Il était même devenu quelque peu blasé dans ce dernier domaine lorsque Evie — non, Eva — l'avait abordé.

Il l'avait pourtant tout de suite trouvée différente des autres, et cette impression s'était confirmée après leur départ de la réception de mariage : elle lui avait demandé de lui faire visiter la ville, si bien qu'il avait dû rivaliser avec des monuments et des personnages historiques pour exister à ses yeux.

Aucune fille avant elle n'avait exigé de lui qu'il joue les

guides touristiques... Aucune n'aurait passé ne serait-ce que cinq minutes seule avec lui sans tenter de le séduire...

C'était donc en toute innocence qu'il l'avait emmenée s'asseoir dans l'herbe du mont Palatin. Elle s'était alors livrée à des confidences, et il croyait se rappeler lui en avoir fait quelques-unes. A un moment, elle s'était mise à pleurer et, comme ses larmes lui paraissaient sincères, il l'avait prise dans ses bras et embrassée pour la réconforter.

Les choses ne seraient pas allées plus loin si elle n'avait senti si bon, si ses lèvres n'avaient été si douces, et son corps, si tentant sous sa robe de demoiselle d'honneur.

Dès cet instant, il avait su que s'engager dans une relation intime avec elle créerait mille complications dans sa vie, mais cela n'avait pas suffi à l'arrêter.

Ce qu'il ne savait pas à ce moment-là, c'est qu'elle le quitterait le lendemain matin sans lui donner aucun moyen de reprendre contact avec elle. Ni qu'il recevrait, juste après avoir constaté son absence, un coup de téléphone qui bouleverserait son existence.

Il ignorait aussi que, sept ans plus tard, un autre appel le réveillerait à 6 heures du matin — celui-ci venant de sa cousine Alessia. La sœur de son mari était à Rome, lui avait dit cette dernière, mais elle refusait obstinément de venir les voir à Raguse. Il fallait que Gianluca l'y amène ce week-end, de force si nécessaire.

« Elle s'appelle Ava Lord et loge à l'hôtel Excelsior, avait ajouté sa cousine. Josh a essayé des dizaines de fois de la joindre sur son portable, mais elle l'a éteint. »

Un deuxième coup de téléphone avait suivi — sur le même thème :

« Il *faut* que tu nous amènes cette fille, Gianluca ! avait insisté sa mère. Nous n'avons pas été très aimables avec elle au moment du mariage de son frère, tes sœurs et moi, et je crains que ce ne soit la raison de son refus de venir nous rendre visite. »

Gianluca ferma le robinet, sortit de la cabine de douche et s'enveloppa dans un drap de bain.

Ava Lord…

Quand sa cousine avait prononcé ce nom, une vérité très dérangeante lui était apparue : sept ans plus tôt, il avait couché avec la sœur du marié.

Le pire étant que le fait de connaître maintenant l'identité de la jeune Australienne ne l'empêchait pas de la désirer — comme en témoignait la méthode stupide qu'il avait choisie pour la réveiller, tout à l'heure : il n'avait pu résister à la tentation de l'embrasser. Même léger, ce baiser avait électrisé ses sens, et la vue des courbes voluptueuses qui se dessinaient sous le coton égyptien du drap n'avait évidemment rien fait pour arranger les choses !

Craignant qu'elle ne remarque le témoignage très concret de son trouble, il avait dû quitter précipitamment la pièce. Il n'était de toute façon plus question de l'ajouter à la liste de ses conquêtes : c'était son invitée, la belle-sœur d'Alessia, la seule femme qu'il n'avait pas le droit de séduire.

Lorsqu'il retourna la voir, il prit soin de frapper d'abord, même s'il s'attendait à la trouver habillée.

Ce n'était pas le cas : elle était assise au milieu du lit, les jambes repliées sous elle, et le drap qu'elle avait remonté sur sa poitrine mettait sa gorge généreuse en valeur plus qu'il ne la dissimulait.

— Pourquoi n'êtes-vous pas encore levée ? s'écria Gianluca.

— C'est tout ce que vous avez à me dire ?

— Non, et puisque nouer une conversation avec un homme dans le plus simple appareil n'a pas l'air de vous gêner, *signorina* Lord, allons-y… Si nous commencions par parler de votre frère ?

La jeune femme tressaillit. Cette suggestion l'avait manifestement surprise.

— Mon frère ?

— *Si*… Josh Lord, le mari de ma cousine Alessia.

— Pourquoi vous intéresse-t-il ?

— C'est lui, je crois, qui se serait intéressé à moi, autrefois, s'il avait appris que j'avais défloré sa sœur dans un jardin public.

Le visage d'Ava exprimait une incompréhension totale. Les interrogations se bousculaient de toute évidence dans sa tête… La veille encore, il affirmait ne pas la connaître, et il se révélait soudain au courant d'une identité qu'elle ne lui avait même pas divulguée sept ans plus tôt…

— Je suis le chef de la famille Benedetti, continua-t-il. Vous en êtes un membre par alliance, et je suis donc responsable de vous pendant votre séjour en Italie.

Ayant ainsi défini la nature de leurs rapports, Gianluca attendit sa réaction, mais il était confiant : elle serait contente d'avoir quelqu'un pour veiller sur elle dans un pays étranger.

Il n'aurait pu se tromper plus lourdement…

— Vous plaisantez, j'espère ?

— Pas le moins du monde.

— Alors je vais devoir vous demander de ne plus vous mêler de mes affaires. Elles ne vous regardent en rien, et permettez-moi d'ajouter que mon frère lui-même n'est pas sous votre responsabilité.

— Bien sûr que si ! En plus d'être le mari de ma cousine, c'est mon employé.

— Non. Il exploite un vignoble près de Raguse…

— Vignoble situé sur des terres qui m'appartiennent.

Cette précision réduisit Ava au silence. Ce n'était pas du tout ainsi que Josh lui avait présenté les choses, les rares fois où ils s'étaient parlé au téléphone : elle le croyait propriétaire de ce vignoble. Quand elle l'avait appelé, quelques jours plus tôt, il avait même argué de sa charge de travail en tant que tel pour ne pas venir la voir à Rome.

— Vous n'êtes visiblement pas enchantée par la situation que crée notre parenté, *signora* Lord, déclara Gianluca, mais je ne le suis pas plus que vous.

— *Signorina,* rectifia-t-elle.

— Oui, *signorina*... Ma mère a éprouvé le besoin de me téléphoner, ce matin...

— J'ai entendu dire que les hommes italiens étaient très proches de leur mère.

— Pas tous. Ma mère et moi, nous ne nous parlons que trois fois par an : à Noël, à Pâques et le jour de son anniversaire. Exceptionnellement, il y en aura une de plus cette année, et vous en êtes la cause, *signorina*.

— Je vous rapproche de votre mère, ironisa-t-elle. Vous devriez m'en être reconnaissant !

Il l'ignora.

— D'après les femmes de ma famille — avec lesquelles je m'efforce d'avoir le moins de contacts possible —, vous refusez d'aller voir votre frère parce qu'elles vous auraient offensée.

Ava nota l'emploi du conditionnel. Gianluca ne voyait sans doute pas comment une personne de condition aussi modeste qu'elle pourrait se sentir offensée par un membre de son illustre famille.

— Qui vous a raconté ça ? déclara-t-elle d'une voix vibrante de colère.

— Ma mère. Mes sœurs et elle se seraient montrées désagréables envers vous au mariage de votre frère.

La *principessa* Benedetti avait effectivement tout fait pour la mettre mal à l'aise, songea Ava. Si elle gardait de son premier séjour à Rome un souvenir douloureux, cependant, la faute en revenait au fils plus encore qu'à la mère.

Mais comme il n'était pas question de le reconnaître à haute voix, elle attendit qu'il parle de leur nuit d'amour, afin de pouvoir lui dire qu'elle n'y attachait aucune importance, que cela appartenait à un passé révolu.

Au bout d'un moment, néanmoins, elle comprit qu'il n'aborderait pas le sujet. Le courage de s'attaquer aux questions délicates lui faisait défaut, comme à tous les hommes.

— Les raisons que j'ai de ne pas aller voir mon frère ne regardent pas les femmes de votre famille, décréta-t-elle.

— Vous devriez en discuter avec elles.

— Non, et j'ai encore moins envie d'en discuter avec vous.

— Tant mieux, parce que votre vie sexuelle ne m'intéresse pas.

— Ma vie sexuelle ?

— Oui. Vous avez parlé *des* raisons de votre refus d'aller voir votre frère… J'imagine que la volonté de rester à Rome pour y prendre du bon temps en fait partie ?

Ava faillit s'étouffer d'indignation, et elle venait tout juste de recouvrer l'usage de la parole quand Gianluca enchaîna :

— Désolé de contrecarrer vos plans, mais ma cousine Alessia et ma mère m'ont chargé de vous conduire à Raguse cet après-midi.

De nouveau muette — mais de stupeur, cette fois —, elle le regarda ramasser les vêtements qu'elle avait laissés tomber par terre, la nuit précédente. Il posa sa robe sur le lit, puis lui tendit un soutien-gorge qu'elle lui arracha pratiquement des mains. Il devait en avoir toute une collection, souvenirs des femmes qui avaient couché dans ce lit avant elle…

— Nous poursuivrons cette conversation quand vous serez habillée, dit-il sur un ton neutre.

Quoi ? Pas de remarques ambiguës ? Pas de questions sur ce qui l'avait poussée à enlever ses vêtements au milieu de la nuit ? Plus aucun signe d'intérêt pour sa nudité ?

Ava eut soudain conscience d'éprouver un sentiment proche de la déception. C'était stupide, et elle se hâta d'orienter ses pensées dans une autre direction. Elle aurait dû s'habiller dès que Gianluca avait quitté la chambre, tout à l'heure, au lieu de rester dans le lit, à se demander ce qu'il savait et ne savait pas.

Il était clair qu'il savait *tout.*

6

— Vous êtes sourde ? Habillez-vous, et nous reprendrons ensuite notre conversation !

— Une minute ! Qu'avez-vous dit sur moi à votre mère ?

— Ma mère ?

— Oui, la femme qui vous a mis au monde... A moins que vous ne vous croyiez sorti de la cuisse de Jupiter, au sens propre comme au sens figuré ?

— Vous avez vraiment envie de parler de ma mère ?

Non ! C'était même sans doute la personne qu'Ava aurait le plus aimé avoir oubliée. Ses activités professionnelles lui avaient fait affronter des requins de la finance dans des salles de réunion où certaines femmes n'auraient même pas osé entrer, mais la *principessa* Maria Benedetti avait réussi, sept ans plus tôt, à la tétaniser d'un simple regard. La famille Lord n'était pas assez bien, à ses yeux, pour les Benedetti.

Mieux valait donc ne pas penser à ce qu'elle dirait de la situation présente : son fils unique, tiré à quatre épingles et aristocrate jusqu'au bout des ongles, obligé de composer avec une roturière vêtue d'un simple drap et souffrant d'une gueule de bois.

Si seulement elle n'avait pas téléphoné à Josh ! songea Ava. Mais elle s'était sentie tellement seule, en arrivant à Rome, qu'elle avait eu envie d'entendre une voix familière. Il s'était montré si distant qu'elle avait ensuite éteint son portable, et maintenant Alessia venait fourrer son nez dans leurs affaires...

— *Signorina* Lord ?

— Quoi ?

— Habillez-vous !

— Pas avant de savoir ce que vous avez dit sur moi à votre mère.

— Je ne lui ai pas parlé de votre présence dans mon lit ce matin, si c'est ça qui vous inquiète.

— Non. Pourquoi l'auriez-vous fait, d'ailleurs ? Il ne s'est rien passé... A moins que vous n'ayez profité de moi pendant mon sommeil ?

Un silence glacial accueillit cette supposition.

— Je ne vous accuse de rien, remarquez ! ajouta la jeune femme.

Nouveau silence.

— Bon, excusez-moi, je ne voulais pas vous offenser..., marmonna-t-elle.

— Vous vous êtes couchée ivre et presque nue dans le lit d'un quasi-inconnu... Ça ne vous suffit pas pour considérer qu'il s'est passé *quelque chose* ? C'est le scénario habituel de vos vendredis soir ?

En Australie, un vendredi soir typique la voyait travailler jusque tard dans son bureau, puis rentrer chez elle et regarder tranquillement un épisode de *Desperate Housewives*. Mais elle aurait préféré mourir plutôt que de l'avouer à Gianluca.

— Je ne supporte pas bien l'alcool, je le reconnais. Et j'avais du vague à l'âme, aussi, si vous voulez le savoir.

— Si c'est à cause du souvenir que vous a laissé notre toute première rencontre, je suis flatté, mais vous devez le chasser.

— Vous croyez vraiment être le seul homme sur la terre ? Vous pensez qu'après vous la certitude de n'en trouver aucun qui vous arriverait à la cheville m'a fait faire vœu de chasteté ? J'ai un petit ami, figurez-vous, espèce de macho arrogant !

— Je vous serais reconnaissant de ne pas m'insulter.

Ava se sentit rougir. Sa véhémence en disait trop sur ses sentiments.

— Euh… oui, je vous demande pardon… Mais vous m'avez provoquée !

— Admettons… Et où est-il, ce petit ami ?

— Ça ne vous regarde pas !

— Il vous laisse sortir seule le soir pour aller vous soûler dans les bars ?

— Je ne vais pas me soûler dans les bars et, si j'en avais envie, je n'aurais besoin de la permission de personne pour le faire !

— Il n'est pas italien, alors.

— Qui ?

— Votre petit ami… s'il existe.

Furieuse, Ava enroula le drap autour de son corps, descendit du lit et se dirigea vers le fauteuil sur lequel était posé son sac. Elle fouilla dedans de sa main libre, et Gianluca lui demanda avec une pointe d'amusement dans la voix :

— Que cherchez-vous ?

— Ceci ! répondit-elle en brandissant son portable.

Elle l'alluma, appuya sur quelques touches, et une photo récente — sa préférée — de Bernard apparut sur l'écran. Il y était assis en face d'elle dans un grand restaurant de Sydney, et présentait l'image de l'homme fiable et sensible dont elle avait besoin — mais qu'il était rarement.

— Voilà mon petit ami ! s'écria-t-elle avant de mettre le cliché sous le nez de Gianluca.

— Vous pourriez mieux faire.

— Pardon ?

— Il n'est pas amoureux de vous, sinon vous ne seriez pas seule ici… Et si vous étiez à moi, l'idée ne vous viendrait même pas de vous conduire comme vous l'avez fait hier soir.

Ava n'en crut pas ses oreilles.

— Si j'étais *à vous* ? Dans quel siècle vivez-vous ? Et qu'est-ce qui vous autorise à émettre un jugement sur ma relation avec Bernard ?

— Il s'appelle Bernard ? déclara Gianluca, une lueur ironique brillant dans ses yeux mordorés.

— Oui, Bernard !

A sa grande consternation, Ava sentit alors des larmes lui nouer la gorge. L'opinion de cet homme sur sa vie sentimentale aurait dû la laisser indifférente, et pourtant elle ne supportait pas qu'il la tourne en dérision.

Pourquoi avait-elle estimé nécessaire de lui mentir à ce sujet, d'ailleurs ? Mieux valait rétablir la vérité, et passer à autre chose.

— Nous devions nous fiancer à Rome, Bernard et moi, mais nous avons rompu… Il faut que je m'en aille, à présent. Sortez de la chambre, pour que je puisse m'habiller, et nos routes se sépareront ensuite définitivement.

Gianluca garda le silence, et Ava comprit pourquoi en lui jetant un coup d'œil : il était occupé à pianoter sur le clavier de son portable. Elle remit le sien dans son sac et chercha ses chaussures des yeux. Ne les voyant pas, elle s'agenouilla et fouilla à tâtons sous le lit.

Cette position n'était pas vraiment gracieuse, et elle faisait en outre ressortir la partie la plus rebondie de son anatomie, mais quelle importance ? Les préférences de Gianluca Benedetti allaient aux femmes ultraminces, et elle n'était donc pas du tout son type… Quant à lui, il était certes beau comme un dieu, mais cela ne suffisait pas à le rendre sympathique…

— Ava.

La façon dont il dit son nom la fit frissonner de la tête aux pieds, et cette réaction involontaire l'agaça. Dans quelques minutes, elle n'aurait heureusement plus jamais l'occasion de l'entendre prononcer son nom.

— Quoi ? grommela-t-elle en se retournant.

Il fixait son postérieur…

Dans sa hâte de se redresser, elle faillit se cogner la tête au montant du lit.

— Qu'est-ce que vous faites, *bella* ?

Etait-ce le fruit de son imagination, ou bien la voix de Gianluca tremblait-elle un peu ? Et pourquoi l'appelait-il « *bella* » ? Par dérision ?

— Mes chaussures… Elles ont disparu.

— Peu importe ! déclara-t-il. Venez là !

Elle hésita, ce qui eut l'air de l'irriter. Il ne devait pas être habitué à ce que les gens — et plus spécialement les femmes — le fassent attendre.

— *Adesso !* J'ai quelque chose à vous montrer !

La patience n'était pas son fort, en effet, et Ava prit un malin plaisir à s'approcher de lui sans se presser. Il lui tendit un smartphone de dernière génération dont elle aurait normalement admiré le design — mais qu'elle manqua laisser tomber en découvrant la photo qui s'affichait sur l'écran.

Celle d'un couple en train de s'embrasser sur une place dont les pavés luisaient doucement sous la lumière des réverbères.

— C'est pris de trop loin, observa-t-elle. Ça pourrait être n'importe qui.

— Passez au cliché suivant !

Elle obéit. Cette photo-là représentait clairement

Gianluca penché vers une femme aux paupières closes et au visage transfiguré par le sentiment que Bernard lui avait reproché d'être incapable d'éprouver : la passion.

— C'est moi ? demanda-t-elle comme si elle avait besoin d'une confirmation pour croire à la réalité de ce qu'elle voyait.

— Qui d'autre ? Bienvenue dans mon monde !

Ava fit défiler les clichés. Sur deux d'entre eux, elle était parfaitement reconnaissable, et le dernier lui arracha un cri de consternation :

— Oh ! mon Dieu ! J'ai l'air énorme !

— C'est tout ce que vous trouvez à dire ?

— Vous n'avez pas à vous plaindre, vous : votre costume n'était pas fait dans un tissu brillant, et vous n'avez pas été pris sous un angle peu flatteur !

— Vous êtes très bien sur cette photo, déclara Gianluca en récupérant son téléphone. Et là n'est pas le problème, de toute façon.

« Très bien » ? Il disait ça juste pour la faire taire… Peu lui importait, à lui, que des milliers de gens la comparent aux mannequins filiformes qu'il affectionnait…

— Vous devez quitter Rome immédiatement ! décréta-t-il.

— Pourquoi ?

— Parce que vous serez pourchassée par les paparazzi, sinon. Vous aurez votre quart d'heure de gloire, mais au prix de la révélation de votre nom, de votre adresse et autres informations personnelles. Moi, je suis habitué, mais pas vous, j'imagine… Alors si vous voulez l'éviter, allez passer quelques jours en Sicile. Ce sera suffisant pour que les médias cessent de s'intéresser à vous.

— Il n'est pas question que je quitte Rome avant de l'avoir moi-même décidé ! C'est vous qui avez causé ce problème, en m'embrassant… A vous de le résoudre !

— Permettez-moi de vous rappeler que vous m'avez couru après… Je n'avais pas trop le choix, ensuite !

Ava faillit s'étrangler. Il l'avait embrassée *par obligation* ?

— Et maintenant, nous faisons la une du torchon le plus vendu d'Italie ! enchaîna-t-il. Mon attaché de presse va heureusement pouvoir dire sans avoir à mentir que vous faites partie de la famille Benedetti, et vous le confirmerez en passant ce week-end à Raguse, là où elle sera réunie.

— Non ! D'une part je n'appartiens pas à la famille Benedetti, et d'autre part, j'ai effectué une réservation pour une visite de la Toscane en voiture.

L'idée qu'elle accomplisse seule cette excursion romantique dut follement amuser Gianluca, car il éclata de rire. Furieuse, elle se jeta sur lui, bras levé pour le frapper, mais il para le coup en refermant la main sur son poignet.

Le drap commença de glisser, et elle n'eut alors d'autre solution pour l'arrêter que de se plaquer contre Gianluca. Elle évita ainsi de se retrouver presque nue devant lui, mais un contact physique aussi étroit ne pouvait pas rester sans conséquences : elle sentit la pointe de ses seins se dresser et le sexe de Gianluca frotter contre son ventre.

Comment la situation avait-elle pu lui échapper aussi vite ? Pourquoi avait-elle réagi avec une telle violence à un éclat de rire qu'elle aurait beaucoup mieux fait de traiter par le mépris ?

— Lâchez-moi ! s'écria-t-elle.

A sa grande surprise, Gianluca obéit. Elle s'écarta de lui juste assez pour remonter le drap sur sa poitrine, avant de reculer jusqu'au lit et de s'y laisser tomber. Dans cette tenue, et face à un homme qui, lui, était habillé, elle se sentait désavantagée : l'impression de manquer de dignité l'empêchait de défendre sa position avec suffisamment d'assurance.

— Je n'appartiens pas à la famille Benedetti, répéta-t-elle, et vous ne pouvez m'obliger à aller nulle part !

Un coup d'œil méfiant en direction de Gianluca le lui montra en train de la fixer d'un air pensif.

Envisagerait-il de lui donner raison ? Dans l'affirmative, cela signifiait qu'elle ne le reverrait sans doute jamais et, au lieu de la réjouir, cette possibilité lui causa un pincement au cœur.

— Et incidemment, observa-t-elle en s'efforçant d'ignorer cette étrange réaction, comment comptez-vous expliquer à votre attaché de presse le fait que vous ayez embrassé un membre de votre famille ?

— Je dirai qu'il s'agissait d'un baiser chaste, transformé en un geste équivoque par l'angle de la prise de vue, répondit Gianluca. Nous avions dîné ensemble chez des amis, et nous rentrions à pied chez moi — parce que je vous loge, évidemment !

Inventer des mensonges semblait lui être naturel. Question d'habitude, sans doute…

— Et nous partons aujourd'hui rejoindre le reste de la famille en Sicile, continua-t-il, pour y fêter l'anniversaire de ma mère.

Cette dernière précision aurait achevé de dissuader Ava d'aller à Raguse si sa décision n'avait déjà été arrêtée. Pour accepter d'assister à une deuxième réunion familiale des Benedetti, il aurait fallu qu'elle soit masochiste, or ce n'était pas le cas.

— Il y aura beaucoup de monde à Raguse ce week-end, poursuivit Gianluca. Ces photos seront commentées, et aucune des personnes qui me connaissent ne croira à l'histoire destinée aux médias… Les gens s'interrogeront sur la nature de nos relations.

— Et ça vous ennuie ? lui lança-elle.

Question rhétorique : elle avait très bien compris qu'il ne voulait pas que ses proches les prennent pour un couple.

— Chez les Benedetti, la tradition exige que le fils aîné se marie et produise un nouvel héritier, déclara-t-il en passant une main nerveuse dans son épaisse chevelure noire. C'est à cause de ça que je n'amène *jamais* une femme à Raguse. Les photos et votre présence à mon côté ce week-end vont me poser des problèmes.

— Ne vous inquiétez pas ! Votre mère me déteste... Elle va sans doute verser de la strychnine dans mon verre, et ça mettra fin aux spéculations.

Ava sentit des larmes lui piquer les yeux. Elle se croyait assez forte pour prendre un rejet avec une certaine philosophie... A tort !

— Je n'irai pas à Raguse, de toute façon, conclut-elle. Les « problèmes » que vous redoutez ne se poseront donc pas.

Restait à savoir pourquoi, en l'espace de quelques jours, deux hommes lui témoignaient aussi peu de considération. En rompant leurs fiançailles par téléphone, Bernard n'avait même pas essayé de ménager ses sentiments. Et Gianluca Benedetti, de son côté, ne faisait aucun effort pour cacher la façon dont il la voyait : comme une erreur de jeunesse, un fardeau encombrant...

Ce mépris n'avait malheureusement rien de nouveau pour elle : en privilégiant toujours ses propres intérêts, en négligeant de plus en plus souvent son droit de visite — pour finir par ne plus l'exercer du tout —, son père lui avait fait connaître très jeune la douleur d'être considérée comme quantité négligeable.

Mais le plus étrange, dans cette histoire, c'était le

fait que le manque d'égards de Gianluca envers elle lui donnait envie de pleurer, alors que celui de Bernard l'avait seulement mise en colère.

Ç'aurait dû être le contraire, non ?

7

Debout devant la fenêtre ouverte du salon, Gianluca vit Ava monter dans un taxi. Elle partait de nouveau en catimini, alors qu'il lui avait expressément demandé de venir le rejoindre au rez-de-chaussée une fois habillée.

Peu de gens osaient le défier et, malgré les ennuis qu'elle lui avait causés, il ne pouvait s'empêcher d'admirer sa détermination.

Sans chaussures et les cheveux ébouriffés, elle avait l'air d'une femme s'enfuyant au lendemain d'ébats amoureux qu'elle regrettait déjà...

C'est ce qui avait dû se produire sept ans plus tôt pendant qu'il dormait, se dit Gianluca. A son réveil, il avait tendu la main, et trouvé la place vide, à côté de lui. Et en se rappelant qu'il n'avait ni le nom de famille de la jeune fille ni ses coordonnées, au lieu du soulagement qu'il éprouvait d'habitude à se voir déchargé de toute obligation envers l'une de ses conquêtes d'un soir, une possessivité dont il se croyait dépourvu s'était manifestée : il avait sauté à bas du lit et enfilé ses vêtements, fermement décidé à retrouver la fugitive.

Le téléphone avait alors sonné... Son père venait de mourir, et ensuite, le temps qu'il ait de nouveau le loisir de partir à la recherche de sa Cendrillon, elle avait disparu sans laisser de traces.

Il s'était intéressé à elle avant même de la reconnaître,

la veille, et cela le déconcertait. Son corps magnifique dissimulé sous des habits informes, coiffée d'un chapeau ridicule et la moitié du visage mangé par de vilaines lunettes de soleil, elle n'avait objectivement rien pour retenir son attention…

C'était donc son inconscient qui l'avait alerté. L'influence des traditions ancestrales héritées de son ascendance maternelle l'avait emporté sur le froid rationalisme qui lui avait permis de créer et de faire prospérer l'un des plus gros consortiums d'Europe…

Les Benedetti maîtrisaient leurs émotions. Ils se considéraient comme des serviteurs de l'Etat et plaçaient le devoir au-dessus de leurs aspirations personnelles. Les Trigoni, eux, gardaient de leurs origines paysannes et montagnardes un attachement à l'honneur qui interdisait de prendre à la légère le fait de dépuceler une jeune fille. Il était même autrefois obligatoire de l'épouser.

Dieu merci, songea Gianluca, les mœurs avaient évolué. Il n'en restait pas moins qu'un lien s'était créé à son insu entre Ava et lui. Enfouie pendant sept ans dans son inconscient, l'existence de ce lien venait de refaire surface…

Et avec lui, apparemment, l'instinct de possession qu'il s'était découvert autrefois, car il ne put contenir un grondement de colère en voyant le taxi d'Ava s'éloigner.

Ce genre d'attitude relevait d'un machisme typiquement latin — dépassé, et même archaïque, Gianluca était assez honnête pour le reconnaître —, mais c'était plus fort que lui : il refusait de laisser sortir une deuxième fois de sa vie une femme dont, pour quelque obscure raison, il avait le sentiment qu'elle lui appartenait.

Assise à l'arrière du taxi, Ava sortit son portable de son sac et entra le nom de Gianluca dans un moteur de recherche. Ce n'était pas de l'indiscrétion, pensa-t-elle. Juste de la curiosité.

Elle apprit ainsi qu'il avait mis fin à sa carrière de footballeur et s'était lancé dans le business. Son nom apparaissait dans un nombre impressionnant d'OPA, de rachats de sociétés, de prises de participation et autres opérations financières qui, toutes, s'étaient révélées fructueuses.

Evidemment, se dit Ava, puisque c'était un Benedetti. Le sens des affaires était inscrit dans son ADN : sa famille possédait des banques depuis des temps quasi immémoriaux. Le consortium Benedetti International était toutefois de création assez récente, et il dominait déjà les marchés... Gianluca devait donc être un businessman *spécialement* avisé.

Décontenancée par ses découvertes, Ava fit ensuite défiler sur l'écran de son téléphone des photos de Gianluca prises lors de diverses manifestations publiques ou privées : premières de films, grandes réceptions mondaines, Coupe du monde de football, mariage princier, match de polo à Bahreïn...

Une jeune femme l'accompagnait immanquablement. Ce n'était jamais la même, mais elles avaient toutes en commun d'être très jolies et vêtues de robes très moulantes.

Leur taux de renouvellement signifiait que Gianluca ne sortait jamais longtemps avec aucune, mais il finirait bien par se plier à la tradition familiale... Il se fiancerait avec une belle aristocrate, lui passerait au doigt une bague sertie d'un énorme diamant, enverrait tous les soirs un orchestre à cordes lui donner la sérénade, l'emmènerait en voyage de noces aux Bahamas...

Bref, elle aurait tout ce dont une femme peut rêver… sauf l'assurance qu'il lui serait fidèle.

Ceci dit, Bernard avait beaucoup moins de choses à offrir à une femme, pensa Ava, et cela ne l'avait pas empêché de la tromper !

Bernard, son petit ami un peu falot, mais bien utile… Avant de faire sa connaissance, elle avait l'impression que les gens la regardaient bizarrement parce qu'elle n'était ni mariée ni même en couple.

A son retour d'Italie, sept ans plus tôt, elle avait cherché à retrouver ce qu'elle avait vécu avec Gianluca Benedetti. Elle était sortie avec un certain Patrick, dont le physique avantageux et la voiture de sport avaient pendant un temps fait illusion, mais elle l'avait quitté au bout de quelques mois : non seulement ce n'était qu'une pâle copie de Gianluca, mais elle avait découvert qu'il n'avait pas abandonné pour elle ses habitudes de play-boy.

Cette expérience l'avait convaincue de consacrer désormais toute son énergie à son travail, mais la brillante réussite professionnelle qui en avait résulté n'inspirait à son entourage qu'un intérêt poli. Ce qu'on retenait, c'était l'absence d'homme dans sa vie.

Sa rencontre avec Bernard, alors qu'elle avait vingt-neuf ans, lui avait permis de devenir enfin une jeune femme comme les autres. Au lieu d'aller seule aux réceptions où ses responsabilités l'obligeaient à se rendre, elle y avait emmené Bernard. Les gens s'étaient habitués à les voir ensemble, les considéraient comme un couple et, peu à peu, ce qui avait débuté comme une simple amitié s'était transformé en liaison.

Cette situation n'avait d'ailleurs pas des avantages que pour Ava : elle convenait aussi très bien à Bernard — au début, tout du moins, avant qu'il aille chercher de la « passion » dans le lit d'une autre.

Ava ne s'était doutée de rien, et pourtant, rétrospectivement, elle se rendait compte que, pendant les six derniers mois de leur relation, tous les signes d'une rupture prochaine étaient là : ils ne faisaient plus l'amour, et Bernard semblait avoir honte d'elle en public. Il lui interdisait déjà de mettre des jupes — une femme avec des hanches comme les siennes ne devait porter que des pantalons foncés, d'après lui — mais il l'obligeait maintenant à boutonner ses chemisiers jusqu'en haut; sa gorge « plantureuse » la faisait ressembler à une entraîneuse, disait-il.

La petite étincelle de désir qui les avait un temps animés s'était éteinte, et Ava se demandait même comment elle avait pu partager pendant deux ans la vie d'un homme qui gardait ses chaussettes au lit.

Ce souvenir la fit grimacer et, sans prévenir, l'image des pieds fins de Gianluca Benedetti et de ses jambes musclées lui revint à la mémoire.

Non, il ne fallait pas !

Elle baissa sa vitre, offrit son visage brûlant à l'air frais du matin... Pourquoi ses pensées la ramenaient-elles toujours à cet homme ?

Pour la première fois de sa vie, le conseil reçu de son père, autrefois, lui parut judicieux : quand elle lui demandait pourquoi il avait quitté la maison, et si c'était sa faute à elle, il lui disait d'arrêter de poser des questions stupides, car elles appelaient des réponses stupides.

Ava ferma les yeux et s'efforça de faire le vide dans sa tête, pour cesser de s'interroger à propos de Gianluca Benedetti.

Plus vite elle l'oublierait, mieux cela vaudrait.

Une fois de retour à l'hôtel Excelsior, Ava se doucha, puis elle enfila un peignoir de bain et rassembla ses affaires. Il ne lui restait plus qu'une demi-heure pour libérer la chambre.

Elle était convaincue de ne rien avoir à se reprocher, alors pourquoi sa conscience la taraudait-elle ? Son frère n'avait sûrement pas envie de la voir… Il lui avait fait comprendre, à l'occasion de son mariage, qu'il n'avait pas besoin d'elle, et leurs liens s'étaient ensuite distendus au point qu'au lieu de l'appeler à Noël et pour son anniversaire, elle se contentait de lui envoyer une carte.

Sept ans plus tôt, dans cette même ville de Rome, elle lui avait dit qu'il commettait une erreur en se mariant si jeune. Il avait répliqué que, s'il avait quitté l'Australie à dix-huit ans, c'était pour échapper à sa férule, et qu'il n'avait pas la moindre intention de suivre ses conseils. De plus, avait-il ajouté, elle ignorait tout de l'amour, parce qu'elle s'intéressait uniquement à son compte en banque. Si jamais un homme la courtisait, ce serait pour son argent, et elle finirait sa vie riche, aigrie et seule.

Quelqu'un frappa à la porte au moment où Ava fermait sa valise. Le petit déjeuner tardif qu'elle avait commandé arrivait.

— C'est ouvert ! cria-t-elle d'une voix que le douloureux souvenir de cette conversation avec son frère faisait un peu trembler.

— Vous devriez être plus prudente, *cara :* Rome est une ville dangereuse pour une femme seule, déclara une voix grave.

Et Gianluca entra dans la pièce avant qu'elle ait eu le temps de lui claquer la porte au nez.

— Vos bagages sont prêts, c'est bien ! reprit-il. Mais il faut vous habiller, maintenant ! Vous n'avez que cette valise, j'espère, parce qu'il n'y a pas beaucoup de place dans la Lamborghini.

— Je n'irai nulle part avec vous ! s'exclama-t-elle.

Puis elle croisa les bras pour cacher des seins dont elle avait senti la pointe se durcir dès que son regard s'était posé sur Gianluca. Vêtu d'une chemise à col ouvert, d'une veste sport et d'un jean noir, il réalisait l'exploit de paraître à la fois élégant et suprêmement viril.

— Arrêtez de jouer à vous faire désirer, dit-il avec un sourire charmeur. Nous partirons pour la Sicile dès que vous vous serez habillée.

— Je ne joue à rien, Benedetti ! Quand je quitterai cet hôtel, ce sera pour aller chercher la voiture que j'ai louée, et prendre la direction de la Toscane.

— Lundi.

— Pardon ?

— Je vous mettrai moi-même dans un avion pour la Toscane lundi — depuis Raguse où vous aurez passé le week-end en famille, comme il se doit.

— Combien de fois devrai-je vous répéter que je n'appartiens pas à votre famille ?

— Que ça vous plaise ou non, vous en faites partie par alliance et, s'agissant de votre frère, la parenté est directe, non ?

— Oui, mais...

— Alors le fait de savoir que Josh a des problèmes financiers ne peut pas vous laisser indifférente... Sous sa direction, l'exploitation du vignoble s'est mise à coûter plus d'argent qu'elle n'en rapporte. Ce n'est pas sans conséquence sur sa relation avec Alessia, et votre présence leur serait peut-être bénéfique.

— Leur couple est vraiment en danger ?

Gianluca ne répondit pas. Il prit la valise et se dirigea vers la porte pendant qu'Ava réfléchissait. Visiter la

Toscane ne lui semblait plus tellement important : Josh avait besoin d'elle.

— Dépêchez-vous de vous habiller, *cara* ! On part dans dix minutes ! annonça Gianluca avant de disparaître dans le couloir.

Il l'attendait dehors, son mètre quatre-vingt-dix nonchalamment adossé à sa belle voiture de sport. Ava rajusta la courroie de son sac à main sur son épaule pour se donner une contenance et s'enjoignit d'arrêter de le dévorer des yeux. Oui, il était superbe, mais mieux valait lui cacher l'empire qu'il exerçait sur ses sens, de crainte qu'il ne s'en serve pour la manipuler.

— On y va ?

Gianluca se contenta de la fixer.

— Qu'est-ce que vous regardez ? demanda-t-elle, mal à l'aise.

— Pourquoi vous habillez-vous comme un homme ?

— Comme un homme ?

— Oui.

Elle était vêtue comme d'habitude d'un chemisier de soie synthétique blanche et de l'un de ces ensembles pantalons bleu marine dont elle possédait une dizaine d'exemplaires. Cette tenue l'amincissait et avait l'avantage de ne pas se froisser… Gianluca n'avait aucune raison de la critiquer, mais sa remarque ne l'en vexait pas moins.

— Seriez-vous devenue lesbienne ? reprit-il.

L'envie de le défier l'emportant sur tout le reste, elle s'écria :

— Oui, je suis devenue une lesbienne militante et totalement allergique aux hommes ! On peut y aller, maintenant ?

Quand il lui ouvrit la portière du passager, elle grommela : « J'aurais pu le faire moi-même », avant de monter dans la voiture. Il referma ensuite la portière, et elle marmonna : « Ça aussi, j'aurais pu le faire moi-même ! »

Trente secondes plus tard, il s'installait au volant et, comme il tardait à démarrer, elle lui lança :

— Qu'y a-t-il ? Je croyais que vous étiez pressé !

— Je vous ai blessée.

— Mais non !

— Si. Je n'aurais pas dû laisser entendre que vous manquiez de féminité à cause de vos choix vestimentaires.

— Pour que votre jugement sur la façon dont je m'habille me blesse, il faudrait qu'il m'importe, or ce n'est pas le cas.

C'était un mensonge éhonté, mais il fallait bien qu'elle se défende !

— Et ce que je vais vous dire maintenant va sans doute vous choquer, enchaîna-t-elle, car aucune femme, à mon avis, n'a encore osé vous parler franchement.

— Vous avez peut-être raison… Je vous écoute !

Cet encouragement la désarçonna, mais elle se ressaisit vite. Il ne l'incitait à l'attaquer que pour mieux l'humilier ensuite.

— Parce que vous êtes beau, riche et sûr de vous, les femmes vous passent tout. Moi, je vous résiste, et ça vous déplaît.

— Vraiment ? observa Gianluca avec un sourire narquois.

Ava détourna les yeux et croisa les bras.

— Vraiment ! répéta-t-elle.

Mais il lui sembla que sa voix manquait de conviction.

8

Gianluca arrêta la Lamborghini devant le perron de sa demeure et mit pied à terre avec une énergie et une détermination en parfait contraste avec l'indécision d'Ava. Elle descendit elle aussi de voiture, mais la confusion qui régnait dans son esprit et ses sentiments l'exaspérait.

— Pourquoi me ramenez-vous ici ? demanda-t-elle.

— C'est là que j'habite.

— Ça, je le sais, et ça ne répond pas à ma question !

Sans plus s'occuper d'elle, Gianluca gravit les marches quatre à quatre. Elle jura entre ses dents et lui emboîta le pas, mais quand elle franchit la porte du *palazzo*, il était déjà à mi-hauteur du majestueux escalier qui fermait le hall dallé de marbre.

— Benedetti !

Aucune réaction.

— Benedetti !

Il s'immobilisa, cette fois, et se retourna.

— Pourquoi me fatiguerais-je à vous donner une explication qui tombe sous le sens ?

Sur ces mots, il se remit en marche, et Ava s'élança à sa poursuite en disant :

— Je pensais que nous irions directement à l'aéroport... C'est pour faire vos bagages, que vous êtes revenu chez vous ?

— Non, et nous n'irons pas à l'aéroport.

— Comment pourrons-nous être en Sicile avant ce soir, dans ce cas ?

Gianluca s'arrêta si brusquement qu'elle se heurta à lui. Il la saisit par le bras pour l'empêcher de perdre l'équilibre et lui adressa un sourire enjôleur. Furieuse, elle se dégagea d'un coup sec et le foudroya du regard.

— Nous irons à Raguse en hélicoptère, annonça-t-il. Un appareil nous attend sur le toit de la maison.

L'idée de voyager en hélicoptère terrifiait Ava et, arrivée sur la plate-forme aménagée tout en haut du *palazzo*, elle fixa avec appréhension l'appareil, dont les rotors tournaient déjà. L'air qu'ils déplaçaient faisait virevolter ses cheveux autour de sa tête, et leur vrombissement lui donnait la chair de poule.

— Il n'est pas question que je monte là-dedans ! cria-t-elle pour couvrir le bruit quand Gianluca l'invita de la main à le suivre.

— Désolé, mais c'est le moyen le plus rapide de nous rendre à Raguse.

Ava pensa à son frère et s'arma de courage. Gianluca l'aida à monter à bord et, une fois assise, elle se dépêcha d'attacher sa ceinture de sécurité. Tous les jours, des dizaines de milliers de gens se déplaçaient en hélicoptère, et les accidents étaient rares, se dit-elle pour se rassurer.

Un homme apporta la valise qu'elle avait laissée dans la Lamborghini et la posa à ses pieds. Gianluca ne l'avait toujours pas rejointe, et elle craignit soudain qu'il ne l'accompagne pas en Sicile.

— Vous n'avez pas le vertige, j'espère ? lui demanda-t-il depuis la plate-forme.

— N… non.

— Et vous ne souffrez pas du mal des transports ?

— Non plus.

— *Bene.*

De façon totalement inattendue, il leva alors la main et lui caressa les cheveux. Elle sentit sa gorge se nouer. S'il se mettait à être gentil avec elle, toutes ses défenses allaient s'effondrer. Seule la colère lui permettait de faire face à une double épreuve : leurs retrouvailles après sept longues années, et la perspective d'affronter de nouveau une famille à qui elle savait n'inspirer que du mépris.

Comme pour lui fournir l'énergie dont elle avait besoin, une bouffée de rage l'envahit soudain, et elle arracha des mains de Gianluca le casque dont il s'apprêtait à la coiffer.

— Je ne suis pas la faible femme que vous semblez voir en moi ! Je ne suis pas malade en voiture, et je n'ai pas peur en avion, même quand il y a des turbulences !

Le pilote éclata de rire et dit quelque chose en italien à Gianluca. Il parlait trop vite pour qu'elle comprenne, mais ce ne devait pas être très flatteur pour elle. Il descendit ensuite de l'appareil, et Gianluca s'installa aux commandes.

— C'est vous qui allez piloter cet engin ? s'écria-t-elle, atterrée.

— Oui. Un homme doit tout essayer au moins une fois dans sa vie.

— « Une fois ? » Ça signifie que…

Ava laissa sa phrase en suspens. Gianluca la taquinait, c'était évident…

L'hélicoptère décolla et, dès qu'elle vit la Ville éternelle se déployer sous ses pieds, la jeune femme sentit son appréhension céder la place au sentiment exaltant de vivre un moment exceptionnel.

Elle, la très ordinaire Ava Lord, à qui rien de marquant n'arrivait jamais qu'elle n'eût planifié et organisé, elle était en train de survoler Rome en compagnie du descendant de l'une des plus illustres familles d'Italie !

— C'est beau, non ? observa Gianluca.

Elle se tourna vers lui. Ses yeux au pouvoir quasi hypnotique la fixaient, et un sourire amusé flottait sur ses lèvres sensuelles.

Que lui répondre sans paraître stupide ? Il n'était pas question d'avouer qu'elle se sentait aussi excitée qu'une petite fille faisant sa première expérience des montagnes russes !

Il fallait pourtant dire quelque chose…

— Quand avez-vous appris à piloter un hélicoptère ? demanda-t-elle.

— Pendant mon temps de service dans la *Marina militare*.

— La marine italienne ?

— *Si*, et l'aéronavale, plus précisément.

La surprise la laissa un instant sans voix. Gianluca Benedetti le viveur, le dandy, avait été militaire ?

— C'était avant que vous deveniez une star du football professionnel, ou après ?

— Ma carrière sportive n'a occupé qu'une très petite partie de ma vie, vous savez !

— Ah bon ? Je m'étais imaginé…

Ava s'interrompit. Ce qui s'était passé dans sa tête au cours de ces sept dernières années était trop personnel et révélateur pour qu'elle en parle à Gianluca.

— Continuez ! insista-t-il.

— Non. Je n'ai aucune imagination, en fait.

Ou du moins elle s'efforçait de la brider depuis que le divorce de ses parents lui avait appris que rien ne se passerait jamais comme dans ses rêves d'enfant.

Il lui avait alors fallu se concentrer sur la réalité — une réalité qui n'avait rien de réjouissant —, si bien que les gens avaient fini par la cataloguer comme une fille ennuyeuse et rabat-joie. Pendant toute sa scolarité, elle avait été celle qui manquait d'humour, n'avait pas d'amis, portait toujours des vêtements démodés...

Mais, adolescente, peu lui importait de ne pas être populaire : elle était trop occupée à veiller sur sa mère, à s'assurer que Josh faisait ses devoirs, et à compléter les maigres revenus du foyer en travaillant le soir et le week-end.

— Combien de temps êtes-vous resté dans l'armée ? demanda-t-elle pour changer de sujet.

— Deux ans. J'ai effectué trois périodes de service en Afghanistan.

— Dans des zones de combat ?

— *Si*. Je faisais partie d'une unité de sauvetage.

— Qu'est-ce qui vous avait poussé à vous engager ?

— J'aime voler, et j'aime les défis. L'aéronavale possède le meilleur matériel du monde... J'avais envie de le tester.

— Je ne trouve pas que ce soit une raison suffisante pour aller risquer sa vie sur un théâtre d'opérations !

— Il y en a de pires, et puis les footballeurs ne brillent pas tous par leur intelligence !

— Je ne pense pas que vous en manquiez, dit Ava. J'en veux pour preuve la stature d'homme d'affaires que vous avez acquise à trente ans à peine.

— Vous êtes bien renseignée ! observa Gianluca en lui lançant un coup d'œil surpris.

Et elle, qui ne rougissait jamais, sentit ses joues s'empourprer.

— Je me rappelle que vous n'aviez pas envie de travailler aux côtés de votre père, éluda-t-elle. Vous avez donc changé d'avis...

— Non. Quand j'ai quitté la marine, la banque privée Benedetti n'existait plus.

— Mais vous aviez des relations.

Un petit rire sans joie accueillit cette remarque, et Ava regretta soudain d'avoir abordé ce sujet.

— Je me suis retrouvé sans autre bien qu'une Maserati. J'ai investi l'argent de sa vente dans l'entreprise de construction navale d'un ami, et ensuite, à coups de prises de participation successives, je suis arrivé là où j'en suis aujourd'hui. Ce genre d'opération financière peut rapporter gros, mais il est risqué, et peu de gens ont le courage de s'y livrer.

Ava était bien placée pour le savoir : elle faisait partie de ces gens.

Ce que Gianluca venait de lui raconter changeait cependant l'opinion qu'elle avait de lui. Il n'était pas le fils de famille qui avait toujours eu la vie facile, finalement. Il avait participé à une guerre alors que rien ne l'y obligeait, fait ensuite son chemin dans le monde des affaires à la force du poignet… Ava comprenait mieux, maintenant, d'où venait le noyau de dureté qu'elle percevait en lui depuis la veille.

— Ça devient difficile, n'est-ce pas ? déclara-t-il, rompant le silence qui s'était installé dans l'habitacle.

— Difficile de quoi ?

— De trouver des raisons de me détester.

— Je n'ai jamais dit que je vous détestais !

— Vous ne l'avez jamais *dit,* en effet, mais, maintenant que nous nous connaissons mieux, nous devrions envisager de faire quelque chose ensemble.

Le souvenir de ce qu'ils avaient fait ensemble sept ans plus tôt revint à la jeune femme avec une telle clarté que le rouge lui monta de nouveau aux joues.

— Q… quelque chose ? bredouilla-t-elle.

— *Si,* répondit Gianluca avec un petit sourire, comme

s'il avait deviné la raison de son embarras. Vous êtes manifestement très douée.

— Je... je ne sais pas...

« Reprends-toi, Ava ! Ce n'est pas de sexe qu'il parle ! »

— La Lord Trust Company, la société de courtage que vous avez créée il y a quatre ans, est une société florissante, non ?

— Vous avez enquêté sur moi ?

— Je suis toujours à la recherche de nouvelles prises de participation, alors si vous voulez vous développer...

Pour la première fois depuis très longtemps, cependant, Ava se moquait éperdument du devenir de sa société. Elle avait les yeux rivés sur les mains de Gianluca et les revoyait posées, fines et brunes, sur sa peau blanche... Elle se rappelait aussi s'être offerte à leurs caresses avec un abandon qui l'étonnait encore.

— Ava ?

— Euh... oui. Quand avez-vous enquêté sur moi ?

— Ce matin, en buvant mon café, et ne vous avisez pas de me le reprocher, car il est évident que vous avez fait la même chose pour moi.

— Oui, dans le taxi qui me ramenait à mon hôtel.

La mer commençait d'apparaître au-delà du terrain accidenté qu'ils survolaient, et Ava se tut, fascinée par la beauté du paysage. Elle avait vu des cartes postales de la Côte amalfitaine, avec ses falaises escarpées et ses villages pittoresques, mais aucune photo ne pouvait rendre la splendeur de ce qu'elle avait sous les yeux.

— Alors, ça vous plaît ? demanda Gianluca.

— C'est magnifique ! J'aimerais... Non, rien.

— Si, dites-moi ce que vous aimeriez !

Etre la jeune fille qu'elle était sept ans plus tôt — plus douce que la femme d'aujourd'hui, prête à exprimer ses sentiments pour la première fois de sa vie au lieu de se tenir constamment sur ses gardes de peur d'être critiquée, ridiculisée, rejetée… Son histoire personnelle lui avait appris très tôt que les gens avaient tendance à profiter de la vulnérabilité des autres et à trahir leurs promesses.

Ces leçons, elle les avait appliquées au monde des affaires, et cela lui avait très bien réussi. Mais c'était également elles qui lui avaient fait quitter le lit de Gianluca au petit matin, autrefois, et elle regrettait aujourd'hui de ne pas avoir donné à leur nuit d'amour une vraie chance de déboucher sur quelque chose de durable.

Elle regrettait aussi que ce voyage ne soit pas une escapade romantique, effectuée avec Gianluca au début de leur relation, quand tout était encore possible, avant qu'il devienne un play-boy blasé, et elle, une femme toujours sur la défensive.

Dieu merci, Gianluca renonça à insister pour qu'elle lui confie ses pensées, et d'autres préoccupations ne tardèrent d'ailleurs pas à les chasser : alors que l'hélicoptère arrivait en vue d'une ville accrochée à flanc de montagne, il perdit soudain de l'altitude, piqua du nez…

Le cœur d'Ava s'arrêta de battre. Ils allaient s'écraser…

Et puis l'appareil se redressa et s'immobilisa dans les airs, au-dessus d'une aire d'atterrissage aménagée au milieu d'une pinède.

La jeune femme poussa un soupir de soulagement. Contrairement à ce qu'elle avait craint, Gianluca n'avait à aucun moment perdu le contrôle de l'appareil, mais pourquoi cet arrêt sur la côte amalfitaine ? C'était Raguse, leur destination, non ?

9

Gianluca coupa les gaz, et la rotation des hélices ralentit peu à peu.

— Que se passe-t-il ? dit Ava en enlevant son casque. Nous n'avons rien à faire ici !

— Moi, si ! J'avais une réunion programmée à Rome cet après-midi, et j'ai décidé de la tenir dans un hôtel de Positano, par visioconférence.

— Quoi ? s'écria-t-elle, interdite.

Mais Gianluca avait déjà sauté à terre, et elle dut attendre de l'avoir rejoint sur le plancher des vaches pour lui exprimer sa colère. Il faisait ça uniquement pour la déstabiliser, elle en était sûre !

— Ce n'est pas ce dont nous étions convenus, Benedetti !

— Détendez-vous ! L'hôtel appartient à un de mes amis… Je l'ai prévenu de notre arrivée, et il va nous réserver le meilleur des accueils. Nous allons nous détendre, profiter des installations et rattraper le temps perdu… Sept ans, c'est long, non ?

Que voulait-il dire ? se demanda Ava, le cœur battant.

L'apparition de deux hommes dans la clairière l'empêcha de poser la question. Gianluca leur donna des instructions concernant les bagages, ajouta quelque chose qu'Ava ne comprit pas, puis il s'éloigna de l'appareil sans plus s'occuper d'elle.

— Je croyais que nous devions aller directement de Rome à Raguse ! cria-t-elle en trottinant derrière lui.

— Arrêtez de vous plaindre ! J'ai une petite affaire à régler. Pendant ce temps, vous pourrez vous reposer, et ensuite nous nous tiendrons mutuellement compagnie. Un peu de farniente ne me fera pas de mal à moi non plus.

— Et mon frère ?

— Hier encore, son sort vous importait si peu que vous refusiez de lui parler au téléphone !

— Comment le savez-vous ?

Gianluca ignora la question. Ava pressa le pas pour se porter à sa hauteur, et il reprit alors :

— Vous n'êtes visiblement pas très proches et, pendant le trajet jusqu'ici, je me suis demandé si votre brusque besoin de voler à son secours n'avait pas pour motivation secrète le désir de passer du temps avec *moi*… Je pense que oui, et j'ai donc décidé de satisfaire pleinement ce désir.

— Vous êtes d'une fatuité…

Ava laissa sa phrase en suspens. Ils étaient arrivés en haut d'un escalier si étroit et si raide qu'elle jugea plus prudent d'attendre d'être en bas pour exprimer son indignation.

Il faisait ici beaucoup plus chaud qu'à Rome, et son tailleur-pantalon n'était adapté ni à la température ambiante, ni à un effort physique de ce type, si bien qu'elle fut rapidement en nage. Gianluca, devant elle, descendait les marches d'un pas vif et régulier. Elle avait du mal à le suivre, ce qui attisa sa colère contre lui. De quel droit prenait-il seul des décisions qui la concernaient elle aussi ? Dès que sa valise lui serait rendue, elle appellerait un taxi et se rendrait à l'aéroport le plus proche !

L'escalier débouchait sur un chemin qui serpentait à

travers les arbres. Une fois en terrain plat, Ava parvint à rattraper Gianluca, et elle lui lança :

— Comment avez-vous pu croire que j'accepterais de rester ici pour vous tenir compagnie, comme si j'étais votre… concubine ?

— Vous avez trop d'imagination, *cara*.

— Je vous ai déjà dit que je n'en avais aucune, et je trouve intolérable que vous disposiez ainsi de mon temps !

— Vous êtes en vacances, non ?

— Oui, mais ce sont *mes* vacances, et rien ne vous autorise à en changer d'autorité le déroulement. Pour vous, un homme sait forcément mieux qu'une femme ce qui est bon pour elle ? Mais dans quel siècle vivez-vous donc ?

— C'est la deuxième fois que vous me posez cette question.

— Oui, on se demande bien pourquoi !

Gianluca se tourna vers Ava, et elle s'efforça de rester insensible à son regard lumineux, au sourire charmeur qui jouait sur ses lèvres…

— Depuis que nous nous sommes retrouvés, vous décidez de tout à ma place ! enchaîna-t-elle. Vous critiquez même la façon dont je m'habille, comme si seul le souci de plaire aux hommes devait guider les choix vestimentaires d'une femme !

— Vous êtes manifestement d'un avis contraire.

Ava poursuivit sans tenir compte de cette interruption :

— Et vous vous êtes comporté hier soir comme si j'avais commis un crime en vous disant que nous nous connaissions déjà.

— Je suis d'un naturel méfiant.

— Vous craignez de vous faire piéger par une aventurière ? Vous avez dû être déçu en apprenant que je n'en étais pas une !

— Les choses auraient été plus simples, si ça avait été le cas.

Ne sachant trop comment interpréter cette remarque, Ava décida de l'ignorer.

— Je vous plains, d'être toujours obligé de vous demander si c'est à vous ou à votre compte en banque que les femmes s'intéressent ! Quant à vous, vous les traitez comme des objets sexuels… Ce genre de comportement n'a plus cours depuis les années soixante-dix, c'est-à-dire depuis que Sean Connery ne joue plus James Bond !

— Sean Connery a incarné James Bond jusque dans les années 1980, mais continuez ! J'aimerais en savoir plus sur ce que vous pensez de moi.

Le sourire malicieux qui ponctua ces derniers mots agaça prodigieusement Ava.

— Ce que vous voulez en fait, comme tous les hommes, c'est entendre chanter vos louanges !

— *Tous* les hommes ? C'est votre vaste expérience du sexe opposé qui vous permet de dire ça, *cara* ?

Ava regretta alors de ne pas avoir eu une centaine d'amants au cours des sept années précédentes. Il lui semblait soudain qu'en multipliant les aventures elle aurait fait un meilleur usage de son temps qu'en fondant une société et en réussissant à lui donner une dimension nationale.

— Comment osez-vous porter un jugement sur ma vie sexuelle quand la vôtre est aussi peu recommandable ? s'écria-t-elle.

Gianluca la regarda, l'air de ne pas comprendre ce qu'elle disait. Ava elle-même avait conscience de tenir des propos injurieux, mais cet homme la rendait folle. Depuis qu'il était de retour dans son existence, elle, d'ordinaire si posée, se découvrait bouillante, impétueuse…

Passionnée.

Bien que perturbée par cette pensée, elle continua sur le même ton, parce que la colère lui permettait de tenir tous les autres sentiments à distance. Gianluca Benedetti était certes de retour dans son existence, mais il en ressortirait vite : les hommes comme lui ne s'intéressaient jamais longtemps à une même femme.

— Vous êtes fier de mener une vie de débauche ? Vous pensez que changer de partenaire sexuelle comme de chemise fait de vous quelqu'un de remarquable ? Eh bien, c'est une preuve de médiocrité, au contraire !

Le sourire de Gianluca s'effaça et ses mâchoires se crispèrent. Elle prenait peut-être les choses trop au sérieux, mais lui, il les prenait trop à la légère, et elle n'était pas mécontente de constater que son attaque avait porté.

— Oui, de médiocrité ! insista-t-elle. Et même de faiblesse, puisqu'il suffit à une femme de vous faire quelques avances pour que vous lui cédiez !

Gianluca s'arrêta net et se tourna vers elle.

— Comment expliquez-vous, dans ce cas, que je ne vous aie pas cédé, hier soir ? Serait-ce parce que, tout « faible » que je sois, vous ne me plaisez pas assez ?

Ces mots l'atteignirent en plein cœur. Gianluca se remit en marche, mais s'immobilisa quelques mètres plus loin. Ava le rejoignit et vit qu'un portillon perçait le mur de pierre qui bordait le sentier.

Le visage sombre, Gianluca l'ouvrit sans douceur, le franchit et attendit qu'Ava l'ait imité pour le refermer. Elle se retrouva sur une route inondée de soleil. La luminosité lui donna mal aux yeux, et la température était ici beaucoup plus élevée qu'à l'abri des arbres, mais elle n'y prêta pas attention. Les mots de Gianluca l'avaient terriblement blessée. Elle n'avait pas été tendre avec lui, d'accord, mais il avait fondé sa contre-attaque sur un mensonge, et c'était quelque chose qu'elle ne pouvait pas laisser passer.

— Je ne vous ai pas fait d'avances, hier soir !

— Vous en êtes sûre ?

— Oui, sinon je m'en souviendrais !

— Vous étiez ivre !

— Et, en parfait gentleman, vous vous êtes donc borné à me prêter votre lit...

Ava se dit qu'elle avait tort d'insister : alors que Gianluca semblait jusque-là amusé par leurs joutes verbales, il était maintenant très en colère contre elle.

— Je n'ai pas profité de vous pendant que vous étiez sous l'emprise de l'alcool, déclara-t-il sur un ton froid, mais vous ne cessez de revenir là-dessus, comme si vous le regrettiez ! Ça m'oblige à me demander si vous n'aviez pas dès le départ pour objectif de me séduire.

Il s'éloigna ensuite à grands pas, et la jeune femme, atterrée, dut courir pour le rattraper.

— Vous vous trompez ! Je ne...

— Franchement, Ava, cette histoire ne m'intéresse plus ! coupa-t-il avec un haussement d'épaules. Si vous avez besoin de justifier votre conduite à vos propres yeux, consultez un psy... C'est ce que font les femmes comme vous, non ?

— Les femmes comme moi ?

— Oui, celles qui vivent dans un état de stress permanent prennent tout au tragique et sont frustrées sexuellement.

C'était ainsi que Gianluca la voyait ? Ava faillit protester haut et fort...

L'en empêcha au dernier moment le sentiment qu'il y avait peut-être du vrai dans son analyse.

Où Ava était-elle allée chercher qu'il traitait les femmes comme des objets sexuels ? se demanda Gianluca en longeant la route qui les mènerait à l'entrée principale de l'hôtel. Pourquoi l'accusait-elle de mener une vie de débauche ?

Cette dernière faute, il se l'était pourtant déjà entendu reprocher...

Sept ans plus tôt, lors d'une dispute avec son père qui criait si fort que son visage était devenu cramoisi. Car pour la première fois dans l'histoire de leurs relations conflictuelles, Gianluca avait osé le défier ouvertement : oui, il allait renouveler son contrat avec son équipe de football ! Non, il ne s'engagerait pas dans l'armée ! Quant à sa vie privée, si l'envie le prenait de coucher avec toutes les femmes de Rome les unes après les autres, eh bien, il le ferait !

Etait-ce à ce moment-là que son père avait éprouvé sans le savoir les prémices d'une crise cardiaque ? Cette étrange coloration du visage était-elle le signe annonciateur de l'infarctus qui allait le terrasser ? Gianluca aurait-il pu le sauver, en l'emmenant s'allonger, puis en appelant un médecin ?

Le sentiment de culpabilité qui l'avait submergé à l'annonce de la mort de son père ne disparaîtrait jamais complètement, mais les violentes critiques d'Ava avaient fait remonter à la surface le douloureux épisode de cette querelle.

Il marchait maintenant en silence, afin de ne pas laisser la colère l'envahir et l'amener à dire des choses qu'il aurait plus tard regrettées.

Cette femme était décidément différente de toutes celles qu'il avait connues ! Elle ne cessait de l'agresser... mais il devait bien reconnaître que leurs prises de bec lui procuraient le plus souvent un mélange d'amusement et d'excitation.

C'était étrange, car il évitait d'habitude soigneusement d'entrer en conflit avec les femmes. Il avait trop de fois entendu ses parents se quereller pour ignorer qu'un homme ne sortait jamais vainqueur d'une dispute avec un membre du sexe opposé.

Aucune de ses petites amies ne lui avait d'ailleurs posé ce genre de problème : il pouvait leur arriver de bouder, mais il suffisait de leur faire un peu de charme pour qu'elles retrouvent le sourire.

Depuis la veille, cependant, le fleuve tranquille de ses rapports avec les femmes connaissait de sérieux remous. Ava le faisait passer par toute la gamme des émotions — de la surprise à la colère, de l'agacement à l'admiration —, et ce, sans cesser de lui inspirer un désir irrépressible.

Habillée comme elle l'était et n'hésitant pas à l'insulter, elle aurait pourtant dû profondément lui déplaire !

Par chance, elle ne semblait pas se rendre compte de l'empire qu'elle exerçait sur lui.

Cette pensée rassura Gianluca, mais il regrettait maintenant d'avoir amené Ava sur la côte amalfitaine. Il aurait dû la conduire directement à Raguse, au lieu de satisfaire l'envie qu'il lui prêtait de passer du temps avec lui…

Au lieu de céder à son propre désir de l'avoir pour lui tout seul.

10

Les surprises que Gianluca Benedetti lui réservait depuis la veille se poursuivirent avec l'hôtel qu'Ava découvrit au terme de leur marche : loin du palace au luxe ostentatoire auquel elle s'attendait, c'était un bâtiment tout simple, de taille modeste et plein de charme.

Quand Gianluca entra dans le hall, sa veste un peu fripée sur le bras, les manches de sa chemise relevées et ses chaussures couvertes de poussière, il aurait encore pu poser pour une publicité de parfum masculin haut de gamme. Cet aspect « négligé » ne faisait qu'ajouter à sa séduction.

Avec ses cheveux ébouriffés par le vent, son visage luisant de sueur et sa tenue complètement inadaptée à un lieu de villégiature, Ava, elle, se sentait à la fois laide et ridicule.

Trois jolies filles court vêtues et aux jambes interminables étaient en train de s'approcher de la sortie, et elles pouffèrent lorsque Gianluca leur tint la porte. L'une d'elles s'arrêta même pour lui dire quelques mots, et il lui répondit avec force sourires.

La conversation s'éternisant, Ava faillit intervenir, mais décida à la place de se débrouiller toute seule et se dirigea vers le bureau de la réception.

L'employé lui apprit qu'elle ne pourrait se rendre à Raguse depuis la côte amalfitaine ni par avion ni par bateau avant le lendemain matin. Résignée à passer le reste de la journée et la nuit dans cet hôtel, elle tendait son passeport au réceptionniste quand la voix grave de Gianluca résonna dans son dos :

— Sa chambre est déjà retenue, Pietro !

Cette réservation devait être la partie des instructions données à l'héliport qu'elle n'avait pas comprise, songea la jeune femme.

— Comme je vous le disais, Pietro, je désire prendre une chambre pour la nuit, insista-t-elle néanmoins. Avec vue sur la mer, si possible.

Le réceptionniste interrogea Gianluca du regard, et Ava, exaspérée, se retourna.

— Mêlez-vous de vos affaires, Benedetti !

Il lui opposa un silence réprobateur, et elle sentit toute son assurance la quitter. Parce que c'était la jalousie qui la rendait belliqueuse. Elle aurait voulu que Gianluca lui consacre toute son attention, mais pourquoi préférerait-il à une jeune fille fraîche et souriante une trentenaire échevelée et en sueur — en plus d'être mal embouchée ?

— Je vous demande pardon, marmonna-t-elle. Je n'aurais pas dû vous parler sur ce ton.

— Il est déjà tard, déclara-t-il d'un ton neutre. Vous avez besoin de vous reposer, et moi, une visioconférence m'attend… Je prendrai ensuite les dispositions nécessaires pour que vous puissiez partir demain matin pour Rome ou Raguse — à votre convenance.

Ce revirement inattendu chassa le reste de colère qu'Ava éprouvait contre lui, mettant à nu ses véritables sentiments. Elle avait envie de poser la tête sur l'épaule de Gianluca, de s'excuser pour toutes les horreurs qu'elle lui avait dites, de sentir de nouveau ses lèvres sur les siennes…

Mais il ne risquait plus de l'embrasser, maintenant !

Malheureuse mais résignée, elle cessa de protester et le suivit dans l'ascenseur. Là, il sortit son portable de sa poche et se mit à pianoter sur le clavier — manière efficace sinon subtile de créer entre eux une distance dans l'espace exigu de la cabine.

Le regard d'Ava se posa distraitement sur son reflet dans le grand miroir fixé à la paroi, et quelque chose lui sauta alors aux yeux : Gianluca avait eu raison de critiquer ses vêtements ; ils ne l'avantageaient pas.

Son tailleur-pantalon bleu marine et son chemisier blanc boutonné jusqu'au col gommaient ses formes et lui enlevaient toute féminité. Gianluca avait eu l'air de le regretter, et il n'était pas surprenant, dans ces conditions, qu'il se moque de savoir si elle serait le lendemain à Rome, à Raguse ou ailleurs.

Quand l'ascenseur s'immobilisa, elle suivit Gianluca jusqu'à une porte, qu'il ouvrit avant de s'écarter pour la laisser passer. Et là encore, elle fut agréablement surprise : cet établissement appartenait à la catégorie des hôtels-boutique qui, contrairement aux grandes chaînes hôtelières luxueuses mais standardisées, cultivaient un style unique.

Un décor à la fois intime et raffiné, un personnel qui traitait les gens comme des invités plus que comme des clients, assuraient leur succès grandissant. Ava en avait entendu parler, mais sans avoir encore eu l'occasion d'en goûter les charmes.

Les murs de la chambre qu'elle venait de découvrir étaient lambrissés de bois précieux, le sol était recouvert d'un plancher marqueté, et le mobilier se composait d'un savant mélange d'éléments anciens et contemporains. La pièce jouissait d'une vue exceptionnelle sur la mer, et ses ouvertures en ogive donnaient l'impression de se trouver dans un château de conte de fées.

C'était si beau qu'Ava avait les larmes aux yeux. Se rappelant alors que cet hôtel appartenait à un ami de Gianluca, elle y vit un moyen de renouer le dialogue avec lui, de prouver qu'elle pouvait se montrer aussi avenante et sociable que les jeunes filles croisées tout à l'heure dans le hall.

Elle s'éclaircit la voix, mais, au moment de parler, ce fut son esprit pratique qui reprit le dessus :

— J'insiste pour payer…

Gianluca referma la porte à la volée.

L'espace d'un instant, Ava resta comme pétrifiée.

C'était la première fois qu'il se montrait grossier envers elle. Il avait tenu la porte à ces jeunes filles, s'était attardé avec l'une d'entre elles, tout sourire, le charme personnifié… A elle, il faisait ouvertement la tête et lui claquait la porte au nez…

Ava se retrouva ensuite dans la salle de bains sans trop savoir comment elle y était arrivée. Elle commença de se déshabiller et, comme ses mains tremblantes avaient du mal à déboutonner son chemisier, elle tira d'un coup sec. Il se déchira, mais peu lui importait : sa penderie, à Sydney, en contenait des dizaines d'autres exactement semblables.

Et son pantalon n'eut pas droit à beaucoup plus d'égards — il ne le méritait pas.

La douche aurait dû la détendre, lui permettre de faire le vide dans sa tête… Au lieu de ça, les pensées continuèrent de se bousculer dans son esprit pendant que l'eau ruisselait sur sa peau.

A quoi bon le nier ? Gianluca Benedetti l'attirait irrésistiblement… Mais c'était un homme qui sortait avec des mannequins et des actrices, qui aimait les plaisirs de la chair et ne se privait pas d'y goûter… Elle, Ava, pensait au travail pendant qu'elle faisait l'amour et avait honte de son anatomie…

Il lui avait dit qu'elle était frustrée sur le plan sexuel… Il n'avait pas complètement tort ! Et elle avait été injuste, en l'accusant de mener une vie de débauche : il s'était engagé dans l'armée, avait participé à une guerre et bâti ensuite un empire financier à partir de rien…

Le temps de sortir de la cabine de douche et de se sécher, Ava regrettait amèrement d'avoir gâché par son agressivité le peu de chances qu'elle avait jamais eues de plaire à Gianluca Benedetti.

Sa valise avait été montée dans la chambre. Il n'était pas question de remettre un pantalon, et comme elle ne comptait pas ressortir Ava enfila le short et le débardeur qui lui servaient de pyjama. Elle allait commander un repas au room service, puis téléphoner à PJ, sa secrétaire, pour savoir comment les choses se passaient sans elle au bureau.

Sauf qu'il était en ce moment 4 heures du matin en Australie.

Il lui fallait donc trouver autre chose pour s'occuper… Le reste de sa journée s'annonçait long et ennuyeux.

Le reste, aussi, de l'existence sans passion ni surprise que ce voyage en Italie était censé changer.

Ava s'étendit sur le lit. Sa tentative pour mettre un peu de piment dans sa vie était un échec, et elle ne voyait pas comment les choses pourraient s'améliorer.

Assis devant un écran, dans la salle de conférences de l'hôtel, Gianluca n'écoutait que d'une oreille son conseiller juridique discuter des clauses d'un contrat avec un gros homme d'affaires russe.

La plupart des femmes auraient été ravies de passer un jour ou deux avec lui sur la côte amalfitaine… Ava Lord n'en faisait manifestement pas partie. Elle avait l'air de s'attendre à ce qu'il la traite comme un homme… C'était ridicule ! Il était pour l'égalité des sexes, mais une femme restait une femme…

Allez, *basta* ! Il avait déjà perdu assez de temps avec cette histoire ! En lui faisant quitter Rome, il l'avait soustraite à la curiosité malsaine des médias. Quant à lui, les tabloïds pouvaient bien lui attribuer une liaison avec elle, il était habitué à ce qu'on raconte n'importe quoi sur sa vie sentimentale.

Il avait donc rempli son devoir envers Ava et n'avait plus aucune raison de la revoir.

Les jolies filles avec qui passer une soirée agréable ne manquaient pas à Positano. Il en connaissait même quelques-unes, et il lui suffirait de leur téléphoner pour qu'elles se rendent disponibles.

La visioconférence s'acheva sur la conclusion du contrat, et le Russe, venu à Rome depuis Saint-Tropez dans son jet privé, proposa à Gianluca d'envoyer son pilote le chercher pour aller fêter leur accord sur son yacht.

C'était l'un des hommes les plus riches d'Europe, entouré en permanence d'un harem de ravissantes créatures, et célèbre pour le faste de ses réceptions…

L'image qui s'imposa alors à l'esprit de Gianluca ne fut cependant pas celle de jeunes beautés sveltes et bronzées, mais celle d'une version australienne de Gina Lollobrigida en train de lui reprocher son machisme. Il imagina la volée de bois vert qu'elle donnerait à l'homme d'affaires russe s'il croisait son chemin…

Pour la première fois depuis qu'elle l'avait accusé de mener une vie de débauche, Gianluca se mit à rire.

Et il comprit qu'il n'irait nulle part : ce qu'il voulait était ici même, dans cet hôtel.

11

Ava ouvrit les yeux et regarda autour d'elle, désorientée.

Le voyage en hélicoptère, Positano, l'hôtel, la chambre… Tout lui revint peu à peu, y compris le fait de s'être allongée après sa douche. Elle s'était ensuite endormie, mais d'où venait le plaid qui la recouvrait maintenant ?

Elle se redressa. La lumière qui entrait par les fenêtres avait changé par rapport à tout à l'heure, et sa douceur indiquait que le soir approchait. Une sieste qu'Ava n'avait même pas prévu de faire avait donc duré plusieurs heures ! Elle avait de toute évidence sous-estimé la fatigue accumulée depuis la veille.

La vue d'une veste d'homme posée sur le dossier d'une chaise, puis d'un trousseau de clés, d'une montre et d'un téléphone, sur la table, chassa les dernières brumes du sommeil. Et ce bruit d'eau… Il venait de la salle de bains. Quelqu'un — Gianluca, évidemment — était en train de s'y doucher !

La jeune femme se leva. Il avait l'intention de partager cette chambre avec elle ? Et sans lui demander son avis, bien entendu ! Parce qu'il savait qu'elle n'aurait jamais accepté de…

Sa diatribe intérieure s'arrêta là. C'était en utilisant la colère pour occulter ses véritables sentiments qu'elle s'était aliéné Gianluca… Une première tentative pour l'amadouer avait lamentablement échoué, parce qu'elle n'avait pas pu s'empêcher de proposer de payer la chambre, mais si elle se montrait plus souple…

Plus entreprenante, aussi. Gianluca l'avait accusée d'être frustrée… Et si elle lui prouvait le contraire ?

Le problème étant qu'elle n'était pas très douée dans ce domaine.

Mais l'intensité de son désir la rendrait peut-être inventive ? Ni Patrick ni Bernard n'avaient exercé un tel pouvoir sur ses sens, après tout…

Oui, si elle faisait taire son intellect pour ne laisser parler que son instinct, tout irait bien. N'était-ce pas ce qui s'était passé sept ans plus tôt avec Gianluca ? Elle manquait alors totalement d'expérience, et chacun avait apporté à l'autre autant de plaisir qu'il en recevait !

Malgré tout un peu tremblante, Ava s'approcha de la salle de bains. Elle colla son oreille contre la porte, entendit le bruit de la douche… et quelque chose d'autre.

Gianluca chantait !

Cela lui donna du courage — un homme en colère ne chantait pas, et que risquait-elle, finalement ? Au pire, il dirait non…

Ava ouvrit la porte. Elle pensait avoir encore le temps de changer d'avis : les parois vitrées de la cabine de douche seraient embuées et, si elle décidait au dernier moment de battre en retraite, Gianluca ne saurait même pas qu'elle était entrée.

C'était sans compter avec le fait qu'il n'avait pas fermé la porte de la cabine… En pénétrant dans la salle de bains, elle se trouva donc face à un spectacle qui lui ôta toute envie de faire demi-tour : le corps d'un homme aux larges épaules, au ventre plat, aux longues jambes musclées… La tête renversée en arrière pour rincer son épaisse chevelure noire, il avait les paupières closes.

A trente et un ans, la jeune femme avait déjà vu

d'autres hommes nus, mais Gianluca n'était pas juste plus grand et plus athlétique que Patrick et Bernard, pourtant tous les deux jeunes et plutôt bien faits : chez lui, *rien* n'était de taille moyenne.

Sept ans plus tôt, elle n'avait pas de point de comparaison, mais ce qu'elle avait aujourd'hui sous les yeux confirmait le souvenir qu'elle avait gardé de leur nuit d'amour.

Fascinée, elle le vit ouvrir les paupières. Il s'arrêta de chanter, leurs regards se croisèrent, puis celui de Gianluca descendit et se fixa sur ses seins, dont le tissu léger du débardeur épousait les contours.

Le trouble sensuel qui l'habitait en rendait sûrement bien visibles les pointes durcies, mais Gianluca était lui aussi en proie à un puissant émoi, comme en témoignaient la taille et la raideur grandissantes de son pénis.

Comment peut-il me trouver sexy en short, alors que je suis loin d'avoir des jambes de top model ? se demanda Ava.

Le temps qu'elle se pose la question, il l'avait saisie par la taille et attirée sous le jet d'eau. L'instant d'après, elle était plaquée contre le fond de la cabine, et Gianluca l'embrassait avec fougue.

Sans désunir leurs lèvres, il glissa les mains sous son débardeur, les referma sur ses seins et en titilla les mamelons du bout des doigts. Elle poussa un gémissement de volupté, et il s'écarta d'elle juste assez pour lui demander :

— Tu prends la pilule ?

— Oui.

— Tu veux quand même que j'utilise un préservatif ?

Ava faillit dire non, et puis elle se rappela qu'elle avait affaire à un don Juan…

Cette pensée lui causa un pincement au cœur, et elle

s'efforça de la chasser. Ce qui allait se passer entre eux n'aurait aucune signification profonde pour Gianluca, et elle devait donc le vivre de la même façon, comme des instants de pur plaisir, qui n'engageaient à rien. Leurs chemins se sépareraient ensuite, mais elle aurait au moins eu son moment de passion débridée.

— Oui, je veux que tu te protèges.

— D'accord, déclara-t-il avant de joindre de nouveau leurs lèvres.

— Non ! protesta-t-elle en le repoussant. Maintenant !

Sans rien dire, Gianluca ferma le robinet, la souleva dans ses bras et la déposa, ruisselante, sur le canapé de la chambre. Il alla ensuite prendre son portefeuille dans la poche intérieure de sa veste, fouilla dedans sous le regard impatient d'Ava, mais après l'avoir remis à sa place il avait les mains vides et jurait entre ses dents.

Sous l'effet de la frustration, une violente colère s'empara d'elle.

— Je n'arrive pas à croire qu'un homme comme toi n'ait pas en permanence des préservatifs sur lui !

— Calme-toi, *cara* ! dit-il en lui jetant un coup d'œil surpris. Je vais m'en procurer.

— Où ?

Sans répondre, il alla ouvrir le placard de la chambre, en sortit un jean, un T-shirt et des chaussures, qu'il enfila rapidement avant de se diriger vers la porte.

— Je reviens tout de suite !

Une fois seule, Ava ôta ses habits mouillés et s'enveloppa dans son peignoir de bain. La fièvre de ses sens était en train de retomber, et des doutes commençaient de l'assaillir. Elle était si peu versée dans l'art de faire l'amour… Si elle n'avait pu satisfaire des amants ordinaires tels que Patrick et Bernard, un expert comme

Gianluca Benedetti trouverait forcément ses... performances décevantes, voire risibles...

L'idée lui traversa l'esprit de se rhabiller, de rassembler ses affaires et de s'enfuir, mais elle la repoussa. Maintenant qu'elle s'était ouvertement offerte à Gianluca, il fallait avoir le courage d'aller jusqu'au bout.

Lorsqu'il revint, d'ailleurs, ce ne fut pas l'envie de partir en courant qui la prit, mais bien au contraire celle de se jeter dans les bras de cette incarnation du charisme et de la beauté masculine.

Les trois boîtes de préservatifs qu'il tenait à la main atterrirent sur la table de chevet, et Ava s'écria :

— Où as-tu trouvé ça ?

— Dans une pharmacie.

— Tu es sorti de l'hôtel ?

— Oui.

— Mais pourquoi en avoir acheté trois boîtes ? Tu as l'intention de coucher avec combien de femmes, pendant ton séjour à Positano ?

— Une seule : toi.

Le cœur de la jeune femme s'emballa. Gianluca s'était donné la peine de chercher une pharmacie pour pouvoir faire l'amour avec elle, et elle seule... Il serait aller tuer un dragon pour la conquérir qu'elle ne se serait pas sentie plus flattée.

— Si on passait aux choses sérieuses, à présent ? suggéra-t-il en s'approchant d'elle et en dénouant la ceinture de son peignoir.

Il en écarta ensuite les pans, fit glisser les manches le long de ses bras, et le vêtement tomba sans bruit sur le sol.

La semi-pénombre qui régnait maintenant dans la chambre arrangeait Ava : ainsi, Gianluca ne remarquerait peut-être pas trop ses rondeurs. Elle n'en attendit pas moins avec un peu d'appréhension son verdict...

Après avoir fixé pendant un long moment son corps nu, il en suivit les courbes d'un geste de ses paumes et murmura avec une lueur d'admiration dans les yeux :

— Tu es parfaite.

Sa voix rauque, le léger tremblement de ses mains disaient qu'il était sincère, et l'angoisse d'Ava céda la place à un élan de joie. Sous le regard de cet homme, elle se sentait soudain féminine. Sûre d'elle. Infiniment désirable.

Enhardie, Ava déboutonna la chemise de Gianluca et lui couvrit le dos de caresses lentes, puis de plus en plus fiévreuses. Il était si grand et si musclé qu'elle avait l'impression, en comparaison, d'être petite et délicate… C'était là encore une expérience nouvelle, et qui, paradoxalement, ne s'accompagnait d'aucun sentiment de faiblesse.

Gianluca finit par la soulever de terre et la porter jusqu'au lit. Il acheva de se dévêtir, s'allongea près d'elle et entreprit d'explorer de la bouche et des mains chaque centimètre carré de sa peau.

Toute capacité de réflexion la quitta alors. Toute inhibition aussi, et elle lui rendit baiser pour baiser, caresse pour caresse…

Ils atteignirent bientôt un degré de désir que seule la fusion des corps pouvait satisfaire. Gianluca enfila un préservatif et, quand il la pénétra, la jeune femme éprouva un feu d'artifice de sensations qui lui arracha un cri. Sans cesser de la regarder, il se mit ensuite à aller et venir en elle.

Ce fut lui, d'abord, qui imposa son rythme, mais elle souleva les hanches pour l'inciter à accélérer, et ils bougèrent ensuite en parfaite harmonie. Ils ne faisaient vraiment plus qu'un, et s'entraînaient l'un l'autre vers une jouissance qu'ils atteignirent en même temps — elle, dans l'explosion d'un orgasme qui la secoua de part en part, lui, dans un râle de plaisir.

Sans rompre leur étreinte, il roula sur le côté. Leurs cœurs battaient fort, et l'intensité de ce qu'ils venaient de vivre les faisait encore trembler. La jeune femme se serra contre Gianluca, et il lui murmura à l'oreille :

— *Mia bella* Ava...

« Ma belle Ava... »

Et elle se voyait belle, en effet, dans ses yeux.

12

Et maintenant ?

A peine Gianluca avait-il quitté le lit que les questions commencèrent de se presser dans l'esprit d'Ava. Elle le regarda se diriger vers la salle de bains, sa puissante musculature jouant sous sa peau mate à chacun de ses pas.

Instinctivement, elle remonta le plaid sur son corps nu. Sans Gianluca, le lit lui semblait froid et vide. Elle avait hâte qu'il revienne parce que, dans ses bras, elle cessait de réfléchir. Il lui avait ouvert les portes d'un univers de sensations pures. Des sensations d'une volupté et d'une puissance incroyables.

Etait-ce pour cela qu'elle avait envie de pleurer ? Le fait d'avoir atteint un tel degré de jouissance la rendait-il sentimentale ?

Oui, apparemment, et elle devait se hâter de reconstruire ses défenses, car Gianluca, lui, n'éprouvait pas ce genre d'émotion après un rapport sexuel…

Quand il se recoucha à son côté, elle dut faire appel à toute la force de sa volonté pour ne pas se blottir contre lui. Mais, à sa grande surprise, il se tourna vers elle, tendit la main pour lui caresser les cheveux et murmura des mots doux en italien en la couvant des yeux.

Peut-être tous les Italiens se comportaient-ils ainsi après l'amour…, se dit Ava.

Personne ne lui avait jamais témoigné une telle

tendresse, en tout cas, et elle craignait, s'il continuait, de fondre en larmes.

— Gianluca ? déclara-t-elle d'une voix étranglée.

— Appelle-moi Luca !

Il lui mordilla le lobe de l'oreille, et un petit frisson la parcourut. Il s'en aperçut, car elle le sentit sourire.

— C'est comme ça que ça marche ? Une fois que tu as couché avec une femme, elle a le droit d'utiliser ton petit nom ?

Cette tentative pour cacher son émotion en plaisantant échoua lamentablement : elle avait prononcé ces paroles sur un ton trop agressif. Mais comment aurait-il pu en être autrement, quand elle se sentait aussi nerveuse, aussi vulnérable ?

Gianluca étouffa un juron et se redressa sur un coude.

— Pourquoi fais-tu ça ? demanda-t-il d'un ton froid.

Elle l'avait blessé, comprit Ava. Ce n'était pourtant pas son intention… Elle cherchait juste à se protéger…

— Pourquoi me parles-tu d'autres femmes alors que nous venons de faire l'amour ? reprit-il. Pourquoi sembles-tu me considérer comme une sorte de prédateur sexuel ?

— Non, tu te trompes… Je veux juste que nous soyons honnêtes l'un envers l'autre, et tu te conduis comme si…

— Oui ?

— Comme si tu tenais à moi.

— Et alors ?

— Alors c'est impossible : nous nous connaissons à peine ! Et Donatella, que devient-elle, là-dedans ?

Qui était Donatella ?

Il fallut un moment à Gianluca pour s'en souvenir, et cela ne l'aida pas à comprendre ce qu'elle venait faire dans la conversation, à moins que…

Ava le considérait d'un œil noir… Serait-elle jalouse ? De Donatella ? C'était apparemment le cas, et il faillit éclater de rire.

— Il n'y a jamais rien eu entre Donatella et moi, Ava ! Elle a juste joué les utilités.

— Les utilités ?

— Oui. Certaines femmes ne sortent jamais sans être accompagnées par un homme, n'importe lequel, parce qu'elles ne veulent pas être importunées… Eh bien moi, hier, au Rico's Bar, c'était la même chose : j'avais envie qu'on me laisse tranquille, alors de deux maux, j'ai choisi le moindre.

— Donatella !

Plusieurs sentiments se succédèrent sur le visage d'Ava pendant qu'elle réfléchissait à cette explication, et Gianluca sourit. Une fois ce malentendu éclairci, ils pourraient savourer paisiblement le merveilleux bien-être que procurait l'assouvissement du désir.

— Tu me prends vraiment pour une idiote !

Ava sauta à bas du lit, entraînant le plaid avec elle, mais Gianluca, la première surprise passée, tendit la main, la referma sur la couverture et tira… La jeune femme se retrouva nue, et la consternation qui se peignit sur ses traits aurait amusé Gianluca s'il n'avait été aussi déconcerté. Il lui avait dit la vérité à propos de Donatella… Pourquoi refusait-elle de le croire ?

Son peignoir de bain était toujours sur le sol. Elle courut le mettre et en noua la ceinture d'un geste énergique avant de reprendre :

— Cette Donatella était ravissante, elle avait un corps de rêve… Il est impossible que tu n'aies vu en elle qu'une « utilité » !

Gianluca descendit à son tour du lit et s'approcha d'Ava. Il savait maintenant pourquoi elle ne le croyait pas : elle se comparait aux mannequins et actrices filiformes dont les photos emplissaient les magazines féminins, et elle pensait que tous les hommes préféraient ce type de femme…

Quelle erreur !

Lorsqu'il était monté rejoindre Ava dans la chambre, après la visioconférence, il avait décidé de se changer, puis de commander un bon repas pour deux, qu'ils dégusteraient tout en parlant. Il s'excuserait de l'avoir amenée là sans lui demander son avis, elle s'excuserait de l'avoir insulté, et peut-être quelque chose pourrait-il être sauvé du désastre auquel avait abouti cette journée.

Mais quand il avait découvert Ava endormie, avec pour seuls vêtements un short et un débardeur, toutes ses bonnes résolutions s'étaient envolées : il avait failli la réveiller — et certainement pas pour parler.

Un violent effort de volonté lui avait permis de se borner à la couvrir du plaid posé au pied du lit. Pour qu'elle n'ait pas froid, et aussi pour se protéger lui-même de la tentation. Il était ensuite allé se doucher et, divine surprise, Ava était venue le rejoindre dans la salle de bains.

Après s'être offerte à lui avec un total abandon, elle était redevenue la femme à la fois agressive et peu sûre d'elle d'avant. Gianluca commençait cependant à comprendre comment elle fonctionnait : comme les porcs-épics qui se roulaient en boule et se hérissaient pour se protéger en cas de danger. Sous cette carapace, c'était une personne douce et sensible qui, une fois apprivoisée, n'aurait plus besoin de se cacher.

Elle avait reculé à mesure que Gianluca avançait. Maintenant adossée au mur, elle fixait sur lui un regard apeuré.

— Tu as dit vouloir que nous soyons honnêtes l'un

avec l'autre, déclara-t-il, alors si je te pose une question, tu me promets d'y répondre franchement ?

— Oui.

— Pourquoi essaies-tu de me faire croire que tu n'attaches pas d'importance à ce qui vient de se passer entre nous ?

— Parce que je sais que ça n'en a pas pour toi.

— C'est faux ! J'ignore ce que tu attends exactement de moi, mais ne me demande pas de te traiter sans tendresse ni passion.

Cette déclaration plut visiblement à la jeune femme : ses traits se détendirent, et Gianluca décida de pousser son avantage.

— Explique-moi, à présent, pourquoi tu es allée au Rico's Bar, hier soir... Et j'exige une réponse sincère, là aussi !

— Je voulais voir si tu avais changé...

Une légère hésitation, puis elle enchaîna :

— ... et j'avais envie de passer du temps avec toi.

— Je le savais, et c'est pour ça que je t'ai amenée ici, comme je te l'ai déjà dit. Mais je vais maintenant te faire un aveu : c'était une envie partagée.

Gianluca se pencha vers Ava et lui effleura la bouche d'un baiser. Loin de le repousser, elle posa les mains sur ses épaules et entrouvrit les lèvres pour l'inciter à l'embrasser vraiment.

Bizarrement, car il ignorait toujours ce qu'elle attendait de lui — et lui, d'elle —, Gianluca ressentait le fait de l'avoir reconquise comme la victoire la plus importante qu'il ait jamais remportée.

Ils ne ressortirent de la chambre que le lendemain à midi. Douché, rasé, vêtu d'un jean délavé et d'une chemise blanche qui mettaient en valeur son corps athlétique, Gianluca était plus beau que jamais.

Dans le hall, ils croisèrent les trois jolies filles de la veille. Gianluca ne leur accorda même pas un regard, et Ava, dont il tenait la main, espéra que son sourire n'était pas trop suffisant.

Un cabriolet noir, loué le matin par téléphone, les attendait dans la rue inondée de soleil. Juste avant que Gianluca lui ouvre la portière du passager, Ava aperçut son reflet dans la vitre... Elle devait absolument s'acheter de nouveaux vêtements !

Gianluca n'avait pas fait de remarque sur son pantalon, ce matin, et elle avait mis son haut le moins sévère — un chemisier en coton à manches courtes et encolure échancrée —, mais elle avait envie d'assortir sa tenue à son humeur.

Une humeur légère et joyeuse.

La petite voiture de sport se mêla à la circulation, avec Gianluca conduisant une main sur le volant et l'autre posée sur le genou d'Ava, comme s'il ne pouvait s'empêcher de la toucher.

Elle avait l'impression de rêver : la côte amalfitaine, un hôtel de charme, une nuit et une matinée torrides dans les bras d'un bel Italien, une promenade en cabriolet avec lui, les cheveux au vent...

Lorsqu'elle raconterait cela, à son retour en Australie, personne ne la croirait... N'avait-elle pas elle-même du mal à y croire ? Après avoir trouvé dans le travail un refuge et déployé tant d'efforts pour se créer une routine sécurisante, comment avait-elle pu s'engager dans une telle aventure ?

La réponse tenait bien sûr en deux mots : *Gianluca Benedetti.*

Un homme qui n'était peut-être pas vraiment un play-boy, en fin de compte...

Et peut-être même pas du tout...

Mais capable de faire faire des folies à la plus prudente des femmes, il l'était, incontestablement ! se dit Ava, les yeux rivés sur lui.

— Si tu continues à me regarder comme ça, déclara-t-il, on n'ira pas loin !

— Où veux-tu aller ?

— Il y a sur cette côte de très beaux endroits, que j'aimerais te montrer.

— Volontiers, mais...

Comment présenter les choses ? Elle ne se voyait pas dire : « J'ai besoin de renouveler ma garde-robe, parce qu'il n'y a dans ma valise aucune tenue sexy. »

— Mais, *tesoro* ?

— Je peux avoir quartier libre pendant une heure ?

— Tu ne vas pas t'enfuir ?

— Bien sûr que non ! Pourquoi cette question ?

— Je te taquinais.

Ava se sentit bête. Ce genre de badinage ne lui était pas familier, mais il ne lui serait pas difficile de s'y habituer ! Le fait de rire *avec* quelqu'un la changerait agréablement du sentiment qu'elle éprouvait d'ordinaire d'être tenue à l'écart de la plaisanterie, voire d'en être la cible.

— Où dois-je te déposer ? s'enquit Gianluca. Et te reprendre ensuite ?

Ne connaissant pas la ville, Ava ignorait où y trouver des magasins de vêtements. Elle scruta les alentours, vit deux femmes élégantes sortir d'une boutique avec un sac dans chaque main...

— Ici ! répondit-elle.

Au sourire narquois que Gianluca lui adressa, elle eut

l'impression qu'il n'était pas dupe, mais il freina, puis se gara en double file.

— Tu ne veux vraiment pas que je t'accompagne ? demanda-t-il.

Son aide aurait été la bienvenue, car il avait sûrement l'œil pour juger de ce qui allait ou non à une femme, mais Ava refusait de lui avouer qu'elle avait besoin de quelqu'un pour la conseiller dans ce domaine.

— Non, dit-elle. Rendez-vous au même endroit dans une heure.

Le cabriolet redémarra, et elle attendit qu'il ait disparu au coin de la rue pour entrer dans la boutique d'où étaient sorties les deux élégantes Italiennes.

Ce magasin n'avait à lui offrir rien que de très ordinaire ou de peu seyant pour elle. Les trois suivantes lui causèrent la même déception, mais dans la cinquième, son regard fut aussitôt attiré par une robe mi-longue en tissu léger imprimé de myosotis sur un fond bleu clair.

Petite fille, Ava était coquette, mais un manque chronique d'argent l'avait obligée à ne porter pendant toute son enfance et son adolescence que des jeans et des T-shirts, comme un garçon.

Depuis, le problème n'était plus l'argent, mais la conviction que les couleurs vives ou claires et les tissus imprimés n'allaient qu'aux femmes minces.

Gianluca la trouvant manifestement désirable telle qu'elle était, Ava acheta la robe. Elle décida ensuite de continuer à se faire plaisir et effectua d'autres emplettes du même genre sans se soucier du prix. Elle remplaça même tout de suite son pantalon bleu marine par un corsaire blanc qu'après avoir hésité elle s'était risquée à essayer, et qui l'enchanta.

Quand Gianluca vint la rechercher, elle avait les bras chargés de paquets. Leur séparation n'avait duré qu'une heure, et pourtant elle se rendit compte qu'il lui avait manqué.

— C'était donc pour faire des courses que tu voulais être seule, observa-t-il lorsqu'elle fut remontée dans la voiture. J'en étais sûr !

— Ça te contrarie ?

— Non. Les femmes adorent le shopping, c'est bien connu !

— Des études récentes montrent que de plus en plus d'hommes…

Mais Gianluca s'était penché vers elle, et il la réduisit au silence en l'embrassant.

— Tu es très belle, dit-il ensuite.

— Je me suis acheté des vêtements plus adaptés au bord de mer, lui expliqua-t-elle.

C'était cependant son visage, et non sa nouvelle tenue, qu'il regardait. Quelqu'un klaxonna, derrière eux, mais il ne bougea pas.

— Qu'y a-t-il ? demanda la jeune femme, un peu nerveuse.

— Je suis en train de me dire que j'étais pressé, avant-hier… J'ai failli ne pas m'arrêter au Nero.

— Le Nero ?

— C'est le nom du bar d'où je suis sorti au moment où tu essayais de te faire rembourser des billets dans un kiosque voisin. Si je n'étais pas allé y boire un café, ce matin-là, nous ne nous serions jamais retrouvés.

Du bout du doigt, Gianluca caressa la joue d'Ava, puis il suivit la courbe de sa mâchoire.

— Mais nous nous sommes retrouvés, murmura-t-elle, les larmes aux yeux.

— Oui, alors pourquoi pleures-tu, *tesoro* ?

— Je… je ne sais pas.

Elle le savait, en réalité : c'était à cause de l'émotion

provoquée par la découverte d'un Gianluca complètement différent de l'image qu'elle s'en était faite pour se protéger de lui : celle d'un aristocrate égocentrique et arrogant, doublé d'un séducteur compulsif pour qui les femmes étaient de simples objets sexuels.

Car il s'intéressait vraiment à elle, lui témoignait même de la tendresse, et la confiance en lui qu'il affichait n'était pas de la morgue, mais la calme assurance d'un homme bien dans sa peau et conscient de sa propre valeur.

Ava se sentait à présent très détendue en sa compagnie — même lorsqu'il conduisait d'une seule main dans des rues grouillantes de voitures, de scooters et de piétons !

Accablée de responsabilités depuis son plus jeune âge, elle trouvait reposant d'avoir quelqu'un pour le faire momentanément à sa place. Gianluca avait pris les commandes sans lui demander son avis, ce qui aurait dû hérisser la féministe en elle, mais aujourd'hui, peu lui importait…

— Où allons-nous ? questionna-t-elle.

— A mon tour de cultiver le mystère ! répondit Gianluca avec un sourire malicieux.

13

— Je ne peux pas accepter, Luca… C'est trop !

— Non, c'est parfait, au contraire. Viens voir !

Gianluca posa sur la gorge d'Ava un collier fait de petites pierres précieuses de différentes couleurs montées sur une chaîne en or blanc, puis il l'entraîna vers un miroir.

Le propriétaire de la joaillerie s'était discrètement retiré dans le fond du magasin, ses employés s'occupaient d'autres clients, et pourtant la jeune femme avait l'impression que tout le monde l'observait.

— Laisse-moi te gâter ! murmura Gianluca en se penchant à son oreille.

— Mais je n'ai pas besoin que tu me fasses des cadeaux ! Mes revenus me permettent de m'acheter à peu près tout ce dont je peux avoir envie ou besoin.

— Sans doute, mais ce n'est pas son coût qui rend un cadeau précieux : c'est le sentiment qui l'inspire.

Ava considéra, indécise, un bijou que Gianluca balançait à présent devant ses yeux.

— Alors ? reprit-il.

Ce collier la tentait — en partie parce qu'il était ravissant, bien sûr, mais surtout parce que Gianluca tenait à le lui offrir. Un éventuel refus ne manquerait pas de le décevoir, et pourtant il lui laissait le choix…

Ce fut cela qui la convainquit finalement d'accepter. Habituée à devoir se battre pour imposer ses décisions, elle trouvait agréable de voir quelqu'un se plier à l'avance à sa volonté.

— Oui, déclara-t-elle, je veux bien que tu me gâtes.

Gianluca n'eut pas l'air de se rendre compte qu'elle venait malgré tout de faire une entorse majeure au principe de totale indépendance qui était le sien depuis des années : il se contenta de remettre le bijou dans son écrin et d'adresser un léger signe de tête au joaillier.

Quelques minutes plus tard, il tenait la porte du magasin à une Ava déconcertée, mais qui attendit d'être dans la rue pour demander :

— Pourquoi repartons-nous sans le collier ?

— Il sera livré à notre hôtel. Je me suis dit que tu n'aurais pas envie de le trimballer toute la journée dans ton sac à main… J'ai eu tort ?

— Non, bien sûr…, murmura-t-elle.

Son ignorance de ce genre de chose la mortifiait et, plus encore, le fait que Gianluca en avait maintenant connaissance.

C'était le premier homme qui lui offrait un bijou… Par association d'idées, elle se rappela la bague de fiançailles achetée par ses soins à Sydney en prévision de la demande en mariage de Bernard.

Une bague qui était toujours dans sa valise…

Elle l'avait complètement oubliée, et aurait préféré ne pas s'en souvenir. Elle n'avait pas envie de penser à la femme qui avait effectué cet achat, et qui était allée jusqu'à prendre en charge le coût intégral du voyage, comme si cela pouvait lui permettre de garder le contrôle des événements.

— Tu es vraiment adorable, observa Gianluca en lui passant un bras autour des épaules.

Les démonstrations publiques d'affection la gênaient, comme tout ce qui risquait d'attirer l'attention sur elle.

Mais en Italie où les rues, les parcs et les terrasses des cafés étaient remplis de couples enlacés, cette gêne se justifiait encore moins qu'ailleurs.

— Toi aussi, dit-elle.

— Moi, je suis adorable ? s'écria-t-il, l'air amusé.

— Oui, et tu l'as toujours été. Je me souviens...

Ava s'interrompit. Evoquer le passé n'était pas forcément une bonne idée.

Mais il était trop tard... Gianluca se pencha vers elle et déclara :

— Continue !

— Je me souviens de toi à vingt-deux ans, quand nous nous sommes rencontrés pour la première fois. Tu étais doux, gentil, sensible... et fort en même temps. Je me sentais en sécurité avec toi.

— Il ne faut jamais dire à un Italien qu'il est sensible, *tesoro* ! Pour lui, ce n'est pas un compliment.

— Tu l'étais pourtant il y a sept ans, et tu l'es toujours... Pour moi, c'est un compliment, alors je peux le penser, à défaut de le dire ?

— Oui, répondit-il avec un sourire indulgent.

L'absence d'inhibition des Italiens devait être contagieuse, car Ava se tourna vers Gianluca et caressa du bout des doigts sa joue déjà couverte d'une barbe naissante. Il prit sa main et la porta à ses lèvres.

— C'est vraiment embêtant... J'ai besoin de me raser deux fois par jour, et même en le faisant je vais sans doute irriter ta peau délicate.

— Ce n'est pas grave. J'aime...

Envahie tout à coup par un sentiment d'étrangeté insurmontable, la jeune femme laissa de nouveau sa phrase en suspens.

Elle était là, au milieu d'une rue animée, à des milliers de kilomètres de son pays et en galante compagnie... Elle se surprenait à faire et à dire des choses d'une hardiesse qui ne lui ressemblait absolument pas, et son bel amant l'écoutait, la regardait comme si… comme si…

— Qu'aimes-tu ? la pressa-t-il.

— J'aime tout en toi.

— C'est bien ce que je pensais, mais je voulais l'entendre de ta bouche, pour plus de sûreté ! déclara-t-il sur un ton pince-sans-rire en la guidant vers la voiture.

Ils prirent la route côtière, tortueuse mais spectaculaire, qui partait de Positano, burent du *limoncello* et mangèrent des palourdes sur la terrasse d'un restaurant dominant la baie d'Amalfi, visitèrent la ville et, en début de soirée, se promenèrent dans les rues avec la moitié de ses habitants.

Ayant à présent envie de tout savoir d'Ava, Gianluca profita de ce moment de détente pour la questionner.

Quelles écoles avait-elle fréquentées ? Il y en avait trop pour les citer toutes.

Son premier job ? Balayeuse dans un salon de coiffure.

Sa couleur préférée ? Le bleu.

Sa chanson préférée ? Le répertoire complet de Billie Holliday.

Arrivée là, la jeune femme se mit à rire et décréta que c'était à son tour de l'interroger.

Quelles écoles avait-il fréquentées ? Une seule.

Laquelle ? Une école militaire, à partir de l'âge de huit ans.

Cette réponse fit disparaître le sourire d'Ava, et Gianluca se dit qu'il avait peut-être eu tort de vouloir jouer au jeu des questions-réponses.

— Huit ans ? répéta-t-elle.

— C'est la tradition dans ma famille, *cara*. Les

Benedetti envoient leurs garçons en pension dans cette école depuis cinq générations. Ou, du moins, *c'était* la tradition : mes sœurs ne l'ont pas respectée, et comme je n'ai pas l'intention de devenir père le problème ne se posera même pas.

— Intéressant…

Etait-ce l'évocation de ses sœurs ou l'annonce de son refus de la paternité qui avait suscité cette remarque ? se demanda Gianluca, mal à l'aise.

— Combien de neveux as-tu ? reprit Ava.

— Six en tout : quatre garçons et deux filles, répondit-il, soulagé.

— Tu n'aimes pas les enfants ?

— Si.

La question qu'il redoutait ne lui aurait donc pas été épargnée, en fin de compte ! Il soupira intérieurement et se prépara à devoir se justifier, comme chaque fois qu'une femme abordait ce sujet avec lui.

— Mmh…

Ce fut le seul commentaire d'Ava. Gianluca aurait dû être content de ne pas avoir à expliquer une fois de plus pourquoi il ne voulait pas avoir d'enfants, mais il se dit que mieux valait peut-être en informer Ava, pour l'empêcher de se faire des idées…

Elle lui coupa l'herbe sous le pied en déclarant alors, de façon complètement inattendue :

— Je comprends que les Italiens aiment flâner le soir dans les rues ! C'est merveilleux !

Puis, levant vers lui ses beaux yeux bleu-vert, elle enchaîna :

— On devrait faire une promenade en mer, demain.

Gianluca avait projeté de rencontrer des investisseurs, le lendemain.

— A moins que tu n'aies prévu autre chose ? ajouta-t-elle.

Toutes ses peurs et ses doutes s'exprimaient dans ces quelques mots...

Que pouvait-il dire ?

— Tes désirs sont des ordres, *tesoro*.

Le lendemain, Gianluca loua un bateau à moteur et emmena Ava voir l'archipel Li Galli, les « îles de Sirènes ».

Le jour suivant, ils escaladèrent en voiture les pentes des monts Lattari, qui dominaient la côte amalfitaine. Alors qu'ils se promenaient à pied sur l'un de leurs nombreux sentiers, une pluie fine se mit à tomber. Main dans la main, ils coururent se réfugier dans le bâtiment le plus proche, la petite église médiévale d'un village reculé.

Une odeur d'encens régnait entre ses vieux murs, et là, dans la lumière indécise qui entrait par les vitraux, Gianluca se rendit compte qu'il ne pouvait détacher ses yeux d'Ava : son épaisse chevelure brune, sa peau diaphane et ses lèvres carmin prenaient un relief saisissant dans la pénombre ambiante.

Quand elle s'approcha du portail pour regarder dehors, il la suivit et l'attira contre lui. Les bras refermés sur sa taille, le menton posé sur ses cheveux, il éprouva bientôt un tel sentiment de bien-être qu'il se demanda si ce n'était pas cela, le bonheur.

— Tu vois cette hauteur ? déclara-t-elle en pointant l'index vers un promontoire. On dirait une tête de lapin, tu ne trouves pas ?

— Euh... si, mentit Gianluca.

— Et cette forêt, là-bas, en forme de baleine ?

— Oui...

— Oh ! regarde ! Ce n'est pas un renard ?

La flèche rousse qui venait de traverser un pâturage, devant eux, était bien un renard. Gianluca le confirma à une Ava tout excitée, et lui qui connaissait pourtant ces montagnes comme sa poche, il eut en les voyant à travers ses yeux à elle l'impression de les découvrir.

Il jugea inutile de lui préciser que ce renard allait probablement manger tous les vrais lapins assez bêtes pour se promener sous la pluie. C'était une fille des villes, une...

Une femme qui le rendait *pazzo* — fou au point d'être là, en train de parler d'animaux dans l'église d'un village perdu, alors que le lit confortable d'une belle chambre d'hôtel les attendait à Positano. Il n'était pas guide touristique, et il avait toujours considéré les renards, non comme des merveilles, mais comme les animaux nuisibles qu'ils étaient.

Il allait lui dire ça. La reprendre par la main, courir jusqu'à la voiture, pluie ou pas pluie, et rentrer à l'hôtel pied au plancher. Là, il lui enlèverait ses vêtements et ferait ce que tout homme sensé faisait avec une belle femme.

Ensuite, il commencerait à organiser un retour à Rome qui devait avoir lieu le lendemain : ses affaires ne lui permettaient pas de prendre plus de quelques jours de congé consécutifs. Il avait jusque-là refusé d'y penser, car ce serait peut-être le moment où son chemin et celui d'Ava se sépareraient à jamais : maintenant qu'elle avait fait une partie du voyage vers le sud, la jeune femme risquait de vouloir le poursuivre pour aller voir son frère.

— Je n'avais encore jamais vu de renard... du moins pas d'aussi près ! s'écria-t-elle en se tournant vers lui, les yeux brillants.

— Oui, ce sont des animaux farouches mais très beaux, se surprit-il à déclarer.

Puis, au lieu de la ramener sur-le-champ à l'hôtel pour se livrer sans retenue aux plaisirs de la chair, comme il l'aurait fait avec n'importe quelle autre femme, il se pencha pour embrasser tendrement ses lèvres douces en se disant que des instants comme celui-ci étaient trop précieux pour être écourtés.

Une fois de retour à Positano, où ils retrouvèrent le soleil, Ava demanda de nouveau à Gianluca de lui laisser quartier libre pendant une heure. Elle devait avoir encore des courses à faire, songea-t-il.

Il l'attendit dans la voiture et, quand il la vit traverser un jardin public pour venir le rejoindre, il trouva qu'elle avait l'air d'une Italienne, dans sa robe chemisier toute simple. Elle la portait même avec les deux boutons du haut et les trois du bas détachés ! Son beau décolleté ainsi dévoilé et chacun de ses pas découvrant une partie de ses longues cuisses, elle était incroyablement sexy.

Se rendant compte qu'il n'était pas le seul à l'admirer, Gianluca descendit de voiture pour aller à sa rencontre. Quelqu'un la siffla, et elle sursauta, tandis que Gianluca cherchait des yeux le coupable, prêt à se battre avec lui si nécessaire pour l'empêcher de faire des avances à la jeune femme.

Il ne cessait de penser à elle depuis qu'elle était revenue dans sa vie. Et il était sûr de ne jamais oublier la vision qu'il avait eue, la nuit précédente, d'Ava portant en tout et pour tout le collier qu'il lui avait offert.

Un collier qu'elle avait failli ne pas accepter… Il y avait mille et une raisons pour qu'une femme refuse un cadeau d'un homme, mais Gianluca croyait savoir ce qui avait fait hésiter Ava : il s'agissait d'un bijou, et cela n'avait rien d'anodin.

Un vague sentiment de malaise l'envahit. Oui, un collier était un bijou, mais sans valeur symbolique particulière, contrairement à une bague… Ce cadeau constituait juste un témoignage de l'affection — profonde — qu'il avait pour elle.

Et avait peut-être toujours eue.

Mais sans que ce sentiment ait rien de spécial ni de nouveau pour lui…

Non, il se mentait à lui-même : ce qu'Ava lui inspirait, il ne l'avait éprouvé pour aucune autre femme. Parce que celle-ci était différente de toutes les autres.

Il la vit se pencher pour caresser un petit chien, puis parler à son maître.

Accepterait-elle de l'accompagner à Rome, demain ? se demanda Gianluca.

Elle se redressa, tourna la tête… Le sourire qui éclairait son visage le chavira.

Et là, au milieu de gens qui faisaient leurs courses, de touristes qui mangeaient des glaces et de mille autres choses dont sa vie privilégiée le tenait d'habitude éloigné, il prit conscience des joies simples qu'Ava avait apportées dans son existence en y entrant.

Jamais il n'aurait cru qu'une femme pourrait le rendre heureux par sa seule présence.

Lorsqu'il l'eut rejointe, elle lui expliqua :

— Ce monsieur élève des lhassa apsos, Luca…

— Je dois rentrer à Rome demain, coupa-t-il en lui entourant le visage de ses mains. Viens avec moi !

Elle ouvrit la bouche. Aucun son n'en sortit, mais une douce émotion apparut dans son regard.

— Pas de Raguse, pas de famille, pas de dissimulation… Juste toi et moi, Ava… Dis oui !

— Oui, déclara-t-elle sans hésiter.

Le petit avion loué et piloté par Gianluca depuis Naples atterrit sur un aérodrome proche de Rome à la tombée de la nuit. Ses employés s'étaient arrangés pour que sa Lamborghini l'attende sur le parking, et l'autoroute les amena rapidement aux portes de la Ville éternelle.

Gianluca avait le sentiment d'être un homme neuf. Ava était la première femme qu'il avait envie de placer au centre de son existence. Il la voulait tout à lui et, pour s'excuser de ne pas être allé à Raguse, il avait fait livrer deux douzaines de roses à sa mère.

Ava, de son côté, avait appelé son frère, et après avoir raccroché elle avait déclaré en souriant :

— Josh m'a demandé de plaider sa cause auprès de toi.

— Tu lui as dit que nous étions ensemble ?

Le sourire d'Ava s'était figé.

— Je ne savais pas que c'était un secret !

Non, ce n'en était pas un, et Gianluca, encore maintenant, se reprochait son manque de tact. Par habitude, il avait réagi comme s'il souhaitait qu'un maximum de discrétion entoure leur relation… Or ce n'était absolument pas le cas. Il n'avait pas du tout l'intention de cacher Ava chez lui. Sans avoir encore de plan précis en tête, il voulait lui faire visiter Rome et la présenter à certaines personnes comme… Comme…

Il lui jeta un coup d'œil. Elle était en train de consulter ses courriels sur son téléphone portable.

Après s'être éclairci la voix, il se jeta à l'eau :

— Il y a quelque chose dont je voudrais…

Une bordée de jurons l'interrompit.

— *Cara ?*

— Gare-toi !

Puis, comme il continuait de rouler, la jeune femme ajouta :

— S'il te plaît !

Cette fois, il obéit et, à peine la voiture s'était-elle arrêtée qu'Ava en bondit.

Jurant copieusement à son tour, Gianluca l'imita et la rejoignit sur le trottoir où elle se tenait, une main sur la hanche et agitant de l'autre son téléphone, l'air courroucé.

— Devine qui nous a vus sur le site internet d'un magazine people ! lui lança-t-elle.

C'était la première fois qu'il l'entendait élever la voix depuis qu'ils étaient amants. Sa nature passionnée, qui s'était exprimée pendant trois jours d'une tout autre manière, se manifestait maintenant de nouveau sous forme de colère... S'il y avait une chose dont Gianluca ne pouvait pas se plaindre, c'était de s'ennuyer avec elle !

— Le pape ? ironisa-t-il.

— Non, ma secrétaire ! Et tu sais ce que ça signifie ? Que tous mes employés sont en train de parler de moi et de mon « prince italien », comme si j'étais une espèce de Mary Donaldson !

— Pardon ?

— Mary Donaldson, originaire de Tasmanie, qui a épousé l'héritier du trône du Danemark. Toute l'Australie en a pleuré de joie : elle comptait enfin une tête couronnée parmi ses ressortissants !

Un instant tenté de dire qu'il avait assisté à ce mariage, Gianluca y renonça finalement. Ce n'était pas le sujet.

— Tes employés savent maintenant que le travail n'est pas toute ta vie, déclara-t-il à la place. Et alors ?

— Alors, j'ai l'impression d'être livrée en pâture à la curiosité malsaine de gens qui sont censés me respecter ! répondit Ava. Jamais je n'aurais pensé que les photos de nous prises l'autre jour atterriraient sur le web et pourraient donc être disponibles jusqu'en Australie !

Gianluca la considéra d'un air pensif. En la voyant

aujourd'hui vêtue de son corsaire blanc et d'un T-shirt bleu clair très moulant, il avait du mal à l'imaginer telle qu'elle était quelques jours plus tôt seulement : affublée d'un tailleur-pantalon bleu marine qui gommait ses formes, et engoncée dans un chemisier de soie que même une vieille *mamma* refuserait de porter.

En cet instant précis, elle était en colère, mais cela ne la rendait pas moins belle, au contraire...

Ce qui s'était passé entre eux l'avait changée — et lui aussi, admit Gianluca. Il ne savait ni pourquoi ni comment c'était arrivé, mais il était heureux.

— Il faut que tu répares les dégâts ! décréta-t-elle.

— Que veux-tu que je fasse ?

— Ce dont tu parlais l'autre jour : demande à ton attaché de presse de publier un communiqué disant que nous sommes parents et qu'un effet d'optique transforme un chaste baiser en quelque chose d'équivoque.

C'était ce qui s'appelait être pris à son propre piège..., songea Gianluca.

Il pivota sur ses talons et regagna la voiture.

— Hé ! attends-moi ! s'exclama la jeune femme avant de courir le rejoindre.

A peine avait-elle attaché sa ceinture qu'il démarra.

Une chose au moins était sûre : il fallait régler le problème rapidement, et une fois pour toutes.

— Pourquoi sommes-nous là ? demanda Ava.

Elle avait conscience de parler un peu fort, mais elle avait du mal à se remettre de son émotion.

Le courriel de sa secrétaire l'avait secouée. Le fait que ces photos circulent librement sur la Toile lui déplaisait au plus haut point.

Dans ses relations avec les hommes, elle n'avait

jusqu'ici jamais baissé sa garde au point de perdre le contrôle de la situation. Avec Gianluca, elle s'était laissé entraîner dans une aventure qui lui avait semblé follement romantique, mais qui ne serait pas considérée comme telle par tout le monde ! Elle savait ce que la plupart des gens diraient : qu'elle était juste la dernière en date des éphémères conquêtes de Gianluca Benedetti.

Cela la faisait paraître à ses propres yeux encore moins importante pour lui qu'elle ne pensait déjà l'être.

Cela faisait revenir en force tous ses doutes et ses complexes.

Sois raisonnable, Ava ! Cet homme n'est pas pour toi !

Gianluca lui ouvrit sa portière et referma la main sur son poignet.

— Je n'irai nulle part avant que…

Il tira sur son bras pour l'obliger à descendre de la voiture, puis, sans la lâcher, il l'emmena dans un bar rempli de monde. Tous les clients étaient élégamment vêtus, et Ava se sentit d'autant plus gênée, dans sa tenue légère, que de nombreuses têtes se tournèrent vers Gianluca et elle, et que plusieurs femmes le hélèrent.

Deux hommes se levèrent même pour le saluer, mais il ne leur prêta pas attention. Il ne s'arrêta qu'au milieu de la salle, devant une table libre à laquelle il força la jeune femme à s'installer avant de s'asseoir en face d'elle.

Muette de stupeur, Ava jeta un regard circulaire… et le regretta en s'apercevant que tous les yeux s'étaient fixés sur eux. Elle avait reconnu au passage un cinéaste célèbre… Cet établissement devait être l'un des plus sélects de Rome.

— Pourquoi m'as-tu amenée ici ? murmura-t-elle en s'efforçant de faire comme si de rien n'était.

Au lieu de répondre, Gianluca se pencha vers elle et prit ses deux mains dans les siennes.

Les conversations cessèrent brusquement, autour d'eux, comme si tout le monde retenait son souffle.

— Que… qu'attends-tu de moi ? bredouilla-t-elle.

— Si tu me laisses t'embrasser maintenant, dit-il, cela signifiera que nous formons un couple. Toute la bonne société romaine parlera de nous — et de toi comme de la femme qui a conquis le cœur du prince Benedetti… Alors réfléchis bien avant de te décider ! Il n'est pas trop tard : on peut encore se contenter de boire un verre ensemble, comme de simples amis. Tu comprends ?

Désorientée, Ava fit oui, puis non, de la tête.

— Sache tout de même que j'ai très envie de t'embrasser, reprit Gianluca avec un grand sourire.

Elle comprit cette partie-là de son discours et, en plongeant le regard dans le sien, elle commença de comprendre le reste.

Comme dans un rêve, elle lui tendit ses lèvres, et il y déposa un long baiser.

Un murmure appréciateur courut dans la salle.

— A présent, tu es officiellement à moi…, chuchota Gianluca, la bouche tout contre celle d'Ava.

Il lui fit visiter Rome.

Il l'installa chez lui et dans sa vie, la présenta à ses amis.

Il l'emmena au restaurant, au théâtre, à des soirées.

Ils mangeaient ensemble, dormaient ensemble et faisaient l'amour avec une passion toujours renouvelée…

Que fallait-il en conclure ?

Ava l'ignorait et, tous les matins, en se levant, elle devait lutter contre l'obscur pressentiment d'une catastrophe imminente.

Trois semaines après leur retour de Positano, elle

était dans l'atelier d'un grand couturier romain, en train d'essayer une somptueuse robe de satin bleu composée d'un bustier et d'une jupe longue. Elle devait la porter à un bal de bienfaisance qui représentait l'une des dates les plus importantes du calendrier mondain international.

Les femmes y rivalisaient toujours d'élégance, lui avait dit Gianluca, et cette robe sublime allait sûrement faire sensation. Ava ne pouvait qu'espérer la porter avec la dignité qu'une telle œuvre d'art exigeait.

Lorsqu'elle remonta dans la limousine que Gianluca avait mise à sa disposition, elle faillit se pincer. Elle venait de vivre les semaines les plus extraordinaires de son existence. Comme rien d'aussi merveilleux ne lui arriverait jamais, elle devait en profiter et en conserver précieusement le souvenir en prévision des jours sombres où des milliers de kilomètres la sépareraient de l'homme qu'elle aimait.

Car il fallait se rendre à l'évidence : elle était tombée amoureuse de Gianluca Benedetti.

14

A l'autre bout de la ville, posté devant la fenêtre de son bureau, Gianluca était au téléphone avec le directeur de sa filiale londonienne, mais il ne l'écoutait que d'une oreille : le spectacle qu'offrait la place située en contrebas de l'immeuble accaparait son attention.

Où que son regard se pose, il y avait des couples. De tous les âges, et même les pigeons perchés sur l'appui de la fenêtre devaient en former un.

Dans sa famille, une soixantaine d'années plus tôt, les mariages étaient encore arrangés. Les choses avaient changé depuis. Personne, par exemple, n'avait obligé son père à épouser le top model sicilien Maria Trigoni — qui pouvait même alors se vanter d'avoir eu un petit rôle dans un film de Fellini.

Lors de l'échange des consentements, cependant, ils ne s'étaient promis fidélité que pour la forme : le prince Ludovico Benedetti voulait juste pouvoir sortir dans le monde avec une belle épouse à son bras, et c'était la perspective de porter le titre de *principessa* qui avait attiré Maria Trigoni.

A vingt-neuf ans, Gianluca avait rencontré beaucoup de femmes dans ce cas. Et quand elles le regardaient, elles ne voyaient pas seulement l'aristocrate, mais aussi le *palazzo* romain, la maison de Regent's Park, à Londres, l'appartement de Manhattan... C'était le plus souvent suffisant pour qu'elles commencent à composer le plan de table du repas de leur futur mariage.

L'exemple désastreux du couple mal assorti que formaient ses parents ne lui en avait pas moins servi de leçon : il s'était toujours dit que, s'il devait un jour se marier, ce serait forcément avec une femme de son milieu.

Mais plus maintenant.

A Positano, Ava et lui avaient discuté de leurs activités professionnelles respectives. Elles avaient beaucoup de traits communs, si bien qu'ils s'étaient sentis en parfaite intelligence sur ce plan-là.

Depuis leur retour à Rome, leurs conversations avaient pris un caractère plus intime. La veille au soir, par exemple, Gianluca avait parlé de sa passion pour les avions, qui datait de son enfance. Une passion que son parrain avait encouragée, et son père, dénigrée.

— Il ne voulait pas que tu deviennes pilote ? lui avait demandé Ava, blottie dans ses bras.

— Tout ce qu'il voulait, c'était me voir reprendre un jour la banque familiale.

— Tes aspirations n'entraient pas en ligne de compte ?

— Non. Toute mon éducation a été fondée sur la discipline : je devais serrer les dents, apprendre à être un homme.

— Mais tu t'es battu pour réaliser ton rêve !

— Oui, comme toi.

Ava lui avait en effet raconté son parcours. Après des études supérieures qu'il lui avait fallu financer sans l'aide de personne, elle avait travaillé pendant trois ans pour une société de courtage, gravi un à un les échelons et gagné la confiance d'un nombre croissant de clients. Des clients qui lui étaient restés fidèles quand, à vingt-huit ans seulement, elle avait créé sa propre entreprise. Gianluca était admiratif : partie de rien, Ava était devenue par la seule force de sa volonté une femme d'affaires qui comptait en Australie.

Ensuite, ils avaient fait l'amour, et Gianluca s'était surpris à éprouver le sentiment d'avoir enfin à portée de sa main quelque chose d'essentiel.

Quelque chose de beaucoup plus important que sa passion longtemps contrariée pour l'aviation, sa réussite professionnelle et les décisions, bonnes ou mauvaises, qu'il avait prises dans sa vie.

Quelque chose qui n'avait aucun rapport avec les privilèges et les devoirs attachés à son nom.

La voix soudain plus énergique de son correspondant l'arracha à ses réflexions :

— Si on passe tout de suite à l'offensive, le succès est garanti.

— D'accord, je vous donne le feu vert, dit-il. Prévenez-moi quand l'opération sera effectuée.

Puis il se détourna de la fenêtre et du spectacle des couples heureux dont la place était remplie.

Repensant à Ava, il éprouva une envie irrépressible de passer le reste de la journée avec elle.

Mais, d'abord, il avait une course à faire... Il appela sa secrétaire et lui demanda de prévenir sa banque qu'il allait s'y présenter dans une petite demi-heure pour se rendre dans la salle des coffres.

Gianluca passa prendre Ava dans sa Lamborghini et se dirigea ensuite vers le mont Palatin.

Ils avaient emporté de quoi pique-niquer et, en fin d'après-midi, ils se promenèrent au milieu des vestiges des palais impériaux, au-dessus du Circus Maximus.

La jeune femme était silencieuse. Cet endroit n'était pas celui où Gianluca l'avait emmenée sept ans plus tôt, mais il offrait la même vue spectaculaire sur la ville... Non que Gianluca eût envie d'évoquer ce souvenir : il ne pouvait penser au moment où il s'était réveillé pour trouver le lit vide, près de lui, sans bouillir de colère. Et il ne voulait pas être en colère contre Ava.

Pas aujourd'hui.

— Quand mes grands-parents paternels étaient fiancés, déclara-t-il, ils venaient ici tous les jours. Ma grand-mère était archéologue, et ces ruines la passionnaient. Contrairement au mariage de la plupart des jeunes gens de leur époque, le leur n'avait rien d'arrangé : ils étaient très amoureux l'un de l'autre.

— Si leur mariage avait été arrangé, ils auraient été moins libres de leurs mouvements ?

— Oui. Ils se seraient vu imposer des visites protocolaires chez leurs futurs beaux-parents respectifs, des soirées chaperonnées à l'opéra et des séjours à la mer pendant lesquels les familles concernées auraient parlé dot et autres questions d'argent.

— A cette époque, un homme et une femme qui se connaissaient à peine pouvaient donc se retrouver fiancés ?

— Non. L'aristocratie formant un microcosme, tous ses membres en âge de convoler se connaissaient au moins un peu. Et même si mes grands-parents se sont choisis, ils appartenaient tous les deux à ce milieu, si bien que leurs pères respectifs n'avaient pas vraiment de raison de s'opposer à leur union.

Ava ne fit pas de commentaire.

— Les choses ont changé depuis, souligna Gianluca après s'être éclairci la voix.

— Le mariage de ta cousine avec un Australien a quand même dû en choquer plus d'un, dans ta famille.

— Tout le monde n'a pas sauté de joie, je te l'accorde, mais le fait que Josh ne soit pas italien a moins compté que sa capacité — ou non — à subvenir aux besoins d'Alessia.

— *Subvenir aux besoins d'Alessia ?* Je n'en crois pas mes oreilles ! Dois-je te rappeler que nous sommes au XXIe siècle ?

— Non, tu me l'as déjà dit plusieurs fois.

Gianluca voulait pourtant que sa compagne voie en lui un homme attentionné, ce que n'étaient ni un frère qui se désintéressait d'elle au point de ne pas avoir mentionné son existence une seule fois en sept ans, ni ce Bernard qui, non content de ne pas savoir apprécier sa féminité, l'en avait rendue presque honteuse.

Ce ne serait plus jamais le cas ! se promit Gianluca.

— Regarde autour de toi ! enchaîna-t-il. Le mont Palatin a été habité pendant un millénaire, et je suis sûr que, durant toute cette période comme aujourd'hui, c'est sa capacité à protéger sa famille qui a fait la valeur d'un homme.

— Les femmes protègent elles aussi leur famille.

— Bien sûr, et tu en es la preuve vivante, puisque tu t'es occupée de ton frère pendant toute son enfance et son adolescence.

— Comment le sais-tu ?

— Quand nous étions ici, il y a sept ans, tu m'as parlé de la maladie mentale de ta mère, des responsabilités qui pesaient sur tes épaules depuis ton plus jeune âge, du sentiment de solitude que tu éprouvais à cause du manque d'argent… Je me rappelle m'être demandé pourquoi personne ne te venait en aide.

Ava se tourna vers Gianluca. Elle avait pâli.

— Ton frère n'a pas été à la hauteur de la situation : au lieu d'émigrer en Italie, il aurait dû rester en Australie et assumer son rôle de chef de famille. Un homme se doit de veiller sur sa mère et sur sa sœur.

— Je n'ai pas besoin qu'on veille sur moi ! Et je viens de comprendre quelque chose : tu n'aimes pas Josh. Tu ne le trouves pas assez bien pour être ton cousin, même juste par alliance, j'imagine... Eh bien, sache que son mariage me déplaisait à moi aussi ! J'ai tenté de le faire revenir sur sa décision... Je lui ai dit qu'il commettait une erreur... Alessia était trop jeune, tout comme lui — sans parler de l'opposition ouverte du reste de ta famille à leur union ! Ta mère...

La phrase d'Ava demeura en suspens.

— Ma mère t'a mal traitée, et j'en suis désolé.

— Je n'ai pas l'intention de la critiquer.

— Alors c'est moi qui vais le faire, déclara Gianluca en passant un bras autour des épaules de la jeune femme. Elle est manipulatrice, égocentrique et capable d'avoir recours au chantage affectif pour parvenir à ses fins. Mes sœurs l'imitent en tout, si bien qu'elles ont vraiment dû te mener la vie dure...

— Disons qu'elles n'ont pas été très accueillantes... Et c'est pour ça que j'ai déménagé dans un hôtel.

— Lequel ?

— L'Excelsior, répondit Ava d'une voix mal assurée.

L'établissement où Gianluca était allé la chercher, il y avait maintenant presque un mois. Et devant lequel il était passé en se rendant à l'hôpital, sept ans plus tôt.

— Après être partie de chez toi, je n'en ai pas bougé de la journée. J'espérais que tu m'appellerais.

Une formidable colère submergea Gianluca, et il repoussa la jeune femme sans douceur. Comment pouvait-elle espérer qu'il l'appellerait, alors qu'il ne connaissait même pas son nom de famille ? Elle, en revanche, connaissait le sien... Si elle avait finalement regretté de s'être enfuie de chez lui au petit matin, pourquoi n'avait-elle pas essayé de le joindre ?

Ava s'était arrêtée et tournée vers lui. La violence de sa réaction la surprenait visiblement, mais c'était du défi, et non de la peur, qu'exprimait son regard.

— Je ne sais pas ce que j'espérais, en fait…, reprit-elle. Ce n'est pas comme si tu risquais d'avoir eu le coup de foudre pour moi ! Comme si nous avions une chance de passer le reste de notre vie ensemble !

Les voix excitées d'un groupe d'écoliers qui s'approchait interrompirent la conversation. Ava pivota sur ses talons et, sans un regard pour Gianluca, dévala la pente menant à l'endroit où il s'était garé. Elle était adossée au capot de la Lamborghini, les bras croisés et le visage fermé, quand il la rejoignit.

La course avait calmé sa colère, et l'idée lui était venue pour la toute première fois de faire son examen de conscience. Il en voulait à Ava d'être partie de chez lui en catimini, après leur nuit d'amour, mais les torts étaient partagés : une fois le choc du décès de son père passé, il aurait pu demander à Josh qui elle était. Un homme connaissait forcément les demoiselles d'honneur qui avaient officié à son mariage, non ?

S'il avait perdu Ava, sept ans plus tôt, c'était donc au moins en partie par sa faute. Il devait le lui expliquer et s'en excuser, mais pas tout de suite : là, elle était trop énervée pour l'écouter.

Le petit écrin niché dans la poche intérieure de sa veste lui parut cependant peser très lourd quand, sans rien dire, il ouvrit la portière de la voiture à la jeune femme, se mit au volant et prit la direction de son domicile.

Cette fin de journée sur le mont Palatin ne s'était pas du tout déroulée comme prévu.

Ce soir-là, ils firent l'amour, comme tous les autres soirs : rien ne semblait pouvoir atténuer leur désir, ni le bonheur que leur procurait son assouvissement.

Ce fut le moment délicieux où, épuisés mais comblés, ils reposaient dans les bras l'un de l'autre, que Gianluca choisit pour reprendre la conversation interrompue quelques heures plus tôt :

— Je n'étais pas dans mon assiette, le jour du mariage d'Alessia…

Il sentit Ava tressaillir, mais elle garda le silence.

— J'avais eu la veille une violente dispute avec mon père.

— A quel sujet ?

— Les responsabilités que j'essayais d'esquiver.

— Quelles responsabilités ?

— Regarde autour de toi ! Je suis un Benedetti !

Ils étaient couchés dans le lit à baldaquin d'une immense chambre ornée de fresques, d'appliques dorées à l'or fin, d'une somptueuse cheminée de marbre…

Tout, ici comme dans l'ensemble du *palazzo,* rappelait l'ancienneté et la puissance de la famille Benedetti, mais Ava pouvait-elle mesurer la charge que cela faisait peser sur ses épaules ? se demanda Gianluca.

Sans doute pas, aussi poursuivit-il :

— J'avais dix-huit ans quand j'ai quitté l'école militaire, et je suis alors parti suivre des études d'économie dans une grande université américaine. Mon père pensait que je reviendrais ensuite travailler dans la banque familiale, et il a donc fermé les yeux sur la vie de patachon que je menais aux Etats-Unis. Mais à un peu moins de vingt et ans, alors que je venais d'obtenir mon diplôme, la ligue professionnelle de football m'a recruté.

— Et tu es devenu une star, le chouchou des médias…

— Oui, mais un sportif de haut niveau doit aussi

s'entraîner dur, surveiller son alimentation, éviter tout excès les veilles de compétition…

— Ça ne l'empêche tout de même pas d'aller à des soirées et de fréquenter les plus belles filles du monde !

— Non, et j'en ai profité, je le reconnais. Mais le plus important, pour moi, c'était de ne plus avoir d'obligations que librement consenties. Tu ne peux pas imaginer le bien que ça me faisait, après des années de contraintes imposées par l'extérieur !

Ava émit un petit soupir désabusé.

— Si, je peux l'imaginer, mais continue…

— La veille du mariage d'Alessia, donc, je me suis violemment disputé avec mon père. Il voulait que je l'accompagne le lendemain à une réunion du conseil d'administration du groupe bancaire Benedetti-Agostini, afin que je commence à apparaître comme son dauphin aux yeux de ses associés.

— Il espérait toujours que tu lui succéderais à la tête de l'entreprise familiale ?

— Oui, mais la date de renouvellement de mon contrat de footballeur professionnel approchait, et j'ai répondu à mon père que je n'avais pas la moindre intention de renoncer à ma carrière sportive. Il m'a alors reproché ma vie « dissolue », et rappelé qu'il était d'usage, chez les Benedetti, de servir dans l'armée italienne pendant quelques années au moins… Là aussi, je lui ai opposé un refus catégorique.

Gianluca marqua une pause et se redressa un peu dans le lit avant de poursuivre :

— Le ton est monté… Mon père était furieux, et moi, je ne comptais pas lui faire la moindre concession… J'ai fini par lui dire que je les considérais, ses homologues et lui, comme des criminels en col blanc. Il m'a giflé, et là, j'ai vu rouge : je l'ai traité de tyran domestique, et j'ai ajouté que mon seul but, dans la vie, c'était de ne jamais lui ressembler.

— Et le lendemain, au lieu de l'accompagner à cette réunion du conseil d'administration, tu es donc allé au mariage de ta cousine.

— Oui, mais pendant la nuit — *notre* nuit —, mon père a été foudroyé par un infarctus.

— Je suis désolée...

— Je l'ignorais à l'époque, mais il était alors soumis à un énorme stress : vingt années de cavalerie et de corruption étaient sur le point de le rattraper. Tout le groupe bancaire s'est ensuite effondré, deux des associés de mon père se sont retrouvés en prison, et presque tous ses biens ont été vendus pour rembourser ses dettes.

— Mais toi, tu as changé d'avis : tu t'es engagé dans l'armée... Pourquoi ?

— Pour racheter l'honneur de la famille, et parce que c'était le souhait de mon père, aussi. En provoquant sa colère, j'avais peut-être précipité sa mort, et me plier à sa volonté était la seule chose que je pouvais faire pour honorer sa mémoire.

Ava hocha la tête et observa sur un ton pensif :

— C'est donc pour ça que je n'ai pas pu te joindre, le lendemain du mariage... J'ai appelé chacun des numéros que tu m'avais donnés, mais personne n'a décroché, et un seul d'entre eux était relié à un répondeur. Le message que j'ai laissé dessus ne t'a pas été transmis, j'imagine, et c'est normal compte tenu des circonstances.

— Dès l'annonce du décès de mon père, les médias ont commencé de nous harceler, et tous les numéros de téléphone de la famille, personnels et professionnels, ont été changés dans les vingt-quatre heures. Ton message a dû ainsi disparaître sans avoir été écouté, si bien que je n'en ai jamais eu connaissance... Que disait-il ?

— Je te demandais de me rappeler à l'Excelsior.

— Tu m'y indiquais ton nom de famille ?

— Oui… Pourquoi ?

— Parce que je ne savais pas, à ce moment-là, que tu étais la sœur de Josh. Tu ne m'avais donné que ton prénom, et en plus je l'avais mal compris.

— Comment ça ?

— Je croyais que c'était « Evie ».

L'air soudain accablé, Ava quitta les bras de Gianluca et sortit du lit.

— Où vas-tu ? demanda-t-il.

— Me servir quelque chose à boire, répondit-elle avant de prendre le peignoir posé sur le dossier d'une chaise et de l'enfiler.

Le bar installé dans le bureau de Gianluca offrait un grand choix de boissons, alcoolisées ou non, mais Ava opta sans hésiter pour le sherry.

Par un malheureux concours de circonstances, Gianluca n'avait pas eu son message, le lendemain du mariage, mais c'était elle, au départ, qui avait tout gâché en s'enfuyant du *palazzo* Benedetti au petit matin, en refusant de croire que Gianluca pouvait envisager d'avoir avec elle autre chose qu'une aventure d'un soir.

« Notre nuit », avait-il dit…

Cela semblait signifier qu'elle avait eu une importance particulière pour lui aussi, songea-t-elle.

La vie lui avait appris à refouler ses sentiments. Après le départ de son père, sa mère lui avait promis qu'il reviendrait, Ava ne s'en souvenait que trop bien. Cette promesse déçue l'avait ensuite convaincue de ne plus faire confiance qu'à la réalité tangible, et son pragmatisme, allié à une bonne dose de travail, lui avait permis de briser la spirale de pauvreté dans laquelle le divorce de ses parents et la maladie de sa mère avaient entraîné sa famille.

Ce besoin de se protéger contre toute forme de désillusion l'avait cependant desservie au plan relationnel. Josh avait quitté l'Australie pour fuir ses exigences, elle était restée enfermée pendant deux ans dans une liaison avec un homme qu'elle ne pouvait pas aimer, et, le jour où l'occasion de mettre de la magie dans son existence s'était présentée, elle n'avait pas eu le courage de la saisir.

— Ava ?

La voix grave de Gianluca, dans son dos, la tira de ses pensées.

— Je suis désolée, déclara-t-elle.

Des émotions qu'elle ne s'était pratiquement jamais autorisée à éprouver rendaient sa voix à peine reconnaissable à ses propres oreilles. Elle essaya de trouver quelque chose d'autre à dire, mais en vain.

Gianluca la rejoignit, lui prit le verre des mains et en huma le contenu.

— Tu bois du sherry au milieu de la nuit ? Ce n'est pas raisonnable, *cara* !

Il posa le verre sur son bureau et la considéra d'un air perplexe.

— Je suis désolée, répéta-t-elle.

— A propos de quoi ?

— De toutes les épreuves que tu as traversées.

— Que veux-tu, c'est la vie ! L'adversité rend plus fort et permet de mieux apprécier l'instant présent, tu ne crois pas ?

Ava eut la nette impression que Gianluca ne parlait pas seulement de son père : il parlait aussi d'eux.

Et de sexe, pas d'amour.

Ce qu'ils avaient, pour lui, c'était une entente physique parfaite, mais rien de plus.

L'amour aurait pourtant pu naître entre eux, autrefois, si elle n'avait été lâche au point de lui enlever toute chance d'éclore.

Et maintenant, il était trop tard.

15

Des milliers de photophores contenant de minuscules bougies éclairaient une salle de bal où se pressaient quatre cents personnes qui avaient toutes acquis à prix d'or le droit d'être là.

Le cœur d'Ava battait la chamade. L'une des employées de la maison de couture était venue ce soir au *palazzo* pour l'aider à mettre sa robe et voir si une retouche de dernière minute n'était pas nécessaire. Un coiffeur, puis une maquilleuse lui avaient succédé, et la jeune femme s'était abandonnée à leurs mains expertes. Mais elle avait maintenant le sentiment que son apparence devait tout à l'artifice, et rien aux avantages naturels que Gianluca lui avait appris à apprécier en elle.

— Détends-toi ! lui dit-il pendant qu'ils dansaient la valse au son d'un orchestre symphonique. Tu es sans conteste la plus belle femme de la soirée.

Sa voix n'avait cependant rien de rassurant : Ava y percevait une certaine tension — celle qui régnait entre eux, sauf quand ils faisaient l'amour, depuis leur après-midi sur le mont Palatin.

Il n'en était pas moins vrai qu'avec cette robe, ses cheveux savamment arrangés, des pendants d'oreilles en saphir et le gros saphir entouré de petits diamants qui ornait son cou, elle était plus en beauté qu'elle ne l'avait jamais été et ne le serait jamais.

L'idée de mettre des bijoux ayant appartenu à la grand-mère de Gianluca l'avait un peu gênée, mais il lui avait expliqué qu'ils étaient faits pour être portés et n'en avaient que trop rarement l'occasion.

En apercevant soudain Maria Benedetti au milieu des invités, cependant, Ava eut le sentiment d'avoir commis un vol.

Non, il s'agissait juste d'un emprunt, se raisonna-t-elle. De ces merveilleux bijoux comme du *palazzo* Benedetti et de son propriétaire lui-même, elle n'avait une jouissance que temporaire.

La seule chose qui lui appartenait vraiment, ce soir, c'était sa robe, car elle avait tenu à la payer. Sans posséder autant de biens que Gianluca, elle avait de l'argent — gagné grâce à son intelligence, son sens des affaires et un pragmatisme frisant parfois le cynisme, il fallait bien le reconnaître…

Pourquoi n'arrivait-elle pas à être aussi réaliste en ce qui concernait ses rapports avec Gianluca ?

— Tu ne m'avais pas dit que ta mère serait là…

— Je l'ignorais, marmonna-t-il.

A en juger par la crispation de ses mâchoires, cette présence ne le ravissait pas plus qu'elle. La présenter comme sa compagne à ses amis était une chose, à sa famille en était une autre : la première ne l'engageait à rien, la seconde était traditionnellement le signe d'une volonté d'officialiser une relation.

Or Gianluca n'éprouvait pour elle que du désir. Un désir certes impérieux, mais qui ne résisterait pas longtemps à leur éloignement physique. Et ils n'allaient pas tarder à se séparer : Ava n'avait pas changé la date d'un retour prévu pour le vendredi suivant, et Gianluca ne lui avait toujours pas demandé de rester. Elle savait maintenant qu'il ne le ferait pas.

Quand elle serait rentrée en Australie, leur liaison durerait peut-être encore un certain temps — ils se reverraient trois ou quatre fois par an, tantôt à Sydney, tantôt à Rome —, mais Gianluca rencontrerait d'autres femmes, plus belles et plus accessibles… Il finirait par en trouver une qui l'attirerait autant et remplacerait sa maîtresse australienne.

C'était ce qu'Ava s'était dit la veille. Les hommes ne confondaient pas le désir et l'amour, et elle avait décidé de l'accepter. Peut-être aurait-elle pu avoir les deux, autrefois, mais plus maintenant.

Il était cependant difficile de s'interdire toute pensée romantique, dans cette robe digne d'une princesse de conte de fées…

Difficile de ne pas rêver, alors qu'elle dansait la valse dans les bras de l'homme de sa vie.

Difficile de retenir ses larmes quand cet homme n'avait pas eu l'intention de la présenter comme sa compagne à sa famille avant d'y être obligé, comme ce soir.

Ava comprenait à présent pourquoi Gianluca ne l'avait pas emmenée à Raguse…

— Ma mère reçoit tous les ans une invitation à ce bal, lui indiqua Gianluca, mais c'est la première fois qu'elle y vient.

L'air d'un homme marchant à l'échafaud, il leur ouvrit un chemin au milieu des couples de danseurs. Ava s'aperçut alors que tous les yeux étaient braqués sur eux, et le peu d'assurance qui lui restait s'envola. Il lui sembla soudain que les gens la regardaient comme un phénomène de foire. Elle redevint « cette folle d'Eva Lord », l'adolescente moquée et méprisée par ses camarades de classe.

Pendant qu'ils approchaient de sa mère, Gianluca lui murmura des instructions — qu'elle n'écouta pas. Il la prenait vraiment pour une idiote ! Même stressée, elle savait se tenir !

Maria Benedetti parut légèrement surprise quand son fils se pencha pour lui baiser la main. Elle se tourna ensuite vers Ava et la salua d'un signe de tête.

— Ce sont les saphirs de la *principessa* Alessandra que porte ton amie, Gianluca ? demanda-t-elle.

— Oui, et ils lui vont très bien.

— J'ai toujours trouvé dommage de les garder enfermés dans le coffre-fort d'une banque, déclara Maria avec un haussement d'épaules indifférent. Vous avez l'air de passer une excellente soirée, mademoiselle Lord…

— En effet, mentit Ava.

— Si nous déjeunions ensemble demain ? J'aimerais que vous me racontiez vos impressions sur Rome.

Ava comprit que la vieille dame lui tendait un rameau d'olivier.

— Avec plaisir, répondit-elle.

Et là, elle ne mentait pas : si elle avait accepté la proposition de la *principessa* Benedetti, ce n'était pas pour rentrer dans ses bonnes grâces, mais parce qu'elle avait soudain conscience de ne plus lui en vouloir de son mauvais accueil d'autrefois. Les semaines passées avec Gianluca l'avaient familiarisée avec la haute société romaine, et elle ne la craignait plus. Elle se sentait brusquement autant à sa place dans cette salle de bal que Maria Benedetti.

Souriant pour la première fois de la soirée, Ava parcourut l'assistance des yeux… et vit son frère s'approcher. Grand et mince, très élégant dans un smoking impeccablement coupé, il lui adressa un petit signe tout en essayant de rajuster son nœud papillon.

— Ce truc me donne toujours du fil à retordre, lui

dit-il une fois à sa hauteur. Alessia l'a touché, dans la voiture, et maintenant, il est tout de travers.

Ava faillit redresser le nœud papillon, et puis elle se rappela que Josh n'était plus son « petit frère ». C'était un adulte, et elle devait le traiter comme tel.

Un élan de tendresse la souleva pourtant sans prévenir, et elle le prit dans ses bras. Il l'embrassa sur la joue et lui chuchota à l'oreille :

— Ne t'inquiète pas : je vais te sortir de là.

De quoi parlait-il ? Elle n'en avait pas la moindre idée, mais au lieu de le lui demander elle resserra son étreinte. C'était si bon de le retrouver, et d'avoir enfin le courage de lui témoigner ouvertement son affection !

Une main se posa soudain sur son bras. Elle s'écarta de Josh et reconnut sa belle-sœur. Cette petite boule d'énergie d'à peine un mètre cinquante n'avait pas changé en sept ans.

— Ta robe est magnifique, et je ne connais personne à qui elle irait aussi bien ! s'écria Alessia. Pourquoi gardes-tu Ava enfermée, Gianluca ? Si nous sommes venus à Rome, Josh et moi, c'est pour la délivrer !

— Gianluca a été très gentil avec moi, se força à dire Ava.

L'intéressé lui lança un regard surpris, mais ses cousins Marco et Valentina — un couple qu'elle avait déjà eu l'occasion de rencontrer — vinrent alors se joindre à eux, et la conversation changea.

Ava se sentait des affinités avec Tina. Il y avait chez la jeune — et très enceinte — Italienne une spontanéité et une simplicité qui lui plaisaient. Si son retour en Australie n'avait été si proche, elles seraient sûrement devenues amies.

Ce sentiment devait être réciproque, car Tina la prit à l'écart et lui déclara avec un sourire complice :

— Je t'ai vue parler à mon dragon de tante… Comment ça s'est passé ?

— Bien. Elle a été très aimable.

— Ah bon ? C'est étrange : elle est d'habitude extrêmement désagréable avec les autres femmes… Elle sait que tu n'es pas sicilienne ?

— Bien sûr !

— Et tu n'es pas vierge non plus, j'imagine.

— Pardon ?

— Non, rien… J'essaie juste de comprendre ce qui a fait changer d'humeur ma chère tante. Je ne le vois toujours pas, mais je m'en félicite, crois-moi !

Tina se mit brusquement à rire, et Ava l'interrogea du regard.

— C'est la tête de Gianluca qui m'amuse, expliqua-t-elle. Ne te retourne pas, mais sache qu'il ne te quitte pas des yeux ! Je crois que notre conciliabule l'inquiète… Il ne va sûrement pas tarder à venir l'interrompre, et il faut donc que je me dépêche d'aller à l'essentiel : depuis que je le connais, je ne l'ai jamais vu aussi heureux.

Ava en resta muette de stupeur et, comme Tina l'avait prédit, Gianluca les rejoignit alors. Il saisit Ava par la main et décréta :

— Viens dehors ! Tu as besoin de prendre l'air.

Elle adressa un sourire d'excuse à Tina — qui lui répondit par un clin d'œil.

Une fois sur la terrasse, Gianluca enleva sa veste et voulut la poser sur les épaules d'Ava, mais elle secoua négativement la tête et déclara :

— Il faut qu'on parle.

Dieu qu'elle était belle !

Mais pas comme elle l'était au naturel — le matin

au réveil, par exemple, quand, les yeux encore ensommeillés, elle murmurait à son oreille des mots doux qui lui donnaient envie d'aller passer le reste de ses jours avec elle sur une île déserte… ou juste de l'embrasser.

Sa beauté, ce soir, avait la sophistication habituelle au milieu dans lequel il était né. Et il se rendait compte que cela lui déplaisait. Il aurait voulu pouvoir la décoiffer, lui enlever son rouge à lèvres, jeter ses lourds bijoux dans le Tibre…

Il devait absolument empêcher les Benedetti de l'embrigader.

— Il faut qu'on parle, répéta-t-elle.

— Oui, et c'est pour ça que je t'ai emmenée dehors.

— Moi d'abord ! Tu as vu le film *La Fontaine des amours ?*

— Non, je ne crois pas.

— C'est une vieille comédie romantique, dans laquelle trois jeunes Américaines cherchent chacune leur prince charmant à Rome et finissent toutes par le trouver. J'adorais ce film, quand j'étais petite… Il me montrait une vie radicalement différente de la mienne et me faisait rêver de la connaître un jour.

Ava s'interrompit et alla s'accouder à la balustrade de pierre.

— Tu m'as permis de réaliser ce qu'on pourrait appeler le fantasme de Cendrillon, reprit-elle, mais je crois que le moment est venu pour moi de partir. Avant que le charme cesse d'opérer. Avant qu'un matin, en te réveillant, tu ne voies plus en moi… qu'Ava Lord.

Gianluca ne comprenait rien à ce qu'elle racontait : il avait toujours vu et verrait toujours en elle Ava Lord, la seule femme capable de le faire rire, de le mettre en colère, de l'ouvrir à l'amour…

Non, l'amour ne devait pas entrer en ligne de compte !

En dehors de son grand-père, les hommes de sa famille n'étaient pas de grands amoureux : ils se mariaient par devoir, pour perpétuer le nom… Gianluca avait décidé de rompre avec cette tradition, en restant célibataire, mais quitte à changer d'avis et à commettre ainsi la plus grosse erreur de toute son existence, autant que ce soit pour garder Ava près de lui !

Elle voulait le quitter ? Il ne la voyait pas le faire avec une bague à son doigt…

— La vie dont tu rêvais enfant, pourquoi ne l'aurais-tu pas ? observa-t-il d'une voix bourrue.

Elle tourna vers lui un visage sur lequel était peint un mélange d'anxiété et de méfiance.

La bague pesait lourd, dans la poche de Gianluca, et quand il referma les doigts dessus elle lui parut aussi froide qu'une lame de poignard.

— Cette vie, je te l'offre ! dit-il en saisissant Ava par la main et en la forçant à lui faire face.

— Je ne sais pas de quoi tu parles ! s'exclama-t-elle. Et tu as l'air en colère contre moi… Pourquoi ?

Sans la lâcher, Gianluca sortit la bague de sa poche et la fit scintiller dans la lumière.

— Tu comprends, maintenant, de quoi je parle ?

L'expression de la jeune femme se figea.

— Cette bague est celle que mon grand-père paternel a donnée à ma grand-mère le jour de leurs fiançailles. Elle ne l'a enlevée que sur son lit de mort, pour la léguer à ma sœur aînée.

Gianluca souleva la main gauche d'Ava. Elle tenta de se dégager, mais il était beaucoup plus fort qu'elle.

— Cette bague ne plaît pas à ma sœur, si bien qu'elle dort depuis des années dans le coffre-fort d'une banque, avec les autres bijoux de la famille Benedetti… Je l'en ai sortie, et maintenant j'ai l'honneur de te demander de devenir ma femme.

Sur ces mots, il passa la bague à l'annulaire d'Ava. Il dut forcer pour la faire rentrer, et la jeune femme protesta :

— L'anneau est trop petit.

— On peut l'agrandir ! s'écria Gianluca d'un ton agressif.

Il était furieux. Pourquoi Ava rechignait-elle ainsi ? C'était elle qui avait parlé de rêve, et il lui en offrait la réalisation sur un plateau !

Son courroux monta encore d'un cran lorsqu'elle commença à tirer sur la bague en disant :

— Je n'en veux pas ! Reprends-la !

La voix de l'organisatrice de la soirée résonna alors derrière eux :

— Qu'est-ce que vous faites dehors, Gianluca ? Il y a ici des gens qui ont parcouru des milliers de kilomètres pour vous voir... Oh ! pardon ! Vous n'êtes pas seul...

Avec un petit cri de détresse, Ava rassembla ses jupes, contourna Gianluca et regagna la salle de bal en courant.

— Je peux vous demander un immense service, à Josh et à toi ? dit Ava à sa belle-sœur.

— Bien sûr ! De quoi s'agit-il ?

— Je ne veux pas rentrer au *palazzo* Benedetti ce soir, et j'ai donc besoin d'un endroit où dormir.

— Pas de problème : nous avons loué une suite à l'hôtel Palatino, à deux rues d'ici... Tu prendras la deuxième chambre.

— Que se passe-t-il ? demanda Josh avec dans la voix quelque chose qui ressemblait à de la sollicitude.

Quand il lui posait ce genre de question, autrefois, Ava

répondait toujours que tout allait bien. Elle mentait pour le protéger, mais aujourd'hui il n'en avait plus besoin.

— Tu avais raison, Josh : je suis destinée à vieillir seule.

Ava ne se sentait pas le courage de rester là une minute de plus. Elle se dirigea d'un pas rapide vers la sortie et, en descendant l'escalier extérieur, elle se rappela que c'était le moment où Cendrillon avait perdu sa pantoufle de vair. Mais ses chaussures à elle — des escarpins Jimmy Choo — se maintinrent en place, et les vigiles qui gardaient l'entrée s'écartèrent pour la laisser passer.

Quittant la place brillamment éclairée qui s'étendait devant le lieu du bal, elle s'enfonça alors dans les rues sombres de la Ville éternelle.

Ava était introuvable.

Gianluca avait commis des erreurs, dans sa vie, mais ce qu'il venait de faire était pire qu'une erreur : une faute.

Comment avait-il pu passer de force une bague au doigt d'Ava ? Comment avait-il pu manquer à ce point de sensibilité ? Il était amoureux d'elle, alors pourquoi ne pas l'avoir dit, au lieu de lui faire une demande en mariage qui ressemblait à une déclaration de guerre ?

Où diable était-elle ?

— Benedetti ?

La voix qui l'avait hélé avait le bon accent, mais pas le bon timbre.

Il se retourna.

— Vous avez vu votre sœur ?

En guise de réponse, Josh replia son bras puis le lança, poing fermé, en direction du menton de Gianluca — qui esquiva le coup et referma la main sur le poignet de son agresseur.

— Qu'est-ce qui vous prend, Lord ?

— Je n'apprécie pas du tout la façon dont vous avez traité Ava ! Son petit ami l'a quitté, et vous, vous profitez de sa vulnérabilité pour la séduire... C'est une fille brillante, mais elle manque terriblement de confiance en elle dans ses relations avec les hommes.

— Vous ne m'apprenez rien.

Le jeune Australien fronça les sourcils, et Gianluca, considérant cette conversation comme une perte de temps, reprit impatiemment :

— J'aime votre sœur, et je veux l'épouser. Vous voyez que mes intentions sont on ne peut plus honnêtes !

Deux exclamations étouffées se firent entendre, dans son dos. Il jeta un coup d'œil par-dessus son épaule. Valentina et Alessia se tenaient derrière lui.

— Où est Ava ? demanda la première.

— C'est ce que j'étais venu te dire, Gianluca ! annonça la seconde. Elle est partie d'ici au pas de course il y a une quinzaine de minutes — peut-être pour aller à l'hôtel Palatino, où je lui ai proposé de partager notre suite.

A peine avait-elle fini de parler que Gianluca se précipita vers la sortie. Il l'avait presque atteinte quand Josh le rattrapa et le saisit par le bras.

— Attendez ! Je connais ma sœur, et ce n'est pas à notre hôtel que vous la trouverez — pas si elle est malheureuse. Quand on était petits et que notre mère allait spécialement mal, Ava partait se promener avec moi, le plus loin possible... Elle a fait ça le soir de mon mariage — sans moi, évidemment ! —, et d'après une des amies d'Alessia personne ne l'a revue avant le lendemain matin.

Gianluca eut alors une illumination.

— *Grazie !* Je sais où elle est !

« Je n'en ai pas bougé de la journée. J'espérais que tu m'appellerais »...

Il se mit à courir. Elle était à pied. Lui aussi, mais il comptait courir aussi vite que si sa vie en dépendait.

Ce qui était le cas, à bien y réfléchir.

Le bar de l'Excelsior n'était éclairé que par quelques lampes disposées çà et là, mais Gianluca repéra la jeune femme à la seconde même où il franchit le seuil.

Son cœur battait à grands coups dans sa poitrine et, comme il était en excellente forme, ce n'était pas à cause de l'effort physique qu'il venait de produire.

Une grosse pluie d'orage l'avait surpris en chemin, si bien qu'il était trempé. Et le temps du trajet avait été rallongé par un arrêt chez un joaillier de ses relations, qui avait accepté de lui ouvrir son atelier malgré l'heure tardive. Il en était ressorti avec une émeraude de la plus belle eau.

Ava était assise au bar, la lumière tamisée teintant d'albâtre ses bras et ses épaules nus. Le barman l'observait à la dérobée tout en essuyant des verres, et plusieurs clients la lorgnaient, mais personne ne l'avait abordée. Elle avait l'air perdue dans ses pensées.

— Ava *mia*… , dit Gianluca quand il fut à un mètre d'elle.

Lentement, elle tourna vers lui un visage baigné de larmes.

— Je ne suis pas ton Ava. Je ne l'ai jamais été.

Elle lui lança quelque chose, qu'il attrapa au vol.

La bague, luxueuse mais surannée et trop chargée d'histoire, de sa grand-mère…

Mal à l'aise, il se mit à danser d'un pied sur l'autre, fermement décidé à se racheter mais ne sachant par où commencer.

— Va-t'en, Benedetti ! Je ne veux pas de toi !

— Alors que fais-tu là ?

— J'attends un homme. Si c'est la personne sensible que j'ai cru voir en lui, il se montrera. Sinon, je préfère être seule.

C'était dans ce bar qu'Ava l'avait attendu, sept ans plus tôt, pendant qu'il était à l'hôpital avec sa mère et ses sœurs. Gianluca l'avait compris, mais pourquoi semblait-elle lui en vouloir encore de ne pas être venu, ce jour-là ? Elle savait maintenant qu'il n'avait pas eu son message, et rien de tout cela ne serait arrivé si, au départ, elle n'avait pas profité de son sommeil pour partir…

Gianluca se força à réprimer la colère qui montait en lui. Ils avaient tous les deux commis des erreurs qu'il était trop tard pour réparer, mais il ne fallait pas laisser le passé ruiner leurs chances de construire un avenir ensemble.

— Pardonne-moi, déclara-t-il. J'aurais dû remuer ciel et terre pour te retrouver, autrefois.

Il guetta ensuite avec inquiétude la réaction d'Ava, et une onde de soulagement le parcourut quand il vit l'expression de son visage s'adoucir.

— Je n'aurais pas dû m'enfuir de chez toi, Luca ! Et tu m'as retrouvée, ce soir.

Elle m'aime ! se dit alors Gianluca. *Elle m'aime, j'en suis sûr !*

Après avoir remis la bague dans sa poche, il tendit la main à la jeune femme.

— Viens !

Une fois descendue de son tabouret — mais pas avant, comme pour affirmer son indépendance —, elle lui confia une main si fine et délicate qu'il se demanda de nouveau comment il avait pu lui passer cette bague au doigt avec une telle rudesse.

Cela ne lui ressemblait pas. Des émotions brutes,

intenses, viscérales, que son éducation l’avait habitué à refouler, s’étaient alors emparées de lui avec une force irrésistible.

La femme qu’il aimait l’avait donc vu sous son plus mauvais jour, et si elle voulait quand même de lui il serait l’homme le plus chanceux de Rome...

L’Excelsior possédait une tour datant du XVIe siècle et restaurée soixante-dix ans plus tôt. Les milliers de touristes qui avaient gravi depuis son escalier à vis en avaient usé les marches.

A cette heure, une corde en interdisait l’accès, mais quelques billets glissés au gardien permirent à Gianluca d’emmener Ava en haut de l’édifice, d’où s’ouvrait une vue panoramique sur la ville et ses environs.

— A une dizaine de kilomètres à l’est de Rome, dit-il en attirant la jeune femme contre lui, se trouve la résidence d’été des Benedetti. C’est une vieille bâtisse sans confort, où j’ai été obligé de passer tous les étés de mon enfance, et que je détestais. Mais je détestais surtout ce qu’elle représentait, à savoir plusieurs siècles de traditions tyranniques. Et j’étais encore très jeune quand j’ai décidé, pour ne transmettre à personne le poids de ce triste héritage, de ne pas me marier et de ne pas avoir d’enfants... Et puis je t’ai rencontrée.

Gianluca s’interrompit pour caresser la joue d’Ava.

— Tu vois cette colline, à l’ouest ? reprit-il. C’est là que vivaient les tout premiers habitants de Rome. Et c’est là que j’espère faire construire un jour notre demeure. Une demeure dont l’histoire commencerait avec nous et nos enfants.

— Je croyais que tu ne voulais pas avoir d’enfants !

— Si, avec toi, j’en veux... Je t’aime, et rien ne me

rendrait plus heureux que de passer le reste de ma vie à tes côtés.

— Je t'aime aussi, Luca, murmura la jeune femme.

— Alors si je te redemande en mariage, tu accepteras ?

— Essaie toujours ! s'écria-t-elle en riant.

Il s'agenouilla et leva les yeux vers elle.

— Ava, veux-tu m'épouser ?

— Oui… Oh ! oui !

Le visage rayonnant, Gianluca se redressa et sortit l'émeraude de sa poche.

— Je vais la faire monter en bague, *amore mio*. Tu mérites d'avoir une bague de fiançailles rien qu'à toi, parce que tu es unique.

Ils échangèrent ensuite un long baiser sous un ciel que les nuages d'orage n'obscurcissaient plus.

Lorsqu'ils redescendirent dans la rue, les pavés luisaient encore, mais la température était remontée.

— On va marcher un peu, dit Gianluca. Tu veux bien ?

— Oui, mais pour aller où ?

— Dans une église. La première que nous trouverons sur notre chemin.

— Pour quoi faire ?

— Nous marier.

— Là, maintenant ?

— Il y a théoriquement des bans à publier avant, le fait que tu ne sois pas italienne complique les choses, et le prêtre de la paroisse concernée sera dans son lit, à cette heure… Mais nous sommes à Rome.

— Et à Rome, compléta Ava en passant un bras autour de la taille de Gianluca, tout est possible !

MAGGIE COX

Le goût de l'interdit

Traduction française de

FABRICE CANEPA

HARLEQUIN

Titre original :
A TASTE OF SIN

Ce roman a déjà été publié en 2016

1

L'averse tombait sans discontinuer. Bien à l'abri à l'intérieur de la boutique, Rose guettait l'homme qu'elle attendait. Soudain, une grosse Mercedes noire émergea du lourd rideau de pluie et vint se garer le long du trottoir. Eugene Bonnaire était enfin arrivé.

Noyée sous les trombes d'eau, la scène avait quelque chose d'irréel et Rose se sentit plongée en plein film. Dans sa poitrine, son cœur se mit à battre à se rompre à l'idée qu'elle allait bientôt se retrouver devant cet homme qui l'impressionnait tant.

Eugene Bonnaire était l'un des restaurateurs les plus connus et fortunés d'Angleterre, et il avait la réputation d'être quelqu'un de très exigeant, qui obtenait toujours ce qu'il désirait.

Or, il semblait décidé à acquérir la boutique d'antiquités où Rose était employée. Philip, son patron, lui avait demandé de négocier la transaction en son nom. Elle aurait préféré qu'il s'en charge lui-même, quitte à ce qu'elle l'assiste si nécessaire, mais son état de santé s'étant encore aggravé, il venait d'être hospitalisé.

Cela faisait maintenant dix ans que Rose travaillait pour Philip, et elle avait souvent caressé l'idée de pouvoir un jour racheter le magasin. Elle était très attachée à cet endroit calme et intemporel, au bord de la Tamise.

La responsabilité qu'il lui avait confiée en était d'autant plus délicate.

Elle avait donc de bonnes raisons d'éprouver une certaine méfiance à l'égard d'Eugene Bonnaire. Pourtant, lorsqu'il descendit de voiture, elle ne put s'empêcher d'être frappée par son charisme exceptionnel.

Comme tout le monde, elle avait déjà vu des photos de lui dans la presse. Ses traits aristocratiques lui étaient familiers, tout comme son regard bleu et pénétrant qui pétrifiait ses interlocuteurs par son étrange intensité. Mais force était de reconnaître qu'il était encore plus impressionnant en chair et en os.

Il émanait de lui une aura d'élégance et de distinction. Bien sûr, sa coupe de cheveux impeccable, ses luxueuses chaussures italiennes et son costume taillé sur mesure n'y étaient pas pour rien… mais cela n'expliquait pas tout.

Son assurance provenait de quelque chose de plus subtil qui transparaissait dans chacun de ses gestes, jusque dans sa façon de déployer son parapluie avant de s'avancer vers la porte du magasin.

S'efforçant de faire abstraction de la nervosité qui l'avait gagnée, Rose inspira à pleins poumons et se leva pour aller à la rencontre du restaurateur. En s'approchant, elle constata qu'il devait bien mesurer quinze centimètres de plus qu'elle. Intimidée malgré elle, elle ne put s'empêcher de réprimer un soupçon d'appréhension, mais se força à soutenir son regard et prit l'initiative des salutations.

— Monsieur Bonnaire, soyez le bienvenu. Je suis Rose Heathcote, l'assistante de M. Houghton. Il m'a demandé de le représenter.

Eugene Bonnaire serra la main qu'elle lui tendait. Sa poignée de main était ferme, mais sans brutalité, confirmant l'impression de parfaite maîtrise de soi qui se dégageait de lui.

— Enchanté de faire votre connaissance, mademoiselle Heathcote.

Un léger accent français faisait chanter ses mots, ajoutant encore à son charme.

— J'ai été navré d'apprendre que votre employeur était souffrant. Avez-vous de ses nouvelles ?

Rose prit le temps de refermer la porte derrière lui et accrocha la pancarte indiquant que la boutique était close.

— J'aimerais pouvoir vous dire qu'il va mieux, répondit-elle sans cacher sa tristesse. Mais, pour le moment, ce n'est pas le cas. Ses médecins semblent penser qu'il lui faudra un certain temps avant de se remettre.

— Vous m'en voyez désolé. Transmettez-lui mes vœux de prompt rétablissement.

— Je n'y manquerai pas. Si vous voulez bien me suivre, nous serons plus à l'aise pour discuter dans le bureau.

— Vous serait-il possible de me faire tout d'abord visiter l'immeuble ? lui demanda Eugene. Je préférerais dresser un état des lieux plus précis avant que nous ne parlions chiffres.

Malgré la politesse dont il faisait preuve, Rose perçut dans la dureté de sa voix une détermination inflexible qui l'effraya. Eugene Bonnaire n'était pas le genre d'homme à se laisser détourner de ses objectifs.

— Bien entendu, acquiesça-t-elle. Si vous voulez bien me suivre…

L'escalier se trouvait au fond de la salle. Elle mena son visiteur jusqu'au palier et le conduisit à l'étage. Ce dernier était divisé en trois vastes pièces servant d'entrepôt aux antiquités ; les lieux débordaient de meubles anciens, de bibelots, de rayonnages chargés de vieux livres, mais aussi de tableaux et de sculptures de diverses époques.

Rose inspira à pleins poumons, savourant l'odeur familière de poussière et de cire d'abeille qui flottait dans l'air. Pour elle, c'était la plus réconfortante des fragrances, celle qui la faisait se sentir chez elle au milieu de tous ces objets.

Tous lui étaient familiers, mais elle les redécouvrait chaque fois avec la même émotion. A ses yeux, ils la reliaient à un passé qu'elle n'avait pas connu, mais qui continuait de vivre en eux. Combien de gens les avaient touchés, admirés, caressés tandis qu'ils traversaient l'Histoire ?

— Comme vous pouvez le constater, les pièces sont assez vastes pour une demeure aussi ancienne, commenta-t-elle. J'espère que cela correspond à vos goûts.

Lorsqu'elle se tourna vers lui, elle s'étonna de remarquer qu'au lieu d'examiner les lieux c'était elle qu'il observait avec attention.

— J'aime beaucoup ce que je vois, acquiesça-t-il d'une voix onctueuse.

Rose ne put s'empêcher de rougir. Parlait-il de la maison ou d'elle-même ? Pour avoir lu la presse, elle savait que c'était un séducteur accompli : les articles à son sujet ne faisaient pas mystère de ses nombreuses liaisons.

— Tant mieux, répondit-elle, troublée. Prenez tout votre temps.

Il lui adressa un sourire ambigu.

— C'est précisément ce que je compte faire, dit-t-il.

Rose s'écarta pour le laisser passer, profitant de ce qu'il s'avançait dans la pièce pour l'observer à la dérobée. Il s'approcha des lourdes poutres qui soutenaient la charpente et caressa le bois noueux d'une main respectueuse. La douceur de son geste arracha à Rose un frisson qu'il ne manqua pas de remarquer, ayant tourné un regard vers elle au même instant.

— Avez-vous froid ? s'enquit-il. Peut-être devriez-vous

enfiler un pull. Je ne voudrais pas que vous tombiez malade à cause de moi, Rose...

La façon dont il avait prononcé son prénom rajouta à son trouble. D'habitude, elle ne se laissait pas déstabiliser aussi facilement, mais force était de reconnaître qu'elle n'avait pas souvent rencontré d'homme comme Eugene Bonnaire.

Il n'y avait pourtant aucune chance que quelqu'un comme lui s'intéresse à elle : les femmes qu'il fréquentait comptaient parmi les plus séduisantes du Royaume-Uni, et, si Rose se considérait comme assez jolie, elle n'était pas de taille à se mesurer aux actrices et aux mannequins qui paradaient régulièrement au bras d'Eugene. Sa façon de flirter avec elle n'était probablement qu'une technique de négociation commerciale éprouvée.

Mieux valait donc éviter de se laisser déstabiliser de la sorte. Elle carra les épaules.

— Vous avez raison, répliqua-t-elle. Je vais chercher mon gilet. N'hésitez pas à continuer votre visite, je reviens dans une minute.

Elle dévala l'escalier en quête du cardigan qu'elle avait apporté ce jour-là, un vêtement chaud et confortable, mais qui n'avait rien de sexy. Elle l'enfila avec un sourire teinté d'une touche d'autodérision : cette tenue la prémunirait sans doute de toute tentative de séduction.

De retour au premier étage, elle découvrit Eugene dans la salle du fond, où Philip conservait ses acquisitions les plus précieuses. S'y trouvaient notamment nombre de bijoux anciens protégés par des vitrines blindées.

Eugene était en train d'observer une de ces pièces de joaillerie avec une attention soutenue. Jusqu'à présent, aucune des antiquités qu'il avait vues n'avait paru l'impressionner, mais la magnifique bague sertie d'une perle et de diamants qui reposait sur le présentoir de velours semblait le fasciner.

— Elle est superbe, n'est-ce pas ? lui demanda Rose avec un sourire.

— Splendide, acquiesça Eugene sans quitter le bijou des yeux. C'est étrange, elle ressemble beaucoup à une bague que mon père avait offerte à ma mère.

— Peut-être s'agissait-il d'une pièce fabriquée par le même orfèvre, suggéra Rose.

Un sourire un peu triste se dessina sur les lèvres du restaurateur.

— La perle et les diamants qui ornaient celle dont je me souviens étaient des faux. Mon père n'aurait jamais eu les moyens de payer un joyau de cette valeur.

Rose crut discerner une pointe de regret dans le regard d'Eugene et s'en étonna. Elle n'aurait jamais imaginé lire une telle expression sur le visage de cet homme qui paraissait toujours si sûr de lui.

— Je suis certaine que votre mère ne lui en a jamais tenu rigueur. L'intention est souvent plus importante que le cadeau proprement dit.

Eugene ne répondit pas. Il continuait d'observer le bijou d'un air songeur.

— Cette bague a été offerte à une jeune infirmière par la famille d'un soldat blessé durant la guerre de Crimée, expliqua-t-elle.

Le regard d'Eugene se détacha enfin de la vitrine pour venir se poser sur elle. Il y avait dans ses yeux une étrange intensité.

— Se sont-ils fiancés, tous les deux ? s'enquit-il avec curiosité.

— Hélas non. Il est décédé des suites de ses blessures. Mais elle l'a accompagné jusqu'à la fin et, lorsqu'elle est rentrée en Angleterre, elle est allée trouver ses parents pour leur raconter ce qui s'était passé. C'est à ce moment-là qu'ils lui ont offert l'anneau.

— Pensez-vous qu'ils étaient amoureux ? lui demanda Eugene en la fixant droit dans les yeux.

— Je l'ignore.

— Vous devez bien avoir une opinion là-dessus, insista-t-il.

Elle se sentit rougir.

— J'ai envie de le croire, oui, avoua-t-elle. Je n'ai aucune raison de le penser, bien sûr, mais j'aime l'idée qu'ils aient pu trouver un peu de bonheur au milieu de toute cette souffrance.

— Vous êtes une romantique, Rose, commenta Eugene d'une voix presque caressante.

— Sans doute, bafouilla-t-elle, de plus en plus embarrassée.

Elle n'aurait su expliquer clairement ce qui la gênait autant. Après tout, Eugene n'avait eu aucune parole ou aucun geste déplacé. Mais leur tête-à-tête dans le magasin désert et silencieux faisait naître entre eux une étrange intimité. Mieux valait revenir en terrain sûr.

— Si cette visite a satisfait votre curiosité, nous pouvons continuer dans le bureau, suggéra-t-elle. Ce sera plus confortable.

— Excellente idée, approuva-t-il.

Ils redescendirent au rez-de-chaussée. Après avoir jeté un coup d'œil à la pièce principale, Eugene la suivit dans l'arrière-boutique où se trouvait le petit espace de travail qu'elle partageait avec Philip.

— Puis-je vous proposer un café ? lui demanda-t-elle en se dirigeant vers la machine à café.

— Volontiers.

— Noir et sans sucre ?

— Comment le savez-vous ?

Rose hésita quelques instants avant de répondre.

— Je l'ignorais, dit-elle enfin. Je me disais seulement qu'un homme comme vous devait boire son café noir...

— Et quel genre d'homme suis-je donc ?

Elle rougit de plus belle et détourna les yeux, feignant de se concentrer sur la préparation du breuvage.

— Quelqu'un qui ne s'embarrasse pas de demi-mesures, si j'ai bien compris ce que j'ai lu à votre sujet.

Il éclata de rire.

— En effet, j'ai cette réputation, admit-il. J'espère que vous saurez vous en souvenir lorsque nous commencerons à discuter.

La note d'humour perçant dans sa voix ne suffit pas à dissimuler le sérieux de sa remarque. Mais Rose n'avait pas besoin d'être mise en garde ; elle se doutait que nul ne pouvait parvenir à un tel niveau de responsabilités par le seul fait du hasard.

Lorsqu'elle eut fini de préparer deux tasses de café, elle les disposa sur un plateau, puis le porta sur le petit bureau de style victorien de Philip.

Elle s'installa ensuite dans l'imposant fauteuil de son patron et observa attentivement le visage de son interlocuteur. L'espièglerie qu'elle avait cru déceler quelques instants auparavant sur ses traits avait complètement disparu, laissant place à un détachement teinté de gravité.

De toute évidence, l'heure du flirt était révolue et celle de la négociation venait de commencer. De nouveau, l'angoisse étreignit Rose. Avait-elle bien fait d'accepter la mission dont Philip l'avait chargée ? Hélas, il était trop tard pour faire marche arrière, à présent.

Elle s'efforça de dominer sa nervosité.

— Je vous écoute, lança-t-elle pour prendre l'initiative du débat.

— Ma visite du bâtiment m'a permis de confirmer mon intérêt et je suis prêt à vous faire une offre.

Rose fronça légèrement les sourcils. Une fois de plus, il avait fait allusion à la boutique sans mentionner le stock. Ce qui n'augurait rien de bon.

— J'aimerais signer un accord assez rapidement, ajouta-t-il. Aujourd'hui même, si possible.

Il ne paraissait pas envisager un seul instant qu'elle puisse rejeter la proposition qu'il s'apprêtait à lui faire. Etait-ce parce qu'il ne voyait en elle qu'un vulgaire intermédiaire ? Ou parce qu'il pensait qu'elle serait impressionnée par sa fortune et son statut social ?

Rose était prête à parier qu'Eugene Bonnaire n'essuyait jamais de refus. Il ne devait pas y avoir grand monde pour oser s'opposer à lui de façon frontale. Mais elle était bien décidée à ne pas se laisser intimider par ses manières ou son assurance. Elle inspira à pleins poumons pour reprendre son calme.

— Vous parlez du bâtiment, énonça-t-elle posément. Dois-je en déduire que vous n'êtes intéressé que par l'immeuble proprement dit et non par la boutique ?

— C'est exact, lui confirma Eugene.

Elle s'efforça de dissimuler son effarement.

— J'ai peur que nous ne nous soyons mal compris. Mon employeur a bien spécifié qu'il souhaitait céder le bail commercial, et pas uniquement les murs.

— Nous sommes bien d'accord là-dessus, acquiesça Eugene. Je ne compte pas transformer le bâtiment en logement privé, mais y aménager un restaurant de prestige.

— Philip voudrait que cet endroit demeure une boutique d'antiquités, objecta Rose.

Eugene la considéra avec étonnement.

— Pourquoi s'en soucierait-il alors qu'il n'en sera plus propriétaire ?

— Parce qu'il a fondé ce magasin et qu'il y tient beaucoup. En toute honnêteté, si son état de santé ne s'était pas aggravé, il n'envisagerait pas de vendre.

— Vraiment ? Pourtant, tout le monde sait que le marché des antiquités n'est plus aussi florissant qu'autrefois. Je suis sûr que vous avez dû constater une baisse de votre chiffre d'affaires au cours de ces dernières années…

— Le profit n'est pas la principale priorité de Philip.

Un rictus légèrement hautain se dessina sur les lèvres du riche restaurateur.

— Alors, c'est que votre patron a une bien curieuse façon de faire du commerce, commenta-t-il. Quoi qu'il en soit, je suppose qu'étant donné son état de santé il aura à cœur de céder son magasin au meilleur prix. Et je vous assure que je suis prêt à lui faire une offre très généreuse.

Rose hésita. Lorsqu'ils avaient discuté de cette vente, Philip n'avait pas envisagé un seul instant que l'acheteur potentiel puisse s'intéresser au seul bâtiment, et pas à tout le fonds de commerce. Au fil des ans, Philip avait accumulé tant de merveilles… et il était bien trop passionné pour imaginer une telle éventualité.

Si elle acceptait les conditions d'Eugene Bonnaire, Philip serait certainement très déçu de voir la boutique fermer. Mais ce n'était pas le plus grave : le pire était que, dans ce cas, il se retrouverait avec un stock d'antiquités qu'il lui serait très difficile d'écouler.

— J'ai bien peur de ne pouvoir accepter votre proposition, si généreuse soit-elle, déclara Rose. Je sais que ce n'est pas ce que vous espériez et j'en suis désolée. Mais je suis persuadée que vous comprendrez ma décision.

Eugene la considéra d'un air quelque peu déconcerté. A en croire l'expression de son visage, il semblait penser qu'elle avait perdu l'esprit.

— Au contraire, je ne comprends absolument pas, répondit-il enfin. Je viens de vous annoncer que j'étais disposé à payer un prix intéressant.

— Pour les murs, objecta-t-elle. Pas pour la boutique.

— Combien d'acheteurs potentiels avez-vous déjà rencontrés ? lui demanda Eugene.

— Aucun. Philip vient de mettre le magasin en vente.

— Vu la situation économique actuelle et le taux de l'immobilier londonien, je suis prêt à parier que les acquéreurs ne se bousculeront pas. Il est même possible que je sois le seul. Si vous déclinez ma proposition aujourd'hui, vous risquez de le regretter demain. Et votre patron ne manquera pas de vous le reprocher.

Vexée de se voir tancée comme une enfant irresponsable, Rose le fusilla du regard. De quel droit prétendait-il lui expliquer ce que Philip penserait d'elle ?

— Je crois que ceci clôt notre discussion, monsieur Bonnaire, lança-t-elle d'un ton glacial. Je vous ai dit que votre offre ne nous intéressait pas et il n'y a rien à ajouter. Désolée de cette perte de temps mutuelle.

Un fin sourire se dessina sur les lèvres du restaurateur, accompagné d'un coup d'œil ambigu. Curieusement, la froideur dont elle venait de faire preuve à son égard paraissait avoir rehaussé l'opinion qu'il avait d'elle. Mais après tout, peut-être n'était-ce pas aussi surprenant que cela : les hommes comme lui ne s'épanouissaient que dans le conflit.

— Il n'est pas dans mes habitudes de me laisser décourager si facilement, déclara-t-il.

Rose ne put réprimer un soupir.

— Ecoutez, lui dit-elle, je ne prétends pas être une spécialiste en matière d'immobilier. Mais je suis antiquaire et je connais Philip. Je sais qu'il est très attaché à cette boutique et qu'il espère la voir poursuivre son activité. Je manquerais à tous mes devoirs si j'acceptais de vous céder les murs nus, quelle que soit la somme que vous êtes disposé à verser. Je suis vraiment désolée que nous nous soyons mal compris au téléphone ; cela nous aurait évité à tous deux de perdre un temps précieux. Je vais vous raccompagner…

Elle se leva et Eugene l'imita aussitôt, plus par politesse que parce qu'il semblait réellement décidé à partir.

— Pas si vite, protesta-t-il. Seriez-vous prête à envisager cette transaction si je rachetais également tout le stock ? Je pourrai toujours en utiliser une partie pour décorer certains de mes établissements. Quant au reste, j'imagine que je parviendrai bien à l'écouler, petit à petit…

Cette fois, Rose eut plus de mal à réprimer son écœurement. Durant un instant, elle fut tentée de lui répondre que vendre des antiquités était un métier à part entière — le sien, en l'occurrence. L'indifférence dont il faisait preuve envers les pièces inestimables de la boutique la rendait malade.

— Ce n'est pas seulement une question de gestion du stock, répliqua-t-elle avec un soupir excédé. Philip a passé beaucoup de temps à choisir et expertiser ces objets. Il tient à ce qu'ils se retrouvent entre les mains de personnes qui les apprécieront à leur juste valeur. Et je ne parle pas uniquement de leur valeur pécuniaire.

Eugene fronça les sourcils. Il semblait avoir de plus en plus de mal à garder son calme face aux refus répétés qu'elle lui opposait. Mais au lieu de protester, il se contenta de sortir de la poche de sa veste un beau portefeuille en cuir dont il tira une carte de visite.

— Prenez le temps de réfléchir posément à la situation. Lorsque vous serez prête à considérer les choses sous un angle plus rationnel, appelez-moi. En attendant, demandez-vous si vos exigences ne risquent pas de vous causer du tort. Je ne suis pas certain que votre patron puisse se permettre de se montrer aussi borné.

Sans autre forme de salut, il lui adressa un petit signe de la tête et tourna les talons. Rose le regarda quitter le magasin sans oser prononcer un mot. Son cœur battait la chamade, prêt à exploser dans sa poitrine. Et si elle venait de faire la plus grosse erreur de sa vie ?

Quand Eugene fut revenu à son bureau de Mayfair, il demanda à sa secrétaire de filtrer ses appels ; il ne prendrait que les plus urgents. Il se laissa tomber dans son confortable fauteuil de cuir noir et se tourna vers la grande baie vitrée qui illuminait la pièce. Son regard se perdit sur l'immensité verte de Hyde Park.

Il ne s'était vraiment pas attendu à rencontrer la moindre difficulté, ce matin. Sa proposition dépassait de loin la valeur réelle de cette boutique et le rachat de celle-ci aurait dû n'être qu'une simple formalité.

De son propre aveu, cette Rose Heathcote n'était spécialiste ni en affaires ni en immobilier. Mais elle aurait tout de même dû comprendre qu'en déclinant son offre elle commettait une erreur monumentale.

Néanmoins, il ne pouvait nier que son opiniâtreté l'avait surpris. Il avait presque envie de dire qu'il l'avait admirée de lui avoir tenu tête de cette façon. Peu de gens osaient le faire. Or, elle s'était montrée d'une détermination inflexible, même lorsqu'il avait tenté de la pousser dans ses retranchements.

De plus, il avait été frappé par le charme de la jeune femme. En dépit d'un contexte peu propice, elle exsudait une forme de beauté discrète, une séduction qui se révélait peu à peu et n'en était que plus envoûtante.

Ses grands yeux étaient d'un bleu si profond qu'ils

semblaient presque violets et conféraient beaucoup d'expressivité à son visage. Ses traits étaient bien dessinés : des pommettes hautes et bien marquées, un nez très droit, un menton volontaire et une bouche fine aux lèvres très rouges, contrastant avec la pâleur naturelle de son teint.

Il émanait d'elle un étrange mélange de force et de vulnérabilité qui la rendait particulièrement touchante. En d'autres circonstances, il n'aurait probablement pas résisté à la curiosité qu'elle lui inspirait, mais cette Rose Heathcote paraissait bien décidée à lui mettre des bâtons dans les roues, et cela l'agaçait.

Il se mit à pianoter la surface de son bureau du bout des doigts et songea à la suite des événements. Comment procéder ? L'approche frontale s'était soldée par un échec. Sans doute ferait-il mieux de laisser la jeune antiquaire peser le pour et le contre quelque temps avant de la contacter de nouveau.

D'après son expérience, le risque qu'elle déniche un client d'ici là était faible. La conjoncture économique était loin d'être brillante. De plus, le stock de la boutique semblait assez important et coûteux, ce qui dissuaderait probablement les rares acheteurs potentiels.

Lorsqu'il reviendrait à la charge, il se faisait fort de convaincre Philip Houghton que cette vente constituait pour lui une chance inespérée. L'antiquaire se retrouverait ainsi à la tête d'une véritable petite fortune qui le mettrait définitivement à l'abri du besoin.

Bien sûr, songea Eugene, s'il était aussi malade que l'avait sous-entendu Rose Heathcote, l'argent ne faisait peut-être plus partie de ses priorités. Ses propres parents lui répétaient régulièrement qu'aucun bien matériel ne suffirait jamais à combler le vide créé par la mort de sa sœur.

Eugene n'avait pourtant pas besoin qu'on le lui rappelle.

Ce drame avait failli le briser, lui aussi. Mais contrairement à ses parents, il préférait éviter de s'appesantir sur cette période si douloureuse de son existence.

Il se targuait d'être pragmatique. Il s'efforçait de garder la tête froide en permanence et de ne pas se laisser guider par ses émotions.

A ses yeux, c'était ce qui causait la perte de tant d'hommes d'affaires : au lieu de prendre des décisions purement rationnelles, ils se laissaient influencer par des considérations personnelles ou des questions d'ego.

N'était-ce pas précisément ce qui poussait Philip Houghton et Rose Heathcote à se raccrocher à cette boutique au lieu de songer à toutes les possibilités qui s'offraient à eux ? Mais il finirait bien par les convaincre qu'il était temps pour eux de tourner la page.

Comme il se faisait cette réflexion, il entendit frapper à la porte de son bureau.

— Entrez ! s'exclama-t-il.

Sa nouvelle assistante s'avança dans la pièce. Simone était une blonde sculpturale toujours très apprêtée dont la principale activité était de tenter de le séduire, à grand renfort de minauderies. Cela avait le don de l'agacer, mais Simone était la cousine d'un jeune créateur parisien dont il admirait beaucoup le travail ; par amitié envers lui, il tolérait la jeune femme.

— Je voulais vous signaler que votre réunion de 16 heures était finalement repoussée à demain matin 10 heures, lui annonça-t-elle.

— Merci. Pourriez-vous réserver ma table habituelle pour ce soir ?

— Bien sûr. Pour combien de personnes ?

— Une seule.

Le regard que lui lança Simone lui apprit sans ambiguïté qu'elle était toute disposée à lui tenir compagnie.

Eugene retint un soupir. La veille, il avait surpris une conversation téléphonique entre son assistante et l'une de ses amies ; Simone suggérait justement que son patron finirait tôt ou tard par succomber à ses charmes.

Or, ledit patron se sentait surtout las de cette gent féminine opportuniste qui espérait faire fortune en l'attirant au lit. Son rêve aurait été de rencontrer une femme plus intéressée par lui, et ce qu'il était réellement, que par son compte en banque. Mais sans doute était-ce trop demander…

2

Rose était plongée dans ses livres de comptes lorsque le carillon à l'entrée du magasin la fit sursauter. Elle jeta un coup d'œil à la pendule accrochée au mur du bureau. Oups ! L'heure de la fermeture était passée depuis un bon moment. Absorbée par son travail et les colonnes de nombres, elle n'avait pas vu le temps passer.

— Un instant, j'arrive ! s'exclama-t-elle.

Elle se leva de sa chaise et s'étira pour se dégourdir les membres.

— Prenez tout votre temps.

Rose s'en étrangla de stupeur. La voix qui venait de lui répondre était très — trop — familière. Eugene Bonnaire. Le cœur battant, elle quitta le bureau pour retourner dans la boutique proprement dite. Le restaurateur était nonchalamment accoudé au comptoir, vêtu de façon nettement plus décontractée que lors de sa première visite.

Curieusement, sa tenue — jean, T-shirt et trois-quarts en cuir — ne le rendait pas moins impressionnant que le costume taillé sur mesure de leur rencontre précédente. Au contraire, cela rajoutait à son charme naturel, auquel Rose était malheureusement beaucoup trop sensible.

— Vous restez toujours ouverts aussi tard ? lui demanda-t-il avec un sourire.

Plus troublée qu'elle ne voulait l'admettre, elle secoua la tête.

— Je finissais la comptabilité. Que puis-je faire pour vous, monsieur Bonnaire ?

— J'aimerais vous parler, répondit-il.

— Si c'est au sujet de votre proposition concernant la boutique, inutile de perdre votre temps, le coupa-t-elle, aussitôt sur la défensive. Je n'ai pas changé d'avis depuis notre dernière entrevue.

Eugene secoua la tête, l'air à la fois surpris et amusé.

— Vous, vous n'avez vraiment pas l'habitude des transactions, s'exclama-t-il, un peu narquois. Je me demande pourquoi Philip Houghton vous a chargée de superviser la vente de son magasin.

Vexée, Rose lui lança un regard glacial.

— Parce qu'il me fait confiance, rétorqua-t-elle, plus sèchement qu'elle ne l'aurait voulu. Parce qu'il sait aussi que je n'ai aucune arrière-pensée et que je cherche uniquement à défendre ses intérêts.

— Je ne suis pas sûr que refuser tout compromis soit la meilleure façon d'y parvenir, objecta Eugene.

— Philip a toujours été passionné par les antiquités. Il a mis tout son cœur dans cette entreprise. Il espère que la personne qui la rachètera continuera dans cette voie et la fera perdurer.

— Intention certes fort louable, mais guère réaliste.

— Monsieur Bonnaire, si vous êtes venu pour tenter de semer le doute dans mon esprit, sachez que c'est inutile. Depuis notre entretien de l'autre jour, je n'ai cessé de m'interroger. Il m'aurait certainement été beaucoup plus facile d'accepter votre offre et de convaincre Philip que c'était la bonne décision. Comme vous l'avez dit, le marché des antiquités n'est plus aussi prospère qu'il l'a été. Mais je sais que le but de Philip n'est pas uniquement de faire du profit sur cette transaction. Je continuerai donc à chercher un acquéreur désireux de reprendre le magasin tant qu'il me restera le moindre espoir.

— Je ne suis pas sûr qu'il y en ait jamais eu, objecta Eugene. Mais même si tel était le cas, je doute que la personne en question soit prête à se montrer aussi généreuse que moi. Or, étant donné son état de santé actuel, votre patron a tout intérêt à vendre vite et au meilleur prix ; cela lui fera un souci de moins à gérer et lui permettra de régler tous les frais engendrés par sa maladie.

Rose n'avait aucun argument à lui opposer : la solution d'Eugene était bel et bien la plus simple. Mais elle allait à l'encontre de tous ses principes.

— Je crois que vous devriez partir, dit-elle sèchement.

La colère vibrant dans sa voix la surprit. Elle n'aurait su dire si elle était dirigée contre elle-même ou contre Eugene Bonnaire. Néanmoins, ce dernier ne parut pas s'en formaliser. Au contraire, il continua à l'observer avec une expression de gentillesse particulièrement déstabilisante. Mais il ne fit pas pour autant mine de vouloir quitter le magasin.

— Votre patron vous a confié une tâche difficile, déclara-t-il enfin. D'après ce que j'ai compris, vous aimez votre métier et cette boutique. Il est donc parfaitement naturel que vous souhaitiez l'empêcher de tomber dans les griffes de quelqu'un que vous considérez probablement comme un financier dénué de scrupules.

Rose s'abstint de protester. La perspicacité dont Eugene faisait preuve était plutôt impressionnante. Il avait parfaitement cerné ses inquiétudes et contradictions. Mais c'était peut-être ce qui lui avait permis de devenir un homme d'affaires redoutable et de bâtir un véritable empire dans le domaine de la restauration.

— Je vous l'ai déjà expliqué, reprit-elle d'une voix plus conciliante. Je cherche seulement à protéger ce que Philip considère, et à juste titre, comme l'œuvre de sa vie.

— Je comprends, acquiesça Eugene. Et c'est pourquoi vous devriez écouter ce que j'ai à vous dire.

Rose pinça les lèvres, méfiante.

— Auriez-vous décidé en fin de compte de diversifier vos activités et de vous lancer dans le commerce d'antiquités ? rétorqua-t-elle d'un ton acerbe.

— Non. Je ne crois pas que l'on puisse s'improviser antiquaire.

— Et vous faites bien. Mais en ce cas, je ne vois pas ce que vous pourriez me proposer…

— Laissez-moi vous inviter à dîner et je vous expliquerai ce que j'ai en tête.

Rose en resta bouche bée. Un dîner ? Jamais elle n'aurait imaginé que quelqu'un comme Eugene Bonnaire puisse lui faire une telle proposition. Son agenda devait déborder de rendez-vous, qu'ils soient professionnels ou galants. Mais peut-être espérait-il la persuader à force de charme ? Si tel était le cas, elle ferait sans doute mieux de garder ses distances, car elle n'était pas certaine de pouvoir lui résister bien longtemps.

Elle le scruta un bon moment avant de répondre.

— Je suis désolée, mais c'est impossible.

— Vous êtes déjà prise ?

— Non.

— Pourquoi refuser, alors ? Ecouter ce que j'ai à vous dire ne vous engage à rien. Au pire, vous aurez profité d'un repas gratuit dans l'un des meilleurs restaurants de la ville.

Rose réprima une réplique acerbe. Pensait-il vraiment que lui faire l'aumône d'un dîner gastronomique suffirait à la faire changer d'avis ?

— Si vous avez réellement une proposition à me faire, pourquoi ne pas me la soumettre tout de suite ?

Eugene hésita quelques instants, puis hocha la tête, l'air résigné.

— Très bien, soupira-t-il. Mais je vous avoue que je suis un peu déçu : j'ai toujours trouvé qu'il était beaucoup plus agréable de discuter affaires autour d'une côte de bœuf et d'une bonne bouteille de vin…

Le sourire charmeur qu'il lui décocha faillit avoir raison de sa résistance. Après tout, quel mal y avait-il à accepter une telle invitation ? Comme il l'avait dit, cela ne l'engageait à rien.

Mais la façon dont il la regardait en cet instant précis la rendait nerveuse. Elle avait douloureusement conscience de ne pas correspondre aux standards d'un séducteur de son envergure. Et il n'hésiterait probablement pas à se servir de cet avantage stratégique pour parvenir à ses fins.

— Laissez-vous tenter, murmura-t-il d'une voix de velours. Je ne suis pas d'aussi désagréable compagnie que vous semblez le penser…

Il fit un pas vers elle et Rose déglutit avec difficulté. A présent, il ne se trouvait plus qu'à quelques centimètres d'elle et elle était submergée par l'odeur musquée de son eau de toilette.

Ils restèrent quelques secondes à se fixer sans mot dire. L'ambiance était électrique. Rose avait l'impression que l'air crépitait autour d'elle. L'étonnement qu'elle lut dans le regard d'Eugene lui prouva qu'il avait parfaitement conscience du phénomène et en était tout aussi surpris.

Il hésita quelques instants de plus, puis fit un nouveau pas dans sa direction. La distance entre eux disparut. Fascinée, elle vit son visage se pencher vers le sien.

Lorsque leurs lèvres se rencontrèrent, un long frisson la parcourut de la tête aux pieds.

Son cerveau lui hurlait de repousser Eugene, de lui dire qu'elle n'était pas intéressée. Mais l'intensité de sa propre réaction physique fit taire toute autre considération. Elle était envahie par une attirance irrépressible, incontrôlable, dévorante. Et presque malgré elle, elle rendit à Eugene son baiser.

Un désir vertigineux s'empara soudain de Rose. Son sang se changea en lave. Son cœur se mit à battre la chamade et ses jambes menacèrent de se dérober. D'instinct, elle se raccrocha aux épaules d'Eugene.

Ce geste encouragea celui-ci et ses lèvres se firent encore plus pressantes, décuplant l'envie que Rose avait de lui. Le monde disparut ; seul comptait le plaisir qu'il faisait naître en elle.

Lorsqu'il s'écarta enfin, elle dut se faire violence pour ne pas pousser un gémissement de frustration. En cet instant, elle aurait été prête à tout lui céder.

— Je suis désolé, murmura-t-il.

Ces excuses arrachèrent Rose à la transe dans laquelle elle était plongée.

Elle dut inspirer à pleins poumons avant de parvenir à prononcer une phrase.

— Allez-vous-en, répondit-elle d'une voix rauque. Je crois que cela vaudrait mieux…

— Je ne sais pas ce qui m'a pris, avoua Eugene. Je n'avais pas l'intention de vous embrasser, mais je n'ai pas pu résister… Quoi qu'il en soit, je comprendrais parfaitement que vous ne vouliez pas dîner avec moi…

Il s'interrompit, visiblement très gêné. Son embarras étonna Rose. Comparée aux femmes qu'il avait l'habitude de fréquenter, elle devait sembler bien quelconque… Donc même si elle comprenait qu'elle-même n'ait pu s'empêcher de lui rendre son baiser, comment se faisait-il qu'il ait pu céder à pareille impulsion ?

L'idée qu'il puisse chercher à la manipuler lui donna la nausée.

— Je sais que vous avez à cœur de défendre les intérêts de votre patron, reprit-il. Alors voilà ce que je vous propose...

Il tira de la poche intérieure de son manteau une feuille pliée en quatre et la lui tendit. Rose s'en empara et l'ouvrit. En découvrant le chiffre noté dessus, elle faillit s'évanouir. Le montant demandé par Philip, déjà un peu au-dessus du taux du marché, avait été doublé.

— Cette somme pourrait changer la vie de votre employeur, expliqua Eugene avec gravité. Si vous lui transmettez mon offre, je doute fort qu'il la refuse...

— J'imagine que, pour les gens comme vous, tout s'achète, murmura Rose.

Le restaurateur ne se vexa pas pour autant.

— Tout a un prix, pour tout le monde, répliqua-t-il. La différence, c'est que les gens comme moi ont de quoi le payer lorsqu'ils décident de le faire.

Cette fois, Rose ne put réprimer son aversion.

— Vous êtes odieux ! s'écria-t-elle.

— Pourquoi ? Parce que je dis exactement ce que vous avez envie d'entendre ? Vous m'avez condamné avant même de me connaître, Rose. Quoi que je fasse, vous n'y verrez qu'une tentative d'extorsion ou de manipulation.

Elle baissa la tête devant la justesse de l'accusation.

— Je veux seulement veiller aux intérêts de mon patron, se défendit-elle néanmoins.

— Si tel est le cas, transmettez-lui mon offre et voyez ce qu'il en dira. S'il considère vraiment que la survie de cet établissement vaut plus que la somme astronomique que je lui offre, je chercherai un autre endroit...

Rose scruta le chiffre qui s'étalait sous ses yeux. Comment Philip pourrait-il refuser une telle fortune ? Et même si cette idée la déprimait profondément, elle n'avait pas le droit de l'en priver.

— Très bien, dit-elle enfin. Je lui ferai part de votre message. Et il prendra sa décision en son âme et conscience. Mais ne comptez pas sur moi pour défendre votre cause...

— Je ne vous demande rien de tel, lui assura Eugene. Tâchez seulement de faire preuve d'objectivité lorsque vous lui en parlerez. Pour ma part, j'espère bien qu'à tête reposée vous admettrez que mon offre est la plus intéressante qu'il soit en droit d'espérer compte tenu de la conjoncture économique.

— Intéressante pour qui ?

— Pour Philip, bien sûr. Cet argent le mettra à l'abri du besoin jusqu'à la fin de ses jours. Il n'aura plus à s'inquiéter sur le plan financier et pourra se concentrer sur sa santé.

Rose sentit sa gorge se nouer. Philip avait bien mérité cette opportunité. Et, une fois guéri, il lui resterait probablement assez d'argent pour remonter une boutique.

— Vous tenez beaucoup à lui, n'est-ce pas ? lança Eugene, d'un ton qui en faisait plus un commentaire qu'une question.

Rose hocha la tête.

— Il a beaucoup de chance.

— C'est moi qui ai de la chance, objecta-t-elle. S'il ne m'avait pas fait confiance, je n'aurais jamais pu découvrir ce métier que j'adore.

— Y a-t-il quelque chose entre vous ? lui demanda brusquement Eugene.

Elle le considéra avec stupéfaction. Elle ne s'était vraiment pas attendue à ça.

— Non. Bien que je ne voie pas en quoi cela vous concerne...

Le restaurateur la fixa avec une telle intensité qu'elle se sentit rougir jusqu'à la racine des cheveux.

— Je ne voudrais pas marcher sur les plates-bandes de qui que ce soit, répondit-il.

Une fois de plus, elle se demanda s'il pensait vraiment ce qu'il disait ou si c'était une façon de prendre l'ascendant sur elle, voire de la manipuler. L'idée qu'il puisse s'intéresser à elle lui paraissait bien trop incroyable pour être réelle.

— Ecoutez, je vous ai promis de transmettre votre proposition à Philip. Vous n'avez donc plus rien à faire ici.

Un sourire amusé se dessina sur les lèvres d'Eugene.

— Vous êtes sûre que vous ne voulez pas dîner avec moi ? insista-t-il.

La tentation était grande, mais Rose y résista. Hors de question de se laisser influencer aussi facilement.

— Certaine, répondit-elle.

Il pencha légèrement la tête de côté et la contempla très attentivement. Rose soutint son regard. Elle était convaincue qu'il ne devait pas avoir l'habitude d'essuyer de refus.

— Très bien, acquiesça-t-il enfin. Je vais vous laisser. Merci d'avoir accepté de parler de ma proposition à votre employeur.

Elle haussa les épaules.

— Ce n'est pas pour vous que je le fais, mais pour lui.

Un sourire empreint d'autodérision se peignit sur le visage du restaurateur.

— Vous ne m'aimez vraiment pas beaucoup, n'est-ce pas ?

Rose réfléchit un instant.

— Disons plutôt que vous ne m'inspirez aucune confiance, répondit-elle avec calme.

Il ne parut pas se formaliser de cette insulte.

— Et pourtant, vous me désirez.

Sa remarque la fit s'empourprer de plus belle.

— C'est bien ce que je pensais, poursuivit-t-il d'un air satisfait.

— Au revoir, monsieur Bonnaire.

— Mes amis m'appellent Eugene.

— Je suis ravie de l'apprendre, *monsieur Bonnaire*, répliqua-t-elle du tac au tac.

Il éclata de rire, un son si joyeux, si communicatif que Rose eut beaucoup de mal à conserver son sérieux.

— A bientôt, Rose, murmura-t-il après avoir repris son calme.

Dans sa bouche, son prénom sonnait presque comme une caresse et elle ne put s'empêcher de frissonner. Il fit demi-tour et se dirigea vers la porte de la boutique. Avant de sortir, il se retourna.

— Nous nous reverrons bientôt.

Rose ne sut dire s'il s'agissait d'une promesse ou d'une menace.

Sur ces mots, il disparut, la laissant encore plus désorientée que la fois précédente.

Le téléphone sonna en plein milieu de la nuit. Réveillée en sursaut, Rose décrocha. C'était l'hôpital où séjournait Philip. Sans ménagement, une infirmière revêche lui annonça que l'état de santé de son mentor s'était brusquement détérioré.

Lorsqu'elle apprit qu'il avait demandé à la voir, elle n'hésita pas un seul instant : elle enfila ses vêtements à la hâte, sauta dans un taxi et se rendit sur place. Lorsqu'elle pénétra dans la chambre de Philip, elle sentit son cœur se serrer.

Etendu sur son lit, son patron ressemblait à un cadavre. Le masque à oxygène plaqué sur son visage ne suffisait pas à dissimuler les cernes creusés sous ses yeux. Rose ne put s'empêcher de repenser aux derniers moments que son père avait passés dans ce même établissement.

L'idée qu'elle était peut-être sur le point de perdre un autre être cher lui était intolérable. Elle vérifia que Philip dormait, puis alla trouver le médecin de garde pour demander de ses nouvelles.

Philip avait été hospitalisé pour une pneumonie, lui expliqua le médecin. Or, celle-ci se doublait à présent d'une pleurésie. La priorité était donc de stabiliser son état et de le laisser se reposer. Il devrait certainement rester hospitalisé beaucoup plus longtemps que prévu. Mais il avait de bonnes chances de s'en remettre.

Légèrement rassurée par ce diagnostic, Rose revint s'asseoir au chevet de son employeur. Au bout d'un moment, Philip commença à s'agiter, puis entrouvrit les yeux et lui décocha un pâle sourire.

— Alors ? lui demanda-t-il d'une voix très faible. C'est grave, docteur ?

Elle lui répéta les propos du médecin en se montrant aussi confiante et optimiste qu'elle le put. Mais en son for intérieur, la boule d'angoisse qui s'était insinuée en elle à son arrivée lui nouait un peu plus la gorge à chaque mot.

Elle prenait brusquement conscience du fait que son ami le plus proche n'était pas immortel et qu'il pouvait disparaître, la laissant seule au monde.

Les jours qui suivirent furent très difficiles. L'état de santé de Philip fluctuait de façon imprévisible : tantôt il s'améliorait, tantôt il se détériorait sans que les médecins parviennent réellement à en expliquer la cause.

Seule la gestion de la boutique permettait à Rose de se changer les idées et d'éviter de déprimer. Elle avait mis en place un rituel bien rodé : chaque soir, après avoir fermé le magasin, elle avalait rapidement un plat chez le traiteur chinois près de l'hôpital avant de monter voir Philip pour lui tenir compagnie jusqu'à l'heure de fin des visites.

Fidèle à sa parole, elle lui avait fait part de la proposition d'Eugene Bonnaire ; et contrairement à ce qu'elle avait imaginé, son patron n'avait pas réagi : il s'était contenté de répondre qu'il y réfléchirait.

Ce jour-là, lorsqu'elle le rejoignit, Philip paraissait être en bien meilleure forme.

Elle l'embrassa avec affection.

— Rose, lui dit-il l'instant d'après, j'ai bien réfléchi et je voudrais que tu appelles M. Bonnaire pour lui annoncer que j'ai décidé d'accepter ses conditions.

En dépit de l'assurance avec laquelle il venait de s'exprimer, Rose perçut une pointe de regret dans son regard.

— J'aurais préféré que la boutique poursuive son activité. Je t'avoue que j'y tenais même beaucoup, reprit-il gravement. Mais étant donné les circonstances, je ne peux me permettre de refuser un tel pont d'or. Non seulement nous n'avons reçu aucune autre proposition pour le moment, mais les médecins m'ont laissé entendre que ma convalescence serait longue. Si je dois cesser de travailler durant plusieurs mois, j'aurai besoin de cet argent.

— Je comprends, acquiesça Rose à regret.

— Pourrais-tu organiser un rendez-vous avec M. Bonnaire au plus vite ?

— Tu ne préfères pas attendre d'être sorti de l'hôpital ? demanda-t-elle.

— Ma décision est prise, répondit Philip. Mieux vaut officialiser la vente avant qu'il change d'avis. Contacte mon notaire : il est au courant de tout et pourra établir les documents nécessaires. C'est un vieil ami et un professionnel très compétent : si tu as la moindre question, n'hésite pas à la lui poser.

Rose demeura silencieuse quelques instants.

— Quelque chose ne va pas ? s'enquit son patron face à son malaise.

Elle plongea le regard dans le sien.

— Tu es vraiment sûr de toi ? lui demanda-t-elle avec gravité.

— Certain. Je sais que ce n'est pas ce que nous avions espéré, mais c'est la décision la plus sage au vu de la situation.

— Très bien. Dans ce cas, je m'occupe de tout.

Quelle que puisse être son opinion au sujet de cette vente, elle était résolue à assister Philip de son mieux. Il était malade et beaucoup trop faible pour qu'elle puisse se permettre de partager avec lui ses propres doutes ; il avait besoin d'un soutien inconditionnel et non d'un fardeau supplémentaire.

— J'aurais déjà dû te le dire voilà longtemps, Rose, mais je ne sais vraiment pas comment je me serais débrouillé sans toi. Je tiens à te remercier pour ton aide, ta loyauté et ton dévouement au cours de ces dernières années. J'ai vraiment beaucoup de chance de t'avoir comme amie.

Rose s'empourpra devant le compliment qui lui rappela les questions qu'avait posées Eugene au sujet de ses relations avec Philip. Ce souvenir évoqua instantanément celui de leur baiser passionné.

Jusqu'à présent, elle avait fait tout son possible pour ne pas y penser, voire oublier ce qui n'était après tout qu'un moment de folie passagère. De toute façon, le restaurateur n'avait pas cherché à la contacter depuis. Mais elle devrait forcément le revoir pour conclure la vente de la boutique. Or, cette perspective la mettait très mal à l'aise.

Au bout de quelques secondes de réflexion, elle répondit à son patron.

— Moi aussi, j'ai de la chance, Philip. Tu m'as appris le métier et tu as su me transmettre ta passion. C'est un cadeau inestimable.

— Ton prochain employeur aura vraiment beaucoup de chance de t'avoir à ses côtés, dit-t-il. Si tu m'y autorises, je vais appeler quelques-uns des antiquaires que je connais pour te recommander.

— Volontiers, ce serait très gentil, répondit-elle.

Elle s'abstint de lui dire qu'elle avait rêvé de pouvoir s'installer à son compte, pourquoi pas en rachetant la boutique. Mais il aurait alors fallu planifier un échelonnement, avec un remboursement de crédit sur plusieurs années. La maladie de Philip avait tué ce projet dans l'œuf : il avait besoin d'argent, et tout de suite.

3

Avant même de recevoir la réponse de Philip Houghton, Eugene avait commencé à réfléchir au restaurant qu'il envisageait d'installer dans son magasin. Le chef et le sommelier étaient déjà choisis, la taille des équipes en cuisine et en salle définie, la décoration des lieux prévue et le budget pour l'ensemble de l'opération établi.

L'investissement serait important, mais Eugene était persuadé qu'il porterait ses fruits très vite. Son expérience professionnelle l'avait convaincu que l'élément clé de la réussite résidait dans la localisation. Et celle de la boutique était idéale.

Le restaurant serait suffisamment loin du centre pour se démarquer des autres, mais assez près pour rester attractif. Et en quelques mois, il deviendrait le nouveau lieu à la mode, celui où l'on se rendait pour voir et être vu.

Eugene entendait bien prouver une fois de plus à ses pairs et au monde entier que, dans son métier, nul ne lui arrivait à la cheville. Pourtant, ses parents n'avaient jamais compris cette ambition, même s'ils avaient eux aussi ouvert leur propre restaurant en Angleterre après avoir quitté la France. C'était là qu'Eugene avait fait ses premières armes, d'abord comme chef, puis en tant que gérant.

Il avait ensuite travaillé pour l'un des plus prestigieux

hôtels de Londres afin de découvrir les spécificités des établissements de luxe. Ce n'est qu'après ces diverses expériences qu'il s'était enfin senti prêt à se lancer à son compte dans l'un des quartiers montants de la capitale.

Le succès avait été immédiat ; au bout de quelques années, il s'était retrouvé à la tête d'un réseau d'enseignes réparties dans les plus grandes villes du pays. Mais, à ses yeux, ce n'était qu'un début et il était bien décidé à poursuivre son ascension.

C'était une façon pour lui de se venger du passé : ses parents, issus d'un milieu très modeste, n'avaient pas eu une jeunesse dorée et avaient dû s'imposer bien des privations avant de parvenir à ouvrir leur restaurant.

Mais ces difficultés n'avaient été qu'un prélude à un malheur bien plus terrible : alors que tout semblait enfin aller pour le mieux, leur fille, Francesca, à peine âgée de trois ans, avait contracté une infection qui lui avait été fatale.

Eugene avait neuf ans à l'époque de ce drame et avait vu ses parents s'effondrer sous le poids du chagrin. Il s'était alors juré, peut-être sans vraiment s'en rendre compte, de les protéger et, depuis, avait tout mis en œuvre pour parvenir à ce but ; c'était en grande partie ce qui expliquait sa brillante scolarité et son insatiable ambition.

Il tenait à mettre ses parents à l'abri du besoin afin qu'ils disposent de tout ce dont ils pouvaient rêver même si, de son côté, sa mère ne cessait de lui répéter que tout ce qui leur importait vraiment, c'était son bonheur à lui.

Pourtant, ils ne semblaient pas réellement se soucier de sa réussite, ce qui le frustrait énormément et avait fini, à la longue, par distendre leurs liens. Il le déplorait, sans pour autant savoir ce qu'il aurait pu y faire pour y remédier.

Il en venait parfois même à se demander s'il était en mesure d'entretenir ces rapports humains que cultivaient la plupart des gens. Aussi loin que remontait sa mémoire, il avait toujours été solitaire et introverti. Il avait peu d'amis et évitait de s'investir émotionnellement dans ses relations amoureuses, lesquelles ne duraient d'ailleurs jamais bien longtemps.

C'était peut-être une façon de se protéger, pour ne pas risquer d'avoir un jour à revivre le déchirement que lui avait infligé la mort de sa sœur.

Sans doute était-ce la raison pour laquelle il affectionnait tant cette maison qu'il avait fait construire sur une petite île perdue au large de l'Ecosse. C'était là qu'il se retirait lorsqu'il avait besoin de prendre de la distance, de se retrouver seul.

Il n'avait jamais invité quiconque dans cette retraite hors du temps et ne s'expliquait pas vraiment l'exception qu'il venait de faire. Mais lorsque Rose Heathcote l'avait appelé pour lui indiquer que son employeur était prêt à lui céder sa boutique, il lui avait demandé de le rejoindre ici.

A présent, il attendait son arrivée avec une impatience grandissante, tout en s'efforçant de se convaincre que c'était uniquement parce qu'il avait hâte de conclure la transaction. Mais, au fond de lui, il soupçonnait que sa fébrilité était plutôt due aux beaux yeux violets de la jeune femme...

Lorsque Eugene Bonnaire l'avait invitée chez lui, Rose avait d'abord cru à une plaisanterie. Mais quand elle avait protesté, il lui avait répondu que si elle ne voulait pas faire le déplacement la signature du contrat serait reportée à son retour à Londres.

Philip l'avait pressée d'accepter, insistant jusqu'à ce qu'elle cède et rappelle le restaurateur pour lui faire part de sa décision. Il craignait qu'Eugene ne se ravise brusquement. A contrecœur, Rose avait donc fini par réserver un billet de train à destination d'Edimbourg. De là, elle avait pris un bus jusqu'au village côtier où l'attendait le petit bateau de pêche qu'Eugene avait fait mettre à sa disposition.

Plus elle approchait de la fin de son voyage, plus elle avait l'estomac noué. L'idée de se retrouver en tête à tête avec Eugene après ce qui s'était passé entre eux la dernière fois la gênait terriblement.

Elle espérait qu'il se conduirait en gentleman et ne ferait aucune allusion au baiser qu'ils avaient échangé. Une chose était certaine, en tout cas : elle ne resterait que le temps nécessaire et reprendrait le chemin du retour au plus vite.

Plongée dans ses réflexions, elle sursauta lorsque Rory, le jeune pêcheur qui pilotait leur coque de noix, lui adressa la parole.

— Vous avez de la chance, m'dame, lui lança-t-il, le vent s'engouffrant dans ses cheveux frisés. C'est pas souvent que m'sieur Bonnaire invite des gens sur son île. D'après ce qu'on m'a dit, c'est là qu'il va quand il ne veut pas être dérangé. Vous devez être très proches, tous les deux…

Rose le considéra avec étonnement, se demandant si elle devait le détromper.

— Nous nous connaissons à peine, avoua-t-elle enfin. Et nous ne nous apprécions pas beaucoup. Je suis venue traiter une affaire urgente avec lui, je ne resterai pas très longtemps.

— Vous devrez tout de même attendre demain, la prévint Rory. La marée ne pardonne pas, dans le coin.

Rose sentit la boule dans son estomac remonter dans sa gorge.

— Demain ? répéta-t-elle avec angoisse. Mais... je n'avais pas l'intention de passer la nuit sur place !

— Vous savez, la maison est absolument superbe, et, s'il faut en croire la rumeur, m'sieur Bonnaire un vrai cordon-bleu. Franchement, je pense que vous ne regretterez pas votre séjour, m'dame.

Rose n'en était pas aussi convaincue, mais elle se garda d'épiloguer. Elle tourna la tête vers l'île qui se rapprochait lentement et la contempla sans parler. L'endroit ne manquait pas d'une certaine beauté austère et sauvage, mais il en émanait quelque chose de vaguement inquiétant, peut-être à cause de son isolement, et Rose avait la fâcheuse impression de foncer tête baissée dans un piège.

Rory leur fit contourner un banc de récifs menaçant qui affleurait à quelques encablures devant eux, et mit le cap vers une petite crique de sable clair. Une jetée de bois se dressait là, déserte.

— Avez-vous prévenu quelqu'un de notre arrivée ? demanda-t-elle à Rory.

— Non, m'dame.

Voilà qui explique au moins l'absence de tout comité de réception, songea-t-elle en enfilant son sac à dos.

Le bateau heurta doucement le ponton et Rory lança avec habileté un cordage autour d'une bitte d'amarrage.

— Vous voulez que je vous accompagne jusqu'à la maison ? lui proposa-t-il.

— Indiquez-moi simplement la direction, je me débrouillerai.

— Vous n'avez qu'à suivre ce sentier, répondit le jeune marin, elle est de l'autre côté du bois. Vous ne pouvez pas la manquer, ajouta-t-il en riant, on dirait un vaisseau spatial !

Intriguée, Rose prit congé de Rory qui lui promit de revenir la chercher le lendemain, dès que la marée le lui permettrait. Puis elle s'engagea d'un pas vif sur le chemin qui quittait la plage pour s'enfoncer en serpentant dans une petite forêt de pins et d'ifs. Au fur et à mesure de sa progression, elle sentit la magie des lieux l'imprégner. Le cadre était féerique ; dans ce paysage, il n'était pas difficile d'imaginer que les vieilles légendes puissent reprendre vie.

Le choc ne fut que plus violent lorsqu'elle émergea du bois. Un bâtiment à la silhouette futuriste, semblable à la description de Rory, se trouvait là : un édifice de verre et de métal, tout en courbes et rondeurs, qui semblait surgi d'un autre monde, voire d'un film de science-fiction.

Pourtant, passé le premier moment de stupeur, une étrange correspondance naissait entre cette maison et la lande désolée sur laquelle elle se dressait ; le dépouillement et l'austérité du paysage se reflétaient parfaitement dans les lignes épurées.

Rose demeura longtemps immobile, absorbée dans la contemplation de cet incroyable pari architectural. Au bout d'un moment, elle sortit de sa transe et se dirigea vers la porte d'entrée de forme circulaire.

Elle s'arrêta devant le battant. Etait-elle censée frapper ou y avait-il une sonnette cachée quelque part ? Une seconde plus tard, le panneau de métal coulissa et s'effaça dans le mur, révélant la silhouette d'Eugene Bonnaire.

Il était vêtu d'un jean fatigué et d'un T-shirt à l'effigie d'un groupe de rock qui épousait à la perfection sa carrure athlétique, mettant en valeur ses avant-bras musclés. Sa tenue le rajeunissait de plusieurs années, et le sourire malicieux qui jouait sur ses lèvres renforça cette impression.

— Mademoiselle Heathcote ! s'exclama-t-il d'un ton faussement surpris. Jamais je n'aurais imaginé vous revoir, encore moins ici…

— Vous ne m'avez pas précisément laissé le choix, rétorqua-t-elle. N'aurait-il pas été plus simple de convenir d'un rendez-vous à Londres ?

Il haussa les épaules d'un air moqueur.

— Vous paraissiez très pressée de me rencontrer, répliqua-t-il. Vous pouvez vous flatter de cette invitation, c'est un privilège rare. Je considère cet endroit comme un sanctuaire.

— C'est ce que j'ai cru comprendre, avoua-t-elle.

— Mais je manque à tous mes devoirs, reprit-il en s'effaçant pour la laisser passer. Entrez donc.

Rose franchit le seuil et s'arrêta net en découvrant avec une admiration teintée de surprise le vestibule qui s'ouvrait derrière son hôte. L'aménagement intérieur était tout aussi étonnant que l'architecture extérieure : elle s'était attendue à quelque chose de très moderne, mais pas à un décor rétro-futuriste alliant le bois, le cuir et le cuivre. Elle venait de pénétrer dans le *Nautilus* du capitaine Nemo ou *l'Albatros* de Robur le Conquérant…

Une fois remise de sa stupéfaction, elle se tourna vers Eugene.

— Vous auriez pu me prévenir que la marée m'empêcherait de repartir le jour même, lança-t-elle d'un ton accusateur. Rory m'a dit que je serais obligée de passer la nuit ici.

— C'est exact, convint-il. Ma secrétaire ne vous en a pas informée ?

— Non.

— C'est une erreur, s'excusa-t-il sans grande émotion. Mais si vous l'aviez su, seriez-vous quand même venue ?

— Bien sûr. Philip compte sur moi.

— Comment va-t-il ?

— Il est toujours à l'hôpital et son état ne s'améliore guère, soupira-t-elle. C'est d'ailleurs ce qui l'a convaincu d'accepter votre offre, en fin de compte.

— J'en suis désolé pour lui. Transmettez-lui tous mes vœux de bon rétablissement lorsque vous le verrez.

— Je n'y manquerai pas.

Il referma la porte et la précéda dans le vestibule.

— Suivez-moi. Nous serons mieux dans le salon pour discuter. Souhaitez-vous boire quelque chose ?

Rose s'aperçut alors qu'elle était frigorifiée. Sans qu'elle en ait conscience sur le moment, la traversée en bateau et la marche à travers bois l'avaient transie jusqu'aux os. Elle était couverte de la tête aux pieds d'une légère couche d'humidité due aux embruns et à la bruine.

— Je prendrais bien quelque chose de chaud, répondit-elle avec gratitude.

— J'ai tout ce que vous voulez : thé, café ou même chocolat chaud, si ça vous dit.

— Dans ce cas, un chocolat sera parfait.

Eugene la guida jusqu'au salon. Il était meublé dans le même style que le hall d'entrée, ajoutant à l'ambiance confortable et chaleureuse. Un superbe canapé de cuir brun et des fauteuils Chesterfield assortis entouraient une table en fer forgé dotée d'un plateau de verre.

Au fond de la pièce s'ouvrait une large baie vitrée donnant sur la lande environnante. La vue était magnifique et la pluie dense, combinée aux bourrasques subites qui faisaient ployer les arbres, la rendait d'autant plus impressionnante. Rose songea que ce décor romantique ne cadrait pas du tout avec l'image qu'elle s'était faite d'Eugene Bonnaire.

Jamais elle n'aurait pensé qu'un homme comme lui puisse prendre plaisir à se retirer en un lieu aussi austère et isolé, à des lieues de la vie mondaine trépidante de Londres. La presse le présentait pourtant comme un habitué des soirées branchées de la capitale.

Mais peut-être ne s'y rendait-il que par obligation. Quelqu'un dans sa position se devait sans doute de cultiver un réseau de contacts. Après tout, le succès d'un restaurant se mesurait tout autant à sa capacité à attirer les gens en vue qu'à la qualité de sa cuisine.

— Installez-vous, lui dit-il. D'ici, vous aurez une vue imprenable pour profiter de l'orage.

Surprise, Rose regarda le ciel. Effectivement, d'impressionnants nuages noirs semblaient converger dans leur direction.

— Vous avez eu de la chance d'arriver avant qu'il éclate, remarqua Eugene. Mieux vaut ne pas être en mer par un temps pareil.

— Pourvu que Rory ait pu se mettre à l'abri.

— Ne vous en faites pas pour lui, c'est un marin hors pair et il connaît parfaitement la zone. S'il a accepté de vous emmener, c'est qu'il n'y avait aucun risque, ni pour vous ni pour lui.

Soudain, Rose fronça les sourcils. Une idée venait de la frapper.

— J'espère seulement que ces intempéries ne retarderont pas mon retour, demain, dit-elle, inquiète.

Son commentaire fit éclater Eugene de rire et elle lui lança un regard mi-étonné mi-vexé.

— Je ne vois pas ce que j'ai dit de drôle.

— Depuis que vous êtes entrée, vous semblez n'avoir qu'un seul but : repartir au plus vite. Et vous me traitez comme si j'étais un véritable pestiféré. Je crois que cela fait longtemps que je n'avais pas suscité une telle animosité.

Rose ne put s'empêcher de rougir, embarrassée de s'être montrée aussi discourtoise. Mais en toute honnêteté, Eugene la mettait terriblement mal à l'aise et le baiser qu'ils avaient échangé lors de leur précédente rencontre n'avait fait que renforcer la défiance qu'il lui inspirait.

— Savez-vous que bien des femmes rêvent de cette invitation dont vous faites si peu de cas ?

— Vous, au moins, vous n'avez pas de problème d'ego, dit-elle avec ironie.

— Ne vous méprenez pas : je ne me fais aucune illusion. Ce ne sont pas mes qualités physiques ou intellectuelles qui les attirent, mais la taille de mon compte en banque. La plupart cherchent à me mettre le grappin dessus en pensant aux cadeaux que je pourrais leur offrir et aux lieux où je pourrais les emmener.

— Et cela ne vous dérange pas ? s'étonna Rose.

Eugene haussa les épaules.

— Au moins, les choses sont claires et il n'y a pas de faux-semblants. Personne ne se fait d'illusions.

Elle secoua la tête d'un air interdit.

— Je ne vous comprends pas. N'avez-vous pas envie de sortir avec quelqu'un qui s'intéresse à vous plutôt qu'à votre fortune ?

Un éclair ponctua cette question, aussitôt suivi d'un coup de tonnerre retentissant. Rose sursauta, puis se recroquevilla sur elle-même ; elle n'avait jamais aimé les orages.

— Je suis un réaliste, répondit Eugene en affichant une expression blasée. Je préférerais effectivement que ma richesse n'entre pas en ligne de compte, mais je sais que c'est impossible. Chaque fois que je me suis conforté dans l'illusion qu'il en allait autrement, j'ai été cruellement déçu.

— Vous avez une bien piètre opinion de vos semblables, dans ce cas.

— Pourquoi croyez-vous que je me réfugie ici dès que j'en ai l'occasion ? rétorqua Eugene avec une pointe de malice.

Un nouveau coup de tonnerre claqua, arrachant un frisson à Rose.

— Vos vêtements sont humides, remarqua alors le restaurateur. Mieux vaudrait vous changer. Si vous le souhaitez, je peux vous montrer votre chambre et, pendant ce temps, j'en profiterai pour préparer deux tasses de chocolat…

Rose hésita un instant avant de hocher la tête.

— Je vous suis.

4

La chambre qu'Eugene lui avait attribuée était aussi grande que confortable. Les meubles contemporains en bois de rose étaient de style résolument moderne, mais ornés d'un travail de marqueterie magnifique, digne des meilleurs ébénistes. Rose passa une main respectueuse sur la tablette de la coiffeuse.

Pour quelqu'un faisant si peu de cas des antiquités, Eugene Bonnaire ne manquait pas de goût ; encore un nouveau paradoxe de cet homme fascinant.

De toute évidence, son caractère était bien plus complexe qu'il ne voulait l'avouer, et le pragmatisme qu'il affichait le plus souvent cachait en réalité une nature sensible. Cette maison en était le symbole : pour qui savait regarder, elle ouvrait une fenêtre privilégiée sur la personnalité d'Eugene, et maintenant que Rose l'avait vue, elle comprenait mieux pourquoi il évitait d'y inviter qui que ce soit.

Après avoir posé son sac sur le lit, elle en tira sa trousse de toilette et les vêtements de rechange qu'elle avait apportés. Un sèche-cheveux, dans la salle de bains attenante, lui permit de se débarrasser de l'humidité qui l'enveloppait et de se recoiffer. Elle enfila ensuite rapidement un jean sec, un T-shirt et un gilet noirs.

Un coup d'œil critique au miroir surmontant le lavabo lui fit constater qu'elle était plus pâle encore que d'ordinaire. Dans ses yeux brillait une lueur d'inquiétude moins due à l'orage qui redoublait dehors qu'aux heures qu'elle allait devoir passer en tête à tête avec Eugene Bonnaire.

En fait, ce n'était pas lui qu'elle craignait : le restaurateur était bien trop poli et respectueux pour la forcer à quoi que ce soit. Mais lorsqu'il l'avait embrassée, elle avait été incapable de le repousser. Pire encore, bien qu'elle soit fondamentalement convaincue qu'il s'agissait d'une erreur, elle n'arrivait pas vraiment à la regretter.

Eugene Bonnaire exerçait sur elle une fascination de plus en plus puissante, contre laquelle elle ne parvenait pas à lutter. Et si jamais il décidait de se montrer un peu plus entreprenant, elle n'était pas certaine de pouvoir lui résister très longtemps.

Avec un soupir, elle quitta sa chambre pour retourner dans le salon. *Heureusement que j'ai un bon sens de l'orientation*, s'amusa-t-elle en traversant la vaste demeure. Quand elle entra dans la pièce, elle découvrit Eugene confortablement installé dans l'un des fauteuils Chesterfield, les yeux rivés à la baie vitrée derrière laquelle la tempête redoublait d'intensité.

Sur la table basse se trouvaient deux tasses fumantes d'où s'élevait une délicieuse odeur de chocolat chaud. Quand il l'entendit approcher, il pivota et leva sur elle un regard bleu si pénétrant qu'elle eut l'impression qu'il lisait en elle. Elle réprima un frisson ; jamais on ne l'avait scrutée avec une telle intensité.

Lorsqu'il vit Rose entrer dans la pièce, Eugene sentit monter en lui un désir aussi violent qu'inattendu. Jamais il n'avait réagi de façon aussi forte à la simple présence d'une femme. Et il n'aurait su dire ce qui le troublait tant chez Rose.

C'était peut-être cette alliance inexplicable de sensualité et d'innocence qui la caractérisait. Même à présent, tandis qu'elle l'observait avec un mélange de timidité et de méfiance, il ne pouvait s'empêcher d'admirer l'éclat de ses longs cheveux noirs, la finesse de ses traits et la beauté presque irréelle de ses grands yeux violets. Elle ressemblait à un ange tombé sur Terre par erreur.

— Le chocolat est prêt, dit-il pour rompre le silence qui s'était installé entre eux.

— Merci.

Elle s'approcha pour récupérer sa tasse et alla s'asseoir dans le fauteuil le plus éloigné du sien, ce qui fit naître en lui autant d'amusement que de frustration.

— Vous n'êtes pas obligée de vous installer à l'autre bout de la pièce, dit-il, moqueur, je ne mords pas.

— J'imagine que c'est ce que prétend le grand méchant loup à chaque fois, répliqua-t-elle avec un demi-sourire.

En dépit de ce trait d'humour, elle semblait vraiment se méfier de lui. Et peut-être n'avait-elle pas complètement tort.

Lorsqu'elle porta sa tasse à sa bouche, Eugene se remémora leur baiser et la passion inattendue avec laquelle elle avait répondu à ses avances. Ce souvenir ne fit qu'accentuer l'envie qu'il avait d'elle, et le soupir de contentement qu'elle poussa en se léchant les lèvres n'arrangea rien.

— C'est délicieux, s'exclama-t-elle. Vous l'avez vraiment préparé vous-même ?

— Avant de me lancer dans les affaires, j'étais cuisinier, lui rappela-t-il. Je tiens cette recette de mon père : il a toujours prétendu que c'était grâce à elle qu'il avait séduit ma mère.

— Vos parents étaient très amoureux l'un de l'autre, n'est-ce pas ?

— Ils le sont toujours.

Rose fronça les sourcils.

— Cela semble vous étonner, remarqua Eugene.

— C'est vrai. J'avoue ne pas comprendre pourquoi, alors que vous les avez pour exemple, vous préférez multiplier les aventures d'un soir plutôt que de vous investir dans une relation épanouissante...

Elle avait prononcé ces mots avec une réprobation vaguement condescendante. Eugene n'avait pas l'habitude d'une telle franchise et il dut faire un effort pour ravaler une réplique cinglante.

Au fond, il ne pouvait lui donner tort : son attitude envers les femmes était une façon de fuir toute forme de contrainte ou de responsabilité. Il se répétait que c'était parce que les gens dignes de confiance étaient rares, mais cet argument même n'était pas dénué de mauvaise foi : il aurait tout aussi bien pu rester célibataire en attendant de trouver la bonne personne.

La vérité, c'était qu'en s'en tenant à des relations superficielles, il évitait de courir des risques. Cela ne manquait pas d'une certaine ironie pour un homme d'affaires qui ne cessait d'en prendre sur le plan professionnel.

— La tempête se déchaîne, fit alors remarquer Rose, le tirant de ses réflexions.

Il détourna son regard d'elle pour jeter un coup d'œil en direction de la baie vitrée. Le ciel était presque noir, désormais, et zébré par intermittence d'éclairs impressionnants. Le double vitrage ne parvenait pas à étouffer tout à fait le grondement presque ininterrompu du tonnerre.

La scène était dantesque, fascinante.

— De tels orages se produisent souvent, dans la région ? lui demanda Rose d'une voix tendue.

— De temps en temps. C'est l'une des raisons pour

lesquelles j'aime cette île. Elle est demeurée à l'état sauvage. Vivre ici me rappelle que l'on ne peut pas tout contrôler, dans la vie, car certaines choses nous dépassent.

— C'est curieux, je vous aurais plutôt pris pour quelqu'un préférant garder la maîtrise de la situation en toutes circonstances.

Eugene fut frappé par la perspicacité de Rose. Mais ce qui l'étonnait plus encore était son absence de tact : elle disait ce qu'elle avait sur le cœur, sans se soucier de froisser sa susceptibilité.

Cette franchise avait quelque chose de rafraîchissant pour quelqu'un comme lui, entouré de flagorneurs et d'hypocrites cherchant en permanence à s'attirer ses bonnes grâces.

— C'est exact, répondit-il. J'aime avoir le sentiment que je maîtrise mon existence. Mais je ne suis pas assez naïf pour me convaincre que c'est tout le temps le cas.

Un nouveau coup de tonnerre retentit ; Rose sursauta.

— Vous, en revanche, on dirait que vous n'appréciez pas beaucoup les orages.

— C'est vrai, reconnut-elle, ils m'ont toujours effrayée. J'ai bien conscience que c'est idiot, pourtant : intellectuellement, je sais que nous sommes à l'abri et que, même si nous étions dehors, le risque que la foudre s'abatte sur nous est minime… mais c'est plus fort que moi.

— Y a-t-il une raison particulière à cette crainte ?

— Lorsque j'étais enfant, un violent orage a éclaté, une nuit. Un éclair a frappé notre maison et plusieurs vitres ont explosé sous mes yeux.

— Vous avez dû être terrorisée.

Rose hocha la tête.

— Je me suis toujours dit qu'un de ces jours il faudrait que je suive une thérapie.

— Ce n'est peut-être pas nécessaire, objecta Eugene.

Tout ce que vous devez faire, c'est affronter votre peur et la reconnaître pour ce qu'elle est.

— C'est-à-dire ?

— Une illusion, répondit-il. Une chimère, une simple idée qui n'existe que dans votre esprit. Si vous arrivez à vous en convaincre, vous la vaincrez définitivement.

— Est-ce ainsi que vous gérez vos propres craintes, monsieur Bonnaire ?

— Eugene, la reprit-il. Oui, je ne fais pas exception à la règle.

Elle le scruta durant ce qui lui parut une éternité, comme si elle cherchait à lire en lui. Et son intuition lui soufflait qu'elle en était peut-être bien capable, ce qui le troublait d'autant plus.

— C'est important pour vous, n'est-ce pas ?

Il l'interrogea du regard.

— De donner l'impression que vous n'avez peur de rien, que vous maîtrisez parfaitement vos émotions.

Rose faisait décidément preuve d'une perspicacité implacable ! Et ses remarques commençaient à le déstabiliser. D'ordinaire, c'était lui qui se flattait de savoir discerner les faiblesses et motivations secrètes de ses interlocuteurs, pas l'inverse.

Pour la première fois de sa vie, la situation était renversée, et il n'était pas certain d'aimer se sentir mis à nu.

— Pour un homme d'affaires, maîtriser ses émotions est une nécessité, répondit-il. Sans cela, toute négociation est vouée à l'échec.

— Et pour vous, tout se négocie, c'est bien ça ?

Eugene partit d'un rire nerveux.

— Touché, admit-t-il. Vous êtes vraiment très observatrice, Rose, et vous possédez un instinct très sûr. Vous feriez une femme d'affaires redoutable, en fin de compte…

Elle secoua doucement la tête.

— Je ne pense pas. Cela nécessiterait beaucoup plus d'ambition et de motivation que je n'en aurai jamais.

La candeur de cet aveu étonna Eugene. Rose Heathcote était décidément une femme hors du commun, aussi directe que clairvoyante ; il n'avait jamais rencontré quelqu'un comme elle.

— Il faut que je me mette aux fourneaux, si vous voulez manger ce soir, lui dit-il.

— Ne vous donnez pas ce mal, protesta-t-elle vivement. Je vais juste grignoter un peu.

— Il ne serait pas très poli de ma part de vous faire traverser le pays pour vous laisser ensuite mourir de faim, objecta Eugene. Et puis, cela vous aidera à oublier l'orage.

— Dans ce cas, laissez-moi au moins vous assister.

En temps normal, jamais Eugene n'aurait toléré la présence d'un néophyte à ses côtés, mais l'idée de partager cette expérience avec Rose lui paraissait délicieusement exaltante.

— Entendu ! s'exclama-t-il avec enthousiasme. Je vous nomme marmiton pour la soirée.

Si Rose avait été impressionnée par l'aménagement intérieur de la maison d'Eugene, elle fut sidérée en découvrant sa cuisine, digne d'un grand restaurant. Il lui expliqua que depuis qu'il ne cuisinait quasiment plus pour les autres il prenait beaucoup de plaisir à le faire pour lui-même.

A ses yeux, cet espace était un laboratoire où il testait toutes sortes de recettes. Il en transmettait certaines aux chefs de ses établissements et compilait les plus originales pour les publier un jour dans un livre.

Après lui avoir montré où se trouvaient le matériel et les ingrédients dont ils auraient besoin, il lui tendit un tablier blanc qu'elle noua autour de sa taille. Tandis qu'il l'imitait, elle l'observa à la dérobée.

Jamais elle n'aurait imaginé qu'ils seraient un jour amenés à collaborer — à plus forte raison dans une cuisine. Mais elle commençait à admettre qu'Eugene Bonnaire était bien plus imprévisible qu'elle ne l'aurait cru et qu'avec lui elle devait s'attendre à tout.

C'était finalement une sensation assez excitante, se dit-elle. En fait, cela faisait longtemps qu'aucun homme ne l'avait stimulée ainsi. Mais elle ne pouvait se permettre d'oublier que, la dernière fois que cela s'était produit, la déception n'en avait ensuite été que plus cruelle.

Joe Harding, le trader dont elle était tombée amoureuse, lui avait laissé penser qu'il partageait ses sentiments, et même qu'il envisageait de l'épouser. Elle avait pourtant fini par comprendre qu'il se contentait de lui dire ce qu'elle avait envie d'entendre, sans avoir la moindre intention de tenir ses promesses.

Lorsqu'il avait dû choisir entre sa carrière et elle, Joe n'avait pas hésité un seul instant et était parti pour l'Australie sans un regard en arrière, sans même lui proposer de l'accompagner.

La rupture avait été douloureuse et lui avait cruellement rappelé le divorce de ses parents : sa mère avait en effet quitté le foyer pour s'installer avec un certain David Carlisle qui, elle l'avait découvert par la suite, n'éprouvait aucun sentiment pour elle et avait seulement pris un malin plaisir à briser leur famille. Le père de Rose ne s'était jamais vraiment remis de cette trahison.

Or Eugene Bonnaire avait plusieurs points communs avec Joe Harding et l'amant de sa mère : c'était un séducteur invétéré, habitué à ce que les femmes lui tombent dans les bras. De son propre aveu, il ne cultivait que des liaisons superficielles et éphémères. Et il n'hésitait pas à manipuler ceux qui s'opposaient à ses intérêts.

Cela faisait de lui un homme dangereux, surtout pour quelqu'un comme elle. Si elle voulait revenir indemne de ce court séjour sur son île, elle devrait veiller à conserver ses distances et à résister à ses avances.

Elle cuisinerait en sa compagnie, dînerait avec lui puis irait se coucher. Seule. Et elle se garderait bien de céder à l'attirance qu'il exerçait sur elle.

Forte de cette décision, Rose se concentra sur la tâche qu'ils avaient entreprise. Et elle ne tarda pas à comprendre que ce qu'elle avait lu au sujet d'Eugene Bonnaire était bien en deçà de la réalité : ce n'était pas seulement un très bon chef, mais bien un véritable génie culinaire.

Le regarder travailler était un enchantement. On aurait dit qu'il se trouvait dans un état second, plongé dans une transe qui le faisait bouger avec la grâce et la précision d'un danseur. Aucun de ses gestes ne relevait du hasard ; chacun d'eux participait à un rituel où tout convergeait vers un unique but : la lente élaboration de leur dîner.

Au bout d'un moment, un sourire approbateur se dessina sur son visage et il pivota vers elle.

— C'est presque prêt, déclara-t-il. Voulez-vous goûter ?

Rose n'hésita pas un instant.

— Avec plaisir.

L'odeur montant de la sauteuse suffisait à lui mettre l'eau à la bouche. Du bout de sa spatule en bois, Eugene souleva un morceau de viande nappé de sauce et le lui tendit. Rose le cueillit entre les dents. Aussitôt, une véritable explosion de saveurs envahit son palais et elle poussa un gémissement d'extase.

— Je n'ai jamais rien mangé de meilleur de toute ma vie s'exclama-t-elle.

— La fricassée de volaille aux cèpes était l'une des spécialités du restaurant de mes parents, dit le cuisinier en souriant. Heureux que cela vous plaise.

Le regard d'Eugene se fixa alors sur la commissure de ses lèvres.

— Vous avez un peu de sauce, ici, lui dit-il en tendant la main vers son visage.

Du bout du pouce, il effleura sa lèvre inférieure pour l'essuyer, en un geste si doux et intime qu'elle frissonna de la tête aux pieds. La sensualité de ce moment était presque insoutenable.

Etait-ce à cause de la tempête qui continuait à faire rage au-dehors ? Ou bien existait-il entre eux une sorte d'alchimie aussi puissante qu'inexplicable ?

Le cœur battant la chamade, Rose recula précipitamment. Elle se frotta la bouche du revers d'une main, comme pour se débarrasser du souvenir de la caresse d'Eugene. Cette réaction enfantine le fit éclater de rire.

— Rassurez-vous, lui lança-t-il. Comme je vous l'ai déjà dit, je ne mords pas. A moins bien sûr que vous ne me le demandiez…, ajouta-t-il avec humour.

Rose faillit s'en étrangler de stupeur.

— Certainement pas, rétorqua-t-elle. Vous pensez peut-être que toutes les femmes rêvent de vous tomber dans les bras, mais ce n'est pas mon cas. Je n'ai nullement l'intention d'ajouter mon nom à la liste interminable de vos conquêtes. Je vais donc vous laisser finir les préparatifs du dîner pendant que je mettrai la table.

Sur ces mots, elle lui tourna le dos et se dirigea vers le vaisselier d'où elle tira deux assiettes et des couverts.

Mais tandis qu'elle quittait la cuisine pour regagner la salle à manger, il lui sembla sentir peser sur elle le regard amusé d'Eugene.

Il eut pourtant la décence de ne faire aucun commentaire.

5

En dépit de leur confrontation en cuisine, la soirée se déroula de façon assez plaisante. Rose et Eugene s'en tinrent à de menus propos, parlant de leurs plats préférés, de l'Ecosse, mais aussi des autres endroits qu'ils avaient visités en Angleterre.

Peu à peu, le malaise qui pesait entre eux se résorba, cédant place à une atmosphère qui, à défaut d'être amicale, s'avéra plus décontractée. Pendant le dîner, l'orage s'était momentanément calmé, mais alors que le repas touchait à sa fin, il reprit de plus belle, redoublant même d'intensité.

Eugene et Rose étaient revenus s'asseoir dans le salon et regardaient, à travers la baie vitrée, les impressionnants éclairs zébrant le ciel nocturne. Le tonnerre s'était renforcé au point de faire trembler les vitres. Quant à la pluie, elle formait un rideau compact qui s'abattait sans discontinuer sur la maison.

Rose était de plus en plus nerveuse. Le visage blafard, elle s'était lovée sur le canapé et serrait un des coussins contre elle. Eugene alla chercher une bouteille de scotch et en remplit deux verres, puis s'installa à côté d'elle.

— Tenez, buvez ça, lui proposa-t-il. Non seulement c'est l'un des meilleurs whiskies au monde, mais surtout, cela vous aidera à vous détendre un peu.

Rose fit un signe raide du menton et saisit le verre

qu'il lui tendait. Elle le porta à ses lèvres et le vida d'un trait. Aussitôt, ses yeux s'emplirent de larmes et elle se mit à tousser. Eugene ne put réprimer un sourire.

— Pas comme ça ! Ce n'est pas du jus de pomme.

Il lui prit le verre des mains et le remplit de nouveau.

— Allez-y plus doucement, cette fois.

Elle avala une petite gorgée et hocha la tête.

— Il est vraiment très bon, reconnut-elle.

Un nouveau coup de tonnerre claqua, plus proche et violent que les précédents. Rose faillit en lâcher son whisky et, d'instinct, se recroquevilla contre Eugene. Sans réfléchir, celui-ci entoura ses épaules d'un bras protecteur.

Au moment où il esquissait ce geste, il fut submergé par un puissant désir de veiller sur la jeune femme. La force de ce sentiment le stupéfia. Jamais il n'avait éprouvé pareil instinct, hormis envers sa sœur.

C'était d'ailleurs ce qui expliquait en partie l'intensité de sa souffrance à la mort de celle-ci ; il s'était alors senti responsable, comme s'il avait été incapable de la sauver.

Bien sûr, avec le temps, il avait fini par admettre qu'il n'aurait rien pu faire pour changer le cours des choses, mais cela l'avait incité à éviter tout investissement affectif.

Néanmoins, il devait reconnaître aujourd'hui que cette distanciation n'avait absolument pas fonctionné dans le cas de Rose. En à peine deux rencontres, elle avait eu raison des barrières émotionnelles qu'il avait élevées autour de lui depuis tant d'années. Il ignorait comment.

— Tout va bien se passer, murmura-t-il, sans savoir s'il s'adressait à Rose ou à lui-même.

Il la sentit se détendre et cette marque de confiance éveilla en lui une bouffée d'affection inattendue. Depuis quand n'avait-il pas ressenti un tel attachement ? Car à présent, il ne pouvait plus le nier : ses sentiments pour Rose dépassaient de très loin la simple attirance physique.

Le mélange de curiosité, d'admiration, de tendresse et de sympathie qu'elle suscitait en lui était aussi exaltant que terrifiant. Au moment où il se faisait cette réflexion, Rose poussa un petit gémissement qui l'incita à baisser les yeux sur elle. Elle s'était endormie contre lui.

Au même instant, il s'aperçut que, sans s'en rendre compte, il s'était mis à lui caresser les cheveux d'une main légère. Ils étaient doux comme de la soie et il en émanait un parfum troublant. Eugene ferma les yeux et prit une profonde inspiration, s'imprégnant de cette fragrance qui éveillait en lui un désir lancinant.

Blottie contre lui, Rose était chaude et confiante, et cette sensation se propageait peu à peu en lui, créant une étrange complicité entre eux et renforçant le lien sensuel et affectif qui les unissait déjà.

Un nouveau coup de tonnerre résonna, si violent qu'il arracha la jeune femme à son sommeil. Elle se redressa en sursaut et leva sur Eugene un regard perdu. L'angoisse qu'il lut dans ses yeux le frappa en plein cœur et il ne put résister davantage à la pulsion qui lui soufflait depuis un moment de l'embrasser.

Son geste se voulait tendre et rassurant, mais lorsque leurs lèvres se rencontrèrent, tous deux succombèrent de nouveau à l'irrépressible alchimie qui semblait exister entre eux. Leurs sens s'enflammèrent, leur baiser se fit plus urgent et leurs corps enfiévrés se pressèrent l'un contre l'autre dans une étreinte passionnée.

Le cœur battant à tout rompre, Rose se sentit défaillir. Le désir qui brûlait en elle lui faisait perdre toute retenue et elle s'y abandonna sans regret. Eugene plongea une main dans ses cheveux, traçant un sillon ardent sur sa nuque lorsque ses doigts se posèrent dessus, tandis que l'autre glissait jusqu'à sa taille.

Un éclair de lucidité fit comprendre à Rose que, si elle ne réagissait pas très vite, elle ne serait bientôt plus en mesure de lui résister. Cette idée éveilla en elle un vent de panique qui balaya suffisamment son trouble pour lui donner la force de s'écarter.

Lorsque Eugene fit mine de se pencher de nouveau vers elle, elle bondit sur ses pieds et s'éloigna du canapé.

— Où vas-tu ? lui demanda-t-il, visiblement perplexe.

Rose inspira à pleins poumons dans l'espoir de recouvrer le contrôle d'elle-même.

— Nous n'aurions pas dû, murmura-t-elle d'une voix entrecoupée.

— Pourquoi, tu as quelqu'un dans ta vie ? s'enquit Eugene.

Elle secoua la tête.

— Alors, où est le mal ?

— Je n'ai pas l'habitude de céder à ce genre de pulsions, répondit Rose. Lorsque j'embrasse quelqu'un, c'est parce que je pense que cela peut déboucher sur quelque chose.

— Qui te dit que ce n'est pas le cas ? objecta Eugene.

— Je n'ai aucune intention de me lancer dans une histoire pour le moment, expliqua-t-elle.

— Pourquoi donc ?

— Parce que j'arrive à une période de ma vie où je vais devoir faire des choix. Lorsque Philip t'aura vendu la boutique, il faudra que je cherche un nouveau poste.

— Je ne vois pas en quoi c'est incompatible avec le fait d'avoir une relation avec quelqu'un…

— Rien ne dit que je trouverai du travail à Londres.

— Tu partirais à l'étranger ? dit Eugene, étonné.

— Pourquoi pas ?

De fait, c'était une hypothèse qu'elle avait envisagée assez souvent au cours des dernières semaines. Jusqu'à présent, elle n'avait jamais quitté l'Angleterre, mais elle tenait peut-être une occasion d'élargir son horizon et de découvrir un autre pays.

— De toute façon, continua-t-elle, je ne suis pas venue ici pour avoir une aventure, mais pour signer un contrat. Philip compte sur moi et il est hors de question que je le laisse tomber sous prétexte que je ne suis pas capable de me contrôler...

Eugène esquissa un sourire amusé, qu'elle fustigea d'un regard réprobateur.

— Ça n'a rien de drôle, protesta-t-elle. Nous n'avons toujours pas discuté de la raison de ma présence.

— Je ne peux pas valider le compromis de vente sans l'avoir lu, remarqua Eugene. Mais si tu me le donnes maintenant, je l'étudierai avant de me coucher, et si je ne vois rien d'anormal, je te le rendrai signé dès demain matin.

Jusqu'à cet instant précis, Rose n'avait pas envisagé une seule seconde qu'Eugene puisse ne pas signer le contrat. Elle comprit soudain que la transaction pouvait encore être renégociée, voire annulée. Mais s'il espérait qu'elle lui céderait ses faveurs en échange de son accord, il allait au-devant d'une cruelle déception.

— Je vais chercher les documents, déclara-t-elle avec froideur.

Sans attendre sa réponse, elle quitta la pièce pour retourner dans sa chambre. Elle récupéra le dossier dans son sac puis, prenant son courage à deux mains, regagna le salon. Eugene était installé à son aise dans l'un des fauteuils Chesterfield, les pieds posés sur la table basse, un verre de whisky à la main.

Il contemplait la baie vitrée derrière laquelle l'orage

semblait enfin s'apaiser. Seuls quelques éclairs zébraient par intermittence le ciel d'encre ; le tonnerre n'était plus qu'un murmure lointain.

Rose s'approcha de lui et lui tendit les documents. Il les saisit sans même y jeter un coup d'œil.

— Un jour, il faudra que tu m'expliques ce brusque revirement d'attitude, lui dit-il d'une voix qui trahissait plus de curiosité que de colère ou de frustration.

— Je n'ai pas pour habitude de coucher avec le premier venu.

La sécheresse de son ton la surprit elle-même.

Cette fois, il ne put s'empêcher de tiquer.

— J'ignore qui t'a fait du mal, dans le passé, commenta-t-il enfin, mais je ne suis pas cette personne. Je ne cherche ni à te blesser ni à te manipuler. J'ai simplement envie de toi, et je crois que c'est réciproque.

Rose demeura figée sur place, muette. La perspicacité dont Eugene venait de faire preuve n'aurait probablement pas dû la surprendre, mais elle ne faisait que renforcer son impression d'être complètement exposée devant cet homme qui lisait en elle comme dans un livre ouvert.

— Bonne nuit, dit-elle seulement.

— Bonne nuit à toi aussi, répondit Eugene. Et si tu changes d'avis, ma chambre se trouve au bout du couloir.

Ce soir-là, Eugene mit longtemps à s'endormir. Malgré lui, il tendait l'oreille, à l'affût des pas de Rose. Mais aucun bruit ne se fit entendre. Et tandis qu'il attendait dans son lit, les yeux rivés au plafond, il se remémorait les événements des dernières heures. Plus il y repensait, plus il s'émerveillait de l'intensité de leur brève étreinte.

Jamais un simple baiser n'avait provoqué en lui une telle réaction. La puissance des sensations qu'il avait éprouvées l'avait submergé et il peinait à imaginer ce qui se produirait s'ils faisaient l'amour.

Lorsqu'il finit enfin par fermer les yeux, ce fut pour sombrer dans un tourbillon de rêves érotiques dont il s'éveilla au petit matin en proie à une frustration aiguë.

Rose n'était pas venue. Pour tenter de calmer sa cuisante déception et chasser le désir lancinant qui pulsait en lui, il alla prendre une douche froide. Lorsqu'il eut recouvré un semblant de maîtrise de soi, il s'empara du contrat qu'il avait posé sur sa table de chevet après l'avoir étudié en détail, et alla frapper à la porte de son invitée.

Il commença à s'inquiéter en constatant qu'elle ne répondait pas. L'orage de la veille, après s'être éloigné momentanément, était revenu en force au beau milieu de la nuit. Connaissant la phobie de Rose, Eugene craignait qu'elle n'ait passé un moment difficile.

Comme il s'apprêtait à frapper de nouveau, la jeune femme lui ouvrit. Elle devait être tout juste sortie de son lit, car elle ne portait qu'une fine chemise de nuit. Il ne put s'empêcher de remarquer la façon dont le tissu léger dévoilait la douce rondeur d'une épaule et la naissance de ses seins.

Puis il avisa son visage, encore plus pâle que d'ordinaire, et ses yeux cernés de noir, ainsi qu'une multitude d'autres détails qui semblaient confirmer ses soupçons. Aussitôt, l'instinct protecteur qu'il s'était découvert la veille refit surface.

— Ça va ? lui demanda-t-il avec sollicitude.

Elle passa une main dans ses cheveux emmêlés. Le geste, naturel, était empreint d'une telle sensualité qu'Eugene sentit resurgir en lui le désir qu'il avait difficilement dompté à force d'eau glacée quelques minutes plus tôt.

— Je n'ai pas beaucoup dormi, avoua-t-elle d'une petite voix.

— Tu aurais dû venir frapper à ma porte.

Lorsqu'elle plongea ses yeux violets dans les siens, il eut l'impression que son regard le transperçait de part en part.

— J'avais peur de ce qui se passerait si je le faisais, admit-elle.

Eugene ne répondit pas. Tous deux savaient pertinemment ce qui se serait produit. Elle poussa un long soupir.

— Je ne comprends pas ce qui m'arrive. Lorsque je suis avec toi… c'est comme si j'étais quelqu'un d'autre. Quelqu'un que je ne reconnais pas.

— J'éprouve la même chose, lui dit-il d'une voix un peu rauque.

Elle dut lire son désir dans ses yeux, car un frisson la parcourut. Mais cette fois-ci, elle ne recula pas.

— Qu'est-ce qui se passe ? lui demanda-t-elle. Est-ce l'orage qui provoque ça ?

— Je ne crois pas. La première fois que j'ai ressenti cela, nous étions à Londres, dans ta boutique.

L'expression de Rose lui indiqua qu'elle voyait très précisément à quel moment il faisait allusion.

— J'ai passé toute la nuit à rêver de toi, lui avoua-t-il.

Le son qui s'échappa des lèvres de Rose tenait autant du soupir que du gémissement. Encouragé, Eugene fit un pas vers elle. Ils étaient en face l'un de l'autre, les yeux dans les yeux. Le temps s'arrêta et l'air entre eux se chargea d'une tension vibrante.

Eugene s'efforça de résister à la tentation presque insoutenable que Rose exerçait sur lui et posa doucement une paume sur sa joue. Du bout du pouce, il caressa ses lèvres, lui arrachant un nouveau gémissement.

— J'ai envie de toi, chuchota-t-il.

— Moi aussi, dit-elle d'une voix étranglée.

Avec un sourire, il se pencha vers elle pour l'embrasser.

Le simple contact de leurs lèvres leur suffit pour retrouver cette complicité déjà si familière, cet élan impétueux qui les poussait l'un vers l'autre. Mais cette fois-ci, aucun d'eux ne chercha à y résister.

Leurs mains joignirent leurs caresses ardentes à la joute de leurs bouches. Le fin tissu de la chemise de nuit n'offrait qu'un rempart très symbolique devant cette fiévreuse exploration et Eugene sentit les seins de Rose se durcir sous ses paumes.

Rose gémit de nouveau et se pressa contre lui, succombant sans aucune retenue au plaisir qu'il lui procurait. Sans cesser de l'embrasser, il la souleva dans ses bras et l'entraîna jusqu'au lit sur lequel il la déposa avec révérence. Il demeura immobile quelques secondes, incapable de détourner les yeux de cette femme qui le rendait fou.

Même en cet instant d'abandon, elle conservait une sorte de pureté, d'innocence, qui ne faisait qu'ajouter à sa sensualité. Il se demanda comment il avait pu ne pas voir tout de suite à quel point elle était parfaite.

Sa beauté, d'une grâce dénuée d'artifices, était touchante, et éveillait en lui une puissante émotion. Il lui semblait avoir trouvé en elle quelque chose qu'il cherchait depuis toujours sans même l'avoir su.

La voix de Rose le rappela soudain à la réalité.

— Eugene ?

— Tu es si belle, murmura-t-il.

Un sourire rayonnant naquit sur le visage de Rose, la rendant plus irrésistible encore. L'aidant à se redresser, il lui ôta sa chemise de nuit, faisant apparaître ses seins menus à la forme parfaite. Il se pencha sur elle et captura un mamelon entre les lèvres pour l'agacer du bout de la langue.

Rose se renversa en arrière avec un gémissement d'extase et Eugene se sentit submergé par la passion. Un véritable incendie faisait rage en lui, se répandant dans ses veines et son sexe, si dur qu'il se pressait douloureusement contre le tissu trop rêche de son jean.

Ses mains parcoururent le corps de Rose avec avidité. Il avait besoin de la toucher, de sentir sa peau soyeuse. Les doigts de la jeune femme s'enfoncèrent dans ses cheveux et l'attirèrent contre elle. Il émanait d'elle un parfum sucré que le désir teintait d'une affolante pointe d'âcreté.

Un grondement possessif monta en lui, irrépressible, sauvage. Jamais il n'avait éprouvé un tel désir. En cet instant, rien ni personne n'aurait pu le détourner de Rose. De la bouche, il suivit les lignes de son corps, traçant un sillon de feu sur toute sa longueur, léchant, suçant et mordillant tour à tour cette chair dont le goût l'enivrait.

Rose se tordait contre lui, enfiévrée, tout entière offerte à cette danse érotique. Enfin, il arracha la minuscule barrière de fin tissu qui recouvrait son sexe. Ses lèvres se plaquèrent sur cette zone brûlante de désir et sa langue glissa en elle.

Rose s'arc-bouta sur le lit tandis qu'un cri lui échappait. L'orgasme qui la terrassa était à la hauteur de l'extrême sensualité de cet instant magique. Incapable de résister davantage à la tentation, Eugene se défit rapidement de ses vêtements, prenant tout juste le temps de récupérer dans son portefeuille un préservatif qu'il enfila en hâte.

Lorsqu'il se pencha de nouveau sur Rose, elle était prête à l'accueillir. Sa bouche se plaqua contre la sienne et elle l'embrassa avec une ardeur farouche qui disait mieux que des mots l'envie qu'elle avait de lui.

Eugene entra en elle très lentement. S'offrant totalement à lui, Rose noua les jambes autour de sa taille pour l'attirer plus loin encore. Enfoui en elle, il s'immobilisa, pris d'un brusque vertige.

Jamais il n'avait éprouvé une telle sensation de plénitude, bien plus grisante qu'une simple satisfaction physique. C'était une communion, un sentiment d'appartenance aussi puissant qu'inexplicable.

Puis il sentit Rose onduler, creuser les reins pour l'accueillir. Leurs gestes s'accordèrent aussitôt, comme s'ils étaient amants depuis toujours et que leurs corps se connaissent intimement. Ils gravirent ensemble les cimes de la passion, emportés toujours plus haut, toujours plus loin, jusqu'à ce que le temps lui-même paraisse se figer.

En cet instant, plus rien n'existait en dehors de cette extase qui ne cessait de grandir en eux, effaçant leurs ultimes doutes. Ils se dévoraient de baisers, s'accrochant l'un à l'autre comme s'ils craignaient de se perdre, chevauchant la vague d'une passion incomparable.

Mais, soudain, une lame de fond les balaya tous deux en un déferlement de jouissance.

Eugene n'aurait su dire combien de temps ils demeurèrent enlacés, se berçant doucement l'un l'autre tandis que le plaisir refluait en une marée lente et qu'ils recouvraient peu à peu un semblant de lucidité.

Lorsque leurs regards se croisèrent de nouveau, Eugene eut le sentiment obscur et terrifiant que sa vie venait de basculer.

6

Rose n'y croyait toujours pas. Une telle magie était irréelle.

Jamais elle n'aurait imaginé en se rendant sur cette île qu'elle ferait l'amour avec Eugene Bonnaire, ni qu'elle éprouverait un tel déferlement de sensations.

Eugene était incontestablement le meilleur amant qu'elle ait jamais eu. Et il semblait exister entre eux une étrange connexion : depuis son arrivée, il avait deviné le moindre de ses désirs, devancé toutes ses attentes, et lui avait procuré plus de plaisir qu'elle ne l'aurait cru possible.

Mais quelques instants seulement après cette étreinte magique, elle l'avait vu se replier sur lui-même. Elle avait lu dans ses yeux un mélange de doute, d'angoisse et de méfiance d'autant plus douloureux qu'en cet instant, elle ne s'était jamais sentie aussi proche d'un autre être humain.

Il s'était levé brusquement, avait déposé un rapide baiser sur ses lèvres et lui avait demandé de le rejoindre dans le salon dès qu'elle serait prête. Puis il avait ramassé ses vêtements et quitté la chambre sans même les enfiler.

Bien décidée à recouvrer le contrôle de ses émotions avant une nouvelle confrontation, Rose avait pris une longue douche et s'était habillée.

Lorsqu'elle le rejoignit, la première chose qu'elle

remarqua fut l'expression d'Eugene : un mélange de gravité et de réserve à l'opposé de la fougue désinhibée qu'il avait laissée transparaître un peu plus tôt.

Une pointe d'angoisse traversa Rose. Allait-il lui annoncer son intention de ne pas racheter la boutique ? Cette possibilité fit naître en elle un élan irrépressible de panique. Philip comptait sur elle. Et depuis qu'il avait pris sa décision, elle ne l'avait pas entendu une seule fois envisager qu'Eugene puisse changer d'avis avant d'avoir conclu la vente.

Si elle revenait bredouille de ce voyage, son patron serait anéanti. Tant de choses dépendaient de cette transaction…

Elle inspira à pleins poumons dans l'espoir de chasser ces idées noires. Ce n'était pas le moment de céder à la panique. Après tout, Eugene ne lui avait pas encore fait part de ses intentions.

— As-tu eu le temps de parcourir le contrat que je t'ai donné hier soir ? lança-t-elle avec une désinvolture forcée.

— Oui.

Elle attendit qu'il poursuive, mais il n'ajouta rien, se contentant de l'observer d'un air songeur. A cet instant précis, elle aurait donné cher pour pouvoir lire dans ses pensées.

— Et donc, as-tu décidé de signer ? lui demanda-t-elle enfin. J'aimerais en être certaine, avant de repartir.

Le regard d'Eugene se teinta d'une pointe d'étonnement.

— Tu comptes toujours rentrer dès aujourd'hui ?

Elle haussa les épaules, feignant l'indifférence.

— Pourquoi pas ? rétorqua-t-elle. Je sais que tu viens ici pour être seul, je n'ai donc aucune envie de te déranger plus que nécessaire…

Il fronça légèrement les sourcils. Impossible de savoir s'il s'agissait de surprise, de réprobation ou de colère...

— Je me disais que tu aurais pu rester quelques jours de plus, déclara-t-il enfin, le temps que nous nous connaissions un peu mieux.

Rose le scruta longuement, cherchant à percer le masque indéchiffrable dont il ne s'était pas départi depuis qu'elle l'avait rejoint. Mais il était maître dans l'art de dissimuler ses sentiments, et elle ne réussit pas à déchiffrer son expression.

Lorsqu'ils avaient fait l'amour, Eugene s'était montré fougueux et passionné. Elle avait cru qu'ils étaient sur la même longueur d'onde, qu'ils partageaient quelque chose de très fort.

Mais quelques instants plus tard, il avait repris ses distances, se conduisant de façon presque indifférente. Et à présent, il lui proposait de passer quelques jours en sa compagnie.

Ces signaux contradictoires la déstabilisaient, la plongeant dans une incertitude désagréable qui ravivait ses vieilles angoisses. Eugene Bonnaire essayait-il de la manipuler comme l'avait fait Joe Harding ?

Ce dernier aussi avait su se montrer passionné, attentionné et tendre. C'était d'ailleurs la raison pour laquelle Rose était tombée amoureuse de lui. Mais au fil des mois, il avait révélé une facette bien différente de sa personnalité : froide, dominatrice, parfois même méprisante. La douceur des débuts avait fini par céder place à l'indifférence et à l'agacement.

Un jour, elle avait trouvé une boîte de préservatifs dans la poche de l'une de ses vestes. Comme elle prenait la pilule, ils n'en utilisaient pas ensemble et, lorsqu'elle l'avait interrogé à ce sujet, il avait avoué avoir eu une aventure avec une autre femme.

Il avait juré que cette histoire avait été une erreur dont il s'était vite repenti, et à laquelle il avait coupé court. Il avait même laissé entendre que c'était à cause de son indifférence à elle qu'il avait éprouvé le besoin de se consoler auprès d'une autre.

A posteriori, elle avait découvert que cette liaison n'avait été qu'un épisode parmi de nombreux autres, mais sur le coup, elle avait cru Joe. Elle avait même fait des efforts pour tenter de redonner vie à leur couple.

Quelques mois plus tard, il lui avait annoncé son intention de partir pour l'Australie. Lorsqu'elle lui avait demandé s'il comptait lui proposer de l'accompagner, son silence avait été éloquent. Ce n'est qu'à ce moment-là qu'elle avait eu le courage de regarder la réalité en face et qu'elle avait rompu.

Elle s'était alors juré de ne plus jamais se laisser berner par un homme. Tant qu'elle ne rencontrerait pas quelqu'un de bien, en qui elle pourrait avoir confiance, elle resterait célibataire et se concentrerait sur son travail. Et jusqu'à aujourd'hui, elle s'était tenue à ces principes.

Sans doute aurait-elle mieux fait de ne pas y déroger, car Eugene Bonnaire passait pour un don Juan qui multipliait les conquêtes sans jamais s'engager. De tous les hommes de son entourage, c'était probablement celui qui correspondait le moins à ses attentes.

Et même s'il ne cherchait pas consciemment à la manipuler, il profiterait sûrement d'elle jusqu'à s'être lassé et la remplacerait par une maîtresse plus séduisante ou sophistiquée. Ce jour-là, elle se retrouverait de nouveau seule, le cœur brisé.

Mieux valait donc mettre un terme à cette liaison sans avenir. Elle devait rentrer à Londres au plus tôt et s'efforcer de reléguer l'étreinte fantastique qu'elle avait eu la chance de connaître dans la case des souvenirs.

Sa décision prise, elle carra les épaules.

— Tu n'as toujours pas répondu à ma question, dit-elle de sa voix la plus professionnelle.

Il lui jeta un regard interrogateur.

— Au sujet de la boutique. Tu comptes l'acheter ou non ?

— Tu es donc si pressée de partir ?

— Je n'ai aucune envie de me retrouver bloquée ici par un nouvel orage, expliqua-t-elle.

Eugene secoua la tête.

— Je ne te comprends vraiment pas, déclara-t-il avec une pointe de frustration. Tu fais comme s'il ne s'était rien passé entre nous...

Rose faillit répliquer que son attitude à elle ne faisait que refléter son comportement, mais elle ne tenait pas à entrer dans une polémique stérile. Le plus important pour elle était de se protéger et non d'épiloguer sur leurs responsabilités respectives.

— Ce qui s'est produit est une erreur, répondit-elle avec fermeté. Je ne te fais aucun reproche ; c'était un moment de faiblesse de ma part. Mais je te l'ai déjà dit : je n'ai pas l'intention d'être un nouveau trophée à accrocher à ton tableau de chasse déjà bien rempli. Alors nous ferions mieux de faire comme si rien ne s'était passé et d'en revenir à l'objet initial de ma visite ici.

Rose s'émerveilla d'être parvenue à terminer sa diatribe sans perdre contenance, et sans que sa voix trahisse le déchirement intérieur qui la torturait. Elle avait réussi à sauver les apparences.

— Rory arrive dans moins d'une heure, ajouta-t-elle en jetant un coup d'œil à sa montre.

Eugene pinça les lèvres et détourna le regard.

— Tu me déçois. J'espérais que, contrairement à

la plupart des gens, tu ne prendrais pas pour argent comptant ce que les tabloïds disent à mon sujet.

En dépit de toute la fermeté dont elle tentait de faire preuve, Rose sentit une pointe de culpabilité s'insinuer en elle. Se pouvait-il qu'elle l'ait mal jugé ?

— Si c'est ce que tu veux, je vais signer les papiers que tu as apportés. Mais j'aurais vraiment préféré que nous passions plus de temps ensemble.

La sincérité transparaissant dans sa voix renforça les doutes de Rose. Elle brûlait d'envie de lui faire confiance, mais le souvenir de Joe l'en empêchait.

Les deux hommes se ressemblaient beaucoup trop ; ils possédaient la même ambition assumée, la même confiance frisant l'arrogance, le même besoin de contrôle, le même rapport décomplexé au sexe et à l'argent.

Et elle ne tenait pas à revivre la souffrance et la déception que lui avait infligées son seul et unique amour.

Face à son silence, Eugene afficha un sourire aussi artificiel que glacé.

— Je vois, murmura-t-il. De toute évidence, je me suis mépris sur tes intentions. Finissons-en, alors. Allons dans mon bureau.

Rose lui emboîta le pas et ils empruntèrent un couloir menant à un grand cabinet aménagé de façon bien plus contemporaine et fonctionnelle que le reste de la maison. Le meuble central de la pièce consistait en un poste de travail d'acier surmonté d'un plateau de verre, sur lequel trônaient un ordinateur dernier cri et plusieurs écrans.

— Assieds-toi, l'invita Eugene en désignant l'un des fauteuils en cuir.

Pendant qu'elle s'installait, il contourna le bureau pour prendre place en face d'elle.

— Je souhaiterais ajouter une clause au contrat, avant de le signer, déclara-t-il, une fois assis.

Rose réprima une bouffée de panique.

— Que veux-tu ? s'enquit-elle.

Malgré ce que lui avait dit Eugene, elle continuait à redouter qu'il ne se rétracte au dernier moment.

— J'aimerais que tu t'occupes de la revente du stock de la boutique. Moyennant salaire, bien sûr. Comme je te l'ai dit, je n'ai pas l'usage de ces objets, mais je ne connais pas assez le marché pour pouvoir m'en charger. Toi, au contraire, tu sauras veiller à ce qu'ils partent à un prix convenable.

Rose savait qu'elle aurait dû se réjouir de cette offre. Non seulement celle-ci garantissait cette transaction que Philip appelait de ses vœux, mais elle lui assurait en outre un travail pendant plusieurs mois, ce qui lui laissait un délai confortable pour penser à l'avenir.

Mais accepter cette proposition la lierait un peu plus à Eugene.

Elle réfléchit quelques instants, pesant le pour et le contre.

— Je suppose que je n'ai pas le choix, répondit-elle enfin en le regardant droit dans les yeux. Mais je tiens à ce que tu saches que je le fais uniquement pour Philip. Si cela ne dépendait que de moi, je refuserais, car après ce qui s'est passé ce matin, une telle collaboration me paraît peu souhaitable.

Eugene n'en crut pas ses oreilles. Pour la première fois de sa vie, une femme lui signifiait que non seulement elle ne voulait pas sortir avec lui, mais que l'argent qu'il lui proposait ne l'intéressait pas non plus.

De toute évidence, Rose regrettait amèrement ce qui s'était passé entre eux, même s'il ne voyait pas pourquoi.

Ce matin, elle avait semblé partager sa propre extase, mais quelque chose l'avait fait se raviser depuis.

Ce revirement brutal plaçait Eugene dans une situation inconnue. D'ordinaire, c'était lui qui se détachait au plus vite de ses conquêtes. Dans son esprit, mieux valait cultiver une certaine légèreté pour se préserver de tout rapprochement, de tout engagement.

Mais l'intensité de leur étreinte, quelques heures plus tôt, et les sentiments troubles que Rose avait éveillés en lui avaient eu raison de son habituel bouclier affectif. Il avait paniqué, d'où sa fuite précipitée de la chambre.

Il espérait profiter de ce délai pour reprendre le contrôle de ses émotions, mais Rose ne lui en avait pas laissé le temps. En d'autres circonstances, il se serait peut-être réjoui de son initiative ; après tout, c'était une façon de régler une bonne fois pour toutes la question.

Mais, paradoxalement, l'idée de la perdre aussi vite lui déplaisait. Une partie de lui brûlait de découvrir jusqu'où pouvait les mener cette étrange attirance qui les poussait l'un vers l'autre, trop rare et trop précieuse pour être ignorée.

— Je prends bonne note de tes réticences, répliqua-t-il d'un ton non dépourvu d'une certaine ironie. Mais je persiste à penser que tu es la personne la mieux placée pour te charger de cette mission.

Tout en parlant, il avait paraphé et signé le contrat de vente. Lorsqu'il eut fini, il tendit l'un des deux exemplaires à Rose.

— Je vais émettre un ordre de transfert ce matin même, reprit-il. L'argent devrait arriver sur le compte de Philip dans la journée, demain au plus tard.

Il regarda sa montre.

— Rory ne devrait plus tarder. Monte récupérer tes bagages, je vais te raccompagner jusqu'au ponton.

— Ce n'est pas la peine, protesta-t-elle. Je connais le chemin.

— Je te retrouve devant la porte d'entrée, déclara-t-il, coupant court à toute discussion.

Quelques minutes plus tard, ils quittaient la maison. Il ne pleuvait plus, mais le vent n'était pas complètement retombé et l'air était vif.

— Tu veux que je porte ton sac ? proposa Eugene.

Rose se contenta de secouer la tête et remonta un peu plus la fermeture Eclair de son gros blouson. Eugene constata qu'elle gardait l'air étrangement distant, comme si elle était déjà loin d'ici, ce qui ne fit que renforcer son envie de la voir rester. Mais elle lui avait clairement fait comprendre qu'elle n'en avait pas la moindre intention.

— J'espère qu'il n'y aura pas trop de houle, remarqua-t-il.

— Comme tu me l'as dit, Rory est un bon marin, répondit-elle sans le regarder. Je ne risque rien, avec lui.

Les inflexions de sa voix indiquaient qu'elle n'avait pas la même confiance en Eugene.

— Tu pourrais attendre demain que le vent se calme, lui suggéra-t-il, presque malgré lui.

— Non.

Le mot tomba comme un couperet. Rose se mit en marche en direction du petit bois. Le cœur lourd, il lui emboîta le pas.

— Je ne t'aurais jamais crue aussi têtue, dit-t-il, tentant de plaisanter.

— Ce n'est pas de l'entêtement, mais un solide instinct de survie, répliqua-t-elle.

Eugene encaissa le coup en silence, se demandant si le destin n'était pas en train de lui faire payer toutes les fois où il avait éconduit une maîtresse.

Une chose était certaine, en tout cas : jamais il ne s'était senti aussi désemparé à l'idée de perdre une femme. Fort heureusement, la clause qu'il était parvenu à imposer à Rose lui assurait qu'ils se reverraient à intervalles réguliers pendant plusieurs mois, mais il était désormais convaincu que la reconquérir n'aurait rien de facile.

Un sourire effleura ses lèvres à cette perspective. Il n'avait jamais reculé devant un défi, et celui-ci était peut-être le plus important de sa vie. Il n'échouerait pas. Et Rose découvrirait bientôt qu'il n'était pas aussi volage et inconstant qu'elle semblait le penser.

Quant à lui, il parviendrait peut-être enfin à décrypter l'inexplicable alchimie qui existait entre eux.

7

« A bientôt, Rose ! »

Plusieurs jours après son retour à Londres, les dernières paroles que lui avait adressées Eugene, alors que le bateau de Rory s'éloignait lentement du ponton, résonnaient encore en elle.

Elle n'aurait su dire s'il s'agissait d'une menace ou d'une promesse, mais en regardant la silhouette immobile du restaurateur sur la jetée, elle avait senti son cœur se serrer.

Il émanait de lui une solitude presque poignante et, pour la première fois depuis qu'elle le connaissait, elle avait ressenti de la compassion à l'égard de cet homme qui préférait passer son temps libre sur une île déserte plutôt qu'en compagnie de ses semblables.

Cette image et ces mots l'avaient poursuivie durant tout le trajet en train. Fort heureusement, ses retrouvailles avec Philip l'avaient aidée à penser à autre chose : son ami était en bien meilleure forme qu'à son départ, et lorsqu'elle lui avait confirmé la vente de la boutique, il avait poussé un soupir de soulagement.

Les jours suivants, Rose avait entrepris de dresser un inventaire exhaustif du magasin, accompagné d'une estimation de chaque pièce. Ensuite, elle avait contacté tous les antiquaires et collectionneurs qu'elle savait susceptibles d'être tentés par certaines d'entre elles.

Elle espérait notamment intéresser un célèbre galeriste

français disposant d'un grand espace d'exposition. Si elle parvenait à le faire se déplacer à Londres, elle n'aurait aucun mal à le convaincre de racheter une bonne partie du stock.

Elle venait de passer plus de deux heures à négocier avec lui lorsqu'elle raccrocha le téléphone. Une seconde plus tard, le carillon de la porte d'entrée tinta avec entrain. Heureuse de cette diversion, elle sortit du bureau pour aller à la rencontre de son client.

Mais lorsqu'elle découvrit l'identité de celui qui venait de pénétrer dans la boutique, elle se figea brusquement. Serait-elle un jour immunisée contre le charme d'Eugene Bonnaire ? Elle commençait à en douter...

Elle remarqua aussitôt qu'il était vêtu d'un élégant costume gris et que ses cheveux étaient légèrement plus courts que lorsqu'elle lui avait rendu visite sur son île. En l'apercevant, il lui décocha un de ces sourires irrésistibles dont il avait le secret.

— Bonjour, lui dit-il. Comme j'avais un moment de libre, j'ai décidé de venir voir si tu t'en sortais.

Rose réprima un soupir agacé. Eugene Bonnaire, agir sur un coup de tête ? Impossible. Il faisait partie de ces hommes qui ne laissaient rien au hasard. S'il avait souhaité prendre de ses nouvelles, il aurait pu téléphoner, voire demander à son assistante de le faire. Mais non, il avait préféré passer à l'improviste.

S'il avait cherché à la déstabiliser, c'était réussi.

— J'imagine que tu veux savoir où j'en suis de la revente du stock, répondit-elle en s'efforçant de maîtriser sa nervosité. Tu dois avoir hâte que le bâtiment soit disponible pour pouvoir commencer les travaux.

Il hocha la tête.

— C'est vrai, mais ce n'est pas la seule raison de ma présence. Je tenais à m'assurer que tu allais bien.

— Je me suis remise de mes émotions. Et je suis heureuse de t'apprendre que Philip se porte bien mieux.

— J'en suis ravi. J'espère que tu n'es plus en colère contre moi. Nous ne nous sommes pas quittés dans les meilleurs termes, toi et moi.

— C'est oublié, éluda-t-elle d'un ton faussement désinvolte. Nous étions tous les deux bouleversés...

Eugene pencha légèrement la tête sur le côté et la scruta avec attention, puis hésita un instant.

— Tu m'as manqué, dit-il finalement. Après ton départ, la maison me paraissait terriblement vide et, en fin de compte, je suis parti dès le lendemain matin.

— Je croyais que tu aimais la solitude de cette île...

Eugene haussa les épaules.

— A vrai dire, je trouve parfois frustrant d'être seul face à mes pensées sans avoir personne avec qui les partager.

Rose lui lança un regard étonné. Jamais elle ne se serait attendue à une telle confession de la part de quelqu'un aussi sûr de lui. Ce genre d'aveu ne devait pas être dans ses habitudes.

Une fois de plus, elle se demanda si elle ne l'avait pas condamné un peu trop vite. Peut-être avait-il moins de points communs avec Joe qu'elle ne l'avait cru au départ. Et il avait déjà fait preuve à plusieurs reprises de bien plus de sensibilité qu'elle n'était prête à le reconnaître.

Peut-être était-il temps pour elle de revoir sa copie pour lui accorder au moins le bénéfice du doute.

— Je comprends, dit-elle d'une voix nettement plus conciliante. Cela m'arrive aussi régulièrement... J'allais me préparer une tasse de thé. Ça te tente ?

— Si cela ne te dérange pas, je préférerais du café.

— Pas de problème, installons-nous dans le bureau.

Eugene contourna le comptoir pour passer dans l'arrière-boutique. Leur premier baiser lui revint en mémoire. Il aurait dû s'apercevoir dès cet instant que sa rencontre avec Rose Heathcote allait bouleverser son existence.

Chaque fois qu'il croisait son regard violet, ses certitudes volaient en éclat l'une après l'autre. Etait-ce parce qu'elle ne ressemblait à aucune des femmes qu'il avait pu connaître jusqu'alors ? Ou bien parce que, contrairement à elles, Rose n'hésitait pas à lui tenir tête ?

Une chose était sûre, en tout cas : au fil des dernières semaines, il avait appris à la respecter, et l'admiration qu'elle lui inspirait ne faisait qu'accentuer le désir qu'il avait d'elle. Depuis qu'elle avait quitté l'île, il ne cessait de penser à elle, au point d'en être obsédé.

Pour la première fois de sa vie, il avait du mal à se concentrer sur son travail : au beau milieu d'une réunion, il se surprenait à évoquer la douceur de ses lèvres et les gémissements qu'elle poussait durant l'amour.

Et maintenant qu'il était en face d'elle, il avait encore plus de difficultés à lutter contre l'envie impérieuse qu'elle faisait naître en lui. Craignant de céder à une impulsion malheureuse, il décida de faire diversion.

— Philip est-il sorti de l'hôpital ? s'enquit-il.

— Pas pour le moment, mais il va nettement mieux. Je crois que le fait d'avoir signé la vente lui a ôté un poids, il a retrouvé le moral. A présent, il sait que son avenir est assuré ; c'est important pour un convalescent. Lorsque les médecins l'autoriseront à rentrer chez lui, il pourra même engager une aide à domicile, si nécessaire.

— Tant mieux.

Rose acheva de préparer leurs cafés.

— A vrai dire, reprit-elle, maintenant que je suis seule à gérer la boutique, c'est moi qui me fais du souci.

— Pourquoi donc ?

— Parce que j'ignore combien de temps il me faudra pour écouler la totalité du stock. Tôt ou tard, je vais devoir chercher du travail, mais je ne sais pas très bien quand commencer...

— Mais... tu travailles pour moi, lui rappela-t-il.

— Pour le moment, c'est vrai, mais dès que la majeure partie du magasin sera vendue, cela ne m'occupera plus suffisamment.

— Si c'est un problème d'argent...

Elle secoua la tête.

— Ce n'est pas le seul souci, mais il me faut une activité, je ne peux pas rester sans emploi.

— Est-ce qu'un poste au sein de l'un de mes restaurants t'intéresserait ?

— Ça dépend, pour faire quoi ?

— Gérante, par exemple. Je suis persuadé que tu possèdes les compétences nécessaires.

— Merci de cette marque de confiance, mais je suis antiquaire, pas manager.

— Dans ce cas, je pourrais t'engager pour refaire la décoration de mes différents établissements.

— Je n'ai pas besoin que tu me trouves un travail, protesta-t-elle. Je suis parfaitement capable de m'en charger toute seule.

Eugene ne put réprimer un sourire amusé.

— Sais-tu combien je reçois de candidatures spontanées, chaque mois ? lui demanda-t-il. Plus d'une centaine. Il y a des gens qui vendraient père et mère pour que je leur propose un emploi.

Rose haussa les épaules.

— Grand bien leur fasse, je n'en fais pas partie.

Elle lui tendit une tasse de café, puis porta la sienne à ses lèvres. Eugene la contempla en silence. Rose avait le dos raide, la nuque rigide. Tout en elle laissait deviner la détermination et la volonté inflexible qui l'habitaient ; elle était bien trop fière pour accepter ce qu'elle devait considérer comme une aumône. Loin de le vexer ou de l'agacer, cette marque de caractère ne fit que renforcer l'affection qu'il lui vouait.

— Ecoute, déclara-t-il d'un ton conciliant, je ne tiens pas à ce que tu te disperses : j'ai vraiment besoin que tu écoules ce stock qui ne me sert à rien. Alors, voilà ce que je te propose : en plus de ton salaire habituel, je rajoute une prime… disons de quinze pour cent des ventes que tu réalises. Cela devrait te permettre de mettre de l'argent de côté et de ne pas t'inquiéter du moment où le magasin sera vide. Ça te laisse une bonne marge de manœuvre pour envisager la suite.

— Non, je refuse.

— Pourquoi ? Cet intéressement me garantit que tu chercheras à vendre vite et au meilleur prix. Ça nous profite à tous les deux. Qu'est-ce que tu en penses ?

Elle hésita quelques instants.

— Ce n'est pas seulement une question d'argent, avoua-t-elle enfin.

— Que veux-tu dire ? Que tu préfères ne plus travailler pour moi ?

— C'est juste un peu… bizarre.

— Pourquoi ? Parce que je ne suis pas Philip ?

— En partie.

— Et le reste ? lui demanda-t-il en la fixant.

Elle s'empourpra d'un coup.

— Parce que tu n'es pas seulement mon employeur, murmura-t-elle.

— Et que suis-je d'autre ?

Elle trouva enfin le courage de le regarder droit dans les yeux.

— Quelqu'un qui m'attire beaucoup trop à mon goût.

Cet aveu eut raison des dernières hésitations d'Eugene. Il posa son café et se rapprocha d'elle. Elle ne réagit pas, comme fascinée, mais ne fit pas mine de s'écarter lorsqu'il se pencha vers elle pour l'embrasser. Au contraire, elle repoussa sa propre tasse pour enrouler les bras autour de sa taille.

Elle lui rendit son baiser avec une fougue en contradiction totale avec la froideur qu'elle affichait depuis qu'il était entré dans la boutique. Mais il commençait à comprendre que, tout comme lui, Rose se débattait avec ses doutes et hésitations. Néanmoins, il ne pouvait nier qu'il y avait en elle quelque chose de primal, d'évident, qui faisait écho à ce qu'il ressentait.

La soif insatiable qu'ils éprouvaient transcendait toutes leurs différences, toutes les raisons qu'ils avaient de se méfier l'un de l'autre. Ce qui les liait était bien plus que du désir ; c'était la certitude qu'ils étaient faits pour être ensemble.

Et tandis que leur baiser se faisait plus ardent, plus passionné, tous deux sentaient renaître ce besoin impérieux qui les possédait corps et âme. Leurs cœurs battaient à l'unisson au rythme endiablé de cette inextinguible envie.

Soudain, Eugene fit reculer Rose jusqu'au bureau et balaya d'un revers du bras tout ce qui se trouvait dessus, envoyant voler crayons, papiers et fournitures.

Il la déposa sur le bureau. Déjà, elle s'affairait à déboutonner sa chemise pour couvrir son torse de baisers brûlants. Ses ongles se joignirent à ses lèvres, lui arrachant un grondement guttural. Jamais il n'avait ressenti une telle pulsion. Il voulait la posséder tout de suite, sans attendre, plonger au plus profond d'elle et la faire sienne, la marquer jusque dans sa chair.

Il enfouit la bouche au creux de son cou et la mordilla

avec passion. Ses mains glissèrent sous sa jupe, lui ôtant sa culotte humide de désir. Il effleura ses cuisses et le contact de sa peau à la douceur soyeuse lui donna le vertige.

Rose devait ressentir la même urgence, car ses doigts descendirent sur son torse. Elle déboucla sa ceinture en toute hâte, puis déboutonna son pantalon, libérant le sexe d'Eugene, aussi dur et brûlant qu'une barre d'acier chauffée à vif.

Elle le caressa avec une délicatesse exquise, si délicieuse qu'il dut se mordre la lèvre pour ne pas jouir aussitôt. Elle le guida entre ses cuisses et le pressa contre son propre sexe qui s'ouvrait déjà pour l'accueillir.

Il eut tout juste la présence d'esprit de reculer une minute pour enfiler un préservatif. Enfin, il plongea en elle, s'abîmant au plus profond de sa chair. Rose s'agrippa à ses épaules et renversa la tête en arrière avec un gémissement inarticulé.

Il s'immobilisa quelques secondes, le front appuyé au creux de son cou pour goûter cette sensation de plénitude dont le souvenir l'avait hanté depuis leur séparation. Ce n'était pas une illusion, il y avait bien entre eux une magie qui dépassait tout ce qu'il avait pu connaître.

Il se surprit à songer qu'il aurait voulu que le temps s'arrête, pour savourer éternellement cet instant parfait. Mais déjà, l'urgence de leur désir les rattrapait. Leurs hanches ondulaient à l'unisson, trouvant instinctivement le rythme qui les entraînait vers de nouveaux horizons.

Inexorablement, ils franchissaient un à un les paliers de la passion. Ils s'élevaient en un parfait accord, éprouvant un même plaisir qui prenait possession de leurs corps et de leurs âmes et les faisait se fondre l'un en l'autre.

Eugene gardait les yeux plongés dans ceux de Rose, se perdant dans leurs profondeurs violettes. La faim sauvage qu'il lisait dans ses prunelles lui confirmait qu'il n'avait pas rêvé : elle aussi éprouvait jusque dans sa chair la réalité de cette exaltante communion.

Juste avant qu'elle atteigne l'orgasme, il vit son regard se voiler. A cette seconde, la sensualité de son expression dépassa tout ce qu'il avait pu contempler jusqu'alors.

Incapable de contrôler la vague de désir qui le submergeait, Eugene s'y abandonna pleinement. Ils jouirent en même temps, avec l'impression de ne plus faire qu'un.

Mais à l'instant où ils se laissaient aller à cette sensation merveilleuse, une sonnerie résonna au loin. Aussitôt, Rose se redressa et le repoussa avec douceur, mais fermeté. Son regard venait de reprendre son acuité coutumière.

— Un client, dit-t-elle d'une voix si rauque qu'elle était presque méconnaissable.

Eugene ne put réprimer un juron et tous deux entreprirent de remettre un semblant d'ordre dans leurs tenues. Rose sauta au bas du bureau et se lissa les cheveux d'une main fébrile, tentant sans grand succès de se recoiffer.

— Je vais lui dire que nous sommes sur le point de fermer.

— Bonne idée.

Rose inspira à pleins poumons, s'efforçant vainement de chasser l'écho des sensations délicieuses qui la faisaient encore frissonner. Lorsqu'elle repassa dans la partie principale de la boutique, elle constata que leur visiteur imprévu n'était pas un client, mais Bill, le postier.

Il lui adressa un salut amical sans paraître remarquer son trouble.

— Désolé, je suis en retard. La circulation est infernale, ce soir.

D'habitude, Rose prenait toujours le temps de discuter quelques minutes avec lui, mais aujourd'hui, elle n'avait pas la force de faire la conversation. Son corps tout entier tremblait encore suite à cette étreinte passionnée ; il lui semblait sentir le sexe brûlant d'Eugene en elle.

Jamais au cours de son existence elle n'avait fait l'amour avec autant d'intensité ni ressenti un besoin aussi urgent, aussi irrépressible. Et jamais elle n'aurait imaginé pouvoir éprouver un plaisir aussi puissant.

Elle ne se reconnaissait tout simplement plus. Elle qui avait toujours été si timide, si réservée, devenait au contact de cet homme une créature sensuelle et insatiable. Elle se sentait étrangement libérée.

Même si sa relation avec Eugene ne durait que quelques jours, elle lui aurait permis de découvrir une facette inconnue de sa personnalité. Lorsqu'elle se trouvait entre les bras de cet homme, elle avait l'impression que tout était possible.

Elle se tourna vers le facteur.

— C'est moi qui m'excuse, Bill. Je ne veux pas vous mettre dehors, mais je suis en train de fermer…

Bill jeta un coup d'œil étonné vers la pendule avant de pivoter de nouveau vers elle. Cette fois, il l'observa plus attentivement ; et un sourire malicieux apparut sur ses lèvres.

— Je vois, on dirait que j'arrive au mauvais moment…, s'exclama-t-il joyeusement. Ne vous en faites pas, ajouta-t-il en se dirigeant vers la sortie, je vous laisse ! A bientôt, Rose…

La jeune femme réprima un soupir de soulagement et verrouilla la porte derrière lui avant de retourner la pancarte indiquant que la boutique était fermée. Elle s'accorda alors quelques secondes de réflexion. Quelle conduite était-elle censée adopter vis-à-vis d'Eugene ?

Rien dans son expérience personnelle ne lui donnait la réponse à cette question.

8

Quand Rose revint dans l'arrière-boutique, elle découvrit qu'Eugene avait ramassé tout ce qu'il avait envoyé voler à travers la pièce lorsqu'il l'avait assise sur le bureau.

Plus aucune trace de leur étreinte ne subsistait et, si son corps n'en avait pas conservé le souvenir, elle aurait presque pu douter de la réalité de cet épisode follement érotique.

Il n'y avait plus trace non plus d'Eugene, mais elle entendait de l'eau couler dans la petite salle de bains du fond.

Enfin seule, sans témoins, Rose contourna le bureau et s'effondra dans son fauteuil.

— Mais qu'est-ce que j'ai fait ? murmura-t-elle.

Que penserait Philip s'il savait à quoi son magasin avait servi ? Qu'aurait dit son propre père s'il avait été encore de ce monde ?

Ils ne l'auraient probablement pas reconnue, elle qui avait toujours été si sage, si raisonnable. Elle qui avait toujours été celle sur qui l'on pouvait compter. Elle s'enorgueillissait d'ailleurs de ce trait de caractère à l'opposé des penchants de sa mère, Ruth, qui se laissait guider par son instinct et ses envies sans se soucier des conséquences.

Son père lui avait un jour confié que vivre avec Ruth,

c'était comme dormir sur un baril de dynamite : chaque jour, il s'attendait à ce qu'elle explose et détruise tout autour d'elle.

Il ne s'était d'ailleurs pas trompé : un jour, elle avait bel et bien tout détruit. Son couple, sa famille et sa carrière, le tout pour un homme qui ne l'aimait même pas vraiment, mais qui lui avait donné l'illusion qu'à ses côtés elle mènerait une existence plus trépidante.

C'était peut-être à cause des blessures que ce comportement avait causées que Rose s'était construite à l'inverse : elle s'était juré que, contrairement à sa mère, elle s'efforcerait toujours d'agir de façon sensée, de ne pas faire payer aux autres ses erreurs. Elle n'avait eu de cesse de respecter cette sage philosophie de vie… jusqu'au jour où sa route avait croisé celle d'Eugene Bonnaire.

Aujourd'hui, elle découvrait avec un mélange de stupeur et d'angoisse qu'elle avait peut-être plus de points communs avec Ruth qu'elle n'avait envie de l'admettre.

Elle n'avait pas l'habitude d'être le jouet de ses passions et la puissante attraction qu'Eugene exerçait sur elle la terrifiait. A deux reprises déjà, elle y avait cédé, alors que tout son esprit lui hurlait de n'en rien faire.

Certes, Eugene paraissait tout aussi surpris qu'elle par ce phénomène qui les poussait l'un vers l'autre, ce qui n'avait d'ailleurs rien de rassurant. Car s'ils étaient soumis à une force qu'ils ne maîtrisaient ni l'un ni l'autre, quelles chances avaient-ils de sortir indemnes d'une telle relation ?

Alors que cette inquiétante question tournait en boucle dans son cerveau, Eugene revint dans le bureau.

— Alors, une vente ? la taquina-t-il.

— Non, ce n'était pas un client, mais le facteur. Il avait un pli à déposer.

— Heureusement qu'il n'est pas arrivé quelques minutes plus tôt.

Il esquissa un sourire charmeur, auquel elle eut aussitôt envie de répondre.

La seconde suivante, elle se rendit compte de l'emprise qu'il exerçait déjà sur elle. Si elle estimait nécessaire de couper les ponts avec lui, elle savait qu'elle en souffrirait amèrement.

— Je crois qu'il a compris que je n'étais pas seule, expliqua-t-elle.

— Je dois admettre que le lieu n'était peut-être pas très bien choisi, déclara Eugene. Que dirais-tu de venir chez moi, ce soir ? Ce sera plus intime, et nous ne risquerons pas d'être interrompus.

Il s'était assis sur le bord du bureau, juste en face d'elle, et lui avait pris la main. Rose aurait sans doute dû la retirer, mais la douce caresse de son pouce contre sa paume était bien trop agréable pour qu'elle trouve le courage de le faire.

Elle réfléchit quelques instants à sa proposition.

— Non, désolée.

— Pourquoi donc ?

— Parce que je n'en ai pas envie, répondit-elle.

— Je n'en crois pas un mot, répliqua Eugene.

En d'autres circonstances, elle aurait considéré cette déclaration comme une nouvelle preuve de son arrogance, mais le désir qu'ils éprouvaient tous deux était trop évident pour laisser la moindre place aux faux-semblants.

— Alors, disons que je ne pense pas que ce soit une bonne idée, reformula-t-elle.

Eugene fronça les sourcils, visiblement décontenancé.

— Je ne te comprends pas, avoua-t-il. Il y a quelque chose entre nous, c'est indéniable. Quelque chose de fort.

Nous devons passer du temps ensemble pour découvrir ce dont il s'agit…

Rose sentit son cœur se serrer. Elle mourait d'envie de se laisser aller à l'espoir qui montait en elle ; il aurait été si facile de croire qu'Eugene était amoureux d'elle, que leur liaison avait une chance de déboucher sur quelque chose…

Mais n'était-ce pas précisément ce qu'elle avait pensé au début de sa relation avec Joe ? Ne lui avait-il pas tenu ce même discours ?

Certes, Eugene n'était pas Joe, mais ils avaient au moins un point en commun : une incapacité totale à s'engager. D'après les tabloïds, Eugene était spécialiste des aventures d'un soir avec toute une cohorte d'actrices et de mannequins plus connues pour leur plastique que pour leur intelligence.

Eugene n'avait jamais eu de relation durable. Alors au bout de combien de temps se lasserait-il d'elle comme de toutes les autres qui l'avaient précédée ?

— Pour ma part, je suis persuadée que nous devrions arrêter de nous voir. Et si c'est impossible, je préférerais que nous nous cantonnions à des rapports strictement professionnels. Cela vaudra mieux pour tout le monde.

— Je ne suis pas d'accord.

— Le contraire m'aurait étonnée, répondit-elle d'un ton qui se voulait léger. Mais tu n'es pas le seul concerné, dans cette histoire. Et ma décision est prise.

Eugene resta silencieux un long moment, méditant les mots de Rose. La façon dont elle s'était exprimée indiquait clairement que son choix n'était pas uniquement motivé par la situation actuelle. Son ton trahissait une amertume et une colère sans lien avec leur relation.

— Qu'est-ce qui t'est arrivé, Rose ? lui demanda-t-il enfin d'une voix très douce. Qui t'a fait autant de mal ?

Rose sursauta et lui lança un regard blessé. Ainsi, il avait vu juste. Elle hésita longuement avant de lui répondre.

— Mon dernier petit ami en date m'a appris à me méfier des hommes comme toi. Lui aussi était un séducteur et un beau parleur, un homme qui aimait trop les femmes... Il les aimait tellement, en fait, qu'il n'a cessé de me tromper tout en m'abreuvant de belles déclarations.

Eugene serra les dents. Cette comparaison injuste l'insultait plus que Rose n'aurait pu l'imaginer. Il fit pourtant l'effort de ravaler sa colère et se força à considérer la situation de son point de vue à elle.

Oui, effectivement, jusqu'à présent, il ne lui avait guère donné de gages de bonne foi. Au contraire, même, il n'avait jamais fait mystère de son penchant pour le célibat et les aventures sans lendemain.

— Je suis vraiment désolé que tu aies vécu cela. Et j'espère que tu as plaqué ce salopard. Il ne méritait vraiment pas quelqu'un comme toi. Mais je ne suis pas comme ça. Je n'ai jamais trompé personne de toute ma vie. Quand je suis avec une femme, je suis fidèle ; avec moi, il n'y a pas de non-dits, pas de mensonges.

Rose pinça les lèvres.

— Et lorsque tu te lasses, tu pars.

Il faillit protester, mais se ravisa aussitôt. Il n'aurait pas formulé les choses avec une telle brutalité, mais comme d'habitude Rose s'exprimait avec franchise. Et elle n'avait pas forcément tort. Après ce qu'elle venait de lui avouer, il estimait devoir être honnête envers elle.

— C'est vrai, admit-il. Mais rien ne dit que nous nous lasserons l'un de l'autre...

Elle lui lança un regard empreint d'autant d'ironie que de résignation.

— Est-ce que cela t'est déjà arrivé ?

Il secoua la tête.

— Est-ce que tu as un jour envisagé de te mettre en couple pour de bon ? insista-t-elle.

— Non. Mais je n'avais encore jamais rencontré quelqu'un qui me fasse un tel effet.

Le sourire qu'elle lui décocha était d'une tristesse absolue.

— On ne construit pas une relation sur une attirance physique ou sur une compatibilité sexuelle, répondit-elle avec gravité. Nous ignorons presque tout l'un de l'autre. Et le peu que nous savons indique au contraire que nous n'avons rien en commun. Nous venons de deux mondes trop différents, Eugene.

— Cela n'a jamais empêché les couples de se former.

— Mais cela finit souvent par les détruire.

— Tu es trop défaitiste. Il faut accepter de prendre des risques.

— Ce n'est pas un jeu, protesta-t-elle. Et si c'en était un, j'aurais beaucoup plus à y perdre que toi.

— Ah bon ? Pourquoi ?

— Combien de fois une femme t'a-t-elle brisé le cœur ?

Il ne répondit pas.

— C'est bien ce que je pensais.

Eugene lâcha la main de Rose. Jamais il ne s'était senti aussi frustré et dépassé qu'en cet instant. Quels que soient les arguments qu'il avançait, elle objectait par une fin de non-recevoir d'autant plus imparable qu'elle reposait sur une analyse assez réaliste de la situation.

Pour la première fois de sa vie, la seule chose qu'il pouvait opposer à ce réquisitoire virulent, c'était la conviction que lui soufflaient ses sentiments. Mais était-il vraiment prêt à se fier à eux, lui qui avait toujours fait tout son possible pour faire taire son cœur et ne pas écouter ce qu'il lui disait ?

Il avait besoin de plus de temps pour être vraiment sûr. Mais du temps, c'était justement ce que Rose refusait de lui accorder. Et s'il insistait pour qu'elle vienne chez lui, pour qu'ils passent la soirée ensemble, il était persuadé de perdre le peu de confiance qu'il était parvenu à lui inspirer. Il préféra donc opter pour un retrait stratégique.

— Très bien, soupira-t-il. Si tu rejettes mon invitation, laisse-moi au moins te raccompagner chez toi.

Pendant un instant, il crut qu'elle lui refuserait jusqu'à cela. Mais elle finit par hocher la tête.

— Laisse-moi le temps de récupérer mes affaires et de fermer la boutique.

— Je suis garé un peu plus loin. Je vais chercher ma voiture et on se rejoint devant.

Quelques minutes plus tard, Rose sortit du magasin. Sur le trottoir d'en face, un homme la prit aussitôt en photo. Etonnée, elle se figea sur place. Que lui voulait-il ? Devant son air surpris, il abaissa son appareil et s'approcha d'elle.

— Bonjour. Vous êtes bien la nouvelle petite amie d'Eugene Bonnaire ? Comment vous appelez-vous ?

Décontenancée, Rose recula d'un pas et se raidit.

— Cela ne vous regarde pas.

Il éclata d'un rire un peu méprisant.

— Vous savez, je n'aurai aucun mal à le découvrir…

Au même instant, une imposante Mercedes noire vint se garer devant Rose. Le paparazzo s'interrompit. La portière côté conducteur s'ouvrit, laissant apparaître Eugene, installé au volant.

— Monte. Et surtout, ne dis rien à ce pot de colle.

Rose s'exécuta tandis que le journaliste les mitraillait

de plus belle. Dès qu'elle eut bouclé sa ceinture, Eugene démarra en faisant rugir son moteur.

— Ce type ne me lâchera donc jamais, marmonna-t-il entre ses dents.

— Je ne lui aurais rien raconté, tu sais.

Eugene fit un signe approbateur.

— Ce genre de chose t'arrive souvent ?

— De temps en temps. Mais, dans ce cas précis, c'est un peu particulier : cet abruti s'est mis en tête d'écrire ma biographie. Je me demande vraiment qui cela peut bien intéresser...

— Des tas de gens, j'en suis sûre. L'argent et la célébrité font toujours rêver.

— C'est bien ce qui m'afflige. Si cette biographie parlait de cuisine ou de la façon dont j'ai développé mon entreprise, je pourrais envisager d'y collaborer. Mais d'après ce que j'ai compris, ce sera un ramassis d'anecdotes soi-disant croustillantes sur ma vie amoureuse ou mes fréquentations...

— Peut-être devrais-tu appeler ce journaliste et lui donner ta version des faits.

— S'il y avait la moindre chance qu'il en tienne compte, je le ferais sans hésiter, répondit Eugene. Mais je crains plutôt que ma participation ne fasse qu'accorder plus de crédit à ce qu'il écrira, que ce soit vrai ou non. Et vu ses méthodes, je préfère éviter cela.

— En tout cas, répartit Rose, c'est une raison supplémentaire pour maintenir une certaine distance entre nous.

Eugene lui jeta un regard lourd de reproches.

— Je n'ai jamais laissé la presse à scandale me dicter mes choix et mes actes, objecta-t-il. Et ce n'est pas aujourd'hui que ça va commencer. Quoi qu'il se passe entre nous, ce sera uniquement parce que nous l'aurons décidé.

Rose ne répondit pas. Elle avait du mal à imaginer ce que l'on pouvait ressentir lorsque l'on était traqué de la sorte. Lorsque vos moindres faits et gestes étaient analysés et critiqués.

En revanche, cet incident lui donnait à réfléchir. La majeure partie de ce qu'elle avait appris au sujet d'Eugene provenait de ce qu'elle avait pu lire à son sujet. Or, il lui semblait à présent évident que ces sources n'avaient rien de crédible. Elle ne pouvait donc prendre ces informations pour argent comptant.

L'homme présenté par les médias était une illusion ; il possédait certainement des points communs avec le véritable Eugene Bonnaire, mais ce n'était pas réellement lui.

Ils roulèrent sans parler jusqu'au quartier où Rose habitait. Une fois dans sa rue, elle lui indiqua sa maison, une petite construction à un étage entourée d'un jardin bien entretenu. Lorsqu'il se gara devant, Rose se demanda ce qu'il pouvait bien en penser. Comparé à la demeure futuriste qu'il avait fait édifier sur son île, l'endroit devait lui paraître d'une banalité triste et ordinaire…

— Tu vis ici depuis longtemps ? s'enquit-il en coupant le contact.

— J'ai passé presque toute ma vie dans cette maison ; j'y suis née et j'y ai grandi. J'en suis partie pour aller à l'université et, pendant quelque temps, j'ai habité un petit appartement dans le centre. Mais, à la mort de mon père, j'en ai hérité et je suis revenue y vivre.

— Et ta mère ?

— Je n'ai plus beaucoup de nouvelles d'elle.

— Tes parents étaient divorcés ?

Elle hocha la tête.

— Ma mère a tout quitté pour suivre un riche homme

d'affaires qui lui promettait une existence de faste et de plaisirs…

Eugene lui jeta un regard étonné. Sans doute avait-il perçu l'amertume dans sa voix.

— Et a-t-il tenu parole ? s'enquit-il. La vie de ta mère est-elle meilleure aujourd'hui ?

— Tout dépend de ce que l'on entend par « meilleure », j'imagine. Je crois qu'elle est heureuse : son ami et elle vivent à Paris, dans un appartement luxueux, et ils ne manquent de rien. Mon père n'aurait jamais eu les moyens de lui offrir son train de vie actuel…

— Et lui ? Comment a-t-il réagi à son départ ?

— Très mal. Elle lui a brisé le cœur et il ne s'en est jamais vraiment remis.

— Je suis désolé. Tu as dû beaucoup en souffrir.

Rose haussa les épaules, affectant un détachement qu'elle avait toujours espéré atteindre sans jamais réellement y parvenir.

— Au début, ça a été très dur, admit-elle. Je ne comprenais pas qu'elle ait pu détruire notre famille si facilement, renoncer à sa fille. Mais j'ai fini par me dire que j'avais eu de la chance de rester auprès de mon père. Lui ne m'aurait jamais abandonnée, même si on lui avait offert une fortune.

— Que faisait-il, dans la vie ?

— Il était comptable. J'ai toujours trouvé assez ironique que quelqu'un pour qui l'argent comptait si peu exerce un tel métier. Mais il était très doué avec les chiffres. Je crois que lorsque ma mère l'a épousé elle espérait le voir un jour devenir directeur financier d'une grande entreprise, mais il n'avait pas beaucoup d'ambition. C'était un homme aux goûts très simples. Et, paradoxalement, elle a fini par lui reprocher de faire passer sa famille avant sa carrière…

— Je commence à mieux comprendre certaines choses, murmura Eugene d'un air songeur.

Il hésita quelques secondes avant de lui prendre la main.

— Je pense vraiment que nous devrions avoir une discussion sérieuse, toi et moi, déclara-t-il.

Le seul contact de ses doigts suffit à éveiller en Rose un délicieux fourmillement qui remonta le long de son bras. Et presque aussitôt, un désir sourd naquit en elle.

La puissance de la connexion sensuelle qu'ils partageaient était vertigineuse. Elle n'avait pas l'ombre d'un doute : si Eugene se penchait vers elle pour l'embrasser, elle n'aurait probablement pas la force de le repousser.

— Si c'est à propos des antiquités, je t'enverrai une liste de ce que j'ai déjà vendu, de ce qui reste à écouler et de mon estimation du stock…

— Tu sais très bien que ce n'est pas ce dont je veux parler, objecta Eugene avec une pointe d'agacement. Nous devons discuter de ce qui s'est passé tout à l'heure à la boutique…

Rose prit une profonde inspiration, s'efforçant de chasser les images érotiques qui venaient d'apparaître à la surface de son esprit.

Elle tenta d'afficher un air détaché.

— C'est très simple : nous avons cédé à une brusque impulsion et nous avons fait l'amour. Il n'y a rien de plus à en dire.

— Tu sais comme moi qu'il y a au contraire beaucoup à en dire, protesta vivement Eugene. Ce qui se passe entre nous… ce n'est pas uniquement du désir. Il s'agit de quelque chose de bien plus puissant…

Elle se renfrogna, incapable d'admettre l'évidence. Il fallait qu'ils se séparent, alors à quoi bon leur rendre les choses encore plus difficiles ?

— Quoi que ce puisse être, c'est terminé, répliqua-t-elle d'un ton catégorique. Nous avons eu un moment d'égarement, il est temps pour nous de l'oublier et de reprendre le cours de nos vies respectives.

— C'est impossible, affirma Eugene. Je refuse de tourner la page comme si de rien n'était.

Rose s'énerva face à son insistance et à sa propre faiblesse. L'entêtement d'Eugene ne faisait que retourner le couteau dans la plaie…

— Eh bien, tu vas tout de même devoir t'y faire !

Sur ces mots, elle se rua hors de la voiture et claqua violemment la portière derrière elle. Mais comme elle se dirigeait à grands pas vers sa maison, elle se prit à songer que cette sortie théâtrale ne changeait rien : Eugene n'était pas le genre d'homme à se laisser décourager si facilement.

9

Eugene se sentait comme un drogué en manque. Rose le hantait jour et nuit. Il ne cessait de repenser à leurs conversations, à leurs étreintes, et l'idée de renoncer à elle lui était insupportable.

Ses autres sujets de préoccupation faisaient pâle figure en comparaison. La conception de son futur restaurant, par exemple, ne lui procurait plus la moindre excitation, alors que ce projet aurait dû représenter le couronnement de tous ses efforts, le point d'orgue de sa carrière.

Or découvrir comment Rose arrivait à écouler les antiquités dont il lui avait confié la vente l'intéressait bien plus. Chaque jour, elle lui envoyait un e-mail protocolaire contenant une liste exhaustive de l'état du stock.

Il attendait ces messages avec impatience et ne manquait pas de les lire avec attention. Jusqu'à présent, il s'était cependant prudemment abstenu d'y répondre, ignorant comment faire pour renouer ce lien qu'elle avait rompu et la convaincre de leur donner une chance.

Le récit qu'elle lui avait fait de sa précédente relation et du divorce de ses parents lui avait permis de mieux appréhender ses préjugés et sa méfiance envers lui. Son ex-fiancé et son beau-père étaient, comme lui, deux hommes d'affaires ambitieux. Sauf qu'eux ne s'encombraient ni de scrupules ni de préoccupations morales. Eugene connaissait des dizaines d'individus comme eux et il comprenait parfaitement que l'on puisse le considérer comme faisant partie du lot.

Mais ce n'était pas le seul écho que l'histoire de Rose avait éveillé en lui. Car, tout comme la mère de la jeune femme, lui aussi avait en quelque sorte renié sa propre famille. Il avait rejeté la vie simple de son enfance au profit du raffinement et du luxe auxquels son insolente réussite lui donnait accès. Le fossé ne lui était vraiment apparu que le jour où il avait offert à ses parents une demeure de style ancien en plein cœur de Londres.

— Tu sais, lui avait alors dit son père, nous te sommes vraiment reconnaissants de ce cadeau magnifique, mais, très franchement, nous préférons garder notre maison actuelle. Elle est beaucoup moins belle, c'est certain, mais c'est là que se trouvent tous nos souvenirs, c'est là que ta sœur et toi avez grandi. Nous n'avons pas envie de tourner le dos à notre vie…

Sur le moment, Eugene lui en avait beaucoup voulu de ce refus, qu'il avait considéré comme une marque d'ingratitude. Mais, avec le temps, il avait pris conscience de son erreur et compris qu'au lieu d'offrir à ses parents une maison sans même les consulter il aurait dû chercher à savoir ce qu'ils désiraient vraiment.

Hélas, sa fierté l'avait empêché de faire amende honorable et cet épisode malheureux avait encore creusé le fossé entre eux. Depuis, ils ne se voyaient plus qu'en de rares occasions, toujours alourdies d'une gêne et d'un malaise un peu plus palpables à chaque fois.

Avec le recul, Eugene était persuadé que la cause profonde de ce triste éloignement résidait dans un non-dit assez évident : le traumatisme ayant marqué leur famille n'avait jamais été abordé entre eux. Sans être vraiment un sujet tabou, la mort de Francesca n'était quasiment jamais évoquée et Eugene n'avait jamais vraiment pu expliquer à ses parents combien cet événement l'avait affecté, lui aussi.

Il avait parfois l'impression que cet épisode avait influencé la plupart de ses choix de vie, et motivé sa boulimie de réussite. A ses yeux, c'était ce drame qui lui avait fait toucher du doigt la fragilité de l'existence. De ce fait, il lui semblait qu'il pratiquait en permanence une sorte de fuite en avant pour l'oublier.

Quant à sa peur de s'engager, elle prenait directement racine dans ce deuil. Aujourd'hui encore, il ne parvenait pas à accepter la mort de sa sœur. Cette perte lui paraissait absurde, obscène.

Comment vivre avec une telle épée de Damoclès au-dessus de la tête ? Comment ne pas chercher le salut dans une perpétuelle dérobade ?

Car, il devait bien l'admettre, c'était à ça que se résumait l'essentiel de sa vie : il travaillait d'arrache-pied, collectionnait les succès et les récompenses, accumulait une fortune dont il n'avait que faire et fuyait d'une femme à l'autre toute possibilité d'attachement. Puis, lorsqu'il rentrait chez lui, que ce soit à Londres, à Paris ou à New York, il retrouvait une éternelle solitude.

Il n'était jamais tombé amoureux et n'avait que peu d'amis. La plupart de ses connaissances s'intéressaient bien plus à son compte en banque qu'à sa personnalité, et même s'il parvenait le plus souvent à se convaincre que cela n'avait pas d'importance, il en souffrait.

Sa rencontre avec Rose avait fait voler en éclats les illusions rassurantes dont il se berçait. La jeune femme ne s'intéressait nullement à sa richesse et à son statut social, s'exprimait avec franchise et faisait preuve d'une honnêteté et d'une droiture inflexibles. Autant de traits de caractère rafraîchissants qu'il avait peu eu jusqu'à présent l'occasion de rencontrer et qui avaient suscité son admiration.

Et lorsqu'il avait vu sa maison de famille, le soir où il l'avait raccompagnée, il avait enfin saisi ce que son père avait tenté de lui expliquer des années plus tôt : si pour lui une maison n'était qu'un point de passage ou de séjour sans importance, aux yeux de Rose ou de ses parents, c'était bien plus que cela. C'était un foyer, un lieu de mémoire, un moyen de s'enraciner, de donner un sens à sa vie.

Sa valeur ne tenait pas à sa beauté architecturale, sa surface ou sa localisation, c'était une histoire d'appartenance. Et lorsque Rose avait refermé la porte de chez elle, il avait compris que, sans vouloir se l'avouer, il aspirait lui aussi à trouver un tel endroit.

Or cette notion ne pouvait exister dans la solitude. Et à présent, il percevait avec de plus en plus de clarté que ce qui lui manquait plus encore, c'était une véritable relation.

Il se prenait soudain à rêver de vivre avec quelqu'un avec qui il pourrait échanger et partager, quelqu'un sur qui se reposer et à qui il pourrait se confier. Quelqu'un qui serait là dans les bons comme dans les mauvais moments, dans la joie comme dans la peine.

Ce besoin lui était apparu de façon insidieuse, mais n'avait cessé de croître en lui jusqu'à devenir une obsession depuis qu'il avait fait la connaissance de Rose. Et maintenant, il tournait et retournait cette question dans sa tête, cherchant vainement comment concrétiser ce désir secret.

Une fois chez lui, fatigué par ces cogitations perpétuelles et stériles, il se réfugia dans sa cuisine. C'était le seul endroit où il était toujours sûr de trouver apaisement et sérénité. Lorsqu'il cuisinait, il faisait le vide dans son esprit, il écoutait son intuition. Il inventait, expérimentait, ajustait...

Et alors qu'un dîner pantagruélique qu'il n'avait strictement aucune chance de pouvoir finir seul prenait peu à peu forme, il lui vint une idée.

Au petit matin, Rose fut tirée de son lit par un coup de sonnette inattendu. Elle enfila une robe de chambre par-dessus sa chemise de nuit, descendit au rez-de-chaussée et alla ouvrir.

Sur le pas de sa porte se trouvait un jeune homme, tenant dans les bras un énorme bouquet de roses blanches.

— Bonjour, une livraison pour vous ! lui lança-t-il d'une voix enjouée.

Surprise, elle prit les fleurs, les emporta dans la cuisine et les disposa dans un vase en cristal que lui avait offert Philip.

Etait-ce lui qui lui avait fait porter ce présent pour la remercier d'avoir vendu la boutique ? Elle décacheta la petite enveloppe agrafée au papier transparent.

Au joyau caché que je n'aurais jamais imaginé découvrir un jour.

Affectueuses penséeses,

Eugene

Rose considéra le mot avec stupeur. Eugene lui envoyait des roses ? Alors qu'elle venait de l'éconduire sans le moindre tact ? Malgré elle, elle dut admettre que cela la touchait beaucoup. Eugene était quelqu'un de très fier et ce geste avait dû lui coûter...

— Mademoiselle ?

Surprise, Rose s'arracha à ses réflexions et revint dans l'entrée. Le livreur se trouvait toujours sur le seuil.

— Faut-il que je signe quelque chose ? lui demanda-t-elle.

— Ce n'est pas ça, mais il y a un paquet avec le bouquet.

Rose saisit l'enveloppe kraft qu'il lui tendait.

— Bonne journée !

— A vous aussi…

Après avoir refermé la porte, elle décacheta le pli épais. Un écrin doublé de velours noir en glissa ; le cœur de Rose se mit à battre la chamade. D'une main tremblante, elle ouvrit le petit coffret et poussa un cri de stupeur. A l'intérieur se trouvait un bracelet en or orné de diamants.

L'émerveillement lui coupa le souffle. C'était le plus beau bijou qu'elle ait jamais vu.

— Le joyau caché…, murmura-t-elle.

Qu'avait-il voulu dire par là ? Elle n'osait imaginer le sens réel de ces mots ; cela semblait bien trop élogieux pour être vrai, mais pourquoi lui aurait-il offert un présent aussi splendide s'il n'y avait pas un fond de vérité dans cet aveu ? Pouvait-il s'agir d'une simple flatterie ? Cela paraissait tout aussi absurde…

Plus elle y réfléchissait, moins elle comprenait la signification de ce geste complètement disproportionné. Soudain, la sonnerie du téléphone la fit sursauter.

— Rose ? C'est moi…

La voix d'Eugene lui arracha un frisson. Son ventre se noua sous l'effet d'une émotion bien trop complexe pour qu'elle puisse l'analyser.

— Comment vas-tu ?

— Bien, dit-elle avec peine.

— Tant mieux. Je regrette toujours que tu n'aies pas voulu venir chez moi, l'autre soir.

— C'était plus raisonnable, répondit-elle. Après ce

qui s'est passé à la boutique, j'avais besoin d'être un peu seule.

— Je comprends. Tout ceci est très soudain et n'a rien de rationnel. C'est pourquoi je pense que nous ne devrions prendre aucune décision précipitée.

Il devait faire allusion à son choix de mettre un terme à leur relation avant même qu'elle commence réellement. Pourquoi insistait-il à ce point ? Son refus de sortir avec lui ne faisait-il donc qu'accentuer son désir de la conquérir ?

— Nous en avons déjà parlé à plusieurs reprises, lui rappela-t-elle. Je n'ai pas changé d'avis : nous ne sommes pas faits l'un pour l'autre…

Un silence lourd de sens accueillit cette déclaration et elle dut se mordre les lèvres pour ne pas revenir sur ses paroles, mais elle ne pouvait se permettre une telle faiblesse. Repousser les avances d'Eugene lui causait une détresse si douloureuse qu'elle avait peur d'imaginer ce qu'elle ressentirait s'ils entamaient une relation et qu'il finisse par la quitter.

— Je te remercie pour les fleurs que tu m'as envoyées.

Un nouveau silence s'ensuivit.

— Et le bracelet ? s'enquit enfin Eugene.

— Il est magnifique. Je vais te le renvoyer, mais je te conseille de le garder. Il fera le bonheur de quelqu'un, un jour.

— Je l'ai acheté pour toi ! s'écria Eugene, indigné.

— J'ai compris, mais je ne peux pas l'accepter.

— Pourquoi ?

— Parce que ce sont des diamants, Eugene, et je me doute qu'il ne s'agit pas d'imitations. C'est trop.

— Mais si je tiens à te l'offrir…, protesta-t-il.

— Un cadeau n'engage pas seulement celui qui l'offre, et dans mon monde, on n'offre pas quelque chose d'aussi précieux à une quasi-inconnue. A vrai dire, cela me donne la désagréable impression que tu essaies de m'acheter. Mon ex faisait la même chose : chaque fois qu'il avait quelque chose à se faire pardonner, il me couvrait de présents hors de prix.

La voix d'Eugene se chargea d'une colère vibrante.

— Je ne suis pas ton ex ! Que faut-il que je fasse pour te le prouver ?

— Ne pas tenter de m'acheter serait déjà un bon début.

Dans le combiné, elle entendit Eugene prendre une profonde inspiration, comme s'il s'efforçait de recouvrer son calme.

— D'accord, je comprends, soupira-t-il enfin. Pourquoi ne pas déjeuner ensemble ? Nous pourrons discuter de tout cela.

Rose poussa un long soupir.

— Je ne vois pas de quoi nous pourrions parler. Nous avons commis une erreur… deux erreurs, en fait.

— Combien de temps vas-tu continuer à te mentir ? s'exclama-t-il avec emportement. Il se passe quelque chose entre nous, quelque chose d'important !

— Je n'ai pas le temps.

— Pourquoi ?

— J'ai du travail.

— Dois-je te rappeler que tu travailles justement pour moi ? Je t'offre un jour de repos. Alors, viens manger avec moi.

Rose eut soudain l'impression d'être prise au piège. Eugene avait réponse à tout et la poussait systématiquement dans ses derniers retranchements.

— Je ne veux pas d'un jour de congé !

— Si, j'insiste pour que nous déjeunions ensemble. Ne serait-ce que pour me rendre le bracelet, si tu y tiens. Tu ne vas quand même pas me le renvoyer par courrier…

Rose ne put réprimer un nouveau soupir.

— J'imagine que non. Où nous retrouvons-nous ?

Eugene lui donna l'adresse d'un restaurant en centre-ville.

— Veux-tu que j'appelle un taxi ?

— Je peux très bien me débrouiller toute seule, rétorqua-t-elle.

— Je me doutais que tu répondrais cela…

— Et je paierai la moitié de l'addition.

— Ce ne sera pas nécessaire, l'endroit m'appartient, l'informa-t-il avec un petit rire. A tout à l'heure, Rose. Disons, vers 13 heures.

Sur ces mots, il raccrocha sans lui laisser le temps de changer d'avis. Rose avait l'impression confuse qu'elle venait de perdre une nouvelle manche dans la partie qui l'opposait à Eugene Bonnaire. Et le pire, c'était qu'elle ne pouvait s'empêcher de se réjouir à l'idée de le revoir…

Suivant le maître d'hôtel, Rose traversa la salle en direction d'Eugene. A leur passage, elle sentit peser sur elle les yeux emplis de curiosité de bon nombre des convives.

Heureusement, Eugene leur avait réservé un emplacement dans une petite alcôve discrète. Ainsi, ils seraient à l'écart des autres clients, ce qui leur éviterait peut-être de se faire importuner.

Eugene se leva à son arrivée. Lorsqu'il lui sourit, un long frisson la parcourut. Il la fixa d'un regard intense, ses iris bleus toujours aussi fascinants paraissant plonger au plus profond d'elle-même, comme s'il cherchait à graver à tout jamais son image dans son esprit.

— Bonjour, murmura-t-il d'une voix légèrement rauque.

Le maître d'hôtel esquissa une courbette.

— Je vous laisse. Prenez tout votre temps et n'hésitez pas à faire appel à moi si vous avez besoin de quoi que ce soit.

Il s'esquiva discrètement. Eugene ne sembla même pas remarquer son départ ; il continuait à contempler Rose sans tenter de masquer le mélange de désir et d'admiration qu'elle lui inspirait.

De toute évidence, elle avait bien fait de prévoir cette tenue. Sa petite robe noire était à la fois simple et élégante, et mettait en valeur ce que Rose estimait être ses meilleurs atouts : sa taille fine et ses longues jambes. La paire de bottes en cuir qu'elle avait choisie ajoutait une touche de chic et de sensualité.

Elle avait conscience qu'en s'habillant ainsi elle cultivait une certaine ambiguïté vis-à-vis d'Eugene. Un tailleur strict aurait indiqué de façon bien plus claire qu'elle entendait cantonner leurs relations à un cadre purement professionnel, tandis qu'un jean, un sweat à capuche et des baskets auraient correspondu à des rapports d'amitié.

Mais depuis qu'elle le connaissait, elle reprenait peu à peu confiance en sa féminité. Le désir et l'admiration qu'elle lisait dans le regard d'Eugene la faisaient se sentir séduisante, et c'était une impression à la fois grisante et réconfortante.

Après sa rupture avec Joe, son amour-propre et l'image qu'elle avait d'elle-même s'étaient dégradés et elle avait fini par négliger son apparence. Avec Eugene, elle avait le sentiment de revivre.

— Tu es magnifique, lui dit-il.

Elle lui sourit avec un plaisir non dissimulé.

— Merci. Tu n'es pas mal non plus, tu sais.

Le rire grave et doux qui lui échappa fit s'accélérer les battements de son cœur. Elle ne parviendrait sans doute jamais à s'habituer à la façon dont son être tout entier réagissait à la seule présence d'Eugene.

Il s'approcha d'elle et hésita un instant avant de l'embrasser sur la joue. Ce chaste baiser provoqua en elle un nouveau frémissement. Elle inspira une bouffée de son parfum, ce qui accentua encore son trouble.

Elle ne put s'empêcher de repenser à ce qu'il lui avait dit. Oui, en toute honnêteté, ils risquaient d'avoir beaucoup de mal à s'en tenir à une relation purement platonique.

— Je n'ai pas cessé de penser à toi depuis notre dernière rencontre, avoua-t-il à ce moment-là, comme s'il avait lu dans son esprit.

Elle se força à faire la liste de toutes les raisons qu'elle avait de garder ses distances avec Eugene. Bizarrement, dès qu'elle se retrouvait en sa présence, ces arguments lui paraissaient soudain nettement moins convaincants…

— Je préférerais vraiment que tu évites ce genre de propos, répondit-elle en s'asseyant en face de lui. Cela ne peut que compliquer les choses.

Il lui adressa un sourire ironique.

— Je croyais que tu étais sûre de toi, lui fit-il remarquer. D'après ce que tu m'as laissé entendre, tu es persuadée qu'on devrait s'en tenir à des relations purement professionnelles.

— C'est le cas.

— Je ne te crois pas. Sinon, tu n'accorderais aucune importance au fait que je rêve de toi jour et nuit…

Le rouge qui monta aux joues de Rose l'encouragea à continuer.

— Je ne cesse de nous revoir en train de faire l'amour, reprit-il. Cela devient une véritable obsession…

— Arrête, protesta-t-elle d'une voix légèrement étranglée.

— Ne me dis pas que tu n'y penses pas, toi aussi.

— Bien sûr que si, avoua-t-elle piteusement. Mais cela ne change rien, je n'ai aucune envie d'ajouter mon nom à la liste de tes maîtresses. Et une liaison à court terme ne m'intéresse pas.

— Qui parle de court terme ? Pourquoi ne sortirions-nous pas ensemble, tout simplement ? Nous verrons bien où cela nous mène.

Le coup d'œil que Rose lui lança était autant empreint de crainte que d'espoir.

— Tu n'as jamais eu de véritable relation. Alors pourquoi ferais-tu une exception pour moi ?

Il plongea le regard dans le sien comme pour lui prouver que sa réponse venait du fond du cœur.

— Parce que depuis que je t'ai rencontrée j'ai pris conscience que mon existence était vide. A force de vouloir me protéger, je me suis coupé du reste du monde. Pas seulement des femmes avec qui j'aurais pu construire quelque chose, mais aussi de mes amis et de ma famille.

Rose fronça les sourcils, intriguée.

— De ta famille ?

Il hocha la tête d'un air mélancolique.

— Je n'ai pas donné signe de vie à mes parents depuis des mois.

— Pourquoi ?

— Jusqu'à présent, je prétendais que c'était faute de temps, parce que je travaillais trop… mais c'est faux. Au lieu de partir en Ecosse, j'aurais très bien pu aller leur rendre visite.

Il poussa un soupir si déchirant qu'elle ne put s'empêcher de lui prendre la main. Le regret et la culpabilité qu'elle percevait dans ses yeux lui fendaient le cœur.

— Chaque fois que nous nous voyons, j'ai l'impression de les décevoir ou de les blesser, poursuivit-il avec tristesse.

— Tu es leur fils. Quelles que soient vos difficultés à communiquer, vous finirez bien par trouver une façon de réparer le mal que vous vous êtes fait.

— J'aimerais être aussi optimiste que toi, soupira Eugene.

— Ce n'est pas une question d'optimisme. La plupart des problèmes ne paraissent insurmontables que parce que les gens préfèrent ne pas en parler. Parce qu'ils souffrent trop ou sont trop fiers pour dire ce qu'ils ont sur le cœur. Si cela se trouve, tes parents ont une vision complètement différente de vos relations… Tu devrais leur rendre visite.

— Je ne suis pas sûr qu'ils en aient envie. Si c'était le cas, ils m'auraient appelé.

— Pas forcément. Peut-être estiment-ils que tu as besoin de temps. A moins qu'ils aient peur de te déranger ou qu'ils attendent que tu prennes l'initiative. Si tu ne leur tends pas la main, tu ne le sauras jamais…

— Et si tu te trompes ? S'ils ne veulent vraiment pas me voir ?

— Au moins, tu seras fixé et cela t'aidera à tourner la page, répondit-elle d'une voix très douce. Ça aussi, c'est important.

En prononçant ces mots, elle repensait à sa propre mère et au mal qu'elle avait eu à faire son deuil de leur relation. Aujourd'hui encore, malgré les années, elle continuait à en souffrir.

Eugene la scruta avec un regain d'intérêt.

— Je ne me suis pas trompé, dit-il. Il m'a suffi d'en discuter avec toi quelques minutes pour avoir l'impression d'avoir plus avancé qu'après des heures passées à ressasser ces questions tout seul.

— Je suis ravie d'avoir pu t'aider.

Il fixa sur elle un regard intense.

— Si tu savais à quel point tu l'as déjà fait… C'est pour cela que je refuse de te perdre, Rose. Tu es bien trop précieuse.

Profondément touchée par cet aveu, elle pressa doucement ses doigts.

— Qui parle de me perdre ? Nous pourrions très bien devenir amis. Le fait de nous contenter d'une relation platonique ne nous empêchera pas d'avoir ce genre de discussion, tu sais…

Un sourire amusé se dessina sur les lèvres d'Eugene.

— Qu'est-ce qui te fait rire ? lui demanda-t-elle.

— Le mot platonique. Si nous continuons à nous voir, il n'y a absolument aucune chance pour que nous en restions là.

— Pourquoi pas ?

En guise de réponse, il se pencha vers elle pour l'embrasser.

10

En embrassant Rose, Eugene espérait seulement lui prouver qu'ils étaient faits l'un pour l'autre et qu'elle ne pouvait nier l'alchimie existant entre eux. Mais il se retrouva aussitôt pris à son propre piège, car le simple contact de ses lèvres éveilla en lui une bouffée de passion aussi violente qu'irrépressible.

Une fois de plus, il s'émerveilla de l'intensité de cette réaction. Cela dépassait tout ce qu'il avait pu connaître jusqu'alors. Et le plus étrange, c'était que, loin de s'atténuer, l'envie qu'il avait d'elle ne faisait que croître : plus il la découvrait, plus il la désirait.

Il avait l'impression qu'ils étaient complémentaires : Rose lui permettait d'accéder à une partie de lui-même qu'il avait toujours niée ou ignorée. Sans qu'il comprenne comment, elle s'était frayé un chemin jusqu'à son cœur, fermé au monde extérieur depuis la mort de Francesca.

Lorsqu'elle lui rendit son baiser avec fougue, il se prit à regretter de ne pas lui avoir proposé de déjeuner chez lui plutôt qu'au restaurant. Ainsi, ils auraient pu laisser libre cours à l'ardeur qui les consumait. Mais elle aurait probablement refusé de le rejoindre à son domicile…

Il s'arracha à contrecœur à ses lèvres soyeuses.

Peut-être cela valait-il mieux, songea-t-il. Une nouvelle étreinte passionnée n'aurait pas répondu aux questions qu'elle se posait. Sans doute, même, se serait-elle soldée par une nouvelle discussion frustrante, voire aurait accentué les craintes de la jeune femme.

Pourtant, il la désirait à en perdre le souffle.

— Tu vois ? dit-il enfin d'une voix rauque. Nous n'avons aucune chance de nous en tenir à une relation platonique, toi et moi.

Le visage empourpré de Rose et le trouble dans son regard violet lui confirmèrent que ce simple baiser l'avait aussi excitée que lui. Malgré cela, elle refusait obstinément de reconnaître la puissance de l'attirance qui existait entre eux.

— Dans ce cas, nous ferions peut-être mieux de cesser tout contact, répondit-elle. Nous n'aurions jamais dû faire l'amour, Eugene. Cela ne nous mènera nulle part…

— Comment peux-tu le savoir ? protesta-t-il.

— Nous sommes trop différents.

— Cela n'a jamais empêché les gens de trouver un terrain d'entente. La différence n'est pas toujours néfaste : elle peut enrichir une relation, pimenter le quotidien, éviter au couple de sombrer dans la routine ou de se reposer sur ses acquis…

— Elle peut également être un facteur de discorde, d'incompréhension, de frustration et de rupture, répondit-elle du tac au tac. J'en sais quelque chose.

— Ne confonds pas différence et duplicité, Rose, protesta Eugene. Et je te le répète : je ne suis pas ton ex.

— Je le sais. Mais je sais également que vous avez beaucoup de points communs. Lui aussi avait connu beaucoup de femmes avant de me rencontrer. Lui aussi était un ambitieux, qui faisait toujours passer son travail avant sa vie personnelle et ses sentiments. Lui aussi n'hésitait pas à manipuler les autres pour parvenir à ses fins… Je pourrais continuer ainsi encore longtemps.

— Ce n'est pas parce que nous partageons certains

traits de caractère que nous avons les mêmes valeurs ! Je ne me suis jamais conduit comme lui, je n'ai jamais traité personne comme il l'a fait. Laisse-moi au moins une chance de te le prouver…

Elle secoua la tête et, malgré la tristesse qu'il lisait dans ses yeux, elle paraissait sûre d'elle.

— Je ne peux pas prendre un tel risque, Eugene. J'ai déjà eu le cœur brisé une fois et il m'a fallu des années pour m'en remettre. A vrai dire, je viens peut-être seulement de le faire, et ce grâce à toi. Tu m'as redonné confiance en moi et je t'en remercie. Mais je sais aussi que tu pourrais me faire souffrir bien plus encore que Joe…

— Comment peux-tu dire une chose pareille ? s'écria-t-il, blessé.

— Parce qu'il y a cette alchimie, entre nous ; tu me l'as de nouveau prouvé à l'instant, avec ce baiser. Il me serait facile de m'y abandonner, de profiter des moments merveilleux que nous passerions ensemble. Nous ferions l'amour tous les jours, nous sortirions dans les meilleurs restaurants, nous partirions en voyage… Ce serait une véritable lune de miel. Mais, tôt ou tard, la réalité nous rattraperait et nous nous apercevrions que nous n'avons rien en commun. Et je me retrouverais une fois de plus avec le cœur brisé…

— Mais comment peux-tu en être certaine ? Pourquoi ne pourrions-nous pas être heureux, tout simplement ?

— Parce que, malgré cette attirance qui nous unit, nous sommes trop différents l'un de l'autre.

— En quoi ?

— Je ne suis pas sûre que tu aies envie de l'entendre.

La façon dont elle prononça ces mots convainquit Eugene qu'il risquait en effet de ne pas apprécier ; mais, s'il devait vraiment perdre Rose, il voulait au moins savoir pourquoi.

— Je t'écoute, murmura-t-il avec gravité.

Rose hésita quelques instants avant de reprendre la parole.

— Au fond de toi, tu es quelqu'un de bien, Eugene. Je crois que, si je n'en étais pas persuadée, je n'aurais jamais fait l'amour avec toi, et je ne serais pas ici aujourd'hui. Mais, si je te respecte en tant qu'individu, j'avoue que la vie que tu mènes m'horrifie autant qu'elle me désole...

Elle marqua une pause, s'attendant probablement à le voir protester. Mais il se força à garder le silence pour la pousser à développer.

— Jamais je ne pourrai partager le quotidien de quelqu'un pour qui seul le matériel compte. Tu te définis souvent comme un homme d'affaires et c'est exactement comme cela que tu abordes tous les aspects de ton existence : tu veux posséder et contrôler, qu'il s'agisse des entreprises que tu rachètes comme des femmes avec lesquelles tu sors. Et comme cela ne suffit jamais à combler le vide affectif auquel tu te condamnes, tu accumules les restaurants et les relations amoureuses. En passant d'un projet à l'autre, d'une liaison à l'autre, tu te donnes l'impression d'exister. Mais la vérité, c'est que rien de tout cela ne remplira le manque qui t'habite...

Elle s'interrompit de nouveau, sans qu'Eugene réplique, trop abasourdi pour articuler ne serait-ce qu'un mot. Jamais il ne s'était senti percé à jour de cette façon ; jamais personne ne lui avait parlé avec autant de franchise et de brutalité.

— Tu cours après des chimères sans t'apercevoir que tu as perdu de vue ce qui compte vraiment. Tu m'as dit toi-même ne pas avoir rendu visite à tes parents depuis des mois. Peut-être devrais-tu commencer par reconstruire votre relation avant d'envisager d'en nouer de nouvelles. Quoi qu'il en soit, je suis vraiment désolée pour toi. J'ai l'impression que ta fortune t'a fait oublier ce qui était réellement important…

Un lourd silence s'ensuivit, le temps pour Eugene de se remettre du choc.

— Etre riche n'est pas un crime ! protesta-t-il enfin. Je ne suis pas né avec une cuillère en argent dans la bouche. Comme je te l'ai dit, mes parents sont d'origine modeste et ont travaillé dur pour en arriver où ils sont aujourd'hui. Même après avoir monté leur affaire, leur vie n'a pas toujours été facile. Dès que j'ai été assez grand, j'ai commencé à les aider en cuisine ; c'est là que j'ai découvert mon don. Je l'ai exploité, mais il m'a fallu trimer comme un esclave pour faire mes preuves, gravir les échelons un à un, puis ouvrir mon premier restaurant. J'ai dû faire un emprunt pour y arriver. Tout ce que j'ai gagné, je l'ai mérité, Rose !

— Je n'ai jamais prétendu le contraire, objecta-t-elle d'une voix très douce. Et ne te méprends pas : je ne te reproche absolument pas d'avoir réussi ou d'être devenu riche. Tu as le droit d'en être fier. Ce que je pense, en revanche, c'est que ces succès ou cette fortune ne te rendront pas plus heureux si tu négliges tout le reste. Après tout, dans la vie, les choses les plus précieuses sont souvent gratuites…

— Que veux-tu dire par là ?

— Que la confiance, la tendresse, la gentillesse, l'amitié ou l'amour n'ont pas de prix.

Eugene laissa échapper un petit rire moqueur.

— Je sais que c'est le genre de fadaises que l'on raconte aux enfants pour leur inculquer de bonnes valeurs, mais je t'assure que l'existence m'a plutôt prouvé l'inverse…

Le regard horrifié que lui lança Rose faillit le pousser à se rétracter. Mais à quoi aurait-il servi de lui mentir ?

— La triste vérité, reprit-il, c'est que tout a un prix.

Alors oui, il doit bien y avoir quelques saints qui mènent une vie pure et spirituelle, mais quatre-vingt-dix pour cent des gens sont avant tout guidés par leurs appétits terrestres. Bien sûr, personne n'a envie de l'admettre. C'est pourquoi on a inventé toutes sortes de concepts et de platitudes pour enrober les choses. L'amour, par exemple... Laisse-moi te poser une question : est-ce que ta mère était une jolie femme ?

— Je ne vois pas le rapport..., répondit Rose, visiblement perplexe.

— Contente-toi de me répondre, s'il te plaît.

— Oui, elle était très belle.

Eugene hocha la tête d'un air entendu.

— Elle était très belle. Et cet homme d'affaires l'a vue. Il l'a désirée. Et il l'a achetée. Ce n'est probablement pas de cette façon que tes parents ou ton beau-père décriraient la situation, mais ce n'en est pas moins vrai. Cela ne fait pas pour autant de ta mère un monstre. La plupart des gens se conduisent ainsi : en fonction de ce qu'ils ont à offrir, qu'il s'agisse de beauté, d'argent ou de pouvoir, ils cherchent la personne adéquate. On voit rarement des hommes pauvres et laids épouser des femmes riches et séduisantes, n'est-ce pas ? Cela ne s'appelle pas de l'amour...

Rose était devenue livide.

— Tu ne penses pas vraiment ce que tu dis, j'espère ! s'exclama-t-elle. Ne me dis pas que, pour toi, les relations humaines se résument à une simple logique de marché !

Il haussa les épaules.

— Ce n'est peut-être pas politiquement correct, mais ça n'en reste pas moins vrai.

— Mon Dieu, murmura-t-elle d'une voix blanche. Je n'imaginais pas que tu t'étais à ce point égaré, Eugene...

Les mots de la jeune femme l'atteignirent en plein

cœur. Dans son regard, il lisait un effroi et une tristesse infinis. Et en cet instant, elle lui rappela terriblement Francesca.

Sa sœur aurait probablement été horrifiée de l'entendre s'exprimer de la sorte, elle qui était toujours si pleine de vie, de joie et d'enthousiasme. Elle n'aurait jamais accepté de le voir réduire le monde à ce sinistre marché des désirs.

Lui-même, en y repensant, se sentait gêné d'avoir présenté les choses de cette façon. Il aurait voulu croire que la réalité était différente, mais, comme il venait de le dire à Rose, l'existence s'était chargée de lui faire la preuve à maintes reprises de sa cruauté.

— Tu t'es perdu, murmura alors Rose d'une voix brisée. A un moment, tu t'es perdu, Eugene. Et tant que tu ne retrouveras pas ton chemin, je ne pourrai rien pour toi. Personne ne pourra rien pour toi…

Elle se leva brusquement.

— Tu avais raison, en fin de compte. Cette discussion était importante ; elle a fini de me convaincre que cette relation ne déboucherait sur rien de positif. Ce ne sera peut-être pas toujours le cas, mais à ce stade de nos vies, nous ne sommes pas faits l'un pour l'autre.

Sa voix tremblait et ses yeux brillaient de larmes refoulées. Eugene comprit qu'elle était à deux doigts de craquer. Il aurait aimé trouver les mots pour la réconforter, mais il en était incapable. Au fond de lui, il savait qu'elle avait raison.

Elle tira de son sac à main l'écrin qu'il lui avait envoyé et le posa sur la table.

— Je te rends ceci. Je ne suis pas sûre qu'il m'était vraiment destiné.

Avec un dernier sourire, d'une tristesse déchirante, elle s'éloigna en direction de la sortie.

Rose parvint à rentrer jusqu'au magasin sans s'effondrer, mais une fois dans l'arrière-boutique, elle laissa libre cours à son chagrin.

Bien sûr, elle savait depuis le début qu'Eugene et elle ne voyaient pas la vie de la même manière. Mais, peut-être de façon naïve, elle s'était autorisée à croire qu'il pourrait changer... pour elle.

A posteriori, elle ne pouvait s'empêcher de penser que c'était un véritable gâchis. Eugene avait raison sur au moins un point : l'alchimie naturelle qui existait entre eux était un don rare et précieux. Malheureusement, cela ne suffisait pas pour construire un couple.

L'après-midi s'écoula entre crises de larmes, accès de fureur et bouffées de frustration. Lorsque vint l'heure de rendre visite à Philip, à l'hôpital, elle se sentait émotionnellement vidée.

Son ancien employeur, quant à lui, parut ravi de la revoir.

— Alors ? Comment t'en sors-tu avec notre stock ?

— Plutôt bien, répondit-elle avec un sourire forcé. J'en ai déjà revendu plus de la moitié sans avoir à sacrifier les prix.

— Bravo !

— Une bonne partie du mérite te revient, déclara-t-elle. Après tout, c'est toi qui as choisi la plupart de ces pièces, et c'est toi qui m'as présenté bon nombre des acquéreurs actuels. Tu as été un excellent professeur.

— Et toi la plus brillante des élèves.

Rose tira de son sac le cadeau qu'elle lui avait acheté en chemin.

— Je t'ai apporté du raisin. Cela égayera un peu tes repas d'hôpital. Je sais que tu aurais préféré des chocolats, mais je n'ai pas voulu te détourner du droit chemin...

— Tu aurais dû ! s'exclama Philip en riant.

— On avisera la prochaine fois. Mais parlons plutôt de toi : comment se sont passés tes examens ?

— Les résultats sont très encourageants. Les médecins pensent que je devrais pouvoir sortir d'ici quelques jours...

Philip s'interrompit et la fixa en fronçant les sourcils. Lorsque le silence se prolongea, Rose baissa la tête.

— Qu'est-ce qu'il y a ?

— Tu as les yeux rouges... N'hésite pas à me dire si je suis indiscret, mais... tout va bien ?

Rose ne put réprimer un soupir. Elle réfléchit quelques instants avant de répondre.

— Ce n'est rien, je n'ai pas envie de t'embêter avec ça...

— Allons, nous sommes amis, protesta-t-il. Tu sais bien que tu peux me parler de tout. Cela ne concernerait pas Eugene Bonnaire, par hasard ?

Le regard interloqué qu'elle lui jeta lui arracha un sourire malicieux.

— Tu sais, je ne suis peut-être plus de première jeunesse, mais je ne suis pas aveugle. J'ai bien vu la façon dont tes yeux se mettent à pétiller dès que tu prononces son nom...

Rose sentit son cœur se serrer. Ses sentiments étaient-ils déjà si vifs qu'elle était incapable de les dissimuler au monde extérieur ? Auquel cas, elle avait bien fait de rompre avant que ce soit devenu trop douloureux...

Au moment où cette idée traversa son esprit, elle prit conscience qu'elle se mentait à elle-même. La souffrance déchirante qu'elle éprouvait chaque fois qu'elle pensait à Eugene prouvait qu'il était bien trop tard pour espérer sortir indemne de cette brève, mais intense, relation.

Qu'elle le veuille ou non, elle était tombée amoureuse d'un homme qui ne croyait pas en l'amour. Elle avait espéré, envers et contre tout, qu'il pourrait lui rendre ses sentiments. Et elle avait découvert avec brutalité que c'était impossible.

Cela n'avait rien d'extraordinaire. Des milliers de femmes devaient se retrouver prises au même piège chaque jour, mais cette conviction n'atténuait en rien sa douleur. L'idée qu'elle risquait de ne jamais revoir Eugene éveillait en elle une terreur presque insupportable.

— Rose ? reprit doucement Philip. Tu veux en parler ?

Elle hocha la tête et poussa un profond soupir.

— Tu as raison. Je suis amoureuse de lui.

— Cela n'a pas l'air de te combler de bonheur.

— Je me suis rendu compte que nous étions incompatibles, lui et moi.

Philip fronça les sourcils et la scruta avec curiosité.

— Incompatibles ? Que veux-tu dire par là ?

— Nous sommes aux antipodes l'un de l'autre, expliqua-t-elle. Très franchement, je n'aurais jamais imaginé tomber un jour amoureuse de quelqu'un comme lui. Surtout après Joe…

— L'amour frappe souvent de façon imprévisible, déclara son patron. Il unit parfois des gens qui semblent faits l'un pour l'autre, et parfois des gens que tout oppose. Dans certains cas, il s'installe progressivement, insidieusement, sans que l'on s'en rende compte. Dans d'autres, c'est une révélation aussi brutale qu'évidente… Et de temps en temps, c'est totalement inopiné et involontaire.

— Ça a été mon cas, dit Rose. Je n'avais pas du tout envie de me lancer dans une relation, encore moins de m'attacher à quelqu'un comme Eugene. Mes antécédents avec Joe m'ont prouvé que ce n'était pas le genre de personne qu'il me fallait…

— Mais Eugene n'est pas Joe, objecta Philip.

— Non, bien sûr.

— Et je suis sûr que si tu es tombée amoureuse de lui, c'est qu'il le mérite.

Elle haussa les épaules.

— J'en doute. C'est quelqu'un de bien : contrairement à Joe, je suis convaincue qu'il ne trompera jamais la personne avec laquelle il est, il est trop respectueux et attentionné pour cela...

— Mais... ?

— Mais nous n'avons pas les mêmes valeurs. Franchement, j'ignore si tu l'apprécierais beaucoup. Et mon père l'aurait détesté, j'en suis persuadée.

— Sauf que ce n'est ni ton père ni moi qui sommes amoureux de cet homme, remarqua Philip. Et je ne pense pas que tu devrais laisser notre avis — ou l'idée que tu t'en fais — influencer ton opinion à son égard...

— Mais vous me connaissez assez pour savoir ce qu'il me faut, protesta-t-elle.

Philip esquissa un sourire mélancolique avant de secouer lentement la tête.

— Connaître quelqu'un et vouloir son bien ne signifie pas forcément savoir ce qu'il lui faut. La seule question que tu dois te poser, c'est : est-ce qu'un jour je m'en voudrai de ne pas avoir tenté ma chance ? Avec le temps, je me suis rendu compte qu'il était moins douloureux de regretter quelque chose que l'on a fait plutôt que quelque chose que l'on n'a pas fait...

— Mieux vaut avoir des remords que des regrets.

— Exactement.

— Je me trompe ou tu parles d'expérience ?

Le regard que lui jeta Philip trahissait une tristesse poignante. Rose songea alors que cette conversation était certainement la plus intime qu'ils aient jamais eue.

— C'est vrai, répondit-il d'une voix vibrant d'émotion contenue. Les circonstances n'étaient pas tout à fait les mêmes, bien sûr. Elles ne le sont jamais, j'imagine... Quoi qu'il en soit, je n'ai pas repoussé Elizabeth à cause d'une différence de valeurs entre nous, mais parce que j'ai préféré me concentrer sur ma carrière plutôt que de me lancer dans l'inconnu avec elle.

— C'est elle qui t'a demandé de choisir ? s'enquit Rose avec curiosité.

— Oui. C'était une artiste très douée. Elle avait dix ans de moins que moi et voulait faire le tour du monde pour chercher l'inspiration. Elle avait soif de voyages et de grands espaces, et ne s'imaginait pas poser ses bagages quelque part pour se marier et fonder une famille. Elle était bien trop éprise de liberté pour cela...

— Et tu l'aimais ?

— A la folie, dit-il avec mélancolie. Je crois d'ailleurs que je n'ai jamais vraiment cessé de le faire.

— Est-ce pour cela que tu ne t'es jamais marié ?

Il réfléchit longuement avant de lui répondre.

— Si j'avais rencontré quelqu'un comme elle, j'aurais pu l'épouser, c'est vrai. Mais il n'y a jamais deux personnes semblables, comme tu le sais. J'ai passé des années à comparer toutes les femmes que je croisais à Elizabeth, jusqu'au jour où j'ai fini par admettre que j'avais laissé partir la seule, l'unique, celle de ma vie...

Il haussa les épaules, feignant une résignation dont Rose ne fut absolument pas dupe.

— C'est pour cela que je te conseille vivement de suivre ton cœur, reprit-il. En cas de doute, écoute toujours tes sentiments. Tu te rendras peut-être compte que tu avais raison, que vous êtes trop différents, que vous n'êtes pas faits l'un pour l'autre. Mais au moins, tu ne passeras pas ta vie à t'en vouloir de ne pas avoir tenté ta chance. Je suis sûr que si ton père était encore de ce monde il te dirait exactement la même chose.

— J'en doute. Etant donné la façon dont son mariage a fini, il aurait probablement une tout autre vision des choses.

— Détrompe-toi, objecta Philip. Ton père aimait profondément ta mère, à tel point qu'il n'a jamais réussi à faire son deuil de son départ. En revanche, il n'a jamais regretté de l'avoir rencontrée. D'autant que, sans elle, il ne t'aurait pas eue, toi…

Rose sentit sa gorge se nouer sous l'effet de l'émotion.

— Et Elizabeth ? demanda-t-elle d'une voix étranglée. Est-ce que tu l'as revue, un jour ?

— Hélas non. Lorsque nous avons rompu, elle m'a dit que, si nous ne pouvions bâtir notre avenir ensemble, elle préférait couper complètement les ponts. J'espère qu'elle a réussi à faire ce qu'elle voulait et je l'imagine parfois en train de peindre à Ceylan, Bali ou Cuba. C'est une idée qui me réchauffe le cœur…

— Merci de m'avoir raconté cette histoire, Philip.

— De rien. J'ai hâte de découvrir ce que donnera la tienne.

— J'aimerais bien le savoir, moi aussi, soupira-t-elle.

— A ta place, je ne m'inquiéterais pas trop : si Eugene Bonnaire est aussi intelligent qu'on le dit, il ne tardera pas à se rendre compte que laisser filer quelqu'un comme toi serait une erreur monumentale. Tu es quelqu'un d'exceptionnel, Rose, ne l'oublie jamais !

— Toi, tu sais parler aux femmes, répondit-elle d'un ton faussement léger.

— Je suis sincère, déclara Philip avec gravité. Tu es l'une des plus belles personnes que je connaisse. Et je suis certain qu'Eugene pense la même chose.

A ce moment-là, l'infirmière de service passa la tête par l'embrasure de la porte. L'heure des visites touchait à sa fin.

— Je me sauve, dit Rose. Appelle-moi dès qu'on te donne ton jour de sortie, d'accord ? Je viendrai te chercher.

— C'est promis. Maintenant, file retrouver ton ami. Et dis-lui de ma part qu'il a beaucoup de chance de t'avoir rencontrée !

Lorsque Eugene ouvrit les yeux au petit matin, la première chose qu'il vit fut l'écrin que Rose lui avait rendu la veille. Il se trouvait sur sa table de nuit, là où il l'avait déposé à son retour.

Dans son esprit, cet objet symbolisait l'échec retentissant qu'il venait d'essuyer. Jamais personne n'avait refusé l'un de ses cadeaux, encore moins un présent de cette valeur. D'ailleurs, jamais une femme n'avait rompu avec lui avant même le début de leur relation. Et jamais on ne lui avait fait subir un réquisitoire aussi violent.

Cela l'avait tellement secoué qu'il n'avait pas eu le courage de retourner au bureau. A la place, il était rentré chez lui et avait broyé du noir pendant près de deux heures.

Finalement, comprenant que cela ne résoudrait rien, il avait décidé de se changer les idées en rappelant toutes les personnes qu'il envisageait d'embaucher dans son nouveau restaurant au bord de la Tamise.

Comme il s'y était attendu, la plupart d'entre elles avaient accepté son offre avec reconnaissance, mais ces succès, trop futiles au regard de ce qu'il avait perdu, n'avaient pas suffi à le rasséréner, et il aurait volontiers renoncé à ce projet si cela avait pu lui rendre Rose.

Au moins, songea-t-il avec une pointe d'autodérision, cette rupture avait eu le mérite de le dessiller : il avait brusquement pris conscience que, pour la première fois de sa vie, il était tombé éperdument amoureux.

Comment expliquer autrement la douleur insoutenable qui le rongeait depuis que Rose l'avait rejeté avec autant de brutalité ? Depuis la mort de Francesca, jamais personne ne l'avait fait souffrir à ce point. Jamais il n'aurait imaginé que ce fût seulement possible.

Ce n'était pas l'effet du manque — il était encore trop tôt pour cela. Ce n'était pas non plus à cause de la certitude qu'il ne la reverrait pas. C'était surtout parce qu'il ne supportait pas l'idée que la femme qu'il aimait puisse avoir une si piètre opinion de lui.

Contrairement à la plupart des gens qu'il connaissait, Rose se moquait éperdument de sa fortune ou de sa position sociale. Tout ce qu'elle attendait de lui, c'était qu'il renonce à son égocentrisme, à ses peurs, à ses habitudes. Elle voulait qu'il se risque à aimer, à partager, à s'engager, à parier sur l'avenir...

Et lui avait été incapable de le faire.

Il aurait pu lui mentir, bien sûr, prétendre qu'il était prêt à changer. Mais cela n'aurait fait que retarder l'inévitable échéance.

Cependant, il pouvait affronter la cause de cette fuite en avant dans laquelle il avait trouvé refuge. Il n'avait que trop tardé à le faire et cette lâcheté lui avait peut-être coûté la femme de sa vie.

S'il voulait avoir une chance de pouvoir se regarder en face et de la reconquérir, il allait devoir se confronter une bonne fois pour toutes aux fantômes de son passé. Ce serait probablement le défi le plus difficile qu'il ait jamais entrepris...

Mais Rose en valait la peine.

11

L'antiquaire français que Rose avait harcelé au téléphone avait finalement accepté de se déplacer depuis Paris.

Le cœur battant à se rompre, elle l'avait accompagné pendant plus d'une heure dans la boutique pendant qu'il inspectait méticuleusement le stock. Durant sa visite, il lui avait posé plusieurs questions auxquelles elle s'était efforcée de répondre de façon aussi pertinente que possible.

Lorsqu'ils revinrent enfin au rez-de-chaussée, une question lui brûlait les lèvres. Elle attendit néanmoins plusieurs minutes avant d'oser la poser.

— Y a-t-il quelques objets qui vous intéressent ?

Daniel Perreire tourna vers elle un regard perçant encadré par une paire de petites lunettes à fine monture dorée.

— Non.

Rose sentit la déception l'envahir. Elle avait tant espéré qu'il achèterait une partie des pièces restantes !

— Pas quelques objets, ajouta-t-il après un silence. Je prends le tout.

Stupéfaite, Rose le fixa sans répondre, persuadée qu'il plaisantait.

— Tout ? répéta-t-elle.

Il hocha la tête.

— Philip Houghton a toujours eu un goût très sûr.

L'Angleterre vient probablement de perdre l'un de ses meilleurs antiquaires, mademoiselle Heathcote, et vous avez eu beaucoup de chance d'apprendre le métier avec lui.

— J'en suis consciente, déclara Rose, touchée par cet hommage.

— Si vous décidez de vous installer à votre compte, n'hésitez pas à me contacter. J'ai toujours pensé qu'une collaboration entre des professionnels dignes de ce nom de chaque côté de la Manche serait des plus profitable, tant sur le plan culturel que financier.

— Je n'y manquerai pas.

— Parfait, conclut Perreire en rajustant ses lunettes. Envoyez-moi l'inventaire par e-mail et j'effectuerai un transfert de fonds dès mon retour à Paris. Mes véhicules de transport viendront chercher le stock d'ici la fin de la semaine. A bientôt, mademoiselle.

Rose lui serra la main et le raccompagna jusqu'à la sortie, muette de stupéfaction. Jamais elle n'avait imaginé que ses efforts seraient à ce point couronnés de succès.

Ce n'est que lorsqu'elle referma la porte derrière lui qu'elle prit conscience de deux choses. D'une part, qu'avec cette vente, l'intéressement que lui avait accordé Eugene lui assurerait une rentrée d'argent substantielle qui lui permettrait éventuellement d'emprunter pour monter sa propre affaire, comme l'avait suggéré l'antiquaire français.

D'autre part, que cette ultime transaction marquait officiellement la fin du contrat qui la liait à Eugene. Ce qui signifiait qu'elle n'avait désormais plus de raison de le revoir.

Cette idée fit monter en elle une bouffée de panique irrépressible. Elle avait beaucoup réfléchi à ce que Philip lui avait dit, à l'hôpital. Et elle en était arrivée à la conclusion que si elle repoussait définitivement Eugène elle risquait de passer le reste de sa vie à le regretter.

Or, elle ne tenait pas à finir célibataire, simplement par peur de souffrir.

Après avoir fermé la porte à clé et suspendu à la poignée une pancarte sur laquelle elle avait inscrit « FERMETURE DÉFINITIVE », elle gagna l'arrière-boutique et composa le numéro de portable d'Eugene. Lorsqu'elle tomba sur la messagerie, elle raccrocha et appela son bureau.

— M. Bonnaire n'est pas là aujourd'hui, lui apprit son assistante.

— Savez-vous quand il doit revenir ?

— Aucune idée.

— Pouvez-vous me dire où il se trouve ?

— Je ne suis pas autorisée à le révéler.

— C'est très important, plaida Rose.

— Je suis navrée, mademoiselle Heathcote, mais M. Bonnaire n'a laissé aucune instruction particulière vous concernant.

— Ecoutez…

— Tout ce que je peux vous dire, l'interrompit sèchement son interlocutrice, c'est qu'il a insisté pour que personne ne le dérange au cours des prochains jours. Mais si vous le souhaitez, je peux prendre un message…

Le ton n'invitait guère à le faire et, après une hésitation, Rose raccrocha sans mot dire.

Pendant quelques instants, elle demeura figée, en proie à une angoisse insoutenable. Se pouvait-il qu'elle ait trop tardé ? Qu'Eugene ait décidé de tourner la page ? Qu'il soit allé se consoler dans les bras d'une autre femme ?

Elle inspira à pleins poumons pour tenter de maîtriser la crise de panique qui menaçait de la submerger et s'efforça de remettre de l'ordre dans ses idées. Lorsqu'elle repassa dans sa tête le contenu de son échange avec l'assistante d'Eugene, elle sentit renaître en elle une pointe d'espoir.

« Il a insisté pour que personne ne le dérange au cours des prochains jours… »

Or, si Eugene tenait à rester seul un certain temps, elle pensait savoir où il avait pu se rendre. Et si elle ne se trompait pas, le risque était faible qu'il y rencontre une autre femme.

Elle jeta un coup d'œil à sa montre et fit un calcul rapide. Si elle partait tout de suite, elle avait peut-être encore une chance de sauter dans un train pour l'Ecosse…

Ballotté par des vagues impressionnantes, à peine éclairé par ses feux de signalisation nocturne qui se balançaient sous les bourrasques, le bateau tanguait comme un bouchon perdu dans l'immensité de l'océan. Agrippée au bastingage, Rose gardait les yeux résolument fixés sur l'horizon qui oscillait, comme pris de folie, à peine visible lorsque la lune émergeait de la masse lourde des nuages. Dès le début de la tempête, Rory lui avait prêté un ciré, mais la pluie battante et les embruns lui fouettaient le visage, s'insinuant dans le col et les manches du vêtement imperméable.

Accroché à la barre, le marin s'affairait à maintenir le bateau face aux vagues, la proue tournée vers l'île. S'il n'avait pas été d'un calme olympien, Rose aurait probablement déjà cédé à la terreur qui l'habitait.

Lorsqu'elle était allée trouver le jeune pêcheur, en début de soirée, il avait essayé de la dissuader de prendre la mer tout de suite.

— Vous avez vu la tempête qui s'annonce ? Ça risque de secouer pas mal, l'avait-il prévenue. Mieux vaudrait patienter jusqu'à demain…

— Je dois absolument rejoindre M. Bonnaire sans attendre, avait-elle insisté. Il est bien sur l'île, n'est-ce pas ?

Rory lui avait jeté un regard étonné.

— Oui, bien sûr, avait-il répondu, à son grand soulagement. Mais s'il n'est pas au courant de votre arrivée, vous feriez peut-être mieux de l'appeler. Vous savez qu'il n'aime pas être dérangé…

— Je sais, mais j'ai bon espoir qu'il soit content de me voir. Et si ce n'est pas le cas, cela n'aura plus aucune importance…

Rory l'avait longuement regardée avant de hocher la tête d'un air entendu.

— On dirait que vous avez fait connaissance, tous les deux, depuis la dernière fois…

Rose lui avait adressé un faible sourire.

— Vous croyez que la traversée est possible, même de nuit ? Je n'ai aucune envie de nous faire courir de risques…

— Ne vous en faites pas. J'ai déjà pris la mer dans des conditions bien pires. Vous en serez quitte pour une bonne frayeur…

Rory ne lui avait pas menti et Rose en venait presque à regretter son insistance. Mais, à présent, il était trop tard pour faire demi-tour ; l'île désolée sur laquelle Eugene s'était une fois de plus réfugié grossissait peu à peu devant eux.

L'approche du ponton constituait indéniablement la partie la plus critique de cette traversée, mais, après avoir contourné les écueils qui affleuraient comme une masse noire devant la crique, Rory la négocia avec une habileté consommée.

Dans la petite baie, la mer était beaucoup plus calme et Rory n'eut aucun mal à faire accoster son embarcation.

Il la maintint en position pour permettre à sa passagère de descendre.

— Bonne chance, hurla-t-il pour couvrir le vacarme du vent et des vagues.

Rose lui adressa un signe de tête et sauta sur la jetée. Après avoir remercié le jeune pêcheur d'un geste, elle se dirigea d'un pas résolu vers la forêt. La pluie avait redoublé et elle ne tarda pas à être trempée de la tête aux pieds, mais, l'esprit focalisé sur la rencontre qu'elle espérait et redoutait tout à la fois, elle ne s'en aperçut même pas.

Elle ne cessait de se repasser les différentes scènes de retrouvailles qu'elle avait imaginées durant son voyage en train à travers l'Angleterre.

Lorsqu'elle émergea des bois et que l'étrange maison d'Eugene apparut dans la clairière, une sensation inattendue s'empara d'elle : le sentiment incompréhensible de rentrer chez elle, dans un foyer bien-aimé.

L'idée de revoir bientôt Eugene l'emplissait d'une immense allégresse que pondérait seulement l'angoisse de sa réaction. Elle s'efforça de faire le vide dans son esprit et se remit en marche.

En arrivant devant la porte, elle s'aperçut qu'un détail lui avait échappé : pourvu qu'Eugene n'ait pas fermé à clé ! Il aurait vraiment été trop absurde d'avoir fait tout ce chemin depuis Londres pour se retrouver bloquée dehors en plein milieu de la nuit.

Fort heureusement, le panneau coulissa dès qu'elle effleura le boîtier de commande. Le cœur battant la chamade, Rose pénétra dans l'entrée éclairée d'une unique lampe Tiffany.

Une fois à l'intérieur, à l'abri des éléments déchaînés, elle hésita sur la conduite à tenir : était-elle censée se manifester, attendre le maître des lieux ou partir directement à sa recherche ?

Après quelques instants de réflexion, elle décida de se mettre en quête d'Eugene. Elle ôta son ciré, qu'elle accrocha à l'une des patères du vestibule, puis ses chaussures boueuses et ses chaussettes détrempées. Enfin, pieds nus, elle se dirigea vers le salon.

Avant même de l'atteindre, elle reconnut l'eau de toilette d'Eugene, dont le parfum lui donna des frissons, éveillant aussitôt en elle un désir lancinant. Elle pénétra dans la pièce, le ventre noué d'anticipation. Dos à elle, la silhouette d'Eugene se détachait dans la lumière nocturne, dans l'encadrement de la baie vitrée.

Au même instant, comme s'il avait perçu sa présence, il se tourna vers elle. Il posa sur elle un regard d'une incroyable intensité, mais son visage ne laissa transparaître aucune émotion.

— Bonsoir, dit Rose d'une voix légèrement tremblante.

— Bonsoir.

Elle hésita quelques secondes, décontenancée par cette réponse concise.

— Tu n'as pas l'air surpris de me voir…

Il pencha la tête de côté, comme s'il réfléchissait.

— Je ne le suis pas. J'ignore pourquoi, mais depuis deux heures j'avais le sentiment très net que tu allais venir…

Soudain, il parut prendre réellement conscience de sa présence et la regarda avec effarement.

— Mais tu ne peux pas rester dans cette tenue, Rose !s'exclama-t-il. Tu es trempée…

— Je n'ai pas apporté de vêtements de rechange.

Cette fois, il la fixa avec une surprise non dissimulée.

— Je suis partie de Londres sur un coup de tête,

expliqua-t-elle. Je n'ai pas eu le temps de repasser chez moi.

— Tu n'auras qu'à enfiler une robe de chambre, en attendant que tes vêtements sèchent.

Rose plongea le regard dans le sien.

— Je pourrais aussi ne rien mettre du tout, il fait bien assez chaud, ici…

Eugene ne répondit pas, se contentant de la fixer avec une intensité accrue. Encouragée par cette réaction, Rose ôta son pull-over, qu'elle laissa tomber à terre, puis fit un pas vers lui. Il ne bougeait toujours pas, la dévorant des yeux.

Elle enleva ensuite son T-shirt et fit un pas de plus.

Après quoi, ce fut le tour de son pantalon ; elle se retrouva devant lui en sous-vêtements, transie et effrayée. Il couvrit alors la distance qui les séparait et la prit dans ses bras.

Le baiser qu'ils échangèrent dépassa en intensité tous ceux qui l'avaient précédé ; il disait à quel point ils avaient besoin l'un de l'autre, à quel point ils avaient eu peur de se perdre.

Dans les bras d'Eugene, Rose sentit le froid déserter son corps, remplacé par une délicieuse sensation de chaleur qui se propagea en elle, se répandant jusque dans ses membres.

— Tu m'as tellement manqué, murmura Eugene contre sa bouche.

— Toi aussi, avoua-t-elle tout en commençant à déboutonner son col.

Les lèvres d'Eugene se posèrent au creux de son cou et sa langue effleura sa peau, lui arrachant un soupir de satisfaction. Elle écarta alors les pans de sa chemise, qui tomba à ses pieds, puis laissa courir ses ongles sur son torse puissant. Elle le couvrit de petits baisers auxquels il s'abandonna, renversant la tête en arrière.

Elle descendit le long de son ventre plat, jusqu'à sa ceinture qu'elle déboucla. D'une main légèrement tremblante, elle défit le bouton et la fermeture Eclair de son pantalon qui se retrouva à son tour aux pieds d'Eugene.

Une érection triomphante distendait son caleçon, qu'elle fit glisser sur ses cuisses, libérant le membre durci dont elle se saisit.

Eugene émit un râle de plaisir.

— Rose..., dit-il d'une voix rauque.

Mais déjà, les lèvres de Rose s'activaient le long de son sexe dressé. Eugene poussa un gémissement et plongea les doigts dans ses cheveux.

Le goût âcre de sa peau sur sa langue accentua le désir de Rose. Jamais elle ne s'était sentie aussi excitée et elle redoubla d'audace, l'attirant toujours plus loin dans sa bouche.

— Arrête, la supplia-t-il au bout d'un moment. Tu vas me tuer, mon amour...

Elle s'immobilisa, le cœur battant. Jamais elle n'aurait pensé l'entendre prononcer un jour un tel mot. Mais avant qu'elle ait pu l'interroger à ce sujet, il se dégagea avec douceur et la souleva entre ses bras pour la porter jusqu'au canapé de cuir sur lequel il l'étendit.

Déjà, les mains et les lèvres d'Eugène couraient sur son corps, attisant l'incendie qui faisait rage en elle. Elle renonça très vite à ses questions, incapable de réfléchir sous l'afflux des sensations magiques qui l'envahissaient.

Lorsque Eugene lui ôta sa culotte et effleura son sexe de la bouche, elle reprit le sien entre les doigts pour le caresser. C'était la première fois qu'ils se retrouvaient dans cette position et l'érotisme de la situation la submergea.

Sachant qu'elle n'avait aucune chance de parvenir à le

réprimer, elle s'abandonna pleinement à l'orgasme qui déferla sur elle, lui arrachant un hurlement de jouissance. Eugene en profita pour enfiler un préservatif et attendit qu'elle ait recouvré un semblant de self-control pour la pénétrer avec une lenteur consommée.

L'extase qu'il faisait monter dépassait en intensité tout ce qu'elle aurait imaginé possible. Chaque fois qu'elle se croyait sur le point d'y céder, il l'emportait encore un peu plus haut. Submergée de plaisir, elle s'abandonna au maelström de sensations qui faisait rage en elle.

Impuissante, vaincue et pourtant victorieuse, elle s'accrocha aux épaules d'Eugene, laissant son instinct la guider vers des cimes qu'elle n'avait jusqu'à présent fait qu'entrevoir.

Au bout de ce qui lui parut être une éternité, elle comprit qu'elle serait incapable de retarder davantage l'orgasme magistral qui s'apprêtait à déferler.

— Maintenant…, murmura-t-elle seulement.

Et alors même qu'elle basculait, son amant s'autorisa enfin à la rejoindre en un moment de parfaite communion.

Les secondes suspendirent leur course, chacune d'elles semblant durer une éternité. Comme anesthésiée par le plaisir, Rose dérivait entre deux mondes. Jamais elle ne s'était sentie aussi bien, autant en paix avec elle-même et avec l'univers.

— Tu n'imagines pas à quel point je suis heureux que tu sois revenue, murmura Eugene qui la tenait toujours serrée contre lui.

— Je n'aurais jamais pu rester loin de toi. Je suis désolée de t'avoir fait du mal…

— Je sais, mais tu as bien fait de le faire : je n'aurais

pu continuer éternellement à vivre de cette façon. Il me fallait un électrochoc...

— Mais pourquoi t'es-tu ainsi coupé du monde ? lui demanda-t-elle.

— Cela remonte à la mort de ma sœur...

A ces mots, Rose trouva la force de se redresser sur un coude pour se tourner vers lui. Eugene la contemplait avec une douceur et une tendresse qui lui transpercèrent le cœur. Jamais personne ne l'avait regardée de cette façon depuis son enfance.

— Elle s'appelait Francesca, reprit-il. C'était une petite fille pleine de joie, qui riait tout le temps. Elle avait trois ans lorsqu'elle est tombée malade et en est morte. Mes parents ont été anéantis.

Rose sentit une boule se former au creux de sa gorge.

— Et toi ? Quel âge avais-tu ?

— Neuf ans.

Elle posa une main sur son bras.

— Mon Dieu, murmura-t-elle. Ça a dû être horrible...

— Sur le coup, je n'ai pas réagi. Du moins en apparence. Et mes parents souffraient tellement qu'ils ne se sont pas rendu compte que quelque chose n'allait pas. Avant ce drame, je n'avais jamais vraiment pensé à la mort, mais là, brusquement, j'ai pris conscience qu'elle pouvait frapper à tout moment et que personne n'y pouvait rien. Ni mes parents, ni les médecins, ni moi, bien sûr...

La douleur dans sa voix était presque insoutenable, mais Rose sentait qu'il avait besoin de se confier et elle le laissa continuer sans l'interrompre.

— Quelque chose s'est brisé en moi. Je crois que je me suis dit que la seule façon de se protéger était de ne pas s'exposer à la souffrance. C'est pourquoi je me suis peu à peu distancié émotionnellement de tout mon entourage.

D'abord de mes parents, puis de mes camarades et enfin de tous ceux qui ont croisé mon chemin...

— A commencer par les femmes, murmura Rose.

— Surtout elles, convint-il. Parce que tomber amoureux était beaucoup trop dangereux. Parce qu'elles me rappelaient trop ma sœur...

Il poussa un long soupir.

— Comme tu l'as compris, en l'absence de véritables relations humaines, je me suis raccroché à mon travail. Mon ambition professionnelle est devenue une façon de fuir ; réussir n'était pas seulement un facteur de satisfaction, c'était une fin en soi, mon unique raison de vivre. Je crois que c'est ce qui m'a permis de ne pas succomber à la terreur qui me hantait...

— Je suis désolée, dit Rose d'une voix blanche. Je suis vraiment désolée...

— Pourquoi ? lui demanda-t-il, visiblement étonné par ce mea culpa.

— J'ai été tellement dure avec toi, au restaurant. Je ne savais pas... Je pensais que tu étais seulement trop attaché aux biens matériels, pas que tu avais de si bonnes raisons de te méfier de tes sentiments.

Eugene secoua la tête.

— Justement, ce n'étaient pas de bonnes raisons ; c'était une façon de me voiler la face, de fuir la réalité.

— Je ne comprends pas...

— Quand tu es partie, tu m'as brisé le cœur, lui expliqua-t-il. J'ai souffert comme jamais. C'est là que j'ai pris conscience de mon propre mensonge : au fil du temps, je n'avais cessé de me répéter que l'amour n'existait pas et que je ne voulais pas m'engager ; j'avais presque réussi à m'en convaincre. Sauf que cela ne m'a pas empêché de tomber amoureux de toi...

Rose sentit son cœur s'emballer dans sa poitrine.

— Tu es amoureux de moi ? répéta-t-elle, incrédule.

— Oui.

— Mais… depuis quand ?

— Probablement depuis ton premier séjour ici. Mais je ne m'en suis rendu compte que lorsque tu m'as quitté.

— C'est absurde, protesta-t-elle.

— Je ne te le fais pas dire. Tout comme il était absurde de fuir mes parents parce que j'avais peur de mes sentiments envers eux. Cela aussi, c'est toi qui m'as aidé à le comprendre…

Cette fois, Rose demeura silencieuse. Elle était stupéfaite par ces révélations.

— Lorsque j'ai enfin ouvert les yeux sur mes erreurs, j'ai compris qu'il était temps de tourner la page.

— Et qu'as-tu fait ?

— Ce que j'aurais dû faire il y a plusieurs années : je suis allé voir mes parents et je leur ai dit que je les aimais.

— Vraiment ? s'exclama Rose, sidérée.

Après les propos qu'il avait tenus au restaurant, elle avait beaucoup de mal à imaginer la scène.

— Cela n'a pas été facile. Ce qui m'a justement prouvé que je devais être sur la bonne voie, ajouta-t-il avec un sourire d'autodérision.

— Et comment ont-ils réagi ?

— A peu près comme tu l'avais prédit : ils m'ont assuré qu'ils m'aimaient aussi, mais que cela faisait longtemps qu'ils se taisaient par peur de ma réaction. Ils m'ont avoué avoir toujours espéré que je reviendrais un jour vers eux, que l'on redevienne une famille…

— C'est merveilleux, murmura Rose. Je suis si contente pour vous.

— Nous avons aussi parlé de Francesca et de la façon dont nous avions vécu sa mort, à l'époque comme au fil du temps. Et j'ai compris qu'à force de me replier sur mon propre chagrin je n'avais pas été assez présent pour eux. Je leur ai aussi parlé de toi...

Surprise, Rose écarquilla les yeux.

— De moi ?

Il hocha la tête.

— Lorsqu'ils m'ont demandé ce qui m'avait fait prendre conscience de tout cela, je leur ai raconté notre rencontre. Je leur ai expliqué que tu m'avais redonné envie de vivre, que je t'aimais et que je t'avais fait du mal...

— Eugene...

Il posa doucement un doigt sur sa bouche.

— Je leur ai dit que tu étais la femme de mes rêves et que je ferais tout ce qui serait en mon pouvoir pour te reconquérir ; que je voulais t'épouser et avoir des enfants avec toi...

Cette fois-ci, Rose ne put retenir ses larmes, qui se mirent à couler sur ses joues sans qu'elle songe à les essuyer.

— Je n'ai pas menti lorsque je t'ai envoyé ces fleurs, déclara Eugene avec gravité. Tu es bien le joyau que je n'aurais jamais imaginé découvrir...

Épilogue

Rose jeta un coup d'œil à sa montre, craignant d'être en retard. Elle avait toujours un peu de mal à se repérer dans le métro parisien et avait pris la ligne dans le mauvais sens.

Fort heureusement, en arrivant devant le siège de la société d'Eugene, elle aperçut la voiture de son mari garée sur sa place attitrée. Il n'était donc pas encore parti pour le restaurant où ils devaient rejoindre ses parents.

Rose aurait dû l'attendre là-bas, mais elle avait préféré passer à son bureau pour lui annoncer la nouvelle en privé.

— Bonjour, madame Bonnaire, la salua le réceptionniste dans le hall d'entrée.

Comme à chaque fois, Rose s'émerveilla de ce nom qu'elle ne portait que depuis trois semaines ; elle n'y était pas encore habituée. Eugene et elle s'étaient mariés dans la charmante petite chapelle gothique de Kensington, en présence des parents d'Eugene, ainsi que de sa mère et de son beau-père à elle, qui avaient insisté pour faire le déplacement.

Philip était là, bien sûr, ainsi que tous leurs amis et bon nombre de paparazzi que personne n'avait invités, mais dont la présence n'avait pas suffi à gâcher la fête. Celle-ci avait été en tout point conforme à ce dont Rose avait rêvé : une cérémonie simple et sans prétention, mais pleine de joie et de convivialité.

Depuis, Eugene et elle filaient le parfait amour. Lorsqu'il avait dû se rendre à Paris pour affaires au retour de leur voyage de noces en Amérique du Sud, ils avaient décidé sans avoir à se consulter que Rose l'accompagnerait.

Elle en avait profité pour contacter Daniel Perreire et discuter avec lui de la galerie d'antiquités qu'elle voulait ouvrir à Londres.

Une fois parvenue à l'étage, elle passa devant le secrétariat de son époux.

La nouvelle assistante d'Eugene l'accueillit d'un bonjour et d'un grand sourire.

Martine était bien plus sympathique et compétente que celle qui l'avait précédée, la peu regrettée Simone. Contrairement à celle-ci, Martine était mariée et n'avait pas de vues sur son patron, ce que Rose ne manquait pas d'apprécier.

— Votre mari vous attend ?

— Non, je voulais lui faire la surprise, répondit-elle. Il est en rendez-vous ?

— C'est bon, vous pouvez y aller. Il était sur le point de partir déjeuner.

Rose remercia la jeune femme d'un signe de tête, puis, après avoir frappé deux coups à la porte du bureau d'Eugene, entra.

— Surprise ! s'exclama-t-elle.

Son mari se leva pour venir à sa rencontre, avec un sourire rayonnant.

— Je savais que c'était toi. Tu as une façon de frapper que je reconnaîtrais entre mille.

— Quel genre de façon ?

— Eh bien…, je dirais légère et polie, mais déterminée. Un peu comme toi, en fait…

Rose éclata de rire et se jeta dans ses bras. Comme toujours, leur baiser les embrasa aussitôt. Chaque fois que les lèvres d'Eugene se posaient sur les siennes, Rose avait l'impression que son corps tout entier s'enflammait.

— Tout va bien ? lui demanda-t-il. Nous devions nous rejoindre directement au restaurant, non ?

— C'est vrai. Mais je devais absolument te voir avant.

Il jeta un coup d'œil à sa montre et leva un sourcil amusé.

— Nous avons rendez-vous dans dix minutes, lui rappela-t-il.

Elle attrapa sa cravate et joua avec de façon délibérément suggestive.

— On peut en faire, des choses, en dix minutes..., affirma-t-elle d'une voix suave.

Eugene éclata de rire.

— Quelque chose me dit que nous allons être en retard !

— Je suis sûre que tes parents comprendront, répondit-elle. Mais avant que tu me fasses l'amour sauvagement sur ton bureau, j'avais quelque chose à te dire...

— Tu ne préfères pas le canapé ? dit-il, amusé.

— Sur le bureau, insista-t-elle. Il faut en profiter tant que je suis en état de faire de la gymnastique...

— Tu peux développer ? s'enquit Eugene d'une voix emplie d'espoir.

Elle lui décocha un sourire radieux.

— Ce n'est pas lorsque je serai prête à accoucher que nous pourrons faire ce genre de folies.

— Tu es enceinte ? Tu en es sûre ?

— A moins que le test de grossesse ne soit défectueux...

— Combien en as-tu fait ?

— Cinq, répondit-elle en riant de plus belle.

— Je vais être papa ! s'exclama Eugene. Nous allons devenir parents !

Une expression extatique sur le visage, il souleva Rose et la fit virevolter à travers la pièce.

— Tu ferais mieux de fermer le verrou, remarqua Rose comme ils passaient à proximité de la porte.

Il s'exécuta avant de la porter jusqu'au bureau sur lequel il l'assit.

— Je crois que mes parents vont vraiment devoir attendre, déclara-t-il. J'ai bien l'intention de prendre tout mon temps.

— Ne t'en fais pas pour eux : lorsqu'ils apprendront qu'ils sont sur le point de devenir grands-parents, notre retard sera aussitôt pardonné.

Eugene la contempla avec adoration.

— T'ai-je dit que je t'aimais, aujourd'hui ?

— Tu me le dis tous les matins, lui rappela-t-elle. Mais je te rassure : je crois que je ne me lasserai jamais de l'entendre…